Peter Freund

MYSTERIA

Das Tor des Feuers

Peter Freund

MYSTERIA

Das Tor des Feuers

cbj

cbj ist der Kinder- und Jugendbuchverlag
in der Verlagsgruppe Random House

FSC
Mix
Produktgruppe aus vorbildlich
bewirtschafteten Wäldern und
anderen kontrollierten Herkünften

Zert.-Nr. SGS-COC-1940
www.fsc.org
© 1996 Forest Stewardship Council

Verlagsgruppe Random House FSC-DEU-0100
Das für dieses Buch verwendete FSC-zertifizierte Papier *Munken Premium*
liefert Arctic Paper Munkedals AB, Schweden.

Gesetzt nach den Regeln der Rechtschreibreform

1. Auflage 2008

Umschlaggestaltung und -illustration: Hauptmann & Kompanie,
Werbeagentur, München – Zürich, Hanna Hörl
SK · Herstellung: WM
Satz: Uhl + Massopust, Aalen
Druck: GGP Media GmbH, Pößneck
ISBN: 978-3-570-13363-7
Printed in Germany

www.cbj-verlag.de

FÜR YANNIK

INHALT

PROLOG

Das Nebeltor

Dunkelheit hatte sich über das Land gesenkt. Dickbauchige Wolken zogen wie die schwer beladenen Schiffe einer Geisterflotte über den nächtlichen Himmel und gossen ihre Regenlast auf die fast unabsehbar weite Hochebene. Ein eisiger Wind heulte und peitschte die dicken Wasserschnüre wütend vor sich her. Wetterleuchten erhellte eine schroffe Hügelkette, die am fernen Horizont gerade noch zu erkennen war. Dumpf und drohend grollte der Donner darüber.

Die Frau schien all das nicht einmal zu bemerken. In einen einfachen Umhang gehüllt, der schwer und schwarz war vom Regen, stürmte sie durch die Nacht, als wäre eine Legion von Dämonen hinter ihr her. Ihr halblanges Haar klebte wie ein nasses Tuch an ihrem Kopf. Furcht verzerrte ihr schmales, blasses Gesicht. Ihre mädchenhaften Züge verrieten, dass sie noch recht jung sein musste: Fünfundzwanzig Sommer hatte sie höchstens erlebt, wenn nicht sogar weniger. Während sie wie ein gehetztes Tier dahinjagte, suchte ihr flackernder Blick das kniehohe Gras, das das Ödland bedeckte, nach Hindernissen ab. Nicht auszudenken, wenn sie jetzt straucheln und zu Fall kommen würde!

Mit einem Mal flog ihr Kopf ruckartig herum. Die blauen

Augen zu schmalen Schlitzen zusammengekniffen, spähte sie ängstlich über die Schulter, um nach Verfolgern Ausschau zu halten. In der Düsternis, die sich hinter ihr ausbreitete, war jedoch niemand zu erkennen – weder Berittene, die Jagd auf sie machten, noch andere gefährliche Wesen. Als selbst aus weiter Ferne keinerlei verdächtige Geräusche an ihr Ohr drangen, verharrte sie und rang keuchend nach Atem. Wie eine Ertrinkende schnappte sie nach der feuchten Nachtluft – so lange, bis ihr jagender Puls sich ein wenig beruhigte. Das hämmernde Pochen in ihrer Brust wurde regelmäßiger und leiser, bis es fast gänzlich verebbte. Die Andeutung eines Lächelns huschte nun um ihre Lippen, während ihr Blick das unförmige Bündel suchte, das sie mit beiden Händen so fest an sich gedrückt hielt, als sei es ein kostbarer Schatz. Schon im nächsten Moment aber schreckte die junge Frau erneut zusammen. Panik durchzuckte ihr regennasses Gesicht, und sprunghaft hastete sie weiter, schneller und gehetzter noch als zuvor.

Der Regen wurde stärker, das Grollen des Donners bedrohlicher und das Leuchten am Himmel kam ständig näher. Die Flüchtende verschwendete keinen Blick an die unverkennbaren Zeichen der Elemente. Das in Leinentücher gehüllte Bündel fest an sich gepresst, stürmte sie die kleine Anhöhe hinauf, die sich vor ihr erhob. Nur wenige Augenblicke später war sie auf dem höchsten Punkt der Kuppe angekommen. Erneut machte sie halt und spähte hinunter in die regenverschleierte Senke.

Nichts.

Es war absolut nichts zu sehen.

Die Frau schluckte. Ihre Augen flackerten beunruhigt. Kein Wort kam über ihre vor Kälte zitternden Lippen, doch ihre Miene verriet, was sie bewegte: Hatte sie sich verirrt? War sie vom richtigen Weg abgekommen – vom einzigen, der Rettung versprach? Dabei hatte sie den geheimen Pfad, der zum Nebeltor führte, schon häufig beschritten. Auch Nelwyn hatte ihn ihr noch einmal eindringlich beschrieben, als er sie vor wenigen Stunden zur hastigen Flucht gedrängt hatte. Den Meuchlern sollte sie entkommen – Dhrago, diesem feigen Verräter, und Rhogarr von Khelm, dem ruchlosen Herrscher der Marschmark! Sie hatte die Anweisungen des Königs peinlich genau befolgt und bislang auch alle vertrauten Wegzeichen passiert. Warum also war noch immer nicht die geringste Spur vom Nebeltor zu erkennen?

Verzweiflung überwältigte die junge Frau, spülte urplötzlich in ihr empor wie eine mächtige schwarze Woge. Was, wenn sie das Tor niemals mehr finden würde? Wenn es sich auf ewig vor ihr verschlossen hätte? Doch gerade als diese dunklen Gedanken sie angriffen wie eine messerscharfe Waffe, erblickte die Frau ein geheimnisvolles Leuchten am jenseitigen Rand der vor ihr liegenden Senke. Eine Wolke zeichnete sich dort im strömenden Regen ab – blaugrau schimmernd, mit fließenden Konturen – das Nebeltor!

Die Züge der jungen Frau entspannten sich, ein Leuchten erhellte ihre Augen. Ihr Mund verzog sich zu einem schüchternen Lächeln, während sie sich nach vorne über das Bündel beugte. Ihre Lippen formten beruhigende Worte. »Gleich haben wir es geschafft, mein Liebling«, flüsterte sie sanft. »Gleich sind wir in Sicherheit und niemand kann uns mehr etwas anhaben.«

Ein Geräusch in ihrem Rücken ließ sie jäh herumfahren. Sie hob den Kopf, hielt den Atem an und lauschte.

Nichts.

Wieder war absolut nichts zu hören.

Nur das unablässige Rauschen des Regens und das Grollen des immer näher kommenden Gewitters. Und dennoch spürte sie, dass etwas in ihrer Nähe war. Etwas Unheimliches, Unerklärliches, noch immer Unsichtbares.

Nach einem letzten Blick über ihre Schulter stürmte die Frau wieder los, lief den Hügel hinab und hielt auf die fahle Dunstglocke zu, die wie ein geheimnisvolles Versprechen hinter dem dichten Regenvorhang aufschimmerte.

Der wabernde Lichtkokon wurde mit jedem Schritt größer, bis schließlich ein mächtiger Kegel aus leuchtendem Nebel vor der Flüchtenden aufragte. Aber jetzt – ausgerechnet jetzt – zögerte die Frau. Unmittelbar vor dem dunstigen Gebilde hielt sie an und betrachtete es mit klopfendem Herzen. Furcht und Erleichterung durchfluteten sie. Erleichterung, weil sie die rettende Pforte endlich erreicht hatte, und Furcht, weil sie nicht wusste, was sie dahinter erwartete. Und dennoch, sie hatte keine andere Wahl. Der Augenblick war gekommen. Dies war das Nebeltor – und wenn sie ihr Leben retten wollte, musste sie es durchschreiten.

Die Frau atmete tief durch und setzte schon zum letzten Schritt an, als mit einem Mal ein Blitz den Regenvorhang zerriss und direkt neben ihr in den Boden fuhr. Der gewaltige Donnerschlag bohrte sich gleichzeitig wie ein heißes Schwert in ihre Trommelfelle und drohte sie zu zerreißen. Die Frau krümmte sich zusammen und schloss instinktiv die Lider vor der gleißenden Helligkeit. Als das Dröhnen in ihrem Kopf sich endlich legte, war alles still um sie herum. Kein Laut war mehr zu hören. Selbst das Rauschen des Regens war verstummt. Überrascht richtete sie sich auf und öffnete die Augen.

Seltsam: Das Unwetter war schlagartig verstummt und das Gewitter hatte sich verzogen. Noch während die Frau sich darüber wunderte, erblickte sie den Wanderer.

Er stand direkt vor ihr, wie ein Schatten im Dunkel der Nacht. In seiner linken Hand hielt er einen großen Stock aus Eichenholz, der ihn um mehr als Haupteslänge überragte. Ein grauer Umhang verhüllte seinen gedrungenen Körper fast zur Gänze.

Eine Kapuze bedeckte sein Haupt, die bis weit in die Stirn reichte, sodass sein Gesicht kaum zu erkennen war. Nur das unwirkliche Grün seiner Augen flackerte darin auf, als er die Frau ansprach. Seine Stimme war überraschend sanft und gütig und klang beinahe beschwörend.

»Fürchte dich nicht«, sagte der Wanderer, »denn mächtige Verbündete stehen auf deiner Seite. Sie haben mich geschickt, um über dich zu wachen und dafür zu sorgen, dass du deinen Häschern entkommst.« Damit trat er einen Schritt näher auf sie zu, und als nun ein weiterer Blitz, nicht halb so grell und laut wie der vorhergehende, das Dunkel der Nacht in gleißendes Licht tauchte, konnte die Frau sein faltiges Antlitz erkennen. Es war grau und gezeichnet vom Lauf der Zeiten. »Aber ich bin auch gekommen, um dich an die große Verantwortung zu erinnern, die du tragen musst. In deinen Armen ruht die Hoffnung eines ganzen Volkes. Dieses Kind allein vermag dereinst das Tor des Feuers zu durchschreiten und Sinkkâlion, das Schwert des Königs, zu finden. Nur mit seiner Hilfe können die Alwen ihre Freiheit wiedererlangen. Ansonsten ist das Volk deines Königs zur ewigen Knechtschaft verdammt.«

Die Frau antwortete nicht, doch ihr Gesicht war starr vor Entsetzen.

»Noch viele Sommer werden kommen und gehen«, fuhr der Wanderer unbeirrt fort, »bis dieses Kind seiner schweren Aufgabe gewachsen sein wird. Und deshalb wurde es vorerst deinem Schutz anvertraut. Du musst es behüten und bewachen, damit es nicht in die Hände seiner Feinde fällt. Wenn sie es vor der Zeit entdecken, werden sie es ohne Gnade töten – und damit die einzige Hoffnung der Alwen zunichtemachen. Denke also stets daran: Was immer auch geschehen mag, du darfst nicht eher nach Mysteria zurückkehren, bis die rechte Zeit gekommen ist. Hast du das verstanden?«

»Natürlich«, antwortete die Frau zögernd. »Nur – woran werde ich die rechte Zeit erkennen, Herr?«

»Das soll nicht deine Sorge sein«, antwortete der Wanderer. »Wenn das Tor des Feuers sich öffnet, werden Zeichen offenbar werden. Und jetzt eile, bevor es zu spät ist!«

Die Frau zitterte und senkte den Kopf, um seinem fordernden Blick auszuweichen.

Der Wanderer machte einen Schritt auf sie zu, streckte seine Rechte aus und griff nach dem Bündel in ihren Armen. Behutsam schlug er das Tuch zur Seite.

Ein winziger Kopf kam darunter zum Vorschein, rosig und von einem dunklen Haarflaum bedeckt: das Haupt eines Neugeborenen. Die Augen in dem zarten Gesicht hatten die Form von Mandeln und die Farbe dunkler Smaragde. Als der Säugling den Wanderer erblickte, streckte er die dünnen Ärmchen nach ihm aus.

Die Augen des Mannes leuchteten für einen kurzen Moment auf, aber dann sah er die Frau wieder mit unbewegter Miene an. »Ich fühle, was dein Herz bewegt«, sagte er, »und ich weiß um die Schwere der Last, die dir aufgebürdet wurde. Deshalb werde ich dir helfen, sie besser zu ertragen.« Nachdem er das Neugeborene wieder sorgsam in das wärmende Tuch gehüllt hatte, legte er der Frau eine Hand aufs Haupt. »Schließe die Augen!«, befahl er.

Die Frau tat, wie ihr geheißen wurde. Mit gesenktem Kopf lauschte sie den monotonen und beschwörenden Worten, die der Wanderer nun sprach. Sie verstand nicht einen seiner seltsamen Laute, aber noch während sie darüber nachsann, was sie bedeuten mochten, formte sich ein Bild in ihrem Kopf: das Bild eines Falken, der mit kräftigen Flügelschlägen direkt auf sie zuhielt. Während der stolze Vogel immer näher kam, wurden die beschwörenden Worte immer leiser, bis sie schließlich ganz verstummten und der Falke von einer dichten Nebelwolke verschlungen wurde.

Als die Frau die Augen wieder öffnete, war der Wanderer verschwunden, als habe der Erdboden ihn verschluckt. Dafür aber hatte der Regen wieder eingesetzt und rauschte mit unverminderter Heftigkeit vom Himmel herab.

Entschlossen trat die junge Frau jetzt nach vorne und mitten in den schimmernden Nebel hinein. Sie war kaum darin verschwunden, als die Wolke aus Licht noch einmal heller erstrahlte als je zuvor. Dann begann sie, sich aufzulösen, ganz langsam und ohne Eile. Nachdem die letzten Dunstschlieren sich mit dem Nachtdunkel verbunden hatten, war von der Frau nicht die geringste Spur mehr zu sehen.

Nur drei graue Riesensteine ragten aus dem regendurchtränkten Ödland auf – mächtige Findlinge, die sich wie die trutzigen Wächter der Zeiten zum nächtlichen Himmel emporreckten.

KAPITEL 1

Die Zeichen mehren sich

War es Schicksal?

Fügung?

Oder einfach nur – Zufall?

Niko Niklas hatte keine Ahnung, warum ihn der unscheinbare Laden wie magisch anzuziehen schien. Das Geschäft befand sich im Erdgeschoss eines heruntergekommenen Hauses, das bestimmt schon bessere Tage gesehen hatte. Es war mindestens zweihundert Jahre alt, wenn nicht älter. Die Vorderfront war verwittert und der schmutzig graue Verputz bereits an vielen Stellen abgeblättert. Genau wie die Farbe an den Fensterrahmen, denen schon vor längerer Zeit ein neuer Anstrich gutgetan hätte. Niko musste schon unzählige Male an dem alten Gemäuer vorbeigekommen sein, denn es lag direkt an seinem Schulweg und war nur ein paar Gehminuten von seinem Zuhause entfernt. Trotzdem war es ihm in all den Jahren, in denen er das Tolkien-Gymnasium schon besuchte, noch niemals aufgefallen. An diesem Tag aber war alles anders, auch wenn zunächst nichts darauf hindeutete.

Es war der letzte Schultag vor den großen Ferien. Niko befand sich auf dem Nachhauseweg und hatte es furchtbar eilig. Das Zeugnis in seinem Rucksack bestätigte schwarz auf weiß, dass er die achte Klasse bestanden und damit die Versetzung in die neunte geschafft hatte. Aber genau das hatte seine Mutter Rieke nicht für möglich gehalten. Weil sein Halbjahreszeugnis nämlich eine einzige Katastrophe gewesen war. So grauenhaft, dass Rieke das Allerschlimmste befürchten musste. Um ihren Sohn anzuspornen, hatte sie damals eine Belohnung ausgesetzt: einen verlängerten Wochenend-Ausflug ins Adventure-Land, einen brandneuen und supermegatollen Vergnügungspark. Die Eintritts- und Übernachtungspreise dort waren allerdings mehr als happig. Rieke würde also ziemlich tief in die Tasche greifen müssen. Dabei stöhnte sie doch immer, dass ihr schmales Bibliothekarinnen-Gehalt gerade mal ausreichte, um mit Ach und Krach über die Runden zu kommen. Offensichtlich hatte sie nicht damit gerechnet, dass die versprochene Belohnung am Ende des Schuljahres tatsächlich fällig würde!

Bei dem Gedanken musste Niko grinsen. Das grauenhafte Zwischenzeugnis hatte ihn selbst fast noch mehr erschüttert als seine Mutter. Er hatte sich deshalb zusammengerissen und sich endlich mal mehr mit seinen Hausaufgaben als mit seinem Computer beschäftigt. Auch das Training und die Kinobesuche hatte er eingeschränkt. Und das hatte sich tatsächlich ausgezahlt, auch wenn sein Zeugnis nicht gerade überragend war: hauptsächlich Vieren, zwei magere Dreien, eine mickerige Zwei in Kunst und – zu seiner großen Erleichterung – eine einsame Eins in Sport.

Sport war nämlich das einzige Fach, in dem Niko Wert auf eine gute Zensur legte. Dabei war sein Sportlehrer ziemlich streng und knauserte mit den guten Noten. Eine »Eins« bekam nur, wer sie auch wirklich verdiente. Nikos absolute Paradedisziplin war der Hochsprung – was nicht nur daran lag, dass er für sein Alter schon recht groß war. Er verfügte zudem über eine hervorragende Sprungkraft und ein ganz außergewöhnliches Gespür für Bewegungsabläufe, sodass sein persönlicher Rekord bereits bei einem Meter fünfundsechzig lag. Eine ausgezeichnete Leistung für einen Vierzehnjährigen, die selbst der penibelste Sportlehrer einfach mit »sehr gut« benoten musste.

Nikos Körperkräfte dagegen ließen etwas zu wünschen übrig. Da er diese kleine Schwäche jedoch durch seine große Geschicklichkeit ausgleichen konnte, zählte er nicht nur in der Leichtathletik, sondern auch in fast allen anderen Sportarten zu den Cracks des Tolkien-Gymnasiums. Worauf er natürlich stolz war, auch wenn er sich das nicht anmerken ließ. Dabei genoss er es durchaus, dass die anderen Jungs in seiner Klasse ihn deswegen bewunderten – und die Mädchen natürlich auch.

Ein zufriedenes Lächeln legte sich auf Nikos kupferbraunes Gesicht, als er urplötzlich ins Stolpern geriet und um ein Haar auf die Nase gefallen wäre. Erst im letzten Moment konnte er sich abfangen. Der Schnürsenkel seines linken Turnschuhs hatte sich gelöst, und so war er aus dem Gleichgewicht geraten, als er mit dem anderen Fuß auf das lose Ende getreten hatte.

»Mist!«, rief Niko genervt und kniete rasch nieder, um das Malheur zu beheben. Sicherheitshalber machte er eine Doppelschleife. Er wollte sich gerade aufrichten und weitergehen, als er seinen Namen hörte: »Niko!« Und dann noch einmal: »Niiikooo!« Gleichzeitig verspürte er den unwiderstehlichen Drang, sich dem alten Gebäude zuzuwenden.

Es war viel kleiner als die anderen Häuser und stand auch etwas weiter zurückgesetzt von der Straße. Wie ein abgebrochener Stummel in einer Zahnlücke saß es zwischen den mehrgeschossigen Wohn- und Geschäftshäusern, die hier sonst zu finden waren. Der Laden befand sich im Erdgeschoss. Er konnte nicht besonders groß sein, denn die beiden Schaufenster links und rechts vom Eingang waren höchstens drei Meter breit. Die Tür stand sperrangelweit offen und gähnte Niko unheimlich an. Erst jetzt bemerkte er die Aufschrift an der Hauswand darüber. Sie war genauso verwittert und lückenhaft wie der Verputz. Einige Buchstaben waren bereits abgeblättert, sodass er die Worte nicht auf Anhieb entziffern konnte: »Schre er Ant aria am alk urm«, murmelte er verwundert vor sich hin.

Was sollte das bedeuten?

Und welche Sprache war das überhaupt?

Niko sann noch darüber nach, als er seinen Namen ein weiteres Mal vernahm, wie aus weiter Ferne, aber dennoch laut und deutlich: »Niiikkooo!«

Kein Zweifel – das war aus der Tür gekommen!

Die Schaufensterscheiben waren ziemlich verstaubt. Dennoch glaubte Niko, einen Mann im Ladeninneren zu erkennen. Obwohl der nur einen Augenblick später bereits wieder vom Fenster verschwand, war Niko sich fast sicher, dass es sich um Herrn Noski gehandelt hatte. Zumindest hatte der Mann die gleiche Statur und trug auch den gleichen schwarzen Pferdeschwanz…

Herr Noski war der Inhaber und Trainer der Kampfsportschule, die Niko schon seit vier Jahren besuchte. Zwei Stunden in der Woche nahm er dort Unterricht in Kendo und Aikido. Vielleicht hatte der Senshei, wie die Schüler den Trainer nennen mussten, ja nach ihm gerufen? Noch im gleichen Moment fiel Niko etwas ein.

Im Sommer schloss Herr Noski das Dojo, wie die korrekte Bezeichnung für eine Kampfsportschule lautete, immer für einige Wochen. Wahrscheinlich fuhr er dann in den Urlaub, auch wenn das niemand so genau wusste. Damit seine Schützlinge in der freien Zeit nicht aus der Übung kamen, stellte er für jeden von ihnen eine Reihe von Übungen zusammen, die sie in den Ferien trainieren sollten. Aber genau das hatte der Senshei in der gestrigen letzten Unterrichtsstunde bei Niko nicht getan. Er hatte ganz vergessen, ihm die üblichen Anweisungen mit auf den Weg zu geben, und deshalb nun wahrscheinlich nach ihm gerufen, weil er das Versäumte nachholen wollte.

Das klang doch logisch, oder?

Blieb nur noch die Frage, was Herr Noski in diesem heruntergekommenen Laden machte?

Wie auch immer: Niko musste ja einfach nur nachschauen, um

die Sache zu ergründen. Außerdem stand die Tür sperrangelweit offen, als würde sie ihn förmlich zu einem Besuch auffordern. Nach kurzem Zögern gab Niko sich einen Ruck und betrat das Geschäft. Wie hätte er auch ahnen sollen, was ihn dort erwartete?

Das Große Taglicht stand gleißend hell am wolkenlosen Himmel über Mysteria und schickte seine heißen Strahlen hinunter auf das Dorf der Alwen, das sich, klein und versteckt, an den Saum eines dichten Waldes schmiegte. Es waren kaum mehr als ein Dutzend Hütten, die aus rohen Baumstämmen und ungehobelten Brettern zusammengefügt und mit Stroh und Reet gedeckt waren. Ein paar magere Schafe und Ziegen sprangen zwischen den Gebäuden umher und suchten den schmalen Fahrweg und die begrasten Freiflächen nach Fressbarem ab. Eine kleine Herde Schweine mit hohlen Bäuchen lagerte im Schatten der großen Eiche, die sich auf dem fast kreisrunden Platz in der Mitte der Siedlung erhob. Die Tiere ließen die rosigen Zungen aus dem geöffneten Maul hängen und hechelten nach Abkühlung vor der brütenden Hitze, die auf der Siedlung lastete. Den dürren Hahn, der an der Spitze einer Handvoll abgemagerter Hennen und eines halben Dutzends Küken über den Dorfplatz stolzierte, schien das jedoch nicht im Geringsten zu stören. Mit hoch emporgerecktem Kopf ließ er einen herrischen Schrei erschallen, worauf das Hühnervölkchen eifrig im heißen Sand zu scharren begann und sich mit einer bunten Vogelschar um die paar Körner stritt, die es zutage förderte.

Am entfernten Waldrand fochten einige Jungen laut johlend einen heftigen Kampf mit Holzschwertern aus. Mit erhitzten Gesichtern hieben sie voller Eifer aufeinander ein, als gelte es, einen blutrünstigen Angreifer in die Flucht zu schlagen. Übertönt wurde ihr lautes Schreien nur kurzzeitig vom Kreischen einer Mädchengruppe, die durchs kniehohe Wildgras tollte und sich um einen Ball aus Stofffetzen balgte.

Die Erwachsenen dagegen hatten keine Zeit für müßige Spiele und gingen ihrem Tagwerk nach. Die meisten Männer ackerten auf den ringsum verstreuten Feldern, wo die Getreidehalme sich bereits unter der Last der goldgelben Ähren bogen und darauf hoffen ließen, dass die Zeit des Hungers wenigstens bald ein Ende haben würde. Die Frauen saßen vor den Hütten und putzten das Gemüse aus den Gärten, das infolge der Trockenheit recht kümmerlich ausgefallen war. Andere zerstampften die letzten Körnerreste aus der vorjährigen Ernte zu grobem Mehl, um Brot und Fladen daraus zu backen.

Arawynn stand, nur mit einer knielangen Hose aus ungefärbter Schafswolle bekleidet, vor der elterlichen Hütte am Dorfplatz. Sein Oberkörper glänzte, und auch seine pechschwarzen Haare waren nass vom Schweiß, dessen Salz ihm schon in den smaragdgrünen Augen brannte. Arawynn war erst vierzehn Sommer alt und hatte dennoch keine Zeit, mit seinen Altersgenossen am Waldrand herumzutoben. Seit sein Vater Mayan im letzten Erntemond von den Soldaten des marschmärkischen Herrschers Rhogarr von Khelm gefangen genommen und verschleppt wurde – Mayan hatte sich lautstark über die hohen Abgaben und Tributzahlungen beschwert, die der Tyrann den Alwen abpresste –, hatte Arawynn seinen Vater nicht mehr wiedergesehen und dessen Platz in der elterlichen Schmiede einnehmen müssen. Was wäre ihm auch anderes übrig geblieben? Selbst als die Familie noch vollzählig war, hatten alle – Mayan, seine Ehefrau Maruna, Tochter Ayani und natürlich auch Arawynn – kräftig mit anpacken müssen, damit es zum Überleben reichte. Seitdem der Vater aber im Kerker von Helmenkroon schmachtete, war der Kampf ums tägliche Brot für jeden von ihnen noch härter geworden, und so musste Arawynn trotz seiner jungen Jahre schon genauso arbeiten wie ein erwachsener Mann.

Die körperliche Arbeit allerdings machte Arawynn nichts aus. Es war nämlich längst abgemachte Sache gewesen, dass er einmal in die Fußstapfen des Vaters treten und die Schmiede übernehmen würde, und so kam es auf ein paar Sommer früher oder später nicht an. Die kräftigen Muskeln, die sich unter der tiefbraunen Haut seiner Arme und seines Oberkörpers abzeichneten, bewiesen zudem, dass Arawynn für sein Alter stark und kräftig war, und so ging ihm die Arbeit an Esse und Amboss schon fast genauso leicht von der Hand wie früher dem Vater. Aber was dem Vater zugestoßen war – das stand auf einem anderen Blatt, und Arawynn konnte es weder vergessen noch verwinden.

Mit einer langen Schmiedezange holte der Junge ein glühendes Eisenstück aus der Esse, legte es auf den Amboss und hieb mit dem Hammer so energisch darauf ein, als könnte er mit den Schlägen seinen Vater aus den Ketten befreien. Das Geräusch der wuchtigen Hiebe schallte weit über die Grenzen des Dorfes hinaus, schwebte über Wiesen und Felder und stieg hoch empor über das dichte Wipfeldach des angrenzenden Waldes. Mehr und mehr zwang die Gewalt des Hammers nun das Eisen in die gewünschte Form, bis es schließlich als Pflugschar zu erkennen war, wenn auch noch grob und unfertig. Noch einmal ließ Arawynn den wuchtigen Schlegel niedersausen, bevor er das Werkstück rasch in den breiten Wasserbottich neben dem Amboss tauchte. Eine große Dampfwolke stieg unter lautem Zischen daraus empor, während das Metall abkühlte und gleichzeitig an Festigkeit gewann.

Arawynn wischte sich den Schweiß von der Stirn und wandte

sich um. Einige Schritte abseits stand ein Mädchen, das mit einem langen Holzstößel Körner in einem Steinmörser zerstieß. »Ayani?«, sprach er es an.

Ayani war im gleichen Alter wie Arawynn. Sie war groß gewachsen und ein knielanges Gewand aus grobem Leinen umhüllte ihre schlanke Gestalt. Um ihren Hals hing eine Kette, deren Anhänger im hellen Licht des Tages glänzte. Die pechschwarzen Haare reichten bis auf ihre Schultern herab. Ein Stirnband aus braunem Leder sorgte dafür, dass sie ihr nicht in das hübsche Gesicht mit den mandelförmigen Augen fielen. Ayani hielt in ihrer Arbeit inne und blickte den Jungen fragend an. »Ja, Bruder?«

»Würdest du bitte zum See gehen und ein paar Eimer für mich schöpfen?« Arawynn deutete mit dem Hammer auf den Bottich. »Das Kühlwasser geht bald zur Neige, und ich muss mich sputen, wenn meine Arbeit noch heute fertig werden soll. Du weißt, dass ich das versprochen habe.«

»Ja, sicher«, erwiderte Ayani. »Wenn du weiter keine Wünsche hast?« Ein leichter Spott lag in ihrem Lächeln. Sie legte ihren Stößel zur Seite und packte die beiden Holzeimer, die im Schlagschatten der Hütte standen, an den Trageseilen. Dann stieß sie einen leisen Pfiff aus, worauf ein seltsames Wesen fast lautlos aus der Tür der Hütte sauste: Es ähnelte einer kleinen Katze, doch sein Körper war über und über mit rotbraunen Schuppen bedeckt. Auf seinem Rücken befanden sich große Flügel, ähnlich denen eines Drachen, und auf seinem Nasenrücken ragte ein Drachenhorn auf. Es war ein Schleichdrache – ein Tier, das viele Alwen als Haustier hielten. »Was ist, Pirrik?«, sprach Ayani das Tierchen an. »Kommst du mit zum See oder bist du zu faul?«

Anstelle einer Antwort ließ der Schleichdrache einige Pfeiflaute hören, breitete seine Flügel aus und flatterte auf die Schulter des Mädchens.

»Aber dass du mir nicht wieder davonfliegst und ich dich stundenlang suchen muss, verstanden?«

Erneut ertönte ein Pfiff, der jetzt aber empörter klang und wohl so viel bedeuten sollte wie: »Wo denkst du hin!«

»Gut. Dann also los.« Ayani wollte schon mit Pirrik davoneilen, als ein Geräusch sie innehalten und den Blick zum Himmel wenden ließ.

Eine Schar großer Vögel zog am tiefblauen Firmament dahin: Wandergänse, wie nicht nur ihre pfeilförmige Formation, sondern auch ihr aufgeregtes Schnattern verrieten. Ayani runzelte die Stirn. »Seltsam«, sagte sie nachdenklich.

»Seltsam?«, wiederholte Arawynn, der neben seine Zwillingsschwester getreten war und nun ebenfalls zum Himmel spähte. »Was soll an Wandergänsen denn seltsam sein?«

»Fragst du das im Ernst?« Ayani warf ihm einen überraschten Blick zu. »Oder fällt es dir wirklich nicht auf?«

»Nein.« Der Junge schüttelte den Kopf. »Was soll mir denn auffallen?«

Bevor das Mädchen antworten konnte, war die sanfte Stimme einer Frau zu vernehmen: Maruna, die Mutter der beiden, kam eben mit einem Weidenkorb, in dem sich zwei schmächtige Kohlköpfe verloren, aus dem kleinen Garten hinter der Hütte. Ihr dunkles Gewand reichte bis zum Boden. Obwohl sie kaum älter war als vierzig Sommer, hatten Sorge und Kummer Marunas Züge bereits vor der Zeit altern und ihre Haare grau werden lassen. »Deine Schwester hat recht, Arawynn«, erklärte sie mit einem raschen Blick auf die Vögel. »Es ist erst Erntemond und trotzdem machen sich die Wandergänse bereits auf die Reise ins Winterquartier.«

»Ach soooo«, antwortete Arawynn gedehnt und sah seine Schwester augenzwinkernd an. »Das hast du also gemeint. Na, dann sind sie eben diesmal etwas früher dran.«

»Ja, schon …« Ayani runzelte die Stirn. »Aber auch die Rotschwalben sind bereits gegen Süden gezogen – so früh wie noch niemals zuvor!« Damit wandte sie sich an ihre Mutter. »Hast du so was schon mal erlebt?«

Ein Schatten legte sich auf Marunas Gesicht, während sie für einen Augenblick mit schmalen Augen in die Ferne starrte. »Ja«, sagte sie dann leise. »Aber nur ein einziges Mal. Und zwar in dem Sommer, als Rhogarr von Khelm in unser Land eingefallen ist, um König Nelwyn zu ermorden und den Thron von Helmenkroon an sich zu reißen.«

»Was er nur konnte, weil Herzog Dhrago, dieser feige Verräter, ihm heimlich die Tore zur Burg geöffnet hat«, fiel Arawynn mit finsterer Miene ein. »Sonst hätte dieser marschmärkische Hund König Nelwyn doch niemals besiegt!«

Ayani schluckte. Ihr Blick sprang unruhig zwischen der Mutter und dem Bruder hin und her. »Aber wie konnte Rhogarr unseren König denn töten? Nelwyn hatte doch Sinkkâlion, dessen magische Kräfte ihn unbesiegbar machten. Weißt du mehr darüber, Mutter?«, fragte sie leise. »Oder wusste es der Vater?«

Obwohl es draußen gleißend hell war und die Augustsonne brütend heiß vom Himmel brannte, ballte sich im Innern des Ladens schummeriges Dämmerlicht zusammen. Nikos Augen brauchten eine Weile, bis sie sich an das Halbdunkel gewöhnt hatten, das wie ein Schleier über der Einrichtung und den Gegenständen lag. Allmählich aber wurde Niko klar, dass er wohl in ein Antiquariat geraten war. Vielleicht auch eher in einen Trödelladen oder in eine Mischung aus beidem. In dem niedrigen Raum, der das gesamte Erdgeschoss einnahm und höchstens zweieinhalb Meter bis zur Decke maß, herrschte jedenfalls ein heilloses Durcheinander.

Er war mit wurmstichigen Schränken, Kommoden und Regalen vollgestellt, in denen sich ein buntes Sammelsurium unterschiedlichster Dinge stapelte. Alte Bücher hauptsächlich, aber auch andere Druckerzeugnisse wie Zeitungen und Zeitschriften oder Comics, Landkarten und Grafiken und vieles andere mehr. Daneben gab es jede Menge Büsten, Vasen, Leuchter, Gemälde, Spiegel, Skulpturen und andere Kunst- und Gebrauchsgegenstände. In einer Ecke erblickte Niko sogar zwei Schränke, in denen eine ganze Reihe alter und offensichtlich bereits gebrauchter Kleider und Kostüme hingen. Alles war von einer dünnen Staubschicht bedeckt, und darüber schwebte ein feiner Geruch nach Druckerschwärze, altem Papier und Leder, vermischt mit dem Hauch eines seltsamen, leicht bitteren Duftes, der ihm so unbekannt wie verlockend vorkam.

Niko sah sich nur flüchtig um. Er war schließlich nicht gekommen, um das kuriose Sammelsurium zu bestaunen. Zu seiner Erleichterung hatte er sich nicht getäuscht: Herr Noski hielt sich tatsächlich im Laden auf. Es schien allerdings eher unwahrscheinlich, dass er nach Niko gerufen hatte. Der Senshei lehnte nämlich am altertümlichen Verkaufstresen in der hintersten Ecke des Raumes – das metallene Monster von Ladenkasse, das darauf thronte, stammte bestimmt noch aus den Anfangsjahren des letzten Jahrhunderts! – und war in ein lebhaftes Gespräch mit dem dahinter stehenden Männchen verstrickt.

Niko hatte selten zwei Männer gesehen, die so verschieden waren: Der Senshei mit seiner stattlichen und aufrechten Gestalt erschien ihm wie die Verkörperung purer Energie. Nur die silbrigen Fäden, die im glänzenden Tiefschwarz seiner langen Haare aufschimmerten, verrieten, dass er gar nicht mehr so jung war und die vierzig wahrscheinlich längst überschritten hatte. Sein Gesprächspartner – der verwaschene und fadenscheinige Kittel, der von seinen gekrümmten Schultern hing, deutete darauf hin, dass es sich um den Ladenbesitzer handelte – war das offensichtliche Gegenteil: Seine schmächtige, gebeugte Gestalt, das Aschgrau seines faltigen Gesichts und die schlohweißen, dünnen Haare zeigten, dass er die Blüte seiner Jahre längst hinter sich hatte und nicht viel jünger sein konnte als sein kurioses Warensortiment.

Die beiden Männer schienen sich gut zu kennen. Wie enge Vertraute hatten sie die Köpfe zusammengesteckt und unterhielten sich eindringlich im Flüsterton. Niko scheute sich deshalb, sie einfach zu unterbrechen, um Herrn Noski nach den Aufgaben für die Ferien zu fragen. Das wäre mehr als unhöflich gewesen, und so beschloss er, das Ende ihres Gespräches abzuwarten und sich solange im Laden umzusehen.

Ohne besonderes Ziel spazierte er durch die Regalreihen, die mit antiquarischen Büchern, Heften und Folianten gefüllt waren. Eher aus Langeweile ließ Niko seinen Blick darüberschweifen. Einige der alten Schinken hatten dicke Ledereinbände und sahen ziemlich wertvoll aus. Die überwiegende Mehrzahl der Bücher war allerdings nur kartoniert und teilweise so beschädigt, dass sie auseinanderzufallen drohten. Niko versuchte, einige der Titel zu entziffern, was in den meisten Fällen aufgrund altertümlicher Schrifttypen ziemlich mühsam war. Zu seiner Verwunderung waren die Wälzer weder alphabetisch nach Autorennamen noch nach irgendeinem anderen erkennbaren System geordnet. Literarische Klassiker wie Dantes »Inferno« oder Goethes »Faust« zum Beispiel standen in einer Reihe mit historischen Abhandlungen über Alchemie oder die Hexenverfolgungen. In der Reihe darunter entdeckte er mehrere zerfledderte Ausgaben der »Edda«, einer Sammlung altnordischer Heldenlieder. Daneben stand ein dickleibiger Schmöker mit den Märchen der Brüder Grimm und daran wiederum lehnte sich Bram Stokers »Dracula«.

Auch in den anderen Regalen, Kommoden, Truhen und Schränken, an denen Niko entlangschlenderte, verhielt es sich nicht anders. Überall herrschte das gleiche verwirrende Durcheinander, sodass Niko sich wunderte, wie der Ladenbesitzer sich in dem Chaos wohl zurechtfinden mochte. Was seine Gedanken endlich wieder auf den Grund seines Besuches lenkte. Rasch drehte er den Kopf und spähte zum Verkaufstresen.

Mist – der Senshei unterhielt sich immer noch mit dem grauen Männchen. Er musste sich also notgedrungen noch etwas gedulden.

Leicht genervt ging Niko weiter und bog in den schmalen Gang zwischen zwei Bücherregalen ein. Auch darin herrschte ein chaotisches Durcheinander. Eine fast unübersehbare Menge an Büchern stapelte sich in den alten Holzgestellen – und das hoch bis zur Decke. Doch so unterschiedlich die Wälzer auch sein mochten, eines hatten sie gemein: Sie waren uralt und deshalb wahrscheinlich völlig uninteressant. Niko bemühte sich denn auch nicht mehr, die Titel zu entziffern. Lustlos schlenderte er weiter, als der seltsame, leicht bittere Geruch, den er beim Betreten des Ladens wahrgenommen hatte, mit einem Mal stärker wurde und ein Bild durch seinen Kopf geisterte: Er sah ein Buch, das sich wie von Zauberhand von einem Regalbrett löste und zu Boden fiel. Noch im gleichen Augenblick vernahm Niko ein dumpfes Geräusch in seinem Rücken – wie der Aufprall eines Gegenstandes auf Holzdielen!

Überrascht wirbelte er herum. Zu seiner Verwunderung lag kaum zwei Meter von ihm entfernt tatsächlich ein Buch auf dem Boden zwischen den Regalen. Es musste eben erst herausgefallen sein. Sonst hätte er es doch bemerkt, als er die Stelle gerade passiert hatte.

Stirnrunzelnd machte Niko zwei Schritte auf das Buch zu, bückte sich und hob es auf.

KAPITEL 2

Überraschungen

Maruna zögerte einen Moment und schaute erneut in die Ferne, als suche sie dort nach der richtigen Antwort. Dann wandte sie sich wieder ihrer Tochter zu. »Du hast recht, Ayani – aber wenn die Zahl der Gegner übermächtig ist, kann selbst ein magisches Schwert nicht viel ausrichten. Außerdem wird gemunkelt, dass Dhrago das Schwert heimlich entwendet hat, bevor er den Eindringlingen das Tor zur Burg öffnete.«

»Genauso wird es gewesen sein, Mutter!« Arawynn sah Maruna voller Grimm an. »Eine andere Erklärung ist gar nicht denkbar.« Instinktiv ballte er seine rechte Faust. »Ich gäbe alles darum, wenn König Nelwyn noch am Leben wäre. Er würde es niemals zulassen, dass dieser schreckliche Tyrann uns Alwen bis aufs Blut quält und uns wie Sklaven im eigenen Land behandelt. Er würde Rhogarr furchtlos entgegentreten und ihn aus dem Nivland verjagen – und Dhrago, seinen verräterischen Halbbruder, gleich mit! Aber so…« Mit einem lauten Seufzer hob er beide Hände. »… bleibt uns nichts anderes übrig, als weiterhin der Legende zu vertrauen, der alten Prophezeiung…« Seine Stimme nahm einen drohenden Ton an. »Und sollte die jemals wahr werden und der unbekannte Retter befreit uns an Nelwyns statt mit der Macht Sinkkâlions aus unserer Knechtschaft, dann stehen wir bereit, um ihn mit all unseren Kräften zu unterstützen!«

»Ach, Arawynn.« Ayani schaute den Bruder voller Mitgefühl an. »Du hast es eben selbst gesagt: Das ist nichts weiter als eine Legende. Eine alte Geschichte, die man den kleinen Kindern am Feuer erzählt. Bislang warten wir jedenfalls vergeblich auf diesen Retter. Außerdem ist das Königsschwert seit Nelwyns Tod verschwunden.« Sie runzelte die Stirn. »Was ich, ehrlich gesagt, nicht so recht verstehe.«

»Nein?« Arawynn sah seine Schwester verwundert an. »Und wieso nicht?«

»Ganz einfach – Mutter und du, ihr habt eben doch behauptet, dass Dhrago sich das Schwert gegriffen hat.«

»Ja, und?«

»Warum zeigt der Herzog sich dann nicht mit dem Königsschwert? Oder Rhogarr von Khelm? Unsere Vorväter haben doch verfügt, dass seinem Besitzer der Thron von Helmenkroon zusteht. Wir Alwen hätten Rhogarr schon längst als unseren rechtmäßigen Herrscher anerkannt, wenn er uns Sinkâlion präsentiert hätte.«

»Na ja, das klingt schon überzeugend«, sagte Maruna. »Allerdings nur auf den ersten Blick.«

Ayani hob die Augenbrauen.

»Du übersiehst nämlich das Wichtigste«, fuhr Maruna fort. »Es waren die Unsichtbaren, die uns Alwen das Königsschwert am Anfang unserer Zeiten geschenkt haben. Seitdem wachen sie darüber, dass es nicht in die Hände eines Unwürdigen gerät.«

»Das weiß ich doch«, erwiderte das Mädchen leicht gereizt. »Aber was …«

»Deshalb konnte Dhrago sich bestimmt nicht lange an dem Schwert erfreuen – weil die Unsichtbaren dafür gesorgt haben, dass Sinkâlion dorthin zurückkehrte, wo der allererste König der Alwen es einst entdeckt hat: in den großen Schicksalsstein hinter dem Tor des Feuers. Und das Feuertor schützt das

Schwert des Königs so lange, bis sein rechtmäßiger Nachfolger es wieder in Besitz nimmt.«

»So erzählt es die Legende, ich weiß.« Ayani kniff die Augen zusammen. »Aber es gibt Gerüchte, wonach es Nelwyn gelungen sein soll, Sinkkâlion vor seinem Tod aus Helmenkroon zu schaffen und es an einem unbekannten Ort zu verstecken. Und es heißt, dass der marschmärkische Tyrann schon seit Jahren heimlich danach sucht.«

»Weil er ein Narr ist, deshalb!«, erklärte Maruna mit einer verächtlichen Geste. »Und weil er die Macht der Unsichtbaren verleugnet. Sie haben unsere Welt geschaffen und lenken ihr Geschick. Und aus diesem Grunde bin ich ganz sicher, dass die alte Legende die Wahrheit spricht.«

»Aber …« Ayani rümpfte die Nase. »Woran sollen wir denn Nelwyns rechtmäßigen Nachfolger erkennen? Schließlich könnte jeder von sich behaupten, der prophezeite Retter zu sein!«

»Oh nein, Ayani«, antwortete die Mutter mit sanftem Lächeln. »Nur derjenige, den die Unsichtbaren zum wahren Herrscher der Alwen bestimmt haben, kann das Tor des Feuers durchschreiten und Sinkkâlion aus dem Schicksalsstein ziehen. Jeder andere dagegen, und sei er noch so kräftig, wird daran scheitern.«

Ayani sah die Mutter noch immer zweifelnd an. »Und wo befindet sich das Feuertor?«

»Das Tor wird sich offenbaren, sobald unser Befreier auftaucht. Und glaubt mir, meine Kinder, genau das wird schon bald geschehen.«

Die Falten auf Ayanis Stirn wurden noch tiefer. »Woher willst du das wissen, Mutter?«

»Ganz einfach.« Maruna trat auf die beiden zu und legte ihnen die Hände auf die Schultern. »Erinnert ihr euch nicht an die Worte der Legende? ›Wenn das Tor des Feuers sich öffnet, werden Zeichen offenbar werden‹, heißt es darin. Und diese Zeichen …«, damit wandte sie sich an die Tochter, »… hast du doch gerade mit deinen eigenen Augen gesehen, Ayani: den frühen Zug der Rotschwalben zum Beispiel, oder den Flug der Wandergänse lange vor der Zeit. Ich bin sicher, die Unsichtbaren werden uns noch weitere Hinweise geben. Und deshalb möchte ich euch um eines bitten.«

Arawynn und Ayani wechselten einen erstaunten Blick.

»Lasst von nun an ganz besondere Vorsicht walten, bei allem, was ihr tut!« Mit einem raschen Blick auf die Eimer in Ayanis Händen fügte sie hinzu: »Ganz besonders wenn ihr das Dorf verlasst und niemand bei euch ist!«

»Aber … warum denn, Mutter? Ich gehe doch fast täglich zum See und es ist mir noch niemals etwas zugestoßen.« Mit einer kleinen Kopfbewegung deutete sie auf den Schleichdrachen auf ihrer Schulter. »Außerdem hab ich ja einen mutigen Begleiter«, sagte sie lächelnd.

Pirrik ließ ein zustimmendes Pfeifen hören.

»Was du nicht sagst.« Auch Maruna konnte sich ein Lächeln nicht verkneifen. »Dann bist du ja in den besten Händen. Wenn es darauf ankommt, nimmt Pirrik doch als Erster Reißaus!«

Wie zum Protest spreizte der Schleichdrache die Flügel und schüttelte unter lautem Zischen den Kopf.

»Nein, jetzt im Ernst.« Maruna sah Ayani und Arawynn eindringlich an. »Die marschmärkischen Eroberer und ihre Vasallen treiben es schon schlimm genug. Denkt nur daran, was sie mit eurem Vater gemacht haben! Doch auch Rhogarr von Khelm werden die Zeichen, die unseren Befreier ankündigen, leider nicht verborgen bleiben. Sobald er davon erfährt, wird es für ihn kein Halten mehr geben. Er wird seine Krieger aussenden und ihnen befehlen, Jagd auf ihn zu machen und ihn umzubringen. Damit er nicht in den Besitz von Sinkkâlion gelangt und zu einer tödlichen Gefahr für ihn wird.«

»Aber …« Ayani schluckte. »Was hat das alles mit uns zu tun?«

»Niemand kennt doch den Retter, von dem die Legende spricht. Jeder von uns Alwen könnte es sein – egal ob Mann oder Frau, ob Junge oder Mädchen.«

»Auch eine Frau oder ein Mädchen?« Ayani schaute die Mutter verwundert an. »Aber ich dachte, der Prophezeite soll uns mithilfe des Königsschwerts die Freiheit schenken?«

»Ja, und?« Maruna schien nicht zu verstehen, worauf Ayani hinauswollte.

»Was soll eine Frau oder ein Mädchen schon mit einem Schwert anstellen? Uns wird der Umgang mit Waffen doch gar nicht beigebracht, sondern nur den Jungen!« Damit warf sie ihrem Bruder einen vorwurfsvollen Blick zu, den dieser mit einem schadenfrohen Grinsen erwiderte.

»Du hast recht«, erwiderte Maruna ernst, »und dennoch ist das unerheblich. Du hast es doch vorhin selbst erwähnt: Die Unsichtbaren haben Sinkkâlion magische Kräfte verliehen. In der Hand seines rechtmäßigen Besitzers kämpft das Königsschwert, so heißt es, beinahe von alleine. Es benötigt vielleicht gar keinen erfahrenen Krieger, der es führt, sondern macht selbst einen Ungeübten zu einem unbesiegbaren Helden – vorausgesetzt natürlich, dass es der rechten Sache dient.« Maruna sah ihre Kinder eindringlich an. »Deshalb könnte sich tatsächlich jeder von uns als Auserwählter erweisen. Und aus diesem Grund werden Rhogarrs Krieger sich auch jeden greifen, der ihnen nur im Geringsten verdächtig erscheint.« Marunas Augen wurden schmal und ein Schatten schien über ihr Gesicht zu huschen. »Und was diese Unglücklichen dann erwartet, dürfte euch klar sein, nicht wahr?«

Arawynn und Ayani antworteten nicht, sondern sahen sich nur betroffen an.

»Wenn meine Ahnung mich nicht trügt«, fuhr die Mutter fort, »stehen uns Alwen harte Zeiten bevor. Schmerz und Leid werden über uns kommen, denn keiner von uns wird vor Rhogarrs Horden mehr sicher sein. Seid deshalb immer auf der Hut und geht den marschmärkischen Kriegern so weit wie möglich aus dem Weg. Denn sonst ist euer Leben wie das eures Vaters in größter Gefahr!«

Auf den ersten Blick hatte das alte Buch nichts Besonderes an sich. Der Einband bestand aus braunem Leinen und war, besonders auf der Vorderseite, mit einer dicken Staubschicht bedeckt. Der Buchschnitt zeigte nichts als stark vergilbte Seiten. Der Schmöker hatte bestimmt schon einige Jährchen auf dem Buckel. Als Niko ihn aufschlug, sah er seine Vermutung bestätigt. Der Titel des Buches lautete nämlich: »Meine Aventurien in Mysteria«. Der Untertitel klang ähnlich antiquiert: »Von Nebelsteinen, Feuertoren und erschröcklichen Kreaturen«. Noch merkwürdiger aber war, was darunter stand: »Aufgezeichnet nach einer wahren Begebenheit«. Das jedenfalls behauptete die Autorin des Werkes. Sie hieß Karin Seikel und war Niko gänzlich unbekannt. Kein Wunder – das Buch stammte aus dem letzten Jahr des achtzehnten Jahrhunderts und war eine Erstausgabe, wie auf der Rückseite des Titelblatts zu erkennen war.

»Aventurien« ... Niko musste lächeln. Rein zufällig hatten sie vor ein paar Wochen im Deutschunterricht über die unterschiedlichen Literaturgattungen gesprochen. Deshalb wusste er, dass die ersten Abenteuerromane und fantastischen Schriften etwa zur gleichen Zeit wie das Buch in seiner Hand erschienen waren. Ihre Verfasser waren längst vergessen und höchstens noch einigen wenigen Experten bekannt. Warum also sollte es ausgerechnet Frau Seikel besser ergangen sein? Trotzdem fand Niko es ziemlich leichtsinnig, dass der Ladenbesitzer das Buch einfach so im Regal vor sich hin stauben ließ. Aufgrund seines Alters – und noch dazu als Erstausgabe! – war es doch bestimmt einiges wert. Als er dann jedoch durch die Seiten blätterte, wurde ihm der Grund für diese Nachlässigkeit recht schnell klar: Ganz offensichtlich handelte es sich um einen Fehldruck. Der in einer altertümlichen Schrifttype gesetzte Text wies nämlich erhebliche Lücken auf. Es fehlten ganze Zeilen und gelegentlich sogar ganze Abschnitte. Was die Lektüre ziemlich erschwerte, wenn nicht sogar völlig unmöglich machte. Wer sollte den Inhalt denn verstehen, wenn so viele Wörter fehlten?

Niko zog eine Grimasse und wollte das Buch wieder zurücklegen, als ihm gerade noch das Zeichen in die Augen fiel, das auf der Vorderseite eingeprägt war. Seine Augen wurden groß: War das möglich? Mit einer raschen Handbewegung wischte er den Staub zur Seite und sah, dass er sich nicht getäuscht hatte.

Der See lag mitten im Wald. Es war angenehm kühl unter den hohen Bäumen, die das Gewässer ringsum bis dicht an die Ufer säumten. Alles war friedlich und still. Nur die Blätter in den ausladenden Kronen wisperten vor sich hin, als flüsterten sie sich leise Geschichten zu. Das Laub schimmerte in allen Schattierungen, vom hellsten bis zum dunkelsten Grün, und spiegelte sich auf der flirrenden und nahezu spiegelglatten Wasserfläche. Im schmalen Schilfgürtel am südlichen Ufer jagten sich die Libellen. Mücken schwirrten hier zwischen den Rohrkolben umher, und im flachen Wasser hockten träge und stumm einige Knarzkröten, schielten mit ihren großen Glubschaugen auf die Mücken und warteten darauf, dass sie sie mit ihren blitzschnell hervorschießenden Zungen fangen konnten. Dort, wo das Schilf endete, ragte ein kleiner Holzsteg in den See hinein. Mit leisem Plätschern brach sich das Wasser an seinen Stützpfosten.

Ayani hatte keinen Blick für die Schönheit der Natur. Während sie mit den Holzeimern in den Händen über den schmalen Pfad näher kam, der sich zwischen den dicht stehenden Baumstämmen dahinschlängelte, hing sie ihren Gedanken nach. Die Worte der Mutter wollten ihr nicht mehr aus dem Kopf. Hatte Maruna wirklich recht? War die alte Legende vom unbekannten Retter, der die Alwen aus der Knechtschaft befreien würde, mehr als ein bloßes Märchen? Entsprach sie tatsächlich der Wahrheit? Oder klammerte sich Maruna wie die meisten der Alwen nur an das Hoffnung machende Versprechen, weil ihr das Leben unter der Knute des fremden Tyrannen sonst unerträglich gewesen wäre?

Ayani hatte die guten alten Zeiten, denen die Alten nachtrauerten, niemals kennengelernt. Sie war nämlich genau in jenem unheilvollen Sommer geboren, in dem Rhogarr von Khelm seine Streitmacht unter dem Vorwand eines freundschaftlichen Besuches ins benachbarte Nivland geführt hatte und mithilfe eines feigen Verräters die angeblich so unbezwingbare Königsburg Helmenkroon erobert hatte. Ausgerechnet der Halbbruder von König Nelwyn, Herzog Dhrago, hatte heimlich mit dem machtlüsternen Rhogarr von Khelm paktiert und ihm zum Thron verholfen.

Ayani erinnerte sich natürlich auch nicht an das schreckliche Blutbad, das die marschmärkischen Krieger damals unter den Alwen angerichtet hatten. Gnadenlos metzelten sie Nelwyns Gefolgsleute dahin und übergaben jeden, der ihnen den Gehorsam verweigerte, dem Henker – vorausgesetzt, sie fanden nicht selbst Gefallen daran, ihn grausam zu Tode zu foltern. So jedenfalls berichteten es die alten Geschichten, die sich die Alwen an den Feuern und in den Hütten zuflüsterten – allerdings nur, wenn sie sicher sein konnten, dass sich keine Spitzel oder Parteigänger der Eindringlinge in ihren Reihen befanden. Denn ein falsches Wort in den falschen Ohren bedeutete noch immer den sicheren Tod.

Auch dem sagenumwobenen König Nelwyn war Ayani natürlich niemals begegnet. Wenn sie den Erzählungen der Alten allerdings glauben konnte – und es gab nicht den geringsten Grund, daran zu zweifeln –, dann musste Nelwyn ein tapferer und edelmütiger Herrscher gewesen sein. Daher konnte Ayani auch gut verstehen, dass die Alwen zutiefst verzweifelt waren und einen Retter aus der Not herbeisehnten. Aber nun hatte Maruna behauptet, dass er kam – dass die Zeichen auf ihn hindeuteten!

Konnte das denn stimmen?

Oder hatte die Mutter die vermeintlichen Zeichen nur falsch gedeutet?

Vielleicht gab es für den frühen Flug der Rotschwalben und Wandergänse ja ganz andere Gründe, die in keinem Zusammenhang mit dem ersehnten Befreier standen?

Während Pirrik seine Drachenschwingen ausbreitete und von Ayanis Schulter flatterte, um in einer nahen Krüppelkiefer auf Beutesuche zu gehen – er liebte Larven und Maden über alles –, trat das Mädchen auf den Steg, der unter seinem Tritt leicht schwankte. An seinem Ende kniete Ayani gedankenverloren nieder, um Wasser aus dem See zu schöpfen. Plötzlich ertönte der Ruf eines Falken – wie aus weiter Ferne, aber dennoch unverkennbar. Er war kaum verklungen, als ein kühler Wind aufkam. Der Wald hob an zu rauschen, das Schilf begann zu rascheln, und Ayani fühlte, wie ein Luftzug durch ihre Haare blies. Gleichzeitig verdunkelte sich der Himmel und ein Schatten senkte sich über den See.

Ayani stellte die Eimer ab, richtete sich auf und starrte auf das Wasser des Sees, das nun, wie von unsichtbarer Hand bewegt, immer heftiger ans Ufer schwappte. Pirrik schrie auf und Ayani hörte das hektische Flattern seiner Flügel. Gleichzeitig vernahm sie ein weiteres, ganz unverkennbares Geräusch, das ihr eisige Schauer über den Rücken schickte. Die Haare auf ihren Armen richteten sich auf und Gänsehaut prickelte über ihren Körper. Noch ehe sie sich umdrehte, wusste sie, was hinter ihr lauerte: ein Klauenwolf!

Die Bestie war fast so groß wie ein junges Rind und stand kaum zehn Schritte von Ayani entfernt zwischen den Bäumen. Das Gebiss mit den spitzen und mehr als fingerlangen Reißzähnen war gefletscht. Ein unheimliches Knurren grollte aus der Kehle des Klauenwolfs, während er Ayani mit seinen schwefelgelben Schlitzaugen anstarrte. Dann duckte sich das Untier, und Ayani sah, wie sich sein struppig schwarzes Rückenfell sträubte. Die lange Rute des Wolfs peitschte unruhig hin und her – das sichere Zeichen, dass er gleich angreifen würde.

Ayani wich mit klopfendem Herzen zurück, trat mit dem linken Fuß ins Leere, verlor das Gleichgewicht und stürzte nach hinten. Noch ehe sie im See aufschlug, wusste sie, dass sie dem Klauenwolf nun schutzlos ausgeliefert war.

Der Einband des Buches wies tatsächlich eine Prägung auf: eine germanische Rune, die Niko auf Anhieb erkannte. Es war die Mannaz-Rune, die einem großen M ähnelte. Allerdings wurde der obere Teil des Buchstabens von zwei gleichschenkligen Dreiecken gebildet, deren Spitzen aneinanderstießen.

Unwillkürlich griff Niko nach dem kupferfarbenen Medaillon, das er an einer Kette um den Hals trug. Darauf war ein ähnliches Symbol eingeprägt: die Dagaz-Rune. Im Gegensatz zur Mannaz-Rune bestand sie jedoch lediglich aus den beiden Dreiecken. Niko trug das ungewöhnliche Schmuckstück schon seit frühester Kindheit um den Hals. Er hatte keine Erinnerung daran, es jemals erhalten zu haben. Aber schon als er noch ein kleiner Junge war, hatte seine Mutter ihm eingeschärft, auf die Kette aufzupassen und sie niemals achtlos abzunehmen – unter keinen Umständen! Später hatte Niko sich natürlich darüber gewundert und hatte Rieke oft nach dem Grund für diesen seltsamen Wunsch befragt. Seine Mutter hatte jedoch niemals eine einleuchtende Antwort auf seine Frage gewusst, sie hatte immer nur felsenfest weiter darauf beharrt. »Es ist einfach wichtig, ich weiß es eben«, hatte sie gesagt und jede weitere Nachfrage abgewimmelt.

Rieke selbst trug auch ein Schmuckstück mit einer ähnlichen Gravur. Auf dem Ring an ihrer rechten Hand – er bestand ebenfalls aus Kupfer – war die Ehwaz-Rune zu sehen, die genau wie ein großes M aussah. Warum sie diesen Ring ebenfalls nie ablegte, wusste sie natürlich auch nicht zu erklären, und so vermutete Niko schließlich, dass das möglicherweise mit dem großen Geheimnis zusammenhing, das seine Herkunft umgab.

Als Rieke Niklas nämlich vor rund vierzehn Jahren nach langem, mysteriösem Verschwinden in einer stürmischen Gewitternacht völlig überraschend wieder bei ihren Eltern aufgetaucht war, trug sie einen Neugeborenen in den Armen und konnte sich an absolut nichts mehr erinnern, was sich während der Zeit ihres Verschwindens abgespielt hatte. Sie wusste weder, wo sie sich aufgehalten hatte, noch wer der Vater ihres Babys war. Und woher die beiden Schmuckstücke stammten, die der Säugling und sie selbst trugen, wusste sie natürlich ebenfalls nicht. Obwohl Rieke in der Folgezeit alles Mögliche versuchte, um ihre Erinnerung zurückzuerlangen, und eine lange Reihe von Therapeuten und Spezialisten aufsuchte, konnte sie das geheimnisvolle Geschehen niemals aufklären. Das große Rätsel um Nikos Herkunft war deshalb noch immer ungelöst. Zum Glück war es um vieles leichter, Näheres über die Runen auf den Schmuckstücken herauszufinden. Niko interessierte das brennend, auch wenn er nicht genau wusste, wozu sein Wissen gut sein sollte.

Seine Recherche im Internet hatte bereits nach kürzester Zeit Erfolg. Im Netz gab es massenweise Websites, die sich mit Runen und anderen mythologischen Symbolen beschäftigten, und so erfuhr Niko, dass er die Dagaz-Rune am Hals trug. Obwohl sich die echten oder selbst ernannten Runen-Experten über die Bedeutung des Symbols keineswegs einig waren und sich zum Teil sogar erheblich widersprachen, kam Niko zu dem Schluss, dass die Dagaz-Rune für das Erwachen oder einen Neuanfang stand. Für eine Zeit, in der alle Gegensätze – Dunkelheit und Licht, Freude und Schmerz, Leben und Tod – miteinander verschmolzen. Gleichzeitig kündete sie eine wichtige Nachricht oder Botschaft an. Warum aber ausgerechnet dieses Symbol auf seinem Medaillon eingraviert war oder von wem es stammte, blieb Niko natürlich weiterhin völlig schleierhaft.

Die Ehwaz-Rune auf dem Ring seiner Mutter galt als Symbol für Loyalität und Vertrauen und stand für die harmonische Zusammenarbeit zweier Kräfte, die dasselbe Ziel verfolgten. Gleichzeitig sollte auch sie Neues und Veränderungen ankündigen, was immer damit gemeint sein mochte.

»Weißt du auch, was die Mannaz-Rune bedeutet?«, riss eine dünne Stimme ihn aus den Gedanken.

Niko zuckte zusammen und fuhr herum. Neben ihm stand das aschgraue Männchen in dem verwaschenen Kittel. Während es mit dem knochigen Zeigefinger auf das Buch in seiner Hand deutete, blickte es Niko eindringlich an. Erst jetzt bemerkte der Junge, dass die Augen des alten Mannes die gleiche Farbe hatten wie seine: Sie schimmerten in einem tiefen Smaragdgrün und wirkten trotz seines Alters erstaunlich wachsam.

»Wa-wa-was?«, stammelte Niko verwirrt.

»Entschuldige«, antwortete der Alte freundlich. »Ich hab mich ja noch gar vorgestellt. Mein Name ist Schreiber und ich bin der Inhaber dieses Ladens. Freut mich, dass du mal vorbeischaust.« Damit hielt er Niko seine Hand entgegen.

»Äh… Ich dachte…«, hob Niko an, aber weiter wollte ihm nichts einfallen. Rasch ergriff er die dargereichte Hand und schüttelte sie. Sie fühlte sich so trocken an wie uraltes Papier.

»Und?«, fragte Herr Schreiber lächelnd.

»Was und?«

»Ich hatte gefragt, ob du die Mannaz-Rune kennst«, antwortete der Alte, wartete aber die Antwort gar nicht erst ab. »Sie steht für das Geheimnis des eigenen Ichs«, fuhr er fort. »Sie symbolisiert die Kraft des menschlichen Erinnerungsvermögens, mit dessen Hilfe man dieses Geheimnis ergründen kann. Und sie steht für die zwei, die zu einem werden.«

Ayani war zu keiner Regung mehr fähig. Mit triefnassem Kleid stand sie wie angewurzelt bis zu den Knien im Wasser und starrte dem Verderben in die schwefelgelben Schlitzaugen.

Der Klauenwolf kam langsam näher. Während er seine Beute beäugte, schob er sich fauchend und tief geduckt über den Holzsteg. Als er auf Sprungweite herangekommen war, verharrte er und fletschte erneut die Zähne. Wieder peitschte sein langer Schwanz über die bemoosten Bretter.

Am ganzen Leibe zitternd, starrte Ayani auf die Bestie, die gerade zum Sprung ansetzen wollte. Aber da schrillte plötzlich ein lauter Pfiff durch die Stille des Waldes.

Was dann geschah, konnte Ayani im ersten Moment gar nicht begreifen: Der Klauenwolf, dessen sichere Beute sie eben noch gewesen war, wandte sich von ihr ab und sprang winselnd zu dem Mann, der zwischen den Bäumen am Ufer stand.

Ayanis erster Blick fiel auf den Eichenstock in seiner linken Hand, der ihn um mehr als Haupteslänge überragte. Ein grauer Umhang verhüllte seinen gedrungenen Körper, und eine Kapuze bedeckte sein Haupt, sodass sein Gesicht im Dunkeln lag und kaum zu erkennen war.

Während Ayani mühsam aus dem See zurück auf den Steg kletterte, ging ihr auf, dass sie sein Nahen gar nicht bemerkt hatte. Kein Wunder – sie hatte doch nur Augen für das schreckliche Tier gehabt!

»Es tut mir leid, wenn Gerrek dich erschreckt haben sollte«, sagte der Mann mit sanfter Stimme und deutete auf den Klauenwolf, der nun brav wie ein Lamm zu seinen Füßen lag. »Die Begegnung mit deinesgleichen überrascht ihn jedes Mal aufs Neue. Geht es dir gut?«

Mit meinesgleichen?, fragte sich Ayani im Stillen. Sie hatte keine Ahnung, was das heißen sollte, fand aber langsam ihre Fassung wieder. »Ich glaube schon«, antwortete sie und fügte vorwurfsvoll hinzu: »Aber Ihr solltet das nächste Mal etwas besser auf ihn aufpassen! Nicht auszudenken, wenn Ihr nicht rechtzeitig hier aufgetaucht wärt.«

»Keine Angst, ich komme immer zur rechten Zeit.« Der Mann lächelte; Ayani hörte es mehr, als dass sie es unter der Kapuze sah. »Auch wenn das nicht jeder auf Anhieb verstehen mag.«

Ayani rümpfte die Nase. Was redete der Fremde für ein unverständliches Zeug? Und weshalb trieb er sich an diesem abgelegenen See im Flüsternden Forst herum, wohin sich so gut wie niemals ein Fremder verirrte? »Ich habe Euch hier noch nie gesehen.« Misstrauisch musterte sie den Mann. »Wer seid Ihr überhaupt und was wollt Ihr hier?«

»Nun …« Noch immer lächelte der Mann. »Mein Name tut nichts zur Sache. Ich bin der, der ich immer war und immer sein werde. Und ich bin gekommen, weil mein Weg mich hierher geführt hat.«

Ayani verdrehte die Augen. Eine wahrhaft erhellende Antwort!, dachte sie grimmig. »Dann passt auf, dass Ihr nicht davon abweicht«, entgegnete sie spitz. »Und jetzt entschuldigt mich, ich habe noch zu tun.« Damit bückte sie sich nach den Holzeimern, die dicht am Steg auf dem Wasser schaukelten.

»Oh, lass dich von niemandem aufhalten«, sagte der Mann mit einem merkwürdigen Unterton, sodass Ayani ihn erneut verwundert anblickte. »Jeder muss die Aufgabe erfüllen, die ihm zugedacht worden ist.«

Was für ein Kauz, ging es Ayani durch den Kopf, bevor sie niederkniete, um die Eimer zu füllen. Als sie sich wieder aufrichtete, war der Mann mitsamt dem Wolf verschwunden. Keine Spur war von den beiden mehr zu sehen, gerade so als hätten sie sich in Luft aufgelöst. Was aber noch viel seltsamer war: Der Wind hatte sich völlig gelegt und es war wieder strahlend hell geworden, von einem Augenblick auf den anderen.

Fassungslos starrte Ayani auf die Stelle, wo der Mann und der Wolf eben noch gewesen waren. Dort wuchs ein großes Büschel eines Krauts, das sie sehr gut kannte: Verbena, auch Wunschkraut genannt. Die Pflanzen waren mehr als kniehoch, hatten stark verzweigte Halme mit länglichen, leicht gezackten Blättern und trugen zahlreiche winzige rotviolette Blüten, die schlanke Ähren formten. Als ihr schöner, leicht bitterer Duft Ayani in die Nase stieg, fiel ihr plötzlich etwas auf: Obwohl der geheimnisvolle Mann genau dort gestanden und der schwere Klauenwolf direkt zu seinen Füßen gelegen hatte, hatten sie keinerlei Spuren in den Kräutern hinterlassen!

Das ist doch nicht möglich, dachte Ayani und wollte sich eben zu den Pflanzen begeben, um sie näher in Augenschein zu nehmen, als sie zu ihrem Schrecken bemerkte, dass die Kette mit ihrem Medaillon nicht mehr um ihren Hals hing.

Zum Glück fand sie das Schmuckstück recht schnell wieder. Es lag dicht beim Steg auf dem flachen Grund des Sees. Der Verschluss musste sich wohl geöffnet haben, als sie in den Teich gefallen war. Ayani kniete rasch nieder, um die Kette wieder herauszufischen.

Unter Wasser wirkte das Medaillon viel größer als in Wirklichkeit, und auch das Zeichen, das darauf eingraviert war, war nun viel deutlicher zu sehen. Als Ayani sich vorbeugte, um nach dem Halsschmuck zu greifen, leuchtete das Symbol mit einem Mal strahlend hell auf.

Es war ein M – das Zeichen grenzenlosen Vertrauens.

KAPITEL 3

Der Ruf des Falken

Niko hatte keine Ahnung, was Herr Schreiber meinte. »Die zwei, die zu einem werden?«, wiederholte er mit gerunzelter Stirn.

Der Alte nickte. »Du sagst es, Niko. Und du wirst schon bald herausfinden, was damit gemeint ist.«

Niko?

Hatte er ihn wirklich Niko genannt?

Woher kannte der Ladenbesitzer seinen Namen? Sie waren sich doch noch nie zuvor begegnet.

Seltsam, wirklich seltsam, dachte Niko gerade, als ihm die Erklärung einfiel: Natürlich!, schoss es ihm durch den Kopf. Was bin ich nur für ein Idiot! Herr Noski musste es ihm gesagt hab–

Da erst wurde ihm klar, dass er den Senshei wohl verpasst hatte. Ein rascher Rundblick bestätigte seinen Verdacht: Außer dem Besitzer und ihm selbst befand sich niemand mehr im Laden und so war seine Frage eigentlich überflüssig: »Ist Herr Noski schon gegangen?«

Herr Schreiber zog erstaunt seine buschigen Brauen hoch. »Herr Noski?«

»Ja, klar!« Niko nickte eifrig. »Der Mann, mit dem Sie die ganze Zeit gesprochen haben.«

»Ach, den meinst du«, antwortete Herr Schreiber gedehnt. »Du hast recht. Der ist schon gegangen. Kann aber nicht länger als ein oder zwei Minuten her sein.«

»Mist«, sagte Niko enttäuscht. Aber der Senshei war bestimmt noch nicht allzu weit gekommen. Wenn er sich beeilte, konnte er ihn mit Sicherheit noch einholen! Hastig schlug Niko die alte Schwarte zu und schob sie in die Lücke zwischen den Büchern im Regal, in der sie offensichtlich gestanden hatte.

Er wollte schon losstürmen, als der alte Ladenbesitzer ihn am Arm packte und mit überraschender Kraft festhielt. Mit der anderen Hand ergriff er das Buch und reckte es ihm auffordernd entgegen. »Hier – ich schenke es dir«, sagte er. Dabei schaute er Niko so eindringlich an, dass dem ganz schwummerig vor Augen wurde. Gleichzeitig wurde der seltsam verlockende Duft, den Niko beim Betreten des Ladens wahrgenommen hatte, wieder stärker. Er schien durch die Nase direkt in Nikos Gehirn zu steigen.

»A-a-aber wieso denn?«, stammelte er verblüfft.

»Weil du das Zeichen trägst.« Herr Schreiber deutete auf das Medaillon an Nikos Hals. »Und außerdem ...« Er brach ab, starrte ihn aber unverwandt weiter an.

Niko spürte unter seinem Blick ein heftiges Stechen im Kopf, konnte sich aber dennoch nicht abwenden. »Ja?«, fragte er schließlich.

»Du hast in dem Buch geblättert«, erklärte Herr Schreiber, »und wirst deshalb bestimmt bemerkt haben, dass ich nichts damit anfangen kann.« Damit drückte er ihm den Schmöker in die Hand. »Du kannst es wohl eher brauchen, sonst hättest du nicht danach gegriffen.«

»Ach ...«, brachte Niko hervor. »Das war reiner Zufall. Es ist aus dem Regal gefa –«

»Ich glaube nicht an Zufälle«, unterbrach ihn Herr Schreiber mit ernster Miene.

»Nein?«

»Nicht im Geringsten.« Der Ladenbesitzer schüttelte den Kopf und starrte ihn an. »Möglicherweise war es ja umgekehrt.«

»Umgekehrt?« Niko hatte keine Ahnung, was der Mann meinte.

»Vielleicht ist das Buch aus dem Regal gefallen, weil es wollte, dass du es in die Hand nimmst.«

Niko glaubte, sich verhört zu haben. Wollte der Alte ihn auf den Arm nehmen?

Doch Herr Schreiber schaute ihn immer noch mit ernster Miene an. »Deshalb solltest du es auch behalten, Niko«, fuhr er fort. »Und jetzt geh, wenn du Herrn Noski ...«, bei diesen Worten hatte seine Stimme einen ganz merkwürdigen Unterton, »... noch erwischen willst!«

»Vielen Dank auch«, sagte Niko noch rasch, dann rannte er los. Während er aus dem Laden stürmte, zog er hastig seinen Rucksack vom Rücken und verstaute das Geschenk darin. Er war gerade wieder in die Tragriemen geschlüpft, als er recht unsanft mit einem Mann zusammenstieß, der in Begleitung eines Jugendlichen auf das Geschäft zueilte.

»Kannst du nicht aufpassen, du Tölpel?«, blaffte ihn der Mann mit fuchsteufelswilder Miene an.

»So-so-sorry«, stotterte Niko und zuckte im selben Moment entsetzt zusammen: Für den Bruchteil einer Sekunde hatte er den Eindruck gehabt, als habe sich der Kopf des Mannes in den eines Ungeheuers verwandelt – mit blutroten Augen, einer gekrümmten Nase und Hörnern auf der Stirn. Und aus dem breitlippigen Mund hatten spitze Hauer herausgeragt! Wurde er verrückt? War das wieder so ein Bild aus den seltsamen Träumen, die Niko seit Neuestem in der Nacht verfolgten?

»Was glotzt du so?«, fauchte der Mann, der natürlich wieder genauso aussah wie zuvor: Er war vielleicht Ende vierzig, trug einen militärisch kurzen Borstenhaarschnitt und hatte ein ziemliches Dutzendgesicht, sodass er wahrscheinlich recht unauffällig ausgesehen hätte, wenn er nicht so schrecklich wütend gewesen wäre. Nur sein Blick wirkte auf eine merkwürdige Weise starr.

Ich fange wohl langsam an zu spinnen, ging es Niko noch durch den Kopf, als sich nun auch der junge Mann zu Wort meldete. Er war vielleicht achtzehn, neunzehn Jahre alt, hatte eine kleine Narbe auf der linken Wange und sah dem älteren Mann ziemlich ähnlich – bis auf den langen rotblonden Haarschopf, dessen Pony ihm weit in die Augen fiel. »Willst du dich nich entschuldigen, du Kröte?«, kläffte er böse. »Oder muss ich erst nachhelfen?« Er holte mit der Hand weit aus, als wolle er ihm eine Ohrfeige verpassen.

»J-j-ja klar, natürlich«, stotterte Niko rasch. »Es tut mir leid. Ich war mit meinen Gedanken ganz woanders und habe Sie gar nicht gesehen.«

»Was du nicht sagst!«, brummte der ältere Mann, während er sich die schmerzenden Rippen rieb. »Aber was soll's – ist ja alles halb so schlimm.« Niko hob den Blick und sah, wie sich die Miene seines Gegenübers entspannte. Der Mann zog eine verlegene Grimasse, als wäre sein Wutausbruch ihm unangenehm, nickte seinem Begleiter zu und verschwand dann eilig mit ihm in Herrn Schreibers Laden.

Niko sah ihnen nachdenklich hinterher, bis ihm blitzartig Herr Noski wieder einfiel. Als er sich umdrehte, um nach ihm Ausschau zu halten, konnte er jedoch niemanden erblicken – nicht einen Menschen! Selbst der Straßenverkehr war ungewöhnlich spärlich für die Zeit. Nur ein paar Pkw parkten am Straßenrand und ein unscheinbarer grauer Kastenwagen – wahrscheinlich ein Handwerker, der in einem der benachbarten Häuser zu tun hatte. Die Bürgersteige und die Straße waren völlig verwaist und der Senshei schien wie vom Erdboden verschluckt.

Schluss mit all dem Quatsch jetzt!, beschloss Niko für sich. Schließlich hatte er Wichtigeres zu tun: Er musste seiner Mutter endlich sein Zeugnis bringen – und vor allem den wohlverdienten Lohn dafür einsacken!

Schon weit vor ihrem kleinen handtuchschmalen Reihenhaus stieg Niko ein verführerischer Duft in die Nase: Pizza mit sardischer Salsiccia, Oliven, Zwiebeln und Fenchel und einem Hauch von Knoblauch. Genüsslich blähte Niko seine Nasenflügel auf. Rieke Niklas, seine Mutter, hatte bereits seit zwei Tagen Urlaub und zur Feier des Ferienbeginns hatte sie ihm sein Lieblingsessen versprochen. Ein Versprechen, das sie ganz offensichtlich gehalten hatte. Niko flankte lässig über die niedrige Vorgartentür und lief auf die knallrot gestrichene Haustür zu. Schon lief ihm das Wasser im Mund zusammen, da hörte er ein ungewöhnliches Geräusch. Es klang wie das Schlagen großer Flügel. Noch im gleichen Augenblick vernahm Niko den Schrei eines Vogels – es war ein Falke, ohne jeden Zweifel.

Blitzartig durchzuckte Niko eine Erinnerung, die er nach den Ereignissen in Herrn Schreibers Laden nicht auch noch gebrauchen konnte. Es war die Erinnerung an einen seltsamen Traum, der ihn seit Wochen bedrängte und den er sich so überhaupt nicht erklären konnte: Ein Falke flog darin laut schreiend aus einer hell lodernden Feuerwand auf ihn zu. Aber noch bevor ihm klar werden konnte, was das bedeuten sollte oder wie der Traum weiterging, wachte er jedes Mal auf. Und noch eine Erinnerung überfiel Niko fast gleichzeitig: der Gedanke an die Sommerferien vor vielen Jahren, die er bei seinen Großeltern auf dem Land verbracht hatte. Sein Opa Melchior hatte ihm damals einen verlassenen Krähenhorst gezeigt, den ein Falkenpaar in einer alten Eiche gleich hinter der Scheune bezogen hatte. Über Wochen hatte das Weibchen gebrütet, und nachdem schließlich ein Jungvogel aus dem Ei geschlüpft war, hatten die Greifvögel sich ganz rührend darum gekümmert. Falken seien ganz besondere Tiere, hatte der Opa Niko mit verschwörerischer Miene zugeflüstert. Weil sie angeblich geheime Botschaften aus einer fremden Welt überbringen könnten. Obwohl Niko sich nicht ganz sicher war, ob der Opa das überhaupt ernst meinte oder nicht – Oma Frida behauptete sowieso, er sei manchmal ein rechter Spinner! –, hatte ihn das ungemein beeindruckt. Fast jeden Tag war er zur Scheune geschlichen, um die Falken zu beobachten – und seitdem wusste er ihren Schrei auch eindeutig von dem eines anderen Vogels zu unterscheiden. Nur: Woher konnte der Falkenschrei gekommen sein, den er eben gehört hatte?

In Falkenstedt – dem Örtchen, in dem Niko und seine alleinerziehende Mutter wohnten – gab es nämlich schon lange keinen Falken mehr, auch wenn der schöne Greifvogel das Wappentier des Städtchens war. Und so musste Niko sich den Schrei wohl eingebildet haben.

Schon kramte der Junge in seiner Jeanstasche nach dem Hausschlüssel, als der Vogel ein weiteres Mal rief. Im gleichen Augenblick verdunkelte sich der Himmel, als habe sich ein dichter Schleier über die Sonne geschoben. Ein eisiger Wind kam auf. Er ließ die Blätter der Bäume wild rauschen und fuhr Niko fast wie mit Fingern durchs Haar. Ein stechender Schmerz zuckte durch den Kopf des Jungen – und obwohl der Spuk genauso schnell verschwand, wie er gekommen war, wusste Niko mit einem Mal, dass etwas passiert war.

Mit Opa Melchior!

»Mit Opa Melchior?« Nikos Mutter sah ihren Sohn verwundert an. »Woher wusstest du …?«

»Ich weiß es einfach«, antwortete Niko mit grimmiger Miene. Er schloss die Haustür hinter sich und ließ seinen Rucksack achtlos auf den Boden der kleinen Eingangsdiele fallen. »Jetzt mach schon, Mama. Erzähl endlich, was passiert ist.«

Rieke Niklas schluckte betreten. Obwohl sie bereits Ende dreißig war, besaß sie immer noch eine zierliche, fast mädchenhafte

Gestalt, und die feinen Züge ihres schmalen Gesichtes ließen sie viel jünger erscheinen. Jetzt allerdings war ihr deutlich anzusehen, dass ihr nicht ganz wohl in ihrer Haut war. »Du hast recht«, sagte sie leise. »Er hat vor zehn Minuten angerufen.«

Niko runzelte die Stirn. »Ja, und?«

»Es ist nichts Ernstes, hat er gesagt. Nur ein Hexenschuss, weiter nichts. Aber ...«

Ihr Tonfall ließ sämtliche Alarmsirenen in Niko aufschrillen. Er legte den Kopf schief. »Ja?«, fragte er gedehnt.

»Er kann sich kaum bewegen, und wenn, dann nur unter größten Schmerzen. Deshalb hat er auch gefragt, ob wir ihm nicht ein wenig zur Hand gehen könnten. Nur für ein paar Tage, bis er wieder auf dem Damm ist.«

Na, super!

Ausgerechnet jetzt!

»Oh Mann!« Niko kniff die Augen zusammen und bedachte seine Mutter mit finsteren Blicken. Das Grün seiner Pupillen färbte sich dunkler und das sanfte Kupferbraun seines Gesichtes verschattete sich. »Das glaub ich jetzt nicht«, maulte er. »Ich hab mich so auf unseren Ausflug ins Adventure-Land gefreu–«

Weiter kam er nicht. Seine Mutter machte einen Schritt auf ihn zu und strahlte plötzlich wie ein Weihnachtsbaum. »Echt? Heißt das, du hast die Klasse bestan–?«

»Natürlich«, fiel Niko ihr ruppig ins Wort. »Was hast du denn gedacht?«

»Alter Angeber!« Rieke verpasste ihm einen Stoß in die Rippen und grinste noch breiter. »Meinen allerherzlichsten Glückwunsch, mein Junge. Ehrlich gesagt, hätte ich dir das gar nicht mehr zugetraut. Umso mehr freue ich mich jetzt für dich! Und was das Adventure-Land betrifft ...« Sie wurde wieder ernst und schaute ihn eindringlich an. »Da fahren wir ganz bestimmt noch hin, Niko, nur etwas später als geplant.«

Niko erwiderte nichts, sondern verzog nur stumm das Gesicht.

»Ich verstehe ja, dass du enttäuscht bist«, fuhr Rieke fort. »Aber wir können Opa doch jetzt nicht im Stich lassen. Seine Pferde müssen versorgt werden und die Hühner und Schafe brauchen auch jeden Tag Futter. Außer uns hat er doch niemanden, der ihm helfen kann.«

»Und was ist mit den Leuten vom Nachbarhof?«

»Aber die kennt Opa doch gar nicht.« Mit leichtem Vorwurf zog Rieke die Brauen hoch. »Die sind erst vor einem halben Jahr dort eingezogen, das hab ich dir doch erzählt!«

»Ja, schon, aber…«, hob Niko an, wurde aber sofort unterbrochen.

»Hör zu!« Rieke legte ihm besänftigend die Hand auf die Schulter. »Es dauert bestimmt nicht lange, bis Opa wieder alleine zurechtkommt. Und die paar Tage überstehst du doch mit links, oder?«

Niko wollte schon widersprechen, ließ es dann aber doch sein. In ihm regte sich nämlich das schlechte Gewissen. Seine Mutter hatte natürlich recht. Rieke und er waren in der Tat die einzigen noch lebenden Angehörigen von Opa Melchior. Seit dem Tod von Oma Frida im letzten Jahr lebte er ganz alleine weit draußen in der finstersten Provinz. In einem kleinen Kuhkaff, wo sich Fuchs und Hase Gute Nacht sagten und wo es so öde war, dass man dort nicht einmal tot über dem Zaun hängen wollte.

Niko kannte das Dörfchen ziemlich gut. Es hieß Oberrödenbach am Wald, hatte kaum zweihundert Einwohner und war damit so klein, dass es auf keiner Landkarte zu finden war. Der nächstgrößere Ort, der diese Bezeichnung überhaupt verdiente, lag eine halbe Autostunde entfernt, und bis nach Falkenstedt waren es rund zweihundert Kilometer. Deshalb hatte Niko dem Flecken schon vor Jahren einen neuen Namen verpasst: Oberöderkaff. Das klang zwar ziemlich gemein, traf aber den Nagel genau auf den Kopf.

Dabei hatte Niko sich dort früher einmal ausgesprochen wohlgefühlt. Als kleiner Junge hatte er den Ellerhof, wie das Gehöft der Großeltern genannt wurde, geradezu geliebt. Das kleine Anwesen – Wohnhaus, Scheune und Stallgebäude – war etwas abseits vom Dorf gelegen, in der Nähe eines ebenso ausgedehnten wie dichten Waldes. Niko hatte fast jedes Jahr einen Teil der Sommerferien bei Opa Melchior und Oma Frida verbracht. Mit dem schmalen Bibliothekarinnen-Gehalt von Rieke waren gemeinsame Urlaubsreisen von Mutter und Sohn nämlich nur selten zu finanzieren. Was Niko überhaupt nicht störte. Im Gegenteil: Er war ausgesprochen gerne bei seinen Großeltern. Melchior und Frida waren schwer in Ordnung und kümmerten sich ganz rührend und liebevoll um ihn. Außerdem waren sie weit weniger streng als seine Mutter und ließen ihm viel mehr Freiheiten. Da sie sich zudem jedes Mal riesig über den Besuch ihres Enkels freuten, waren sie auch meistens allerbester Laune und immer für einen Spaß zu haben. Besonders Opa Melchior, mit dem Niko fast ständig zusammen war, vom frühen Morgen bis zum späten Abend.

Niko half Melchior beim Füttern der Tiere, denn damals gab es auf dem Ellerhof noch eine ganze Menge davon: Kühe, Pferde, Schafe, Schweine, Kaninchen, Hühner und Gänse und noch einige mehr. Auch bei der Arbeit auf dem Feld ging Niko dem Opa zur Hand, beim Heumachen zum Beispiel oder beim Einbringen des Getreides. Und selbst außerhalb des Hofes war jede Menge los. Opa Melchior kannte die Umgebung wie seine Westentasche. Die raue Landschaft war wenig fruchtbar und bestand zum großen Teil aus kargem Heide- und Ödland, feuchten Hochmooren und sumpfigen Bruchwäldern. In den langen, strengen Wintern brausten eisige Schneestürme über das Land, die Sommer waren kurz und heiß und die restlichen Monate meistens mit dichten Nebeln verhangen. Trotzdem liebte Opa Melchior seine Heimat. Er kannte sich dort bestens aus, sodass er fast jede Frage seines wissbegierigen Enkels – selbst noch die abseitigste! – geduldig und erschöpfend beantworten konnte.

Den krönenden Höhepunkt der Ferien aber bildete stets das große Lagerfeuer, das Opa Melchior im Obstgarten zwischen den alten Apfelbäumen anzündete. Niko saß dann bis spät in die Nacht mit den Großeltern zusammen, hörte das Knistern der brennenden Scheite, spießte Bratwürste und Marshmellows auf angespitzte Äste und brutzelte sie über den lodernden Flammen, um danach den Geschichten zu lauschen, die der Opa zum Besten gab. Ganz besonders liebte Niko die alten Sagen und Legenden, die man sich in früheren Zeiten – vor vielen Jahrzehnten, wenn nicht Jahrhunderten – in Oberrödenbach und Umgebung erzählt hatte. Inzwischen waren sie natürlich längst in Vergessenheit geraten und kaum jemand erinnerte sich noch daran.

Opa Melchior aber hatte sie allesamt im Gedächtnis behalten. Er glich einem wandelnden Geschichtenlexikon, dessen Vorrat schier unerschöpflich zu sein schien. Er konnte stundenlang erzählen. Von Elfen und Kobolden, von Wiedergängern und Waldgeistern und anderen unheimlichen Wesen, die in früheren Zeiten angeblich die Gegend um Oberrödenbach unsicher gemacht hatten. Mit besonderer Vorliebe in hellen Vollmondnächten, in denen sie einsamen Wanderern erschienen und ihnen einen heillosen Schrecken einjagten. Andere Erzählungen wiederum handelten von Menschen, die auf geheimnisvolle Weise in eine fremde Welt gelangt waren und dort sagenhafte Schätze entdeckten, die sich nach ihrer Rückkehr auf die Erde allerdings stets als völlig wertlos erwiesen. Obwohl Niko natürlich wusste, dass es nur Geschichten waren, gruselte es ihn beim Zuhören ein ums andere Mal. Und wenn der Opa dann von den unheimlichen Werwesen erzählte, menschenähnlichen Geschöpfen, die die Gestalt von Tieren annehmen konnten, um als Wölfe oder Bären Jagd auf ihre Opfer zu machen, liefen ihm sogar eiskalte Schauer über den Rücken. Sobald die Flammen kleiner wurden, der Mond sich hinter den dunklen Wolken verkroch und die schaurigen Rufe der Käuzchen und anderer Nachttiere aus dem Wald erklangen, hatte Niko manchmal den Eindruck, dass all die Elfen, Feen, Werwölfe und anderen fantastischen Geschöpfe aus der Welt, von der Melchior erzählte, direkt vor seinen Augen zwischen den Bäumen am Waldrand herumgeisterten.

Aber all das war nun schon lange vorbei. Im Laufe der Zeit hatten Oberrödenbach und der Bauernhof der Großeltern für Niko an Reiz verloren. Mit zunehmendem Alter entwickelte er natürlich ganz andere Interessen, die mit dem Landleben wenig bis nichts zu tun hatten. Selbst die fantastischen Geschichten des Opas, die Niko als kleinen Jungen so beeindruckt hatten, waren für ihn nun nichts weiter mehr als – nun ja – Geschichten eben. Nikos Besuche bei den Großeltern wurden mit den Jahren immer kürzer und immer seltener, bis er sie schließlich ganz einstellte. Und jetzt, mit seinen vierzehn Jahren, verursachte ihm schon der bloße Gedanke an Oberöderkaff schweres Magengrimmen. Aber klar – er war eben kein kleiner Junge mehr und viel zu alt für solchen Kinderkram! Und obwohl er Opa Melchior immer noch mochte, hatte er einige Mühe, seine Enttäuschung über den ungeplanten Abstecher nach Oberöderkaff zu unterdrücken.

Niko wusste nämlich schon seit mindestens drei Wochen, dass er das Klassenziel schaffen würde. Und mindestens ebenso lange freute er sich bereits auf den Besuch im Adventure-Land. Der Vergnügungspark war erst vor einem halben Jahr eröffnet worden und mit seinen über fünfzig Attraktionen der absolut coolste Freizeitpark im ganzen Land, wenn nicht sogar in ganz Europa. Jedenfalls behaupteten das alle Schulkameraden, die ihn schon besucht hatten. Ganz besonders schwärmten sie von der Loopingbahn und von Gigantos, der größten Achterbahn der Welt. In seiner Fantasie war Niko schon unzählige Male durch die engen Kurven und Kehren gerast, und jede Fahrt hatte ihn so begeistert, dass er es gar nicht mehr erwarten konnte, den Rausch der Geschwindigkeit endlich auch leibhaftig zu spüren. Stattdessen standen ihm nun einige stinklangweilige Tage in Oberöderkaff bevor!

Und trotzdem – seine Mutter hatte völlig recht. Sie konnten Opa Melchior jetzt einfach nicht im Stich lassen. »Also gut, von mir aus«, sagte er deshalb und versuchte, sich seine Enttäuschung nicht allzu sehr anmerken zu lassen. »Wann fahren wir los?«

»Morgen früh um sechs«, antwortete Rieke und warf einen schnellen Blick auf die Uhr. »Die Pizza braucht noch gute zehn Minuten. Wenn ich dir einen Rat geben darf: Pack deine Sachen am besten jetzt gleich zusammen. Dann kannst du morgen eine halbe Stunde länger schlafen.«

Niko verzog das Gesicht. »Haha, sehr witzig«, maulte er. Dabei wusste er nur zu gut, dass seine Mutter auch in dieser Hinsicht recht hatte. Er war nämlich ein ausgesprochener Langschläfer und kam morgens nur mühsam aus dem Bett. Es konnte deshalb bestimmt nicht schaden, dem Rat der Mutter zu folgen.

Auf der Treppe, die ins Obergeschoss des Reihenhauses führte, drehte Niko sich noch einmal um. »Aber nicht dass du glaubst, du könntest dich vor dem Trip ins Adventure-Land drücken«, sagte er und warnte seine Mutter mit erhobenem Zeigefinger. »Das läuft bei mir nicht, verstanden?«

»Keine Angst.« Rieke nickte sanft lächelnd. »Von mir aus sollst du so viele Abenteuer erleben, dass dir Hören und Sehen vergehen.«

»Fände ich richtig cool«, brummte der Junge mehr für sich und eilte die Treppe hoch, um seine Sachen zusammenzupacken. Eher zufällig fiel sein Blick auf das große Foto, das am Treppenabsatz an der Wand hing. Es zeigte den Ellerhof, der einsam und abgeschieden am Waldrand stand. Weit und breit waren keine anderen Gebäude zu sehen.

Ohne es zu merken, verdrehte Niko die Augen. Hoffentlich sterbe ich dort nicht vor Langeweile, seufzte er im Stillen. Er wollte schon weitergehen, als er erneut einen Falkenschrei vernahm. Merkwürdigerweise kam es ihm so vor, als wäre der aus unmittelbarer Nähe gekommen.

Niko blieb stehen, trat näher an das Foto heran und betrachtete es mit nachdenklicher Miene, als der Ruf des Falken ein weiteres Mal erklang – laut und deutlich und unüberhörbar. Niko zuckte zusammen und trat einen Schritt zurück. Die Haare in seinem Nacken und auf seinen Unterarmen richteten sich auf und ein eisiger Schauer lief über seinen Rücken.

Der Schrei schien direkt aus dem Foto gekommen zu sein, so unmöglich das war!

Noch im gleichen Moment formte sich ein deutlich sichtbares Bild in Nikos Kopf: ein Falke, der aus einer lodernden Feuerwand geradewegs auf ihn zuflog. Die Feuerwand hinter ihm wurde weiter, öffnete sich und bildete so etwas wie ein Tor. Ein flammendes Tor, von dem eine große Sogwirkung auf Niko ausging! Die lodernde Kraft war fast körperlich spürbar, zerrte an seinen Haaren, seiner Haut, seinen Kleidern. Es war, als rufe sie ihn zu sich, zöge ihn beharrlich in ihre feurige, alles verschlingende Mitte.

Niko schwindelte. Seine Beine zitterten, und die Luft vor ihm begann, hell und durchscheinend zu flimmern. Alle Kraft wich aus seinem Körper – und dann sackte Niko langsam, aber unaufhaltsam auf der Treppe zusammen. Die Welt vor seinen Augen wurde schwarz.

KAPITEL 4

Ein geheimnisvoller Traum

Der Junge zählte höchstens vierzehn Sommer. Er war von schlanker, fast zierlicher Gestalt, und niemand hätte bei seinem Anblick vermutet, dass er ein weithin gefürchteter Krieger war. Nur das Schwert, das er um die Hüften gegürtet hatte, verriet den geübten Kämpfer. Es war ungewöhnlich breit und lang, die Spitze der Scheide berührte beinahe den Boden. Auch Griff und Parierstange waren ziemlich außergewöhnlich: Sie formten einen stilisierten Falken, der seine Flügel weit auseinanderspreizte. Die Kleidung des Jungen dagegen war eher unauffällig: ein einfaches Gewand, Hose und Wams, aus erdbraunem Leder, darunter ein dunkles Hemd aus grobem Leinen. Das schmale Gesicht unter den pechschwarzen Haaren lag im Laubschatten des dichten Haselnussstrauches, in dessen Schutz er sich zusammengekauert hatte. Die smaragdfarbenen Augen zu schmalen Schlitzen gekniffen, spähte der Junge aufmerksam zu der gewaltigen Burg, die wie ein schlafendes Raubtier im fahlen Schein des Nachtmondes auf dem Hügel vor ihm lag. Die dicken Mauern und mächtigen Türme, einer an jeder der vier Ecken, waren aus grob behauenen Steinen gefügt. Drohend und einschüchternd reckten sie sich zum nächtlichen Himmel empor, über den sanft und träge ein leichter Wolkenteppich driftete.

Im Zwielicht der Dämonenstunde, die den alten Tag verschlang, um den neuen zu gebären, wirkte die Festung noch trutziger und unbezwingbarer als im hellen Licht des Tages. Helmenkroon, so lautete ihr Name, hatte bislang noch jeder Armee getrotzt. Unzählige Heere hatten ihre Mauern zu erstürmen versucht, doch jeder Gegner, so mächtig er auch gewesen sein mochte, hatte sich die Zähne daran ausgebissen und den Schädel daran eingerannt. Legionen von Kriegern hatten ihr Leben gelassen, Ströme von Blut waren vergossen worden, und dennoch hatten sämtliche Belagerer am Ende wieder unverrichteter Dinge abziehen müssen. So wahrte Helmenkroon nun schon seit Jahrhunderten seinen Ruf als unbezwingbare Festung, in die niemand mit Gewalt einzudringen vermochte. Nein, mit Gewalt nicht.

Dem Jungen war all das wohlbekannt. Trotz seines oft bewiesenen Mutes dachte er deshalb nicht im Traum daran, die Burg mithilfe seines Schwerts zu erstürmen. Er hatte einen anderen Plan ersonnen, den er nach langer Vorbereitung nun endlich in die Tat umsetzen wollte. Sorgsam darauf bedacht, keinerlei Geräusch zu machen, streckte er den rechten Arm nach vorn und bog den dicht belaubten Haselnusszweig zur Seite. Nun hatte er freien Blick auf die beiden Männer, die hoch oben auf der windumtosten Mauer, die die Südostflanke der Festung schützte, Wache hielten.

Die bodenlangen Umhänge über den ledernen Rüstungen eng um die Körper geschlungen, standen sie fröstelnd in der Nähe der Treppe, die auf der Innenseite hinunter in den Burghof führte. In den vergangenen Nächten hatte der Junge die Wache mehrfach beobachtet und war deshalb nicht nur mit der Örtlichkeit, sondern auch mit dem Verlauf ihres Dienstes bestens vertraut. Die beiden Männer würden in wenigen Minuten abgelöst werden. Seit geraumer Zeit schon standen sie auf dem Sprung, um so schnell wie möglich in ihre Schlafkammern zu gelangen, in denen es mit Sicherheit weit wärmer war als auf dem zugigen Wachposten. Deshalb schritten sie auch längst nicht mehr die gesamte Länge der Mauer ab, sondern sparten sich die letzten zwei Dutzend Schritte bis zum Ostturm, der direkt vor dem Jungen aufragte – und genau darauf hatte er seinen Plan aufgebaut. Jetzt musste nur noch der Wind mitspielen und Wolken vor den Nachtmond schieben, um dessen fahl leuchtende Scheibe zu verhüllen. Sonst war die Gefahr viel zu groß, dass er auf den letzten gut zwanzig Schritten bis zum Turm doch noch entdeckt wurde. Auf der leicht ansteigenden Brache wuchsen nämlich weder Baum noch Strauch und deshalb bot sich dort keinerlei Deckung. Zum großen Verdruss des Jungen aber prangte der blasse Himmelskörper immer noch rund und voll und weithin sichtbar am nächtlichen Firmament. Während er ungeduldig nach oben spähte, klangen dumpfe Laute an sein Ohr: die Stiefeltritte der neuen Wachen, die die Treppe hinaufstiegen.

Wie zur Bestätigung traten nun auch die Männer auf der Mauer näher an den Aufgang heran und spähten ungeduldig in die Tiefe.

»Habe ich Euch verstimmt, Ihr Unsichtbaren? Oder warum sonst lasst Ihr mich im Stich?«, murmelte der Junge enttäuscht vor sich hin.

Als hätte sie auf diese Worte gewartet, segelte mit einem Mal eine dickbauchige Wolke heran, träge und ohne besondere Eile, schob sich gemächlich wie ein alter Lastkahn vor die fahle Scheibe des Nachtmonds und verschluckte sie fast gänzlich.

Die Männer auf der Mauer bekamen das gar nicht mit. Die Augen auf ihre Kameraden gerichtet, spornten sie diese zu größerer Eile an: »Jetzt sputet euch doch, beim Henker!« Deshalb bemerkten sie auch nicht, wie der Junge nun eilends sein

Versteck verließ und lautlos wie eine Katze auf die Burg zuhuschte.

Als wäre er ein erdbrauner Schatten, durchquerte er mit geschmeidigen Schritten die deckungslose Fläche und verharrte schließlich im Schutz des trutzigen Bollwerks. Dicht an die grob behauenen Steinquader geschmiegt, löste er das Seil, das um seinen schmalen Oberkörper geschlungen war, und rollte es rasch auf. Der eiserne Wurfanker am oberen Ende war mit schwarzen Stofffetzen umhüllt, damit er im Schein des Nachtmonds nicht aufblitzte und beim Auftreffen auf Stein keine lauten Geräusche verursachte. Der Junge packte das Seil eine gute Elle unterhalb des Hakens und ließ es geschmeidig hin und her pendeln. Dabei legte er den Kopf in den Nacken und spähte abwägend nach oben zur Mauerkrone. Schließlich schleuderte er das Seil blitzschnell und mit einer kaum wahrnehmbaren Armbewegung in die Höhe. Das Tau wie eine endlos lange Schlange hinter sich herziehend, zischte der Haken dicht vor der steinernen Wand empor und flog schließlich über die Zinnen. Ein dumpfer Laut tönte durch die nächtliche Stille, als der Anker aufschlug.

Augenblicklich ruckte der Kopf des Jungen herum. Angespannt spähte er zu den vier Männern, die rund hundert Schritte entfernt auf der Mauer standen. Doch die schienen weder etwas gehört noch gesehen zu haben. Die abgelösten Wachen setzten ihren Bericht über den Verlauf des Dienstes vielmehr ungestört fort – »Keine besonderen Vorkommisse, alles ruhig und friedlich« – und würden sich dann spätestens in zwei bis drei Minuten von ihren Kameraden verabschieden.

Hastig zog der Junge das Seil straff. Als er Widerstand spürte, huschte ein zufriedenes Lächeln über sein Gesicht: sehr gut! Der Anker hatte sich sicher verhakt. Er zurrte rasch sein Schwert fest, ergriff das Tau mit beiden Händen und hangelte sich blitzschnell nach oben.

Nur wenige Augenblicke später schwang er sich schon über die Mauerkrone, kauerte im Schutz der Zinnen nieder, zog das Seil hoch und ließ es auf der anderen Seite wieder in die Tiefe. Dann machte er den Anker erneut fest und glitt lautlos hinunter in den Burghof. Mit einem schnellen Ruck löste er den Haken, der kurz darauf dicht neben ihm auf den Boden schlug. Der Junge versteckte ihn mitsamt dem Tau hinter einem Gebüsch und schlich tief gebückt auf den Eingang des Hauptgebäudes zu.

Im Gegensatz zum mächtigen Burgtor, das bei Einbruch der Dunkelheit stets geschlossen wurde, und den Mauern, die rund um die Uhr mit Wachen bemannt waren, wurde dieser Zugang nicht bewacht. Helmenkroon war nämlich auf drei Seiten von der gleichnamigen Siedlung umgeben, die durch eine wehrhafte Mauer geschützt war. Am Stadttor, das beim Schwinden des Großen Taglichts verriegelt wurde, standen ebenfalls Wachen. Rhogarr von Khelm, der Burgherr, vertraute daher völlig auf den Schutz der beiden Krieger, die in den Nächten vor dem Portal seiner Schlafkammer Wache hielten. Es würde sich ohnehin niemand gegen seinen Willen in die Burg wagen. Jeder Bewohner des Nivlandes wusste sehr gut, was ihn erwartete, falls er bei einem solchen Versuch erwischt würde: der Henker und damit der sichere Tod!

Rhogarr von Khelm liebte Hinrichtungen über alles. Je grausamer der Delinquent zu Tode kam, umso größer war Rhogarrs Vergnügen daran. Die von ihm erlassenen Gesetze und Anordnungen und nicht zuletzt die Willkür seiner gefürchteten Leibgarde sorgten schon dafür, dass es seinem Scharfrichter niemals an geeigneten Kandidaten für sein grausiges Handwerk mangelte.

All das ging dem Jungen durch den Kopf, während er sich sorgfältig nach allen Seiten umsah. Sein Blick blieb kurz an der

Fahne mit dem roten Greifen hängen, die auf der Spitze des Bergfrieds flatterte. Er kniff die Augen zusammen, spuckte verächtlich aus und schlich dann auf leisen Sohlen auf den Eingang des Burggebäudes zu.

Kurz vor dem offenen Portal blieb er stehen und sog wie ein witterndes Tier die Nachtluft in seine geblähten Nasenlöcher. Nichts – er konnte absolut nichts Verdächtiges riechen. In der Dunkelheit, die jenseits der offenen Pforte nistete, schien niemand auf ihn zu lauern. Nur Augenblicke später war er im Inneren der Burg verschwunden.

Der schmale Gang, der zum Schlafgemach des Burgherren führte, war in schummriges Zwielicht getaucht. Die wenigen Fackeln in den eisernen Wandhaltern blakten rußend vor sich hin. Der Schein der zuckenden Flammen tanzte wie eine Horde von Nachtgeistern über die rohen Steinmauern. Eine mächtige, mit eisernen Bändern beschlagene Holztür verschloss den Eingang zu Rhogarrs Kammer. Die beiden Männer – klein und kräftig der eine, lang und dürr der andere –, die davor Wache hielten, kämpften mit dem Schlaf. Müde klammerten sie sich an die langen Schäfte ihrer Lanzen, in deren metallenen Spitzen sich das Fackellicht spiegelte. Sie schwankten kaum merklich hin und her und hatten Mühe, die Augen offen zu halten.

Der Dienst vor Rhogarrs Kammer war allen Mitgliedern der Wachmannschaft zutiefst verhasst. Nicht genug, dass er sich stets bis weit nach Morgengrauen hinzog – der Tyrann war nämlich ein ausgesprochener Langschläfer –, es gab während dieser endlos langen Stunden auch nicht das Geringste zu tun. In all den vielen Sommern, die sich der ruchlose Herrscher der Marschmark nun schon widerrechtlich auf dem Thron des Alwenkönigs Nelwyn breitmachte, war es noch niemals zu einem ernsthaften Zwischenfall gekommen. Obwohl fast alle Alwen, vom Neugeborenen bis zum Greis, dem verhassten Eroberer den Tod an den Hals wünschten, hatte noch keiner von ihnen versucht, in Rhogarrs Schlafgemach einzudringen, und so verging jede Nachtwache in quälender Langeweile.

Kein Wunder, dass die Männer sich schon glücklich schätzten, wenn ihr Herr der jungen Mädchen, die ihm regelmäßig zu Gefallen sein mussten, noch vor dem Morgen überdrüssig wurde und er sie mitten in der Nacht rüde aus seinem Bett jagte. Das sorgte nicht nur für Abwechslung, sondern lieferte ihren lüsternen Blicken auch höchst willkommene Nahrung. Der wegen seiner Ungeduld berüchtigte Burgherr ließ den armen Dingern nämlich in der Regel kaum Zeit, sich vollständig anzukleiden, sondern scheuchte sie meist noch halb nackt aus seinem Schlafgemach – sehr zur Freude seiner johlenden und spottenden Wachleute natürlich.

Doch selbst dieser abgeschmackte Spaß blieb den beiden Männern in dieser Nacht verwehrt. So hüllten sie sich also fester in ihre langen Filzumhänge – im Inneren der Burg war es selbst in den Sommernächten empfindlich kalt – und harrten voller Sehnsucht darauf, dass das Taglicht endlich über den Zinnen von Helmenkroon aufgehen würde, auch wenn das noch einige Stunden dauern mochte.

Plötzlich schreckte ein Geräusch die Männer aus ihrem dumpfen Brüten. Sie zuckten überrascht zusammen, spähten in die Düsternis des Ganges, der kaum zehn Schritte von ihnen entfernt einen scharfen Knick nach rechts machte, und schauten sich dann verwundert an.

»Was war das denn?«, fragte der Dicke.

Sein hagerer Kumpan zog ein dümmliches Gesicht und zuckte mit den Schultern. »Keine Ahnung.«

Erneut tönte der Laut nun aus der Dunkelheit – und diesmal erkannten sie ihn sofort. »Dieser Trampel von Köchin!«, schimpfte der Dicke. »Wie oft habe ich ihr schon gesagt, dass sie besser auf ihren verfressenen Kater aufpassen soll. Wenn das brünstige Vieh unseren Herrn mit seinem Maunzen aus dem Schlaf schreckt, ist ihr Leben mit Sicherheit verwirkt.«

»Da magst du recht haben«, brummte der Dünne gelangweilt. »Obwohl Herr Rhogarr es weit schlimmer treibt als der Kater, kennt er bestimmt keine Gnade und übergibt die arme Küchendirne doch glatt dem Scharfrichter.« Dann aber verzog er den Mund zu einem hämischen Grinsen. »Sie ist ohnehin nicht besonders groß. Und einen Kopf kürzer wird sie wohl kaum noch in die Töpfe schielen können, fürchte ich.«

Der Dicke fiel in sein wieherndes Gelächter mit ein, wurde aber schnell wieder ernst. »Ich will sehen, ob ich das dumme Tier verscheuchen kann«, erklärte er. »Die Köchin mag hässlich sein wie die Nacht und dämlich wie ein Maulesel. Aber ihr Steppenochsen-Ragout schmeckt so köstlich, dass ich ungern darauf verzichten würde.« Damit setzte er sich in Bewegung und war kurz darauf hinter der Biegung des Ganges verschwunden.

»Wo er recht hat, hat er recht«, murmelte der Dünne kaum hörbar vor sich hin, stützte sich wieder auf die Lanze und wartete auf die Rückkehr seines Kumpanen.

Der schien die Katze bereits gefunden zu haben, denn sein erstickter Ruf – »Was soll der Unfug?« – drang gleich darauf aus der Dunkelheit, gefolgt von einem dumpfen Laut – als stampfe er mit dem Stiefel, um das Tier zu verjagen.

Nur Augenblicke später tauchte der Dicke auch schon wieder auf. Mit gesenktem Haupt und tief in seinen Umhang gehüllt, kam er mit raschen Schritten näher.

»Und?« Die Augen des Dünnen funkelten neugierig. »Hast du Erfolg gehabt?«

»Wenn du es so nennen willst«, antwortete da eine helle Jungenstimme. Im gleichen Moment zuckte ein Arm mit einem blitzenden Schwert unter dem Umhang hervor. Dem Wächter blieb nicht die geringste Zeit zum Reagieren: Noch ehe er begriff, wie ihm geschah, traf ihn ein wuchtiger Hieb mit dem Schwertknauf. Augenblicklich verlor er die Besinnung und sank reglos zu Boden. Ohne dem Bewusstlosen einen weiteren Blick zu schenken, machte der Junge einen großen Schritt über ihn hinweg und betrat die Schlafkammer des Tyrannen.

Eine angenehme Wärme schlug ihm entgegen. Nachdem er lautlos die Tür hinter sich geschlossen hatte, verharrte er und schaute sich um. Im steinernen Kamin an der Stirnwand glommen die Überreste eines Feuers, die glühenden Scheite verbreiteten rötliches Dämmerlicht. Warme Felle und Teppiche bedeckten die Bodenfliesen. Vom riesigen Schlaflager in der Mitte des Gemaches her ertönte lautes Schnarchen. Unter den Decken zeichneten sich die Konturen eines kräftigen Mannes ab. Die Mundwinkel des Jungen zuckten verächtlich, und seine weichen Gesichtszüge verhärteten sich, als er nun lautlos auf den Schnarcher zuging.

Selbst noch im Schlaf bot Rhogarr von Khelm, der Herrscher der Marschmark, einen zutiefst bedrohlichen Anblick. Eine schwarze Klappe bedeckte die Höhle seines linken Auges, das er im Kampf mit König Nelwyn eingebüßt hatte. Seine Nase war breit und stark gerötet. Dunkle Bartstoppeln, in die sich kräftige Spuren von Grau mischten, sprossen auf dem kantigen, entschlossenen Kinn und den rot geäderten Wangen. Auch das dichte Haupthaar schimmerte bereits silbrig grau. Der Mund stand offen, die schmalen Lippen flatterten bei jedem Atemzug.

Das unglückliche Mädchen, blutjung, blond und von üppiger Gestalt, das heute das Lager des Tyrannen teilen musste, war bis an den äußersten Rand der Schlafstatt gerutscht. Vor Abscheu – oder weil Rhogarr sich auch im Schlaf genauso rücksichtslos Platz zu verschaffen pflegte wie in seinen wachen Stunden.

Der Junge musterte das Mädchen für einen Moment mit mitleidigem Blick. Dann wandte er sich wieder dem einäugigen Tyrannen zu – der just in diesem Moment erwachte, den nächtlichen Besucher bemerkte und mit offenem Mund vom Lager hochfuhr.

Der Junge reagierte blitzschnell: Geschwinder, als ein Taranteldrache seine Beute zu packen pflegt, riss er mit einer einzigen fließenden Bewegung das mächtige Schwert hoch über seinen Kopf.

»Sinkkâlion, das Königsschwert«, hauchte Rhogarr heiser, während er wie gebannt auf die messerscharfe Waffe starrte.

In diesem Moment zuckte draußen ein Blitz vom Himmel. Er ließ das seltsame Zeichen, das die breite Schneide zierte, strahlend hell aufleuchten und erfüllte das Schlafgemach mit gleißendem Licht. Der gewaltige Donnerschlag erschütterte Burg Helmenkroon bis in die Grundfesten. Dann zuckte das Schwert nieder. Wie ein Fallbeil zerschnitt es die Luft über Rhogarrs Lager und dann …

Niko Niklas schreckte aus unruhigem Schlaf hoch und blickte sich gehetzt um. Es dauerte einige Momente, bis seine Augen sich an die Dunkelheit gewöhnt hatten. Kein Zweifel: Er befand sich in seinem Zimmer, trug seinen Schlafanzug und lag in seinem Bett. Seine Kleider hingen über dem Schreibtischstuhl – genau dort, wo er sie immer ablegte –, und auch sein Rucksack stand an der gewohnten Stelle: an der rechten Seite des Kleiderschrankes.

Sein Herz schlug wild!

Niko hatte nicht die geringste Ahnung, wie er ins Bett gekommen war. Er konnte sich weder erinnern sein Zimmer betreten noch sich ausgezogen zu haben. Das Letzte, was noch in seinem Gedächtnis haftete, war das Foto des Ellerhofes, das im Treppenhaus hing. Und der geheimnisvolle Schrei des Falken, der ihm daraus entgegengeschlagen war. Plötzlich stand auch die Flammenwand wieder vor seinem inneren Auge, und er spürte den unheimlichen Sog, den sie auf ihn ausgeübt hatte. Und gleichzeitig stieg der verlockend bittere Geruch aus dem altertümlichen Laden wieder in seine Nase – und der schwemmte schließlich die Bilder seines geheimnisvollen Traumes wieder in sein Gedächtnis.

Niko war völlig verwirrt. Ihm war, als drehe sich ein Jahrmarktskarussell in seinem Kopf, das hoffnungslos aus dem Takt geraten war. In seinem Schädel summte und brummte es wie in einem Bienenkorb, während die Bilder und Eindrücke des Traumes wild durcheinanderwirbelten.

Aber – war es überhaupt ein Traum gewesen?

Plötzlich war Niko sich nicht mehr sicher. Das aufregende Geschehen war ihm noch so lebhaft in Erinnerung, als wäre er leibhaftig dabei gewesen. Als hätte er diesen geheimnisvollen Jungen mit dem mächtigen Schwert, der kaum älter gewesen sein konnte als er selbst, bei seinem nächtlichen Abenteuer höchstpersönlich begleitet. Oder besser: Als wäre er selbst der Junge gewesen, auch wenn das absolut unmöglich war. Plötzlich meinte Niko wieder den Wind in seinen Haaren zu spüren, der ihm auf der Mauerkrone entgegengeweht war. Erblickte die Fahne mit dem roten Greif, die auf der Spitze des Bergfrieds flatterte. Sah die lauernde Düsternis in den engen Gängen des Burggebäudes und spürte den beißenden Rauch der Fackeln in seiner Nase. Fast glaubte Niko sogar, die Waffe in seiner Hand zu halten und ihr Gewicht zu spüren. Auch der Geruch, der im Schlafraum des einäugigen Burgherrn geherrscht hatte – nach Schweiß, abgrundtiefer Bosheit und Todesangst –, war plötzlich wieder so gegenwärtig, dass es Niko in der Kehle würgte und er sich um ein Haar übergeben hätte.

Hastig schnappte er nach Luft und atmete zwei-, dreimal tief durch. Als der gallebittere Geschmack in seinem Mund endlich verflogen war, schimpfte er im Stillen mit sich selbst: War er jetzt völlig bescheuert? Oder drehte er langsam aber sicher durch?

Er seufzte und schüttelte langsam den Kopf. Natürlich war es ein Traum gewesen; was denn sonst? Er lag schließlich in seinem Bett und trug seinen Schlafanzug, was eindeutig bewies, dass er in keine Burg eingedrungen sein konnte. Die er zudem noch nie zuvor gesehen hatte und von der er schon gar nicht wusste, wo sie stand! Andererseits: In den letzten Stunden war eine Woge seltsamster Erlebnisse über ihn hinweggeschwappt. Er musste plötzlich wieder an sein Gespräch mit dem alten Mann im Laden denken und an das geheimnisvolle Buch, das der ihm geschenkt hatte. Auch an den Typen vor dem Geschäft, in dem er für einen irren Moment ein Monster zu sehen geglaubt hatte. Und warum in aller Welt hatte er, noch bevor seine Mutter ihm davon erzählte, mit absoluter Sicherheit gewusst, dass seinem Opa Melchior etwas zugestoßen war? Weshalb nahm er plötzlich fremdartige Gerüche wahr, hörte den Schrei imaginärer Falken und sah die Bilder eines flammenden Tores vor sich?

Doch sosehr Niko auch grübelte und sich den Kopf zermarterte, es wollte ihm einfach keine schlüssige Erklärung einfallen. Nur ein Gedanke war ihm mittlerweile zur Gewissheit geworden: dass all das erst der Anfang war. Er wusste es einfach: Etwas Unbekanntes hatte begonnen und würde ihn nicht eher wieder loslassen, bis er herausgefunden hatte, was es damit auf sich hatte. Nur hatte er nicht die geringste Ahnung, wo er bei seiner Suche nach des Rätsels Lösung überhaupt anfangen sollte.

KAPITEL 5

Das Knochenorakel

Rhogarr von Khelm stand am Fenster des Thronsaals von Helmenkroon und starrte mit düsterer Miene hinunter auf den Burghof. Sein stoppelbärtiges Gesicht war von bleicher Müdigkeit gezeichnet, tiefe Falten furchten seine Stirn und das rechte Auge war blutrot geädert. Wie schon in den letzten Nächten hatte Rhogarr auch in der vergangenen Nacht kaum geschlafen. Kurz nach Beginn der Dämonenstunde hatte ihn ein Donnerschlag jäh aus dem Schlummer gerissen und danach hatte er keine Ruhe mehr finden können. Der Albtraum, der ihn nun schon seit Tagen plagte, lastete schwer wie ein Mühlstein auf seiner Seele.

Es war immer der gleiche: Ein groß gewachsener, schlanker Junge, kaum vierzehn Sommer alt, überwand die Mauern von Helmenkroon, übertölpelte die Wachen vor seinem Gemach, drang in seine Schlafkammer ein und versuchte, ihn mit seinem Schwert zu töten. Und mitten im tödlichen Schlag wachte Rhogarr von Khelm dann jedes Mal schweißgebadet und mit wild klopfendem Herzen auf. Der Traum fühlte sich so echt an, dass er wahre Todesangst empfand. Es dauerte jeweils geraume Weile, bis sein aufgewühltes Gemüt sich wieder einigermaßen beruhigte. Selbst der Branntwein, den der rüde herbeigebrüllte

Leibdiener ihm dann eilends kredenzen musste, vermochte ihm keine Linderung zu verschaffen. Die Erinnerung an den Albtraum kreiste unentwegt durch Rhogarrs Kopf, während er sich unruhig auf dem Lager herumwälzte, bis ihn das erste Grau des Morgens aus dem Bett trieb – sehr zur Verwunderung der Wachen und zum großen Ärger der Köchin, die ihm zu ungewohnt früher Stunde das Morgenmahl bereiten musste.

Doch auch die herzhaften Speisen vermochten Rhogarr nach so einer Albtraumnacht nicht zu erheitern, ebenso wenig wie der Anblick der drei Gehenkten, deren Leichen nun schon seit Tagen am Galgen in der Mitte des Burghofes baumelten. Seit der Herrscher der Marschmark den Thron von Helmenkroon an sich gerissen hatte, blieben die Hingerichteten auf seinen Befehl so lange am Richtholz hängen, bis die Geier und Krähen nur noch ihre Knochen übrig gelassen hatten. Einerseits sollte das der Abschreckung dienen – und andererseits Rhogarrs Belustigung. Für gewöhnlich fand der nämlich allergrößtes Vergnügen daran, sich am Anblick der Opfer seiner Willkürherrschaft zu weiden. Für gewöhnlich – nicht aber heute. Rhogarr von Khelms Ahnung, was sein Traum zu bedeuten hatte, verfestigte sich nach der erneuten schlaflosen Nacht langsam, aber sicher zur Gewissheit, und er befürchtete das Schlimmste.

In dieser Nacht hatte er das Schwert in den Händen des Jungen erkannt – und es gab nicht den leisesten Zweifel: Es handelte sich um Sinkkâlion, das Königsschwert, nach dem er selbst seit nunmehr vierzehn Sommern völlig vergeblich suchte. Dabei hatten seine Truppen alle Regionen des Nivlandes durchsucht und jede Ecke und jeden Winkel durchkämmt. Doch alle Anstrengungen der Männer waren vergeblich gewesen. Sie hatten nicht die geringste Spur von Sinkkâlion entdeckt. Selbst die Vharuuls, seine unheimlichen Geschöpfe der Nacht, waren erfolglos geblieben. Und was hätte ihnen schon verborgen bleiben können – besaßen sie doch weit schärfere Sinne als alle anderen Bewohner von Mysteria? Als Jäger und Späher hatten die Vharuuls Rhogarr schon so manchen wertvollen Dienst erwiesen und zahllose Feinde und Widersacher aufgespürt. Kein abtrünniger Soldat und kein entflohener Gefangener war vor ihnen sicher und selbst der geschickteste Wilderer, Fischräuber oder Holzdieb konnte ihnen nicht entkommen. Doch auch die gefürchteten Vharuuls waren von der Suche nach Sinkkâlion mit leeren Klauen zurückgekehrt.

Dabei hätte Rhogarr ihnen das Schwert vielfach mit Gold aufgewogen, so sehr verzehrte er sich nach der kostbaren Waffe! Dass das Schwert ihn nun mit dem Tode bedrohte, und sei es auch nur im Schlaf, konnte nur bedeuten, dass …

»Bei allen Dämonen der Finsternis!« Mit einem wüsten Fluch unterbrach Rhogarr von Khelm den Gedanken, den er noch immer kaum zu Ende zu denken wagte. Dabei wusste er, dass er seinen Blick nicht länger vor der Wahrheit verschließen durfte. Wenn er seinen inneren Frieden wiederfinden wollte, musste er sich endlich Gewissheit verschaffen, ob seine Befürchtungen zutrafen oder nicht. Denn wenn sie zutrafen, dann musste er sich dringend wappnen und die nötigen Vorkehrungen treffen. Nur aus diesem Grunde hatte er nach langem Zögern nun endlich doch nach der Hexe geschickt und konnte es gar nicht mehr erwarten, dass dieser elende Dhrago mit ihr auftauchte.

Ein lautes Klopfen ließ Rhogarr auf dem Absatz herumwirbeln. »Ja!«, schrie er und eilte mit großen Schritten auf das Portal des Thronsaals zu, das soeben geöffnet wurde.

Ein Mann trat ein. Er war gut zehn Sommer jünger als Rhogarr und hatte ein hageres Adlergesicht mit hellen, stechenden Augen. Die rotblonden Haare fielen ihm weit in die Stirn. Ein sorgsam gestutzter rötlicher Bart umrahmte den schmallippigen Mund. Über seine linke Wange zog sich eine riesige, nur schlecht verheilte Narbe. Er trug eine leichte Lederrüstung wie die meisten Krieger in den marschmärkischen Diensten. Der pelzbesetzte Umhang aus edlem Tuch, der von seinen Schultern hing, verriet jedoch, dass er höheren Standes war. Er eilte auf Rhogarr zu und umarmte ihn kurz. »Seid mir gegrüßt, mein Freund und Gebieter«, rief er.

»Ebenso, Dhrago«, erwiderte der Herrscher kurz angebunden. »Hast du erledigt, was ich dir aufgetragen habe?«

»Aber natürlich, Herr Rhogarr!« Herzog Dhrago verneigte sich unterwürfig. Dann wandte er sich dem offenen Portal zu, in dem nun eine Frau auftauchte – betagt und gebrechlich, das faltige Gesicht von zahllosen Altersflecken übersät. Ihre Augen lagen tief und dunkel in den Höhlen, hatten aber einen schimmernden Glanz. Die breite Nase mit den deutlich sichtbaren Löchern verriet ihre nicht zu leugnende Verwandtschaft mit dem Nachtvolk der Vharuuls. Das Kopftuch auf ihrem grauen Haar war ebenso schwarz wie ihr abgewetztes Kleid, das bis auf den Boden herabreichte.

»Worauf wartest du noch, Orsana?«, herrschte der Herzog sie an. »Knie nieder vor deinem Herrscher. Oder muss ich dir erst Beine machen?«

»Gewiss nicht«, flüsterte die Alte und hinkte tief gebeugt auf Rhogarr zu. Direkt vor ihm fiel sie auf die Knie. »Was kann ich für Euch tun, mein Herr und Gebieter?«

Rhogarr hieß sie auf einem Schemel Platz nehmen und ließ sich selbst auf seinem Thronsessel nieder, einem großen Lehnstuhl aus dunklem Holz, dessen Sitzfläche und hohe Rückenlehne mit dem dichten Fell eines Mähnenbären gepolstert waren. Hastig griff er nach dem irdenen Krug auf dem daneben stehenden Tischchen, goss roten Wein in einen Becher und leerte ihn in einem Zug. Nachdem er sich die feuchten Lippen mit dem Handrücken trocken gewischt hatte, schilderte er der

Alten in knappen Worten seinen Albtraum und blickte sie fragend an. »Man sagt, du kannst Träume deuten, Orsana?«

»Aber, Herr, das wisst Ihr doch längst«, antwortete die Hexe. »Also, wenn ich Euch recht verstehe …« Sie sah Rhogarr aus ihren dunklen Augen an und öffnete den Mund zu einem scheuen Lächeln. »Wenn ich Euch recht verstehe, dann wollt Ihr von mir wissen, was Euer Traum bedeu –«

»Natürlich! Was denn sonst?«, fiel Rhogarr ihr laut ins Wort. Wie ein Geier, der auf seine Beute einhackt, reckte er den Kopf ruckartig nach vorne, sodass Orsana erschrocken zurückzuckte. »Kannst du diesen Traum deuten?«

»Aber natürlich, Herr, natürlich«, antwortete sie beflissen. »Lasst mich nur schnell mein Orakel befragen.« Ihre runzelige Hand verschwand in einer Falte ihres Rockes und kam mit einem fleckigen Lederbeutel wieder hervor. Erstaunlich gelenkig kauerte sich Orsana damit auf den Steinboden. Sie band den Beutel auf und streute seinen Inhalt auf die Fliesen: einen Haufen unterschiedlich großer Knochen.

Rhogarr von Khelm, der rasch näher getreten war, verzog angewidert das Gesicht. Mit einem Blick erkannte er, dass die Knochen, die jetzt auf seinem Boden lagen, durchaus nicht nur von Menschen und Schweinsdrachen stammten. Die helle Elfenbeinfarbe bewies, dass sich darunter auch die Zehenknochen eines Einhorns befanden, denen ganz besondere magische Kräfte nachgesagt wurden.

Die Hexe schenkte den Männern keinerlei Beachtung mehr. Tief in sich versunken, murmelte sie unverständliche Worte vor sich hin. Ihre rechte Hand fasste erneut unter das Kleid und beförderte getrocknete Kräuter zutage. Unter unablässigen Beschwörungsformeln verstreute Orsana sie über den Knochen, aus denen nur Augenblicke später eine mächtige Stichflamme emporschoss.

Genau wie Herzog Dhrago zuckte auch Rhogarr von Khelm entsetzt zurück und schloss die Augen vor dem gleißenden Licht. Als er sie wieder öffnete, bemerkte er voller Verwunderung, dass die Knochen ein seltsames Zeichen gebildet hatten. Rhogarr erkannte es sofort: Es war das gleiche Zeichen, das die Schneide von Sinkkâlion zierte: das Symbol der Unsichtbaren, von denen die Alwen glaubten, dass sie ihr Schicksal bestimmten.

Das Zeichen der zwei, die zu einem werden.

Während der Herrscher nach Luft schnappte, stöhnte die Hexe gequält auf. »Bei allen Dämonen, es stimmt also doch!« Ihr kleines Gesicht war aschfahl geworden.

Rhogarr starrte Orsana mit großen Augen an und biss sich so heftig auf die Unterlippe, dass sie blutete. Es war der plötzliche Schmerz, der seinen Zorn richtig ausbrechen ließ. »Was soll das heißen, Weib?«, fuhr er die Hexe an. »Sprich deutlich, wenn du was zu sagen hast!«

Orsana öffnete den Mund, bekam aber zunächst kaum einen Ton heraus. »Der … der Tag ist nicht mehr fern, an dem Sinkkâlion über Euer Schicksal bestimmen wird«, stammelte sie schließlich.

»Was?« Mit weit aufgerissenen Augen starrte der Herrscher sie an. »Willst du damit andeuten, dass diese Legende wahr ist, die man sich unter den Alwen erzählt?«

»Das … das habe ich nicht gesagt, Herr«, erwiderte Orsana und duckte sich furchtsam, als erwarte sie Schläge. »Das Orakel besagt lediglich …«

»Nun, was denn?«, rief Rhogarr.

»Es besagt nur, dass das Königsschwert schon bald von entscheidender Bedeutung für Euch sein wird. Das Zeichen der Unsichtbaren kündet stets von großer Veränderung und einer Wende des Schicksals. Dass das Königsschwert Euch in Euren Träumen mit dem Tode bedroht hat, bedeutet keineswegs …«

»Ja?« Rhogarrs Hand schnellte nach vorne wie die Pranke eines Mähnenbären und krallte sich so heftig in die Schulter der alten Frau, dass die vor Schmerz das Gesicht verzog. »Jetzt sprich endlich!«

»Es bedeutet nicht, dass Ihr sterben werdet«, flüsterte Orsana. »Nur ein Narr glaubt, dass Träume wörtlich zu verstehen sind. Sie haben vielmehr eine tiefere Bedeut –«

»Verschon mich mit deinem Geschwätz!« Rhogarrs Stimme war jetzt noch lauter und drohender geworden. »Ich rate dir gut: Komm endlich zur Sache, wenn dir dein Leben lieb ist. Was bedeutet dieser verfluchte Traum?«

»Er besagt, dass *Euer* Leben nicht weiter in den gleichen Bahnen verlaufen wird wie bisher. Es wird sich schon bald entscheidend verändern. Auf welche Weise das geschieht …« Orsana musterte Rhogarr jetzt überraschend ruhig, als wäre das, was sie zu sagen hatte, ohnehin jenseits jeder Herrschermacht. »… das kann ich nicht entschlüsseln – leider!«

»Aber …« Rhogarr kniff lauernd seine Augen zusammen. »Du hast einen Verdacht, nicht wahr?«

»Ihr habt recht, Herr. Falls die alte Legende der Wahrheit entspricht, dann ist der Tag nahe, an dem die zwei sich finden werden. Dann wird das Tor des Feuers sich wieder öffnen und das Königsschwert freigeben, damit König Nelwyns rechtmäßiger Nachfolger Sinkkâlion aus dem Schicksalsstein ziehen und Anspruch auf den Thron von Helmenkroon erheben kann. Und dann …« Die Alte brach ab und schien wieder zutiefst in sich versunken.

»Bei allen Dämonen der Hölle!«, fluchte der Herrscher. »Was wird dann geschehen?«

Orsana wiegte den Kopf. »Ich weiß es nicht, Herr, ich weiß es wirklich nicht.«

»Verflucht!« Mit wutverzerrter Miene sprang Rhogarr auf und

verpasste dem Schemel neben seinem Thronsessel einen Tritt, sodass der quer durch den Thronsaal schepperte. »Und was geschieht, wenn die Legende nichts als ein dummer Aberglaube ist?«

»Auch dann wird Sinkkâlion schon bald über Euer weiteres Schicksal entscheiden, Herr.« Orsana verneigte sich. »Entweder werdet Ihr selbst es in Euren Besitz bringen …«

»Das will ich doch hoffen, verflucht noch mal!«, brüllte der Tyrann.

»… oder ein anderer«, fuhr die Hexe fort, als habe sie den Einwurf überhört. »Dann wird sich entscheiden, wer fortan die Geschicke des Nivlandes bestimmt: Ihr selbst, Rhogarr von Khelm, oder ein neuer Herrscher, den im Moment noch niemand kennt.«

Wieder kniff Rhogarr seine Augen zusammen. »Das Letzte, was ich von dir jetzt noch wissen will, ist, welche dieser Möglichkeiten zutrifft. Wem wird es gelingen, Sinkkâlion zu erringen?«

»Es tut mir leid, mein Herr, aber Euch das zu sagen, übersteigt meine Kräfte. Die Einzige, die Euch bei dieser Frage weiterhelfen kann, ist die Schwarzmagierin Sâga.«

»Sâga? Bei allen Dämonen!« Jede Farbe war aus Rhogarrs Gesicht gewichen. Er starrte für einen Moment wie abwesend vor sich hin. Dann nickte er. »Nun denn, so sei es. Mir bleibt wohl keine andere Wahl. Auch wenn Sâgas Kräfte so groß sind, dass ich sie niemals wieder in meiner Burg sehen wollte«, murmelte er vor sich hin und wandte sich schließlich an den Herzog. »Hör zu!« Sein Zeigefinger schnellte nach vorne und bohrte sich in Dhragos Brust. »Lass diesem Dämonenweib eine Botschaft zukommen, dass ich schnellstens mit ihr reden möchte.«

»Aber … Herr.« Das Gesicht des Herzogs erbleichte, sodass seine rote Narbe noch deutlicher hervortrat. »Wie stellt Ihr

Euch das vor? Sâga lässt sich nichts befehlen – von niemandem! Und wer ihren Unwillen erregt, zahlt leicht mit seinem Leben dafür.«

»Wie du das anstellst, ist ganz alleine deine Sache«, erwiderte Rhogarr. »Ich habe dir die Führung meiner Streitkräfte überlassen und erwarte deshalb auch, dass du meine Befehle ausführst. Verstanden?«

»Jawohl, Herr«, versicherte der Herzog rasch und verneigte sich. »Natürlich.«

Die Mundwinkel des Herrschers zuckten höhnisch. »Und noch eins, Dhrago: Wir dürfen nicht das geringste Risiko eingehen. Setze sofort meine Leibgarde und die Vharuuls in Bewegung. Sie sollen die Suche nach dem Schwert verstärken und gleichzeitig jede Person festnehmen, hinter der sich dieser ›Erlöser‹ …«, er schien das Wort geradezu auszuspucken, »… verbergen könnte. Ganz egal, um wen es sich handelt. Die Gefangenen sind unverzüglich hierher nach Helmenkroon zu bringen, damit wir sie unter der Folter befragen können, verstanden? Vielleicht weiß dieses Alwenpack ja doch besser über Sinkkâlion Bescheid, als sie bislang zugegeben haben.«

»Das ist eine hervorragende Idee, mein Gebieter!« Erneut machte der Herzog eine tiefe Verbeugung. Als er sein Gesicht wieder hob, zuckte ein seltenes Lächeln um seine Mundwinkel. »Die mich zudem auf einen weiteren Gedanken bringt.«

Rhogarrs Stirn bewölkte sich. »Nämlich?«

»In unseren Verliesen finden sich Alwen zuhauf. Vielleicht sollten wir auch die einer Befragung unterziehen? Einer ganz strengen, natürlich«, setzte er hinzu.

Für einen Moment musterte der Herrscher Dhrago mit undurchdringlicher Miene. Dann fing auch er an zu lächeln. »Sieh mal einer an! Manchmal bist du ja doch zu etwas zu gebrauchen.« Schlagartig wurde er wieder ernst. »Und auf eines gebe ich dir mein Wort, Dhrago ...« Wieder stach Rhogarrs Zeigefinger zu. »Selbst wenn die Legende stimmen sollte – dieser Bastard wird mir nicht entkommen. Ich werde ihn finden und töten, und zwar noch ehe er Gelegenheit haben wird, das Tor des Feuers auch nur zu suchen!«

Rhogarr von Khelm wirbelte auf dem Absatz herum und wischte den Weinkrug mit einer einzigen Handbewegung vom Tisch. Der irdene Behälter schlug auf die Steinfliesen, wo er laut klirrend in zahllose Scherben zersprang. Der rote Wein verteilte sich und bildete eine Pfütze auf dem Boden. Und als sich die Strahlen des Großen Taglichts darin fingen, hatte es für einen Moment den Anschein, als wäre es eine große Lache aus Blut.

Niko war ziemlich angefressen. Was für eine gottverlassene Gegend!, dachte er grimmig, während er mit düsterer Miene durch das Seitenfenster von Riekes altersschwachem Golf hinaus in den Regen starrte, der den Blick auf die hügelige Landschaft verschleierte. Sie waren natürlich nicht um sechs Uhr in Falkenstedt losgefahren, sondern erst kurz nach acht. Weil Niko nicht nur verschlafen, sondern auch den Rat der Mutter vergessen hatte, und so musste er seine Sachen nach dem Frühstück erst noch rasch zusammenpacken. Als Rieke dann endlich losgefahren war, hatte es angefangen zu regnen – ein richtiger Landregen, der seitdem nicht wieder aufgehört hatte. Dabei waren sie schon mehr als zwei Stunden unterwegs und mussten ihr Ziel bald erreichen.

Wie aufs Stichwort wischte da das gelbe Ortsschild von Oberrödenbach am rechten Straßenrand vorbei. Rieke ging vom Gas und gleich darauf passierten sie die ersten Häuser des Dörfchens. Eher aus Langeweile als aus Interesse drückte Niko seine Nase an die

Scheibe, um bessere Sicht zu haben. Die Mühe hätte er sich allerdings sparen können. Oberöderkaff sah noch genauso trostlos aus, wie er es in Erinnerung hatte. Seit dem vergangenen Frühjahr, als er zur Beerdigung seiner Oma Frida zum letzten Mal hierhergekommen war, schien sich nicht das Geringste verändert zu haben. Nur die Löcher im Kopfsteinpflaster der Hauptstraße waren noch um einiges größer geworden – und waren jetzt entsprechend tief mit Regenwasser gefüllt. Obwohl Rieke sich alle Mühe gab, ihnen auszuweichen, ließ der Golf auf dem Weg durchs Dorf immer wieder riesige Wasserfontänen über die Bürgersteige spritzen, die allerdings kein großes Unheil anrichten konnten. Es war nämlich keine Menschenseele zu sehen. Weder auf der Straße noch in den Vorgärten. Auch nicht auf den Höfen der unscheinbaren Häuschen, die sich entlang der Straße wie verstörte graue Kaninchen unter dem Regen duckten.

Der Dorfplatz war ebenfalls menschenleer. Das Ziegeldach der kleinen Kirche, die sich gleich daneben inmitten des von einer brüchigen Steinmauer umgrenzten Friedhofs erhob, glänzte vor Nässe. Von den langfingrigen Blättern der alten Kastanie im Zentrum des Platzes troffen lange Wasserfäden und klatschten auf das Dach des unscheinbaren grauen Kastenwagens, der darunter parkte. Auf den ersten Blick kam es Niko so vor, als sei es der gleiche Wagen, den er am Vortag vor dem Geschäft von Herrn Schreiber gesehen hatte. Doch dann verwarf er den Gedanken so rasch wieder, wie er ihm gekommen war. Schließlich war es unwahrscheinlich, dass ein Handwerker aus Falkenstedt in dem abgelegenen Oberrödenbach zu tun hatte. Außerdem gab es bestimmt Tausende von grauen Kastenwagen im ganzen Land.

Die hölzernen Rollläden des Gemischtwarenladens an der Ecke waren heruntergelassen, das Neonschild unbeleuchtet. Dabei war es noch nicht mal zehn Uhr! Was nur bedeuten konnte, dass das einzige Lebensmittelgeschäft inzwischen ebenso dichtgemacht hatte wie die Dorfwirtschaft. Die hatte nämlich im Herbst ihren Betrieb eingestellt, wie Nikos Mutter ihm nach einem Telefonat mit Opa Melchior berichtet hatte. Seit Jahren verließen mehr und mehr Menschen das Dorf und so gab es für die Geschäfte einfach nicht mehr genug Kunden.

Wenn das so weiterging, würde Oberöderkaff in ein paar Jahren ausgestorben sein, überlegte Niko. Weil niemand mehr dort leben wollte! Er konnte das absolut verstehen, und noch im gleichen Augenblick bereute er es bereits wieder, dass er sich zu dem Abstecher zu Opa Melchior hatte überreden lassen. Er würde hier bestimmt vor Langeweile sterben.

»Na, so was. Das hätte ich ja nicht für möglich gehalten!« Die ironischen Worte seiner Mutter drifteten wie aus weiter Ferne an sein Ohr. »Tja, man lernt halt immer noch dazu.«

»Wie … was?«, stammelte Niko und wandte den Blick zu Rieke. »Was … ähm … meinst du damit?«

»Dich natürlich«, erwiderte die Mutter. »Oder besser gesagt: deine Superlaune! Nachdem du seit geschlagenen zwei Stunden ununterbrochen vor dich hin muffelst und ein Gesicht ziehst wie ein zum Tode Verurteilter auf dem Weg zur Hinrichtung, bist du sogar noch zu einer Steigerung fähig. Jetzt siehst du nämlich aus, als hättest du die Hinrichtung bereits hinter dir!«

»Haha, sehr witzig«, sagte Niko und kniff die Augen so finster zusammen, dass wahrscheinlich selbst der hartgesottenste Höhlentroll schlagartig die Flucht ergriffen hätte.

»Dabei weiß ich gar nicht, warum du so genervt bist. Einen freundlicheren Empfang kann man sich doch gar nicht wünschen.« Lächelnd deutete Rieke nach draußen. »Findest du nicht auch?«

Tatsächlich: Der Regen hatte schlagartig aufgehört und nun riss sogar die dunkle Wolkendecke auf und die Sonne trat dahinter hervor. Ihre Strahlen spiegelten sich in dem feuchten Film, mit dem die Bäume und Sträucher, die Wiesen und Felder überzogen waren, und ließen die Landschaft glänzen und leuchten wie in einem verführerischen Werbespot.

Rieke und Niko hatten das Dorf mittlerweile hinter sich gelassen und näherten sich bereits dem Ellerhof. Aus der kleinen Talwiese, die sich nun links der Straße entlangzog, stiegen dunstige Schlieren auf. Auch über dem dicht belaubten Wipfeldach des Waldes, der sich gleich dahinter erhob, standen kleine Wölkchen aus wässrigem Dampf. Und dann plötzlich spannte sich wie von Zauberhand ein riesiger Regenbogen über das Land.

Selbst Niko konnte nicht verhindern, dass seine Mundwinkel sich hoben. Seine Mutter hatte recht, dachte er. Das sah wirklich so aus, als hätte jemand eine bunte Girlande zu ihrer Begrüßung an den Himmel gehängt. Bis zum Hof des Opas war es jetzt nicht mehr weit. Nach der scharfen Rechtskurve zwanzig Meter weiter vorne ging es noch rund zweihundert Meter geradeaus – und dann waren sie da.

Rieke bewegte das Lenkrad schon sanft nach rechts, um in die Kurve einzubiegen, als Niko mit einem Mal ein leicht bitterer Geruch in die Nase stieg – und im gleichen Augenblick sah er das Mädchen.

»Bremsen, Mama!«, schrie er entsetzt. »Jetzt brems doch endlich!«

KAPITEL 6

Neuigkeiten und Erinnerungen

Nalik Noski war mit sich und der Welt zufrieden. Endlich war es so weit. Die lange Zeit des Wartens war vorbei. Die großen Ereignisse, auf die er nun schon seit so vielen Jahren hinarbeitete, waren ins Rollen gekommen. Und seit er am Tage zuvor den letzten und entscheidenden Anstoß gegeben hatte, würde niemand mehr den Lauf der Dinge aufhalten können.

Ohne es zu merken, lächelte Nalik. Ein Grübchen kerbte sich in sein kantiges Kinn. Die glatten Wangen wurden rund und kleine Fältchen zeigten sich an seinen Augenwinkeln.

Er war erleichtert, schlichtweg erleichtert.

Die letzten Jahre waren wahrlich nicht einfach gewesen – ganz im Gegenteil! Dabei hatte Nalik von Anfang an gewusst, dass er Geduld brauchen würde, sehr viel Geduld. Aber dass es so lange dauern würde, bis die Dinge sich in der erhofften Weise entwickelten, hatte er doch nicht erwartet. Ein ums andere Mal hatte Nalik befürchtet, ein Opfer seiner eigenen Unrast zu werden. Die endlose Warterei war ihm manchmal so unerträglich erschienen, dass es ihm beinahe das Herz zerrissen hätte, und manchmal hatte ihn das bis an den Rand des Wahnsinns getrieben. Zum großen Glück aber war er jedes Mal wieder rechtzeitig zur Besinnung gekommen. Die Vernunft hatte die Oberhand behalten, und sein aufgewühltes

Gemüt hatte sich wieder besänftigt. Und auch aus diesem Grunde war Nalik Noski jetzt von allergrößter Zufriedenheit erfüllt.

Er hatte es geschafft, die eigenen Begierden zu bezähmen und sich ganz in den Dienst der Sache zu stellen. Weil er sich wieder und wieder klargemacht hatte, dass er nichts weiter war als ein winziges Glied in einer endlosen Kette und ein kleines Rädchen im mächtigen Getriebe der Zeiten. Und dass es Dinge gab, die weit wichtiger waren als seine eigenen Wünsche.

Ein letztes Mal blickte Nalik Noski sich in seiner kleinen Wohnung um. Sie bestand aus einem engen Bad, einem spartanischen Schlafzimmer und einem größeren Wohnraum mit Kochecke. Die wenigen Möbel waren sorgfältig ausgesucht und vermittelten eine durchaus behagliche Atmosphäre – und dennoch war ihm dieses Quartier niemals ein Zuhause gewesen.

Ich werde all das nicht für einen Moment vermissen, kam es ihm in den Sinn, während er zum Badezimmer ging. Dabei hatte er in dieser Wohnung doch viele Jahre verbracht. Viel zu viele. Aber das war nun endgültig vorbei. Der Rucksack mit den paar Sachen, die er mitnehmen würde, lag bereits gepackt auf der Couch, und wenn alles lief wie geplant, würde er schon bald in seine Heimat aufbrechen und nie mehr zurückkehren.

Nie mehr in seinem ganzen Leben!

Nalik Noski lächelte zufrieden. Natürlich würde alles planmäßig verlaufen. Schließlich hatte er dafür lange Jahre hart und geduldig gearbeitet.

Zum Glück hatte das niemand bemerkt. Schon gar nicht der Junge und seine Mutter. Wie sollten sie auch? Er hatte ihnen nicht die geringsten Andeutungen gemacht, auch wenn ihm das Schweigen manchmal unendlich schwergefallen war. Und ein paar spärliche Hinweise hätten vielleicht auch nicht geschadet. Weder der Junge noch seine Mutter hätten begriffen, worum es ging. Trotzdem hatte Nalik sich selbst die kleinste Andeutung verboten und sich lieber auf die Zunge gebissen, als das unumstößliche Gebot zu verletzen.

Sorgfältig wusch Nalik sich das Gesicht und die Hände. Während er sich mit einem Tuch abtrocknete, sah er prüfend in den Spiegel. Hatte das lange Warten ihn vor der Zeit altern lassen? Wie zur Antwort schüttelte er den Kopf. Nein, er war zwar kein Jüngling mehr, aber auch noch längst kein alter Mann! Seine Züge waren immer noch straff und glatt, und selbst wenn die silbernen Fäden in seinem tiefschwarzen Haar von den schweren Jahren zeugten, die hinter ihm lagen, waren sie seinem Aussehen gewiss nicht abträglich.

Sorgsam strich Nalik die Haare glatt, als eine weitere Frage in ihm hochstieg: Ob sie mich wiedererkennen und auf Anhieb bemerken, wer ich bin? Ein seltsames Gefühl übermannte ihn. Merkwürdig, dass ihn dieser Gedanke ausgerechnet jetzt überfiel, zum allerersten Mal in all den Jahren. Ausgerechnet jetzt, da alles den geplanten Gang ging und das große Ziel greifbar nahe vor Augen lag.

Nalik Noski ging zurück in den Wohnraum, nahm den Rucksack von der Couch und warf ihn sich über die Schulter. Dann marschierte er zum TV-Gerät in der Ecke, über das tonlos das Programm des Frühstücksfernsehens lief. Sein Finger näherte sich bereits der Ausschalt-Taste, als er urplötzlich innehielt, einen Schritt zurücktrat und mit fassungslosem Staunen auf den Bildschirm starrte.

Darauf war eine Zeichnung zu sehen: ein Phantombild der Polizei, das das Gesicht eines Mannes zeigte.

Sein Gesicht!

Nalik Noski schaltete den Ton ein. Die Meldung, die der Nachrichtensprecher verlas, war so entsetzlich, dass sie ihn mit der Wucht eines Keulenhiebes traf und ihn um ein Haar von den Beinen gerissen hätte. Nalik begriff sofort, was die Nachricht bedeutete: Sie drohte mit einem Schlag alles zunichtezumachen!

All das, worauf er die ganze Zeit über hart und zielstrebig hingearbeitet hatte!

Aber was noch viel schlimmer war: Von nun an waren ihm die Hände gebunden. Er selbst würde kaum mehr eingreifen können und musste hilflos mit ansehen, wie sich die Dinge entwickelten.

Ein Laut, ähnlich dem Schrei eines Tieres, löste sich tief aus seiner Kehle. Er ließ den Rucksack fallen, sank kraftlos auf die Couch und schlug die Hände vors Gesicht.

Rieke trat mit Macht auf die Bremse. Während das Heck leicht ausbrach, schlitterte der Wagen mit laut quietschenden Reifen über den feuchten Asphalt.

In diesem Augenblick teilten sich die Zweige der dichten Haselnusshecke am rechten Straßenrand, und ein Mädchen mit einer roten Basecap auf den hellen blonden Haaren sprang, ohne nach links oder rechts zu blicken, auf die Fahrbahn. Erst nach drei Schritten bemerkte es das Auto, blieb wie angewurzelt stehen und starrte mit großen Augen auf den Golf – wie ein Kaninchen auf die Schlange. Der Wagen schien unaufhaltsam näher zu rutschen und kam erst im allerletzten Augenblick zum Stehen. Die Stoßstange berührte bereits die Hosenbeine des Mädchens!

»Oh, nein!«, schrie Rieke fassungslos und erleichtert zugleich. »Das kann ja wohl nicht wahr sein! Hat die Tomaten auf den Augen?« Hastig öffnete sie die Fahrertür, sprang aus dem Auto und eilte auf das Mädchen zu, das ungefähr in Nikos Alter sein musste. »Bist du in Ordnung?«, fragte Rieke besorgt. »Du hast dir doch nicht wehgetan, oder?«

»Nein«, flüsterte das Mädchen erschrocken und schüttelte den Kopf. Ihr schulterlanges blondes Haar flog wie ein Schleier aus heller Seide von einer Seite zur anderen. »Es … es ist alles okay. Tut mir leid, dass ich nicht aufgepasst habe, aber …« Das Mädchen brach ab und blickte ruckartig zur Seite. Angst stand in ihren tiefblauen Augen, während sie auf die dichte Haselnusshecke starrte, als lauere dort eine Gefahr.

Jedenfalls hatte Niko diesen Eindruck. Plötzlich war ihm, als würde er das Entsetzen des Mädchens am eigenen Leib spüren. Überrascht blickte er auf die Hecke am Straßenrand – und zuckte noch im gleichen Moment zurück. Einen Herzschlag lang geisterte das Bild des Monsters, das er am Vortag vor dem Antiquariat zu sehen geglaubt hatte, durch seinen Kopf! Das Ungeheuer mit den blutroten Augen, der gekrümmten Nase und den Hörnern auf der Stirn. Niko stieß einen jähen Schreckenslaut aus, aber da war alles schon wieder vorbei.

Hatte er sich die Monsterfratze nur eingebildet? Schon wieder? Oder war dieses Ungeheuer der Grund für die Furcht des Mädchens? War sie vielleicht vor ihm geflüchtet? Ihr verschwitztes T-Shirt, das sie unter einer blauen Jeans-Latzhose trug, ließ jedenfalls vermuten, dass sie wie irre gerannt sein musste.

Während Niko noch grübelte, drangen die Worte seiner Mutter wieder an sein Ohr, die sich noch immer mit dem Mädchen unterhielt. »Kann ich dir irgendwie helfen?«, fragte Rieke.

»Nein, nein!« Erneut schüttelte das Mädchen den Kopf. »Wie gesagt – es… es ist alles okay!« Obwohl ihre Miene das Gegenteil ausdrückte, wandte sie sich abrupt ab und hastete davon. Nur Augenblicke später war sie in dem schmalen Streifen Wald verschwunden, der sich auf der anderen Seite der Landstraße quer durch die Talwiese zog.

Kopfschüttelnd setzte Rieke sich wieder hinter das Lenkrad. »Wie unvorsichtig von ihr, einfach blindlings auf die Fahrbahn zu rennen! Dabei muss sie uns doch schon von Weitem gehört haben – bei dem Krach, den die alte Karre macht.« Noch einmal schüttelte sie den Kopf. »Wenn du mich nicht rechtzeitig gewarnt hä –« Mitten im Wort brach die Mutter ab und schaute Niko stirnrunzelnd an. »Woher wusstest du eigentlich, was passieren würde? Die Kleine war doch noch gar nicht zu sehen, als du geschrien hast, ich solle bremsen?«

Was?, fragte sich Niko. Warum erzählte seine Mutter so einen Unsinn? Er hatte sie doch erst gewarnt, als er das Mädchen bemerkt hatte – und ganz bestimmt nicht vorher. Das machte doch überhaupt keinen Sinn! Es gab nur eine Erklärung: Rieke musste sich das eingebildet haben, ganz bestimmt sogar. Andererseits war sie eine eher nüchterne Frau und neigte wahrlich nicht zu Spinnereien. »Bist du sicher?«, fragte er deshalb.

Rieke nickte ernst. »Ganz sicher sogar!«

»Ähm ... keine Ahnung.« Niko zuckte ratlos mit den Schultern. »Ich wusste es eben – einfach so.«

Die Mutter runzelte die Stirn. »Einfach so? Tatsächlich?«, murmelte sie mit skeptischer Miene. »Und warum bist du plötzlich so blass? Als ob du ein Gespenst gesehen hättest. Wenn nicht sogar Schlimmeres!«

»Quatsch!« Niko winkte ab. »Du musst dich täuschen, Mama.«

Rieke antwortete nicht. Doch Niko fühlte auch so, dass sie ihm kein Wort glaubte.

»Wer war sie denn?«, fragte er rasch. »Ich meine, hast du das Mädchen gekannt?«

»Nee! Die Kleine ist bestimmt nicht aus dem Dorf. Jedenfalls habe ich sie noch nie gesehen. Du vielleicht?«

»Ich?« Niko warf der Mutter einen genervten Blick zu. »Wie soll ich denn –«

»Ist ja gut«, schnitt Rieke ihm das Wort ab. »Dann muss sie eben fremd hier sein.«

Ayani hatte sich fast schon davongestohlen, als sie doch noch entdeckt wurde.

Was für eine unglückliche Fügung des Schicksals!

Warum musste ihr Bruder ausgerechnet jetzt mit dem Tragekorb hinter die Hütte treten? Nur ein paar Augenblicke später und sie wäre hinter den Büschen verschwunden gewesen. So aber blieb Arawynn bei ihrem Anblick verwundert stehen. »Was hast du vor?«

»Ach …« Im ersten Moment wusste Ayani nicht so recht, was sie sagen sollte. Doch zum Glück fiel ihr gleich darauf eine gute Ausrede ein, zumindest dachte sie das. »Ich will nur schnell nach Pirrik suchen. Er ist seit gestern verschwunden und immer noch nicht zurückgekehrt.«

»Glaubst du, du kannst mich für dumm verkaufen?«, erwiderte der Bruder und starrte auf die Weidenrute, die Ayani in der Hand hielt. Von ihrer Spitze baumelte eine lange Schnur mit einem eisernen Haken. »Jetzt sag schon, was du vorhast!«

»Ich wüsste nicht, was dich das angeht«, antwortete Ayani mürrisch. »Kümmere dich lieber um deine Angelegenheiten.«

»Genau das tue ich ja. Obwohl …« Arawynn stellte den großen Weidenkorb ab, der deutlich sichtbare Spuren von Ruß und Kohlenstaub trug. »Das Feuer in der Esse ist kurz vorm Erlöschen.« Er zeigte auf den Kohlehaufen, der vor der Rückwand der Hütte aufgeschüttet war. »Eigentlich ist es ja deine Aufgabe, für Nachschub zu sorgen. Jedenfalls hatten wir das so abgesprochen, oder nicht?«

Ayani ärgerte sich, dass sie daran nicht gedacht hatte. »Ja, schon«, entgegnete sie unwirsch. »Ich wollte das auch gleich nach meiner Rückkehr erledigen.«

»Nach deiner Rückkehr, so, so.« Der Junge stemmte die Arme in die Hüften und schaute sie vorwurfsvoll an. »Dann willst du also tatsächlich zum Fischen?«

»Ja, klar.« Ayani reckte trotzig das Kinn vor und sah Arawynn herausfordernd an. »Oder hast du vielleicht was dagegen?«

»Und ob ich was dagegen habe!« Der Bruder trat dicht vor sie hin und musterte sie eindringlich. »Du musst von Sinnen sein, Ayani. Das ist viel zu gefährlich.«

»Ach!« Das Mädchen winkte ab. »Was soll mir schon groß passieren?«

Trotz ihrer Worte fühlte Ayani, wie ihre Wangen sich röteten. Sie räusperte sich, um den plötzlichen Frosch in ihrer Kehle loszuwerden. »Ich … äh … ich habe Hunger, Arawynn, verstehst du das nicht? Ich meine … Wir haben seit Wochen kein Fleisch mehr auf dem Teller gehabt«, versuchte sie zu erklären. »Das ewige Gemüse und der dauernde Hirsebrei sind mir so zuwider, dass ich einfach keinen Bissen mehr runterbekomme.«

»Meinst du, mir geht es anders? Meinst du, ich würde nicht auch gerne wieder ein saftiges Stück Fleisch zwischen den Zähnen haben, anstatt immer nur Kohl und Rüben zu essen?«

»Na, also!« Ayanis Augen leuchteten auf. Sie glaubte schon, den Bruder überzeugt zu haben.

Seine Antwort jedoch war ernüchternd. »So zuwider das harte Grünzeug mir auch ist, es erhält uns wenigstens am Leben«, fuhr Arawynn nämlich fort. »Außerdem stehen wir kurz vor der Ernte. Das Korn ist fast reif und kann schon bald geschnitten werden. Und auch die anderen Früchte auf den Feldern gedeihen ganz prächtig.« Er legte der Schwester die Hand auf die Schulter. »Nimm doch Vernunft an, Ayani. In diesem Jahr meinen es die Unsichtbaren wirklich gut mit uns und werden uns eine reiche Ernte bescheren. Und sobald die Schweine und Ziegen sich rund und fett gefressen haben, haben wir auch wieder Fleisch in Hülle und Fülle.«

»Das dauert noch Monde«, wandte Ayani trotzig ein. »Aber in den Bächen wimmelt es jetzt schon von Fischen. Ihre Leiber sind prall wie selten zuvor. Warum also sollen wir warten?«

Arawynn atmete tief durch und sah sie beschwörend an. »Weil Rhogarr von Khelm alle Gewässer des Landes und alle Wälder zu seinem persönlichen Besitz erklärt hat. Und weil uns das Fischen und Jagen bei Todesstrafe verboten ist – deshalb, Ayani!«

»Dazu hat er kein Recht!«, rief das Mädchen empört. »Die Schätze der Natur gehören allen Wesen, die unter dem Großen Taglicht leben und die Luft atmen, die der Wind über alle Teile unserer Welt weht. Oder hast du schon einmal gehört, dass jemand die Luft als sein persönliches Eigentum beansprucht?«

»Nein.« Arawynn verdrehte die Augen. »Natürlich nicht.«

»Na, also! Wieso sollte es sich mit den Fischen in den Gewässern und dem Wild in den Wäldern anders verhalten? Sie alle sind Geschöpfe der gleichen Natur, die die Unsichtbaren uns geschenkt haben. Niemand kann uns Alwen verbieten, sich dieser großzügigen Geschenke zu bedienen – niemand!« Ayanis Stimme wurde laut. »Schon gar nicht dieser hochmütige Kerl aus der Marschmark, der den Thron von Helmenkroon gegen jedes Recht an sich gerissen hat. Er ist nicht unser Herr und Gebieter, und ich denke gar nicht daran, mich seiner Willkür zu beugen.«

Arawynns Gesicht verdüsterte sich. »Hör zu, Ayani«, sagte er schließlich und seufzte. »Du hast ja recht. Dass Rhogarr von Khelm uns das Fischen und Jagen verbietet, ist nicht nur schändlich, sondern verstößt tatsächlich gegen die Gesetze der Unsichtbaren. Trotzdem müssen wir seine Befehle befolgen, ob uns das gefällt oder nicht. Es sei denn …«

Obwohl Ayani wusste, was der Bruder sagen würde, schaute sie ihn abwartend an. »Ja?«

»Es sei denn, wir wären unseres Lebens überdrüssig«, fuhr Arawynn fort. »Du weißt genauso gut wie ich, dass dieser Tyrann jeden Verstoß gegen seine Anordnungen gnadenlos ahndet. Jeden, der beim Fischen oder Jagen erwischt wird, erwartet der Kerker – womit er, falls er Glück hat, wenigstens noch für ein paar Monde am Leben bleibt. Bevor er dann in den finsteren Verliesen von Helmenkroon elendiglich zugrunde geht.«

Ayani schluckte. »Meinst du, dass der Vater …?« Sie war nicht in der Lage, den Satz zu beenden.

»Ach, Ayani.« Arawynns Gesicht wurde weicher und er legte die Hand auf den Arm seiner Schwester. »Niemand weiß, wie es ihm ergangen ist. Aber wir dürfen die Hoffnung nicht aufgeben. Das Einzige, was ich sagen wollte, ist: Schon viele mussten es teuer oder sogar mit dem Leben büßen, selbst wenn sie nur einen mickrigen Fisch aus einem Bach gezogen haben, der nicht mal einen Winzling satt gemacht hätte.«

Ayanis Mundwinkel zuckten, während die Worte des Bruders ihr im Kopf herumsprangen. Arawynn hatte kein bisschen übertrieben. Rhogarrs grenzenlose Grausamkeit war in ganz Mysteria berüchtigt, und jeder Alwe wusste, dass der Herrscher der Marschmark keinerlei Gnade kannte. Schließlich war er nicht davor zurückgeschreckt, selbst seine eigene Tochter dem Henker zu übergeben, nur weil die sich geweigert hatte, den von ihm ausgewählten Mann zu ehelichen. Und dennoch: »Dazu müssen Rhogarrs Schergen mich erst einmal erwischen«, sagte Ayani mit fester Stimme. »Aber das wird ihnen nicht gelingen, Arawynn. Weil ich nämlich stets die Augen offen halte und mich schon beim geringsten Anzeichen von Gefahr davonmache.«

Der Bruder entgegnete nichts, sondern sah sie nur für eine Weile schweigend an. »Dir ist einfach nicht zu helfen«, sagte er schließlich. »Aber dann tu mir wenigstens den Gefallen und pass wirklich gut auf dich auf. Und nimm das hier mit!« Arawynn trat auf den Holzstapel zu, der neben dem Kohlenhaufen an der Rückwand der Hütte lehnte, sah sich rasch nach allen Seiten um und steckte dann die rechte Hand in einen schmalen Hohlraum zwischen den Scheiten.

Voller Staunen beobachtete Ayani, wie der Bruder ein Kurzschwert daraus hervorzog und es ihr auffordernd entgegenhielt. »Für den Fall, dass du dich zur Wehr setzen musst«, erklärte er mit feinem Lächeln.

»Aber …« Ayani war wie vor den Kopf geschlagen. »Wo … woher hast du das? Der Besitz von Schwertern und Waffen ist uns Alwen doch strengstens verboten.«

Arawynn lächelte noch immer. »Ich bin Schmied, hast du das schon vergessen? Und jetzt nimm endlich!«

Ayani musterte die Waffe nachdenklich. Die Strahlen des Großen Taglichts ließen die scharfe Schneide verführerisch glänzen. Nach kurzem Zögern wies sie das Angebot dann aber doch zurück. »Lieber nicht«, sagte sie. »Das Schwert wäre mir bestimmt nicht von Nutzen. Ich weiß damit doch gar nicht richtig umzugehen. Da verstehe ich mich doch besser auf das hier.« Rasch griff sie in die Rocktasche und zog einen kleinen rechteckigen Flicken Leder daraus hervor, von dem zwei lange Schnüre baumelten, die ebenfalls aus Leder gefertigt waren. »Mit meiner Schleuder schieße ich dir jeden Apfel vom Baum«, erklärte sie mit breitem Grinsen. »Vorausgesetzt natürlich, es hängen auch welche dran.« Dann wurde Ayani wieder ernst und deutete auf die Kohlen. »Und jetzt beeile dich, damit das Feuer in der Esse nicht erlischt. Du erinnerst dich doch bestimmt an den Spruch, den unser Vater von morgens bis abends auf den Lippen führte: ›Wer seines Glückes Schmied sein will, muss sein Feuer immer heiß halten!‹«

Opa Melchior erwartete seine Besucher bereits. Der alte Herr stand vor seinem Fachwerkhaus und lächelte seiner Tochter und seinem Enkel schon von Weitem entgegen. Für einen Augenblick hatte Niko den Eindruck, als forme das Sonnenlicht einen hellen Strahlenkranz um seinen Kopf. Genau wie das Dorf schien auch Melchior Niklas sich nicht im Geringsten verändert zu haben. Er trug die gleiche dunkelbraune Cordhose wie immer – »Manchester-Hose« hatte Oma Fridas Bezeichnung dafür gelautet –, ein rot-weiß kariertes Baumwollhemd und eine Strickjacke mit braunen Lederflicken an den Ellenbogen. Im Gegensatz zu sonst aber zogen sich graue Bartstoppel über sein wettergegerbtes Gesicht. Was zu Lebzeiten von Oma Frida niemals vorgekommen wäre. Die Oma hatte nämlich stets darauf geachtet, dass ihr Melchior das Haus nur tadellos geschniegelt und gestriegelt verließ. Doch seit Frida nicht mehr lebte, gab es keinen mehr, der auf ihn aufpasste.

Der Opa breitete die Arme aus und sah die Besucher mit hell strahlenden Augen an. »Je früher die Gäste, umso schöner der Tag«, sagte er.

Niko musste grinsen. Das war typisch Opa Melchior! Er liebte alte Sprichwörter über alles. Aber noch viel mehr liebte er es, sie auf seine Weise zu verändern und ihnen damit einen ganz besonderen Dreh zu geben.

Melchior begrüßte seine Tochter mit einer herzlichen Umarmung. »Willkommen daheim, Rieke.« Dann machte er drei Schritte auf seinen Enkel zu – was ihm große Schmerzen zu bereiten schien, auch wenn er das zu verheimlichen versuchte –, streckte ihm seine schwielige Pranke entgegen und lächelte freundlich. »Wie schön, dich wiederzusehen, mein Junge!« Sein Händedruck war immer noch überaus kräftig, wie Niko deutlich zu spüren bekam. Während er sich heimlich die schmerzende Hand rieb, musterte der Opa ihn von oben bis unten und nickte dann anerkennend mit dem Kopf. »Meine Güte, bist du groß geworden!«, stellte er fest. »Aber alle Leute waren mal Kinder – und das ist auch gut so, sehr gut sogar.«

Niko verstand nicht so recht, was der Opa damit sagen wollte. Zudem hatte er für einen Moment den Eindruck, als stünde ein ungewohntes Glitzern in Melchiors Augen. Aber vielleicht täuschte er sich ja auch. Deshalb schluckte er die Frage hinunter, die ihm schon auf der Zunge lag, und half seiner Mutter beim Ausladen des Gepäcks.

Niko bekam das gleiche Zimmer wie immer. Es war ziemlich klein und lag direkt unter dem Dach, das nur zur Hälfte ausgebaut war. Der andere Teil hatte früher nämlich als Kornspeicher gedient. Aber das war schon so lange her, dass Niko sich gar nicht mehr daran erinnern konnte. Seit vielen Jahren nutzte Opa Melchior die nicht ausgebaute Dachhälfte als eine Art Rumpelkammer. Alles Mögliche lagerte darin, angefangen von alten Möbeln und Kleidern bis hin zu ausrangierten Geräten, selten benötigtem Hausrat oder dem Oster- oder Weihnachtsschmuck, der für ein ganzes Jahr in einer alten Kommode vor sich hin staubte, bis er endlich wieder für einige wenige Tage gebraucht wurde.

Nikos Gästezimmer war nur spärlich möbliert: ein Bett mit Nachttisch, ein Kleiderschrank, ein alter Schreibtisch nebst Stuhl sowie ein betagter, dafür aber bequemer Lehnsessel zum Lesen. Und ein uraltes Röhrenradio aus dem vorherigen Jahrhundert, das wie ein Relikt aus längst vergangener Zeit auf einem einsamen Regalbrett an der Wand thronte.

Zu seiner Verwunderung spürte Niko eine seltsame alte Vertrautheit mit diesem Zimmer. Als habe die kleine Kammer auf ihn gewartet und würde ihn nicht nur willkommen heißen, sondern ihm auch Schutz und Geborgenheit versprechen. Beim Anblick der schrägen Holzdecke mit den groben Balken und den dunklen wurmstichigen Brettern erinnerte sich Niko plötzlich wieder an die unzähligen Sommerabende, in denen er sich bei offenem Fenster ins Bett gekuschelt und bis spät in die Nacht beim spärlichen Licht der kleinen Nachttischlampe gelesen hatte. Der Schein der Lampe hatte einen gelben und fast kreisrunden Lichtfleck an die Zimmerdecke geworfen, und manchmal hatte Niko sich vorgestellt, dass es sich um das große Auge eines geheimnisvollen Tieres handelte, das sich auf dem Firstbalken ausgestreckt hatte, um über ihn zu wachen. Das Zirpen der Grillen war durchs offene Fenster gedrungen, der schrille Laut der Käuzchen oder der dumpfe Ruf der Uhus, die im nahen Wald nisteten. Ein ums andere Mal war Niko dann ein kalter Schauer über den Rücken gelaufen. Besonders dann natürlich, wenn er in einem Buch schmökerte, das ohnehin schon gruselig war. Trotzdem hatte er stets weitergelesen und nicht eher Schluss gemacht, bis der Opa oder die Oma ihn energisch darauf hingewiesen hatten, dass es allerhöchste Zeit zum Schlafen war.

Ja, Niko spürte es: Der Ärger, den er auf der Fahrt durchs Dorf empfunden hatte, war mit einem Mal verflogen. Ach – so schlimm wird das hier schon nicht werden, ging es ihm durch den Kopf. Damit öffnete er den Verschluss seines Rucksacks und begann auszupacken.

Der alte Schmöker, den der Antiquar ihm geschenkt hatte, lag ganz oben auf seinen Sachen. Was Niko mehr als verwunderte. Er konnte sich gar nicht mehr daran erinnern, ihn eingepackt zu haben. Wozu denn auch? Schließlich konnte er mit dem bruchstückhaften Text doch überhaupt nichts anfangen. Er musste sich vergriffen und ihn anstelle des neuen Fantasy-Romans eingepackt haben, den Rieke ihm geschenkt hatte. Als Belohnung für das Erreichen des Klassenziels und als kleinen Trost für den ungeplanten Abstecher nach Oberrödenbach.

Schade aber auch!

Niko wollte die alte Schwarte eben zur Seite legen, als er bemerkte, wie das Zeichen auf der Vorderseite, die Mannaz-Rune, zu leuchten begann. Im gleichen Augenblick befiel ihn grenzenlose Müdigkeit. Niko war, als würde alle Kraft aus seinem Körper herausfließen. Er gähnte, rieb sich die Augen, ließ sich auf das Bett fallen und schlief auf der Stelle ein. Noch im Schlaf hörte er den Ruf eines Falken, der wie aus weiter nebelhafter Ferne heranwehte.

KAPITEL 7

Die Welt hinter den Nebeln

Der Nebel war überall. Wohin Niko auch blickte, er sah nichts als wabernden grauen Dunst, der sich vor seinen Augen zusammenballte und ihm den Blick auf die Umgebung verwehrte. Niko hatte nicht die geringste Ahnung, wo er sich befand. Schon seit Stunden schien er ziellos umherzuwandern. Er erinnerte sich nicht, wo er losgegangen war, und er wusste ebenso wenig, wohin er wollte. Selbst der Grund seiner Wanderung war ihm unbekannt. Er wusste nur eines: Er musste weiter, immer weiter, wenn er an sein Ziel gelangen wollte. Wie von einer unsichtbaren Macht geleitet, setzte der Junge seinen Weg fort.

Endlich lichtete sich der Nebel ein wenig. Die grauen Schleier, die Niko wie Leichentücher umhüllten, wurden durchlässiger. Endlich erkannte er, dass er über karges Ödland lief, das mit Heidekraut, Wollgras und Schnabelried bewachsen war und offensichtlich, kaum dreißig Schritte von ihm entfernt, an ein Hochmoor grenzte. In den nebeligen Schlieren meinte Niko nämlich einen lichten Bruchwald aus verkrüppelten Kiefern und Moorbirken zu erkennen. Hin und wieder reckte sich auch struppiger Säulenwacholder aus dem Dunst empor. Eine fast unwirkliche Stille lag über der Landschaft, gerade so als befände sie sich jenseits von Zeit und Raum. Plötzlich klang ein

Vogelschrei an Nikos Ohr: Kein Zweifel, es war der Schrei des Falken, den er schon mehrere Male gehört hatte.

Niko drehte sich um die eigene Achse und spähte nach allen Seiten. Zunächst konnte er nichts erkennen. Doch als er den Blick erneut auf den Bruchwald richtete, erklang der Ruf des Vogels ein zweites Mal – und im gleichen Augenblick formte sich das Bild eines großen Falken in seinem Kopf, der aus einer lodernden Feuerwand direkt auf ihn zuflog. Die Vision währte nur Sekunden, bis Niko ein ganz neues Leuchten zwischen den Nebelschleiern bemerkte: einen mehr als haushohen Dom aus Licht, blaugrau schimmernd und mit fließenden Konturen.

Wie magisch angezogen ging der Junge darauf zu. Er war schon auf zehn Schritte herangekommen, als eine Gestalt aus dem Nebel trat. Es war ein Mann, der von einer überirdisch strahlenden Aura umgeben schien.

Überrascht und erschrocken zugleich blieb Niko stehen und musterte ihn verwundert. Wer war das? Niko war sich sicher, ihn noch niemals gesehen zu haben – und dennoch kam er ihm merkwürdig bekannt vor.

Der Mann war groß gewachsen und von kräftiger Gestalt. Er hatte langes dunkles Haar und die ebenmäßigen Gesichtszüge mit den kräftigen Wangenknochen und dem kantigen Kinn zeugten von Entschlossenheit. Ein Umhang aus edlem Tuch, besetzt mit kostbaren Steinen und verziert mit kunstvollen Stickereien, hing von seinen breiten Schultern. Ein Wappen war vorne in Brusthöhe daraufgestickt, das einen mächtigen Falken mit einem Schwert in den Krallen zeigte. Die smaragdgrünen Augen auf Niko gerichtet, lächelte der Mann ihn freundlich an. Als er zu sprechen begann, löste sich der Nebel auf, sodass Niko nun die Steine sehen konnte, die hinter dem Fremden aus der Heide aufragten: drei mächtige Findlinge, die sich wie trutzige Wächter der Zeiten zum Himmel emporstreckten.

»Endlich hat mein Warten ein Ende, mein Junge.« Die Stimme des Mannes war warm und kräftig. »Ich wusste, dass du dem Ruf von Sinkkâlion folgen und zu mir kommen würdest, auch wenn ich viele Jahre darauf warten musste.«

Niko hatte keine Ahnung, wovon der Mann redete, und starrte ihn mit großen Augen an. »Wer … wer sind Sie?«, stammelte er.

»Wer ich bin, willst du wissen?« Noch immer lächelte der Unbekannte. »Weißt du das wirklich nicht?«

Niko schüttelte den Kopf.

»Ach«, sagte der Mann und seufzte. »Es ist wohl doch schon zu lange her.« Damit trat er auf Niko zu und legte ihm die Hand auf den Kopf.

Noch im gleichen Moment pulste ein prickelnder Wärmestrom durch Nikos Körper. »Ich bin …«, hob der Mann an, als Niko vor seinem inneren Auge eine lodernde Feuerwand erblickte, die ein flammendes Tor bildete. Die lodernde Kraft zerrte an seinen Haaren, an seinen Kleidern und schließlich am ganzen Körper, als wolle sie ihn direkt in ihre feurige, alles verschlingende Mitte ziehen.

Und dann …

Niko schreckte im Bett hoch. Es dauerte einige Sekunden, bis ihm klar wurde, dass er sich in der kleinen Dachkammer im Hause seines Großvaters befand. Fröhliches Vogelgezwitscher und das entfernte Schnauben von Pferden drangen durchs offene Fenster. Die Sonne brannte vom wolkenlosen Himmel und der Duft von frisch gedroschenem Getreide stieg ihm in die Nase. Ein leichter Wind blähte die Gardinen und wehte das Gebimmel der fernen Kirchturmglocken heran, die gerade den Mittag einläuteten.

Niko barg seinen Kopf in den Händen, rieb sich sein Gesicht. Langsam wurden ihm all diese Träume wirklich zu viel.

Die Tür des Schranks in seinem Zimmer stand weit offen, doch seine Sachen befanden sich immer noch im Rucksack. Warum hatte er ihn nicht ausgepackt? Und warum hatte dieser wirre Traum ihn urplötzlich, wie aus dem Nichts, heimgesucht?

Da fiel Nikos Blick auf das Buch, das neben dem Bett auf dem Boden lag, und er erinnerte sich wieder, es aus dem Rucksack genommen zu haben. Offensichtlich war es ihm aus der Hand gerutscht, als er vom Schlaf übermannt worden war. Er bückte sich, um es aufzuheben. Im gleichen Moment hörte er wieder den Ruf eines Falken, so laut und deutlich, dass er aus unmittelbarer Nähe gekommen sein musste. Vom Dachboden zum Beispiel, der seiner Schlafkammer direkt gegenüberlag.

Aber das war doch nicht möglich, oder?

Falken waren stolze und wilde Tiere, die ihre Freiheit liebten und die Nähe der Menschen scheuten. Niko hatte noch niemals gehört, dass sie unter dem Dach eines bewohnten Hauses nisteten.

Er musste sich getäuscht haben. Der Vogelruf war mit Sicherheit nicht aus dem Speicher gekommen, sondern vermutlich von der großen Eiche hinter der Scheune, wo schon vor vielen Jahren ein Falkenpaar genistet hatte.

Erneut klang der Ruf des Vogels an Nikos Ohr. Eigenartigerweise war er sich diesmal ganz sicher, dass er vom Dachboden gekommen war.

Wie benommen erhob Niko sich vom Bett, ging auf seine Zimmertür zu und öffnete sie.

Die kleine Diele, von der die Holzstiege hinunter ins Erdgeschoss führte, besaß keine Fenster, und so herrschte dort selbst mitten am Tag nur graues Dämmerlicht. Als Niko aus seinem Zimmer trat, blieb er wie angewurzelt stehen und starrte auf die Tür des Speichers, die aus rohen Brettern gefügt war, zwischen denen schmale

Lücken klafften. Durch die Ritzen und die breite Spalte direkt über dem Boden drangen Speere aus strahlend hellem Licht hinaus auf den kleinen Flur, gerade so als befinde sich ein stark leuchtendes Objekt auf dem Speicher. Entschlossen ging Niko zur Bodentür, drückte die Klinke hinunter und betrat den Speicher.

Dicke Schweißtropfen rannen über Ayanis Gesicht. Sie stand am Ufer eines breiten Wildwassers, das mit lautem Rauschen durch die Talsenke strömte. Goldhaselnusssträucher und Trollweidenbüsche säumten die Ufer, und das saftige Grasland, das die sanften Hügelflanken auf beiden Seiten des Gewässers bedeckte, war von üppig blühenden Wildblumen und Kräutern durchzogen. Ayani hatte allerdings nur Augen für ihre Angel. Angespannt starrte sie auf den Fisch, der nun schon seit geraumer Zeit wütend daran zappelte. Er war riesig, mindestens eine Elle lang, wenn nicht sogar länger – ein Schnapphecht, einer der gefürchteten und verschlagenen Raubfische, die in den Gewässern des Nivlandes Jagd auf ihre friedliebenden Artgenossen machten. Die pfeilschnellen Räuber waren ständig in Bewegung und sie besaßen deshalb nicht nur ein sehr mageres und wohlschmeckendes Fleisch, sondern waren darüber hinaus sehr schwer zu fangen. Ausgerechnet einer dieser ebenso begehrten wie köstlichen Fische hatte an Ayanis Angelhaken angebissen – und es war noch dazu ein wahres Prachtexemplar!

Arawynn hatte also doch recht gehabt: Die Unsichtbaren meinten es wirklich gut mit ihnen. Schließlich hatte Ayani während der letzten Stunde bereits drei Springforellen aus dem Wasser gezogen und in dem Leinensack verstaut, den sie an einer aus dem Bach ragenden Wurzel festgeknotet hatte.

Der Schnapphecht dachte allerdings gar nicht daran, sich einfach in sein Schicksal zu fügen, und setzte sich mit aller Macht zur Wehr. Immer wieder warf er sich herum und versuchte davonzuschwimmen.

»Na, warte!«, keuchte Ayani durch die zusammengepressten Zähne. »Glaub bloß nicht, dass ich dich entwischen lasse!« Mit beiden Händen umklammerte sie die Weidenrute, die sich fast bis zum Wasserspiegel bog. Die Schnur, die Ayani ebenso wie die Rute selbst gefertigt hatte, war zum Zerreißen gespannt, aber Ayani hielt sie eisern fest, auch wenn ihre Arme bereits schmerzhaften Protest anmeldeten. Die Aussicht, endlich die lang ersehnte Abwechslung in den eintönigen Speiseplan zu bringen, verlieh ihr zusätzliche Kräfte.

Doch auch der Hecht wollte sich nicht so einfach geschlagen geben. Im Gegenteil: Urplötzlich machte er kehrt, schwamm blitzschnell auf Ayani zu, um dann erneut zu wenden und sich aus dem Wasser zu katapultieren.

Überrascht zuckte Ayani zurück. Während sie mit großen Augen verfolgte, wie der kapitale Schnapphecht mit einem lauten Platsch ins Wasser zurückfiel, um dann rasend schnell davonzuschwimmen, lockerte sie ihren Griff ein wenig. Erst im allerletzten Augenblick packte sie wieder fester zu und konnte gerade noch verhindern, dass ihr die Angel aus den Händen gerissen wurde.

Der missglückte Ausreißversuch schien den Widerstand des Hechtes gebrochen zu haben. Seine Flossenschläge wurden langsamer, bis er schließlich still im Wasser verharrte.

Vorsichtig zupfte Ayani an der Angel – und tatsächlich: Der Fisch leistete keinerlei Gegenwehr mehr. Während Ayani ihren Fang nun rasch näher zog, wurde sie von einem warmen Gefühl des Triumphes überwältigt: Sie hatte es tatsächlich geschafft! Maruna, ihre Mutter, würde bestimmt außer sich sein vor Freude, wenn sie mit ihrem Fang nach Hause kam. Und

Arawynn würde erst recht staunen; darauf freute sich Ayani sogar fast noch mehr. Im Hochgefühl ihrer Tat bückte sich Ayani, um den Schnapphecht aus dem Bach zu ziehen – da hörte sie hinter sich ein Geräusch. Stimmen, Stampfen und das Klirren von Metall … Ayanis Herz machte einen wilden Sprung.

Sie wirbelte herum und sah fünf Reiter, die direkt vor ihr auf der kleinen Anhöhe Aufstellung genommen hatten. Ihre dunklen Silhouetten zeichneten sich drohend vor dem Blau des Himmels ab – zu spät, viel zu spät, um vor ihnen wegzulaufen. Die Angel fiel Ayani aus den Händen, ein dumpfer Laut rang sich aus ihrer Kehle.

Bei den Unsichtbaren!

Der aufregende Kampf mit dem Schnapphecht hatte sie so abgelenkt, dass sie das nahende Verderben überhaupt nicht bemerkt hatte!

Die fünf Krieger in den schwarzen Lederrüstungen waren leicht als Marschmärker zu erkennen. Nicht alleine an den Schilden, die einen roten Greif, das Wappentier Rhogarrs von Khelm, trugen. Die Marschmärker waren auch von weit kräftigerer Gestalt als die feingliedrigen Alwen, hatten breitere Gesichter und flachere Nasen, und auch ihre Augen wiesen weder die für die Alwen typische Mandelform noch das tiefe Smaragdgrün auf.

Die fünf Männer saßen in den Sätteln riesiger Streitrosse und starrten zu ihr herunter. Im ersten Moment schien es, als wären weder sie noch Ayani zu einer Regung fähig. Es ist aus!, durchzuckte es Ayani. Auch wenn sie flink war wie ein Wiesel und beim Wettlauf alle jungen Burschen ihres Dorfes mit Leichtigkeit hinter sich ließ, diesen Reitern würde sie niemals entwischen können. Die Pferde der Marschmark waren weithin berühmt für ihre Schnelligkeit und in allen Landen Mysterias heiß begehrt. Es war völlig undenkbar, dass Ayani ihnen entkommen konnte.

»Was treibst du da?«, rief jetzt einer der Krieger – der, der die linke Flanke des Trupps bildete. Ihr Anführer offensichtlich, denn sein Helm war als einziger mit zwei Bergwidderhörnern verziert.

»Oh, nichts, Herr!«, entgegnete Ayani rasch. »Jedenfalls nichts Unrechtes.«

»Was du nicht sagst, du Alwenbalg!« Die Augen des Mannes schienen reglos, aber seine Stimme bebte. »Hat unser Herr und Gebieter Rhogarr von Khelm euch das Fischen und Jagen nicht strengstens verboten?«

»Ja, ja, schon …«

»Und warum hältst du dich nicht an die Befehle deines Königs?«

»Weil …« Ayani brach ab und starrte die Männer mit klopfendem Herzen an. Jetzt, jetzt musste es sich entscheiden, wie sie sich ihnen gegenüber verhielt: duckmäuserisch und feige – oder mutig. »Die Befehle deines Königs«, klang es ihr in den Ohren. Das Bild ihres Vaters tauchte in ihrem Inneren auf, wie er zusammengeschlagen wurde und abgeführt von marschmärkischen Soldaten wie diesen, während seine Frau und seine Kinder hilflos danebenstanden, gepackt und in Schach gehalten von anderen Kriegern. Noch ehe Ayani wusste, was sie tat, sprudelten die Worte auch schon aus ihrem Mund. »Ganz einfach, Herr«, hob sie an und spürte eine heiße Welle der Wut in sich aufsteigen. »Weil dieser Rhogarr weder mein König noch der Besitzer dieser Fische hier ist. Die Natur schenkt ihre Gaben jedem, der ihrer bedarf, und niemand hat das Recht, sie uns zu verwehren – nicht einmal dieser ruchlose Tyrann, den Ihr Euren Herrn und Gebieter nennt!«

»Was erdreistest du dich, du Bastard!« Endlich war Bewegung in den Anführer gekommen. Das Gesicht zu einer wütenden Fratze verzerrt, wandte er sich an seine Männer. »Es ist allerhöchste Zeit, dass diese Alwin am eigenen Leibe spürt, wer im Nivland das Sagen hat.« Seine Hand schnellte nach vorne und zeigte auf einen der Krieger. »Los, schnapp sie dir! Wir machen kurzen Prozess und knüpfen sie am nächsten Baum auf!«

»Zu Befehl, Herr Grymm!«, entgegnete der Angesprochene, gab seinem Pferd, einem Falben, die Sporen und sprengte auf Ayani zu.

Allerdings kam er nicht weit. Nach nur zwei Galoppsprüngen traf ihn ein Stein aus Ayanis Schleuder genau an der Stirn. Wie vom Blitz getroffen kippte der Krieger aus dem Sattel und stürzte zu Boden, wo er sich noch einmal überschlug und dann reglos liegen blieb. Der reiterlose Falbe stürmte mit wilden Sprüngen davon.

Erneut ließ Ayani die Schleuder über ihrem Kopf wirbeln, während ihre Augen das nächste Ziel suchten. Diesmal traf ihr Geschoss eines der Pferde genau an den Nüstern. Das Tier stieg unter wütendem Wiehern in die Höhe und warf seinen Reiter ebenfalls ab.

»Beim Zorn der Dämonen!«, schrie Herr Grymm, der Anführer, die restlichen Männer an. Seine Stimme überschlug sich fast vor Wut. »Sollen wir uns von einem Mädchen zum Narren machen lassen? Worauf wartet ihr noch? Schnappt sie euch! Sie darf uns unter keinen Umständen entkommen!«

Der nächste Stein aus Ayanis Schleuder traf Grymm mitten ins Gesicht und schlug ihm das Nasenbein entzwei. Während der Anführer vor Schmerz laut aufschrie und sich die Hand vor die blutüberströmte Nase hielt, gaben die beiden anderen Krieger ihren Rappen die Sporen und galoppierten auf Ayani zu.

Die aber machte blitzschnell kehrt und stürmte in den Wildfluss. Das Wasser spritzte hoch auf, während sie mit großen Sätzen dahinsprang und schließlich kopfüber in die tieferen Fluten tauchte. Flink wie ein Otter glitt sie dicht unter der Oberfläche entlang und tauchte erst kurz vor dem jenseitigen Ufer wieder auf. Dort sprang Ayani aus dem Wasser und lief um ihr Leben.

Als Niko auf den Speicher trat, erlosch das gleißende Licht. Die zwei Fenster auf beiden Seiten des Spitzdaches waren klein und schmutzig, sodass das Sonnenlicht allergrößte Mühe hatte, sich durch die Scheiben zu kämpfen. In der fahlen staubigen Düsternis war nicht viel zu erkennen. Nikos Hand tastete nach dem Lichtschalter neben der Tür. Er wollte die nackte Glühbirne anknipsen, die vom First baumelte, hatte jedoch keinen Erfolg; sie war offensichtlich kaputt. Zum Glück gewöhnten sich Nikos Augen rasch an das dämmerige Zwielicht.

Der Boden war mit einem wilden Sammelsurium von Kisten, Truhen, Kommoden, Regalen und alten Schränken zugestellt, in denen sich Gegenstände aller Art auftürmten. Von seinem Standort aus ließ Niko den Blick in die Runde schweifen und sah Stapel von altem Geschirr und ausgemusterter Wäsche, haufenweise Bücher und Fotoalben, zwei offensichtlich defekte Radios, eine Kastenuhr, einen vorsintflutlichen Plattenspieler, jede Menge ausrangiertes Spielzeug, ein Schaukelpferd, dessen Vorderbeine entzweigebrochen waren, und allerlei anderes Gerümpel mehr. Trockenblumensträuße baumelten von einer Wäscheleine, die sich von Balken zu Balken spannte, alte Arbeitskittel hingen an Nägeln, die darin eingeschlagen waren. Altmodische Herrenhüte und -kappen lagen auf einem Brett, und altertümliche Damenhüte, einige davon fast so groß wie ein Wagenrad, schienen sich in einem türlosen Schrank verstecken zu wollen, als schämten sie sich für ihr antiquiertes Aussehen.

Die Luft unter dem Spitzdach war heiß und stickig, sodass Nikos Gesicht im Nu von einem feuchten Schweißfilm überzogen war.

Das T-Shirt klebte an seinem Oberkörper und das Atmen fiel ihm schwer. Während er noch überlegte, woher das unwirkliche Strahlen gekommen sein mochte, das er auf dem Flur wahrgenommen hatte, stieg ihm ein vertrauter Duft in die Nase: leicht bitter und dennoch verlockend. Noch im gleichen Moment bemerkte Niko ein schwaches Glimmen in der hintersten Ecke des Speichers, das nach wenigen Augenblicken wieder verlosch, um dann nach kurzer Zeit erneut aufzuscheinen.

Was war das?

Eine alte Lampe mit einem Wackelkontakt? Oder stand dort vielleicht ein ausrangiertes Blinklicht, das sein Warnsignal nutzlos in die Dunkelheit sandte?

Neugierig geworden, bahnte Niko sich einen Weg durch die ausrangierten Möbelstücke. Der Duft wurde immer stärker, je weiter er sich dem anderen Ende des Speichers näherte. Dort lehnte ein alter Schrank an der unverputzten Stirnmauer, seine Türen standen weit offen. Auf den ersten Blick konnte Niko nichts Besonderes darin entdecken. Alte Bücher, Hefte, Zeitschriften und ein ganzer Stapel von Schallplatten lagen auf dem obersten Regalbrett. Von den zahllosen Draht- und Holzbügeln, die an der Querstange hingen, baumelten Kleider, Blusen, Hemden, Hosen und andere Kleidungsstücke mehr. Erst beim zweiten Hinsehen fiel Niko auf, dass es ausschließlich Mädchen- und Frauenkleider waren – offensichtlich alles Sachen, die Rieke als Mädchen und junge Frau getragen hatte. Wahrscheinlich hatte Oma Frida – oder vielleicht auch Opa Melchior – es einfach nicht übers Herz gebracht, die alten Klamotten wegzuwerfen, und sie deshalb zusammen mit den anderen ehemaligen Besitztümern seiner Mutter auf dem Speicher verwahrt.

Nur: Woher war das Blinken gekommen? Und woher stammte der geheimnisvolle Duft?

Niko steckte seine Nase in den Schrank und schnupperte: Nein, die Duftquelle befand sich offensichtlich nicht darin. Und das geheimnisvolle Leuchten kam auch nicht von dort. Als Niko einen Schritt zurücktrat, bemerkte er endlich, was er die ganze Zeit übersehen hatte: An der rechten Außenwand des Schrankes hing ein Bügel mit einem unscheinbaren Kleidungsstück – einem einfachen Umhang aus grauem Tuch. Er besaß eine große Kapuze – und von der strahlte nun erneut ein magisches, leicht flackerndes Licht aus!

Niko hielt für einen Moment den Atem an. Dann streckte er die Hand aus und nahm den Umhang vom Bügel. Obwohl er fast bis zum Boden reichte, war er so leicht, als hätte er nicht das geringste Gewicht. Niko wunderte sich noch darüber, als er auch schon das Zeichen erblickte, das knapp über dem Kapuzenrand eingestickt war: Es war die Mannaz-Rune! Sie war es, die den geheimnisvollen Lichtschein aussendete, den er vom Eingang des Speichers aus wahrgenommen hatte – auch wenn das eigentlich völlig unmöglich war: Seit wann konnten Stickereien denn leuchten?

Was unmittelbar darauf geschah, machte Niko vollends fassungslos: Wie zur Antwort leuchtete nämlich auch die Dagaz-Rune auf, die auf seinem Medaillon eingraviert war. Fast schien es, als hätten die beiden Zeichen sich gesucht und gefunden.

Ohne weiteres Nachdenken legte Niko sich den Umhang um die Schultern. Augenblicklich durchströmte ein Gefühl prickelnder Wärme seinen gesamten Körper, vom Scheitel bis zu den Fußsohlen, und noch im selben Moment stieg eine Wolke aus weißem Nebel um ihn auf, wurde größer und größer, bis sie ihn schließlich zur Gänze umhüllte und ihm jegliche Sicht nahm. Trotz des unheimlichen Geschehens verspürte Niko keinerlei Furcht. Im Gegenteil: Er konnte kaum mehr erwarten, was nun geschehen würde – aber da lichtete sich der Nebel schon genauso schnell, wie er aufgestiegen war. Die grauen Schlieren lösten sich auf wie Schatten im Licht. Als Niko sich umblickte, wollte er seinen Augen nicht trauen. Er befand sich nicht mehr auf dem Speicher.

Niko Niklas war in einer völlig fremden Welt.

KAPITEL 8

MYSTERIA

Staunend sah Niko sich um. Eine so wilde und urwüchsige Landschaft hatte er noch nie zuvor gesehen. Höchstens in den Fantasy-Filmen, die Hollywood in den letzten Jahren mit riesigem Aufwand produziert hatte. Aber diese fantastischen Gegenden waren ja meistens nicht real, sondern wurden für Unmengen von Geldern im Computer geschaffen oder zumindest stark bearbeitet und verändert. Was Niko nun aber mit eigenen Augen erblickte, war zweifelsohne echt. Weit und breit war keine Ansiedlung zu sehen, keine Stadt und auch kein Dorf, ja noch nicht einmal die kleinste Andeutung eines Gebäudes. Niko stand auf einer einsamen weitläufigen Hochebene, die in nördlicher Richtung – dem Stand der Sonne nach zu urteilen – von einer schroffen Hügelkette begrenzt wurde. Eine fast paradiesische Stille lag über dem Land. Nur das fröhliche Zwitschern von Vögeln, das Summen und Brummen von Insekten waren zu hören und auch das Rauschen des Windes, der durch das üppig wuchernde Grün strich, das Niko auf allen Seiten umgab: kniehohes, von farbenprächtigen Wildblumen und blühenden Kräutern durchsetztes Steppengras, aus dem einzelne Bäume und Baumgruppen aufragten. Rechts von Niko erstreckte sich ein dichter Laubwald aus Eichen, Buchen, Ahorn und Birken.

Als der Junge jedoch näher hinsah, wurde ihm klar, dass er nur gedacht hatte, die Baumarten zu kennen. In Wirklichkeit musste es sich doch um andere Laubbäume handeln, die den ihm bekannten nur verblüffend ähnlich sahen.

Zu seiner Linken, kaum zwanzig Schritte entfernt, stand eine dichte, scheinbar undurchdringliche Hecke aus übermannshohen Sträuchern und Büschen, die sich über viele hundert Meter dahinzuziehen schien.

Mit einem Mal fühlte Niko ein ungewohntes Gewicht an seinem Hals. Verwundert senkte er den Blick und erkannte, dass der unscheinbare Anhänger an seiner Kette in einem strahlenden Goldton leuchtete. Gleichzeitig schien er schwerer geworden zu sein, sehr viel schwerer sogar. Wie war das zu erklären? Doch Niko kam nicht dazu, länger darüber nachzusinnen. Urplötzlich hörte er nämlich einen Schrei – und dann neue Geräusche: hastende Schritte und das dumpfe Trommeln von Pferdehufen. Überrascht drehte Niko sich um und erblickte ein Mädchen, das hinter den vor ihm aufragenden Hügelkuppen zum Vorschein kam und auf bloßen Füßen wie ein gehetztes Tier auf ihn zurannte. Es sah aus, als käme es direkt aus dem Wasser, denn es war klatschnass von Kopf bis Fuß, und das schlichte Kleid klebte wie eine zweite Haut an seinem schlanken Leib.

Dann sprengten Pferde über die Hügel: zwei riesige Streitrosse mit pechschwarzem Fell, die mit einem Abstand von gut drei Pferdelängen eins nach dem anderen heranstürmten. Auf ihren Rücken saßen finstere Recken in dunklen Lederrüstungen, die es offensichtlich auf die Flüchtende abgesehen hatten. Tief über die schwarzen Mähnen ihrer Rappen gebeugt, hetzten sie dem Mädchen hinterher, als handele es sich um ein Stück Wild. Obwohl das Mädchen sehr schnell war, kamen die Reiter immer näher.

Mit heftigem Keuchen flog die Gejagte direkt auf Niko zu. Er fürchtete bereits, dass sie ihn über den Haufen rennen würde, als sie urplötzlich stehen blieb und auf den Fersen herumwirbelte. Während sie eine Schleuder aus ihrem nassen Kleid zog, bückte sie sich blitzschnell nach einem Stein und lud ihre Waffe damit, ließ sie mit einer kaum wahrnehmbaren Handbewegung über dem Kopf kreisen und feuerte das Geschoss auf den ersten Reiter.

Der Stein traf ihren Verfolger genau am Kopf. Blut spritzte auf und der Krieger kippte mit einem lauten Schmerzensschrei ruckartig nach hinten. Gleichzeitig verriss er die Zügel, das in rasender Schnelligkeit dahinstürmende Pferd kam aus dem Gleichgewicht und stürzte hart zu Boden. Der Reiter wurde aus dem Sattel geschleudert und blieb benommen liegen, während sein Streitross sich laut wiehernd überschlug.

»Ja!«, jubelte das Mädchen in wildem Triumph und wirbelte herum. »Lauf, wenn dir dein Leben lieb ist!«, schrie es Niko an. »Lauf, so schnell du kannst!« Ohne dem Jungen einen weiteren Blick zu schenken, stürmte sie auf die dichte Hecke zu und war Augenblicke später darin verschwunden.

Der zweite Reiter heftete sich sofort auf ihre Fersen. Er rief dem sich mühsam aus dem Gras aufrappelnden Kumpanen noch ein paar Worte zu … – »Ich kümmere mich um das Alwenbalg! Schnapp du dir diesen Kerl!« –, dann sprengte er auch schon davon.

Erst nach einer Schrecksekunde ging Niko auf, dass mit dem »Kerl« er selbst gemeint war! Während der gestürzte Krieger einen schrillen Pfiff ausstieß, um seinen Rappen herbeizubeordern, hastete Niko los. Der Umhang wehte wie ein grauer Schleier hinter ihm her, als er wie von Sinnen auf den dichten Wald zustürmte, von dem er sich Rettung versprach. Zwischen den eng stehenden Bäumen, so war ihm blitzschnell aufgegangen, würde der Reiter ihm nicht folgen können. Oder zumindest würde er da nicht so schnell vorankommen wie auf dem freien Grasland.

Niko hatte den Waldrand schon fast erreicht, als er sich noch einmal nach seinem Verfolger umdrehte. Der finstere Kerl stieg gerade in den Sattel und würde schon im nächsten Augenblick hinter ihm herpreschen. Dennoch war er noch ein gutes Stück von ihm entfernt. Ziemlich weit sogar, wie Niko mit jäher Erleichterung erkannte.

Die Aussicht auf eine erfolgreiche Flucht beflügelte seine Schritte. Niko stürmte nun wie der Wind dahin, bis er urplötzlich über eine im tiefen Gras verborgene Wurzel stolperte und aus vollem Lauf der Länge nach hinschlug. Der Umhang wurde von seinen Schultern gerissen und ein stechender Schmerz bohrte sich wie ein heißes Messer in seinen Rücken.

Im ersten Moment konnte Niko sich nicht mehr bewegen. Zum Glück aber kehrte das Gefühl rasch wieder in Arme und Beine zurück. Doch noch ehe er sich aufrappeln konnte, drang das dumpfe Trommeln schneller Hufe an sein Ohr.

Nikos Herz schlug wie wild und das Blut pochte in seinem Kopf. Es konnte nur noch Augenblicke dauern, bis der schwarze Reiter ihn einholte.

Und dann gab es kein Entkommen mehr.

Die Höhle war groß und unheimlich. Der zuckende Schein zahlloser Fackeln und Kerzen erhellte sie nur spärlich. Das stete Tropfen von Wasser war zu hören, das mit der Monotonie eines Uhrwerks auf den nackten Boden platschte. Lange und spitze Felsnasen hingen von der Decke, die in der Mitte der Höhle in einen engen kaminartigen Spalt mündete, der sich weit in den darüberliegenden Berg bohrte. Direkt darunter loderte ein Feuer. An einem Eisengestell hing ein großer schwarzer Topf, ebenfalls aus Eisen, in dem eine rötliche Flüssigkeit vor sich hin blubberte. Rote Schlieren durchwoben auch den Dampf, der daraus emporstieg. Das spärliche Mobiliar – Tische, Stühle, Regale und Stellagen – war aus grob gehobelten Balken und Brettern gefertigt. Die seltsamen Utensilien auf den Tischen und in den Regalen deuteten darauf hin, dass es sich um eine Werkstatt handelte – oder um eine Art Studierzimmer. Überall türmten sich Bücher, Schriften und Pergamentrollen. Daneben waren zahllose Gefäße aufgereiht – Gläser, Büchsen, Tiegel, Kolben, Töpfe und Phiolen –, die Pülverchen und Flüssigkeiten in allen Farben enthielten, getrocknete, gemahlene und zerstoßene Kräuter sowie Mixturen aller Art. Auch große Glasgefäße waren darunter, in denen sich allerlei totes Getier befand: Schlangen, Skorpione, Kröten, riesige Spinnen, Tausendfüßler, haarige Würmer.

Etwas abseits davon, in einer nischenhaften Ausbuchtung der Höhlenwand, stand ein kleiner altarähnlicher Tisch – und darauf ruhte das abgeschlagene Haupt eines greisen Mannes, das erstaunlich lebendig wirkte. Die langen Haare waren schlohweiß und die Augen geschlossen. Seine Wangen aber waren verblüffend rosig und die Lippen von einem frischen Rot, sodass es so aussah, als sei er in Wahrheit noch am Leben und schliefe nur.

Schemenhafte Flügelwesen geisterten durch die von Rauchschwaden durchwölkte Höhle: große Vampirfledermäuse, deren Schnauzen vom Blut der Beutetiere befleckt waren, von denen sie sich ernährten. Um einen der Stützbalken, die sich in luftiger Höhe quer durch die Höhle zogen, ringelte sich eine Schlange.

In der Nähe des Feuers an einem Tisch saß eine Frau mit pechschwarzen Haaren, die ihr wirr vom Kopf standen. In ein enges Kleid aus rotschwarzer Schlangenhaut gehüllt, war sie in ein großes Buch vertieft, das aufgeschlagen vor ihr lag. Während sie darin las, murmelte sie ohne Unterlass kaum hörbare Worte vor sich hin. Ihre Reptilienaugen – die Hornhaut flammend rot und die Iris rund um die tiefschwarzen Schlitzpupillen phoshorgelb gezeichnet – glühten wie im Fieber. Der Zeigefinger ihrer rechten krallenartigen Hand, an dem ein großer goldener Ring steckte, unterstrich dabei Zeile für Zeile. Ihre Linke dagegen ruhte reglos auf dem Tisch. Eine Spinne, schwarz behaart und beinahe krebsgroß, hatte es sich darauf bequem gemacht, was die Frau jedoch nicht im Geringsten zu stören schien.

Dicht an der vorderen Tischkante stand ein dreibeiniger, reich mit Symbolen verzierter kleiner Silberkessel, vielleicht fußbreit im Durchmesser und ebenso hoch. Das seltsame Gefäß war mit einer Flüssigkeit gefüllt, die an schwarze Tinte erinnerte. Mit einem Mal und ohne erkennbaren Grund begann die Tinktur zu blubbern, leise und kaum vernehmlich, wurde dann lauter und lauter, bis sie schließlich deutlich hörbar brodelte.

Mit einem jähen Ruck löste die Frau den Blick vom Buch und starrte mit flammenden Augen auf den Silberkessel. »Odhur!«, flüsterte sie. »Was hast du mir zu sagen, Odhur?«

Eine dunkle Wolke stieg nun aus der brodelnden Tinte empor und formte einen Kegel von der Größe eines Menschenkopfes, der das Gefäß bald vollständig verhüllte und sich schneller und schneller um die eigene Achse drehte. Nun erst war zu erkennen, dass der rasende Wirbel keineswegs aus Dampf bestand, sondern aus einer Vielzahl winzig kleiner Partikel, die den Zeichen und Symbolen auf der Außenwand des Kessels glichen.

Mit gespannter Erregung sprang die Frau auf. »Sprich zu mir, Odhur!«, rief sie. »Überbringe deiner Dienerin Sâga deine Botschaft!« Damit streckte Sâga die Krallenhand nach vorne und fächelte durch den dunklen Wirbel. Die Zeichenwolke fiel augenblicklich in sich zusammen und rieselte in das silberne Gefäß zurück, in dem die pechschwarze Tinte zu einer kristallklaren Flüssigkeit geworden war.

Die Magierin beugte sich über den Kessel und blickte auf seinen Grund, auf dem nun wie in endloser Ferne, aber dennoch klar und deutlich erkennbar, eine saftig grüne Hochebene zu sehen war. Ein Reiter auf einem schwarzen Pferd preschte darüber hinweg und hielt geradewegs auf einen Jungen zu, der sich eben vom Boden aufrappelte und sich einen unscheinbaren blassblauen Umhang um die Schultern warf. Noch im gleichen Augenblick stieg Nebel auf, und als er sich wieder lichtete, war der Junge verschwunden.

»Bei allen…«, hauchte die Frau ungläubig. »Es ist… ein Knabe! Aber wie nur… ist er in den Besitz deines Mantels gekommen?«

Niko war fassungslos. Eben war er noch um sein Leben gerannt – und jetzt befand er sich urplötzlich wieder auf dem Dachboden von Opa Melchior, wie er zu seiner großen Erleichterung durch den sich rasch lichtenden Nebel erkennen konnte.

In seinem Kopf drehte sich alles – Angst, Verwirrung, Erleichterung –, der Schwindel zwang ihn in die Knie und mit einem Mal war ihm alles wirklich zu viel. Niko stürzte auf den staubigen Boden. Er wurde verrückt – es konnte nicht anders sein! Hatte er sich nicht in den letzten Tagen haufenweise Zeug eingebildet, das unmöglich real gewesen sein konnte?

Den Falkenschrei zum Beispiel, immer wieder. Oder den geheimnisvollen Mann, der aus der Nebelwolke bei den Findlingen getreten war und angeblich schon seit langer Zeit auf ihn wartete. Aber das hier – das war der Gipfel! Noch schlug sein Herz vor Angst vor dem dunklen Verfolger… Wie hatte er das nur halluzinieren können?

Zitternd zog Niko den Umhang von den Schultern, um ihn zurück auf den Bügel zu hängen – und stutzte dabei. Warum trug er das Cape plötzlich falsch herum? Als er es umgelegt hatte, hatte die graue Seite nach außen gezeigt, da war er sich ganz sicher. Aber warum war nun auf einmal die blassblaue Innenseite des Umhangs nach außen gekehrt?

Niko schluckte. Erneut erfasste ihn Schwindel – Schwindel vor seinen eigenen Gedanken: Konnte es sein, dass seine Reise in diese andere Welt hinter den Nebeln doch keine Einbildung gewesen war? Konnte es sein, dass der Umhang sie gesteuert hatte – nach einem ganz einfachen Prinzip? Er hatte das Cape bei seinem Sturz verloren, daran konnte er sich noch gut erinnern. Und dann... Womöglich hatte er es in der Aufregung falsch herum wieder übergeworfen...?

Deshalb also war er urplötzlich wieder auf den Dachboden zurückgekehrt – so wie er vorher mit der grauen Seite nach außen hingereist war!

Ein Verdacht... ein Gedanke, sagte sich Niko, durch nichts bewiesen. Aber die Ahnung, ja, die innere Gewissheit, dass er richtig vermutete, ließ Niko erneut in ein haltloses Zittern ausbrechen. Die Stimme, die ihn wie aus dem Nichts ansprach, erschreckte ihn so sehr, dass er mit einem lauten Schreckensschrei aufsprang und im Staub des Dachbodens herumwirbelte.

Zum Glück war es nur seine Mutter. Rieke stand in der offenen Speichertür und blickte ihn erstaunt an. »Was ist denn los, Niko?«, fragte sie. »Ich bin's doch nur – oder habe ich mich vielleicht in ein Monster verwandelt?«

»Nein, nein«, entgegnete Niko rasch. »Ich... äh... ich hab dich nur nicht kommen hören.«

»Tja.« Rieke grinste breit. »Dann muss ich die Stiege hochgeschwebt sein wie eine Elfe. Komm bitte mal mit runter, Elfensohn! Opa sagt, er hat eine Überraschung für dich.«

»Jessabelle Andersen?« Niko starrte Opa Melchior an, der mit einer Tabakspfeife im Mundwinkel auf der Holzbank neben dem Eingang seines Hauses saß. Ein großer Holunderbusch, der bis zur Regenrinne reichte, stand gleich daneben. Die sattgrün belaubten Zweige bogen sich unter den tiefschwarzen Beeren und warfen einen breiten Schatten auf den Lieblingsplatz des Opas, sodass es dort trotz der mittäglichen Hitze gut auszuhalten war. Nach den Erlebnissen von vorhin hatte Niko trotzdem größte Mühe, sich auf das zu konzentrieren, was der Opa ihm sagen wollte. »Wer soll das denn sein?«, fragte er verwirrt.

»Wessie wohnt wim Wachwarwof«, nuschelte Melchior, bevor er die Piepe nach einem kräftigen Zug aus dem Mund nahm. »Ihre Familie ist vor einem halben Jahr dort eingezogen.«

»In den Hof vom alten Schorsch Brauer?« Niko erinnerte sich noch flüchtig an den Bauern, der vor einigen Jahren das Gehöft bewirtschaftet hatte, das gut zweihundert Meter vom Anwesen seines Opas entfernt war. Der Pfortnerhof, wie er genannt wurde, war viel größer und früher einmal ein stattliches Hofgut gewesen. Trotzdem waren die Gebäude vom Ellerhof aus nicht zu sehen, weil ein kleines Wäldchen den Blick darauf versperrte.

»Genau.« Wieder ließ Opa Melchior die Pfeife dampfen. »Jessies Eltern haben das Gehöft von Schorschs Tochter gekauft.«

»Und was ist mit dem Sohn – Walter?«, mischte Rieke sich ein, die mit einem Apfel in der Hand aus dem Haus kam und sich neben ihren Vater setzte. »Wenn ich mich recht entsinne, hat der sich lange gegen einen Verkauf gesträubt. Deshalb hat die alte Bude doch ewig leer gestanden.«

»Stimmt.« Melchior nickte. »Dabei hatte Walter Brauer, genau wie seine Schwester, mit der Landwirtschaft längst nichts mehr am Hut und ist schon vor Jahren von hier weggezogen.«

»Ich weiß – nach Falkenstedt. Während meiner Zeit auf der Bibliothekarsschule habe ich seine Wohnung in Schuss gehalten, um mir ein wenig Geld zu verdienen.« Plötzlich kniff sie die Augen zusammen. »Aber – warum sagst du ›hatte‹ und ›war‹?«

»Weil Walter vor einem guten halben Jahr gestorben ist.«

»Was?« Rieke wirkte betroffen. »So alt war der doch noch gar nicht!«

»Herzinfarkt«, antwortete Melchior mit vielsagendem Blick. »Ich habe neulich seine Schwester auf dem Friedhof getroffen – Schorschs Grab liegt genau neben dem von Mutter –, und da hat sie es mir erzählt. Aber das war auch schon alles. Als ich sie nämlich gefragt habe, was Walter so getrieben hat, ist sie sofort gegangen, als wäre ihr das irgendwie peinlich gewesen.«

»Na ja.« Rieke nickte nachdenklich. »Ein komischer Kauz war er schon.« Während sie krachend in ihren Apfel biss, fragte Niko etwas, was er eigentlich schon als Kind hatte wissen wollen: »Warum heißt der Hof eigentlich Pfortnerhof?«

»Ah, das ist eine interessante Geschichte.« Opa Melchior legte die Stirn in Falten und zog wieder an seiner Pfeife. »In früheren Zeiten, vor ein paar hundert Jahren, hat man gemunkelt, dass es irgendwo auf dem Hofgelände eine geheime Pforte gäbe, durch die man in eine fremde Welt gelangen kann – und so ist der Name Pfortnerhof entstanden.«

»Aber das sind doch alles nur Märchen, Papa«, wandte Rieke ein. »Erzähl dem Jungen doch nicht immer so einen Quatsch!«

»Entschuldigung!« Während eine Qualmwolke aus seiner Pfeife aufstieg, hob Melchior wie zur Abwehr die Hände. »Ich habe doch gar nicht behauptet, dass das stimmt. Ich habe Niko nur erklärt, wie der Name entstanden ist.«

»Genau«, pflichtete Niko dem Opa bei und blickte die Mutter genervt an. »Als ob ich nicht selbst wüsste, dass es so was überhaupt nicht gibt. Du hältst mich wohl immer noch für ein Baby, was?« Aber da fiel ihm sein seltsames Erlebnis auf dem Dachboden wieder ein, und er war sich mit einem Mal gar nicht mehr so sicher, was es wirklich gab und was nicht. Um den verstörenden Gedanken zu verscheuchen, wandte Niko sich wieder an den Opa.

»Warum haben die Andersens ausgerechnet diesen alten Schuppen gekauft?« Er konnte sich überhaupt nicht vorstellen, dass jemand nach Oberöderkaff zog, und noch dazu freiwillig!

»Woher soll ich das wissen?« Melchior zuckte mit den Schultern. »Seit sie hier wohnen, habe ich höchstens zwei- oder dreimal mit ihnen gesprochen. Oder besser gesagt: nicht mit ihnen, mit Jessies Mutter. Sie heißt Lena. Ihren Vater dagegen habe ich noch überhaupt nicht zu Gesicht bekommen. Ich weiß nur, dass er Thomas heißt und Bücher schreibt.«

»Echt?« Niko schaute den Opa gespannt an. »Und welche?«

»Oh, das weiß ich nicht so genau. Ich glaube, Fantasy-Bücher oder so was Ähnliches.«

»Cool«, sagte Niko beeindruckt.

»Ich weiß ja nicht.« Melchior wiegte den Kopf hin und her. »Jessie scheint das anders zu sehen. Sie sagt, wenn er längere Zeit an einem Manuskripts sitzt, wie gerade jetzt wieder, lebt er nur noch in seiner Fantasiewelt und hat für nichts anderes mehr Zeit. Weder für ihre Mutter noch für sie.«

»Na, ja«, entfuhr es Niko, bevor er so richtig darüber nachdenken konnte. »Wenigstens hat Jessie einen Vater.« Als er das betroffene Gesicht seiner Mutter sah, fügte er rasch hinzu: »Sorry, Mama! Das war nicht als Vorwurf gemeint.«

»Weiß ich doch«, antwortete Rieke betont gleichgültig. Aber ihr Lächeln war doch eine Spur zu bemüht.

Niko wechselte rasch das Thema und wandte sich wieder an den Opa: »Und woher kennst du dann Jessie?«

»Ganz einfach: weil sie fast jeden Tag vorbeikommt, um meine Pferde zu reiten«, erklärte der Opa. »Wofür ich ihr ausgesprochen dankbar bin. Pferde brauchen ausreichend Bewegung, sonst verkümmern sie. Und Jessie macht ihre Sache richtig gut. Ich glaube, ihr beide werdet euch gut verstehen.«

»Verstehen?«, fragte Niko verwundert. »Warum das denn?«

»Na …« Der Opa schmunzelte. »Wenn ich mich recht entsinne, bist du früher mit großer Begeisterung geritten, auch wenn das schon ein paar Jährchen her ist.«

Niko schwante nichts Gutes. »Ja, und?«

»Deshalb habe ich mir gedacht, dass du vielleicht Lust haben könntest, es wieder mal zu probieren. Damit die Zeit schneller vergeht und es dir hier nicht so ›krass‹ …«, bei diesem Wort grinste Melchior verschmitzt, »… langweilig wird.«

Vielleicht gar keine blöde Idee, überlegte Niko. Und trotzdem … »Aber was hat das mit dieser Jessie zu tun?«

»Ich nehme an, dass du etwas aus der Übung gekommen bist und jemanden brauchen könntest, der dir ein paar Tipps gibt und ein bisschen auf die Sprünge hilft. Jessie ist eine ganz ausgezeichnete Reiterin, und deshalb habe ich sie gebeten …«

»Oh, nö!« Das Letzte, was Niko in seinem Urlaub jetzt noch gebrauchen konnte, war ein Kindermädchen! »Ich komm schon alleine zurecht«, rief er laut.

»Jetzt sei doch nicht so stur!« Rieke legte ihm besänftigend die Hand auf den Unterarm. »Papa hat völlig recht: Es ist schon lange her, seit du zum letzten Mal geritten bist. Dabei warst du früher geradezu versessen darauf. Und wenn diese Jessabelle wirklich so gut reiten kann, wie Papa behauptet …«

»Das kann sie«, unterbrach Melchior. »Verlass dich drauf.«

»… dann kannst du nur davon profitieren, Niko.« Rieke kniff die Augen zusammen. »Oder hast du vielleicht ein Problem, Tipps von einem Mädchen anzunehmen?«

»Quatsch!« Niko spürte, wie der Ärger sich langsam, aber sicher in seinem Magen zusammenballte. Jessabelle! Was war das überhaupt für ein affiger Name? »Wie kommst du denn auf die bescheuerte Idee?«

»Na, also.« Rieke lächelte und wandte sich an ihren Vater. »Wann wollte Jessie denn vorbeikommen?«

»Eigentlich müsste sie schon längst hier sein«, antwortete Opa Melchior. »Aber vielleicht ist sie auch gleich zur Koppel gegangen.« Er warf Niko einen fragenden Blick zu. »Du kennst doch den Weg dorthin? Oder muss ich dich begleiten?«

Marunas Hütte besaß nur einen einzigen Raum, in dem die Familie wohnte, kochte und schlief. Die Lager von Ayani und Arawynn befanden sich in der hintersten Ecke und waren durch grobe Tücher voneinander abgetrennt – und auch von der Schlafstätte, die Maruna mit Mayan, ihrem Mann, geteilt hatte. So lange, bis der im letzten Sommer von den Schergen Rhogarrs verschleppt worden war.

Ayani hatte sich die nasse Kleidung vom Leib gestreift, griff nach dem Tuch, das die Mutter ihr reichte, und trocknete sich damit ab. Die Strahlen des Großen Taglichts, die durch die Öffnung in der Hüttenwand fielen, ließen ihre nackte Haut in einem sanften Kupferton leuchten. Der Anhänger an ihrer Halskette schimmerte hell auf.

Maruna beobachtete ihre Tochter nachdenklich. Wie schön sie doch ist, ging es ihr durch den Kopf. Und wie groß sie schon geworden ist! Die sich sanft andeutenden Rundungen ihres Körpers zeigten, dass Ayani schon bald zur Frau werden würde. Dabei konnte sie sich noch ganz genau an jene Nacht erinnern, in der sie ihre Tochter zum ersten Mal gesehen hatte.

In jener schicksalhaften Nacht, in der sich das Leben ihres Volkes auf so entscheidende Weise gewendet hatte.

Wie schnell die Zeit doch verging!, dachte Maruna und riss ihre Gedanken gewaltsam in die Gegenwart zurück. »Bist du auch sicher, dass die Marschmärker deine Spur verloren haben?«, fragte sie.

»Aber natürlich, Mutter«, antwortete Ayani ein wenig unwirsch, während sie ihr dunkles Haar trocken rubbelte. »Sonst wären sie mir doch bestimmt bis ins Dorf gefolgt.«

Maruna nickte gedankenverloren. Ayani hatte recht. Absichtlich hatten Rhogarrs Schergen sie gewiss nicht entkommen lassen.

»Ich bin nicht auf direktem Wege zurückgekehrt«, erklärte Ayani, »sondern habe den geheimen Pfad durchs Brodermoor genommen, den Vater Arawynn und mir gezeigt hat.«

Maruna legte die Stirn in Falten. »Der an den Nebelsteinen vorbeiführt?«

»Du sagst es, Mutter.« Ayani legte das Tuch zur Seite, griff nach ihrem Leibhemd aus Nessel und zog es über den Kopf. »Der Pfad ist schmal und unwegsam und für Fremde kaum zu erkennen. Zudem trägt er keine Schwergewichte – und schon gar keine Pferde! Der marschmärkische Krieger konnte mir deshalb nicht folgen und musste mit leeren Händen zu seinem Trupp zurückkehren.«

»Und was ist aus dem Jungen geworden, den du auf der Ellerheide getroffen hast?«

»Ich weiß es nicht.« Ayani streifte rasch ihr Schafwollgewand über und machte einen Schritt auf Maruna zu. »Ich hoffe inständig, dass er ihnen ebenfalls entkommen ist. Denn sonst …« Sie brach ab und starrte betroffen vor sich hin.

Maruna verstand auch ohne Worte, was Ayani sagen wollte: Sonst hat ihn das gleiche Schicksal ereilt, das auch mir gedroht hätte: der Tod.

Während Ayani sich an dem groben Holztisch niederließ und zu dem Apfel griff, der dort für sie bereitlag, füllte Maruna einen Trinkbecher mit einem frisch gebrühten Kräutertrank und stellte ihn vor ihre Tochter hin. »Trink. Das wird dich beruhigen und dir schnell wieder frische Kräfte verleihen.«

»Vielen Dank, Mutter.« Mit einem sanften Lächeln hob Ayani den Becher an die Lippen und schlürfte vorsichtig von dem heißen Trunk.

Maruna setzte sich ihr gegenüber und sah sie mit ernster Miene an. »Diesmal bist du deinen Verfolgern noch entkommen. Aber …« Maruna hatte offensichtlich Mühe, die Worte über ihre Lippen zu bringen.

Ayani hob den Kopf. »Ja, Mutter?«

Maruna sah ihr tief in die Augen. »Ich fürchte, du bist hier im Dorf nicht mehr sicher, Ayani. Du hast diese Krieger zu Narren gemacht und das werden sie bestimmt nicht auf sich beruhen lassen.«

»Ach, was.« Ayani stellte den Becher ab und machte eine abwiegelnde Handbewegung. »Sie haben mit Sicherheit Wichtigeres zu tun. Ich bin doch nur ein Mädchen!«

»Eben drum!« Maruna beugte sich vor und sah sie eindringlich an. »Dass ein Mädchen sie so übertölpelt hat, muss sie rasend machen. Sie werden alles daran setzen, dich aufzuspüren und zu bestrafen. Und aus diesem Grunde …« Maruna machte eine kleine Pause und lehnte sich zurück. »Aus diesem Grunde fände ich es besser, wenn du für eine Weile von hier verschwindest und dich an einem anderen Ort versteckt hältst.«

»Niemals!«, rief Ayani. »Mein Platz ist hier, wo ich geboren wurde! Bei dir und bei Arawynn und nirgendwo sonst. Außerdem …« Sie sah die Mutter mit großen Augen an. »Wohin sollte ich denn gehen? Ich bin kaum über die Grenzen unseres Dorfes und des Flüsternden Forstes hinausgekommen und kenne mich nirgendwo sonst aus.«

»Ich weiß. Und dennoch …« Maruna ergriff die Hand ihrer Tochter. »Hör zu, Ayani. Du hast bestimmt schon von den Männern gehört, die sich in den Schutz des Dämonenwaldes zurückgezogen haben?«

»Meinst du die Männer, die Rhogarr von Khelm für vogelfrei erklärt hat, weil sie ihn und seine Krieger bekämpfen?«

»Genau die.« Maruna nickte zufrieden. »Tarik, unser Nachbar, kennt ihr Versteck. Ich könnte ihn bitten, dass er dich zu ihnen führt, damit du dort für den Rest des Sommers Unterschlupf suchst.«

Ayani dachte für eine Weile nach, schüttelte dann aber entschlossen den Kopf. »Verzeih mir, Mutter, aber das werde ich bestimmt nicht tun.«

»Aber wieso denn nicht?« Die Sorge um die Tochter ließ Marunas Augen glänzen. »Nimm Vernunft an, Ayani, und ...«

»Spar dir deine Worte!«, unterbrach Ayani sie so bestimmt, dass ihre Mutter verstummte. »Wenn Rhogarrs Krieger auf der Suche nach mir tatsächlich in unser Dorf kommen, seid ihr genauso in Gefahr wie ich. Diese Schergen kennen keinerlei Gnade und machen keinen Unterschied zwischen Schuldigen und Unschuldigen. Und deshalb lasse ich dich und Arawynn bestimmt nicht im Stich – niemals!«

»Ach, Kind«, seufzte Maruna. »Glaubst du vielleicht, dass du sie aufhalten könntest? Warum bist du nur so starrköpfig?«

Ein Lächeln huschte über Ayanis Gesicht, bevor es wieder ernst wurde. »Weil ich glaube, dass deine Sorgen unberechtigt sind. Oder hast du schon vergessen, was du Arawynn und mich gelehrt hast? ›Habt keine Furcht‹, hast du uns ständig gemahnt, ›denn die Unsichtbaren sind auf unserer Seite. Und nichts geschieht gegen ihren Willen.‹ Sind das nicht deine eigenen Worte, Mutter?«

Mit liebevollem Blick sah Maruna ihrer Tochter in die Augen. Dann nickte sie. »Du hast recht, Ayani. Wir Alwen sind fest davon überzeugt, dass die Unsichtbaren unsere Welt erschaffen haben. Sie regeln ihren Lauf und bestimmen ihr Schicksal. Und dennoch ...«

»Ja?«

»Dennoch muss jeder von uns seinen eigenen Weg gehen und der Aufgabe gerecht werden, die mit dem Geschenk seines Lebens verbunden ist.«

»Genau, Mutter!«, rief Ayani und sprang auf. »Genau das hat der Wanderer auch gesagt: ›Jeder von uns muss die Aufgabe erfüllen, die ihm zugedacht wurde.‹«

Maruna war sichtlich bestürzt. »Der Wanderer? Was für ein Wanderer?« Auch die Mutter stand nun auf. » Wie sah er aus, Ayani? War es ein Mann von unbestimmtem Alter in einem grauen Umhang und mit einem Wanderstab?«

»Ja, genau!« Ayanis Augen leuchteten. »Er ist mir gestern begegnet, als ich am See Wasser schöpfen wollte.«

Die Mutter schluckte. »Unmöglich«, flüsterte sie.

Ayani blickte sie überrascht an. »Was ist los? Kennst du den Mann vielleicht?«

Mit blasser Miene schüttelte die Mutter den Kopf. »Ich mag mich irren. Und wenn er es ist – er, von dem die alten Alwen nur flüsternd berichten –, dann bange ich wirklich um unsere, um deine Zukunft. Der Wanderer, Ayani, ist mir noch nie begegnet. Und dennoch weiß ich, wer er ist: Er hütet das Wissen der Unsichtbaren und hält sich nur selten in unserer Welt auf. Wenn er erscheint, dann nur, um uns eine wichtige Botschaft zu überbringen.«

»Eine Botschaft?«, wiederholte Ayani. »Oh, jetzt begreife ich endlich, was er mir sagen wollte: dass wir nicht länger die Knie beugen dürfen vor diesem Tyrannen. Dass wir nicht davonlaufen dürfen, wenn wir unsere Freiheit wiedererlangen wollen – genau das wollte er mir sagen!« Ayani sprang auf. »Ich bin mir dessen ganz sicher, und deshalb werde ich auch hierbleiben. Mein Platz ist an eurer Seite und nirgendwo sonst!« Ayani legte den Arm um Marunas Schultern. »Bitte gräme dich nicht länger. Ich kenne hier doch jeden Baum und jeden Strauch. Sobald Rhogarrs Vasallen sich blicken lassen, werde ich auf der Stelle verschwinden und mich im Flüsternden Forst verstecken, bis sie wieder abgezogen sind. Und glaube mir, Mutter, dort bin ich viel sicherer als bei den Vogelfreien im Dämonenwald.«

Maruna antwortete nicht und sah Ayani nur schweigend an. Ihrer Miene jedoch war anzusehen, dass ihre Zweifel viel zu groß waren, um sie der Tochter zu offenbaren.

KAPITEL 9

JESSIE

Opa Melchior hatte richtig vermutet: Jessie wartete in der Tat schon an der Pferdekoppel. Zumindest vermutete Niko, dass das Mädchen, das im Schatten eines großen Apfelbaumes auf der obersten Stange des Gatters saß und ihm entgegensah, Jessabelle Andersen war.

Als Niko nahe genug heran war, um sie erkennen zu können, verschlug es ihm fast die Sprache: Jessie trug eine rote Basecap auf den schulterlangen blonden Haaren und war mit einer blauen Latzhose bekleidet. Nur das verschwitzte weiße T-Shirt hatte sie gegen ein rotes ausgetauscht. Kein Zweifel: Bei dem Mädchen, das Rieke um ein Haar überfahren hätte, weil es blindlings auf die Fahrbahn gestürzt war, hatte es sich eindeutig um Jessabelle Andersen gehandelt.

Die Erkenntnis nahm ihm etwas den Wind aus den Segeln, denn eigentlich hatte er das Mädchen, das da zu seiner Reitlehrerin bestellt war, eiskalt abblitzen lassen wollen.

Stattdessen blaffte sie ihn jetzt an. »Was glotzt du denn so? Oder ist mit mir vielleicht was nicht in Ordnung?«

»Nein-nein«, stammelte Niko hastig. »Es ist nur …«

»Ja?«, fuhr Jessie unwirsch dazwischen.

»Ich … äh … ich musste nur an heute Morgen denken, als du meiner Mutter beinahe ins Auto gelaufen wärst.«

»Ach.« Jessie schien ehrlich überrascht. »Dann warst du also der Typ auf dem Beifahrersitz?«

Niko nickte.

»Hätte ich mir eigentlich denken können.« Jessie rümpfte die Nase. »Da hast du mich nämlich auch schon so merkwürdig angeguckt. Ist wohl eine doofe Angewohnheit von dir?«

»Quatsch!« Nikos Wangen fingen an zu brennen. Obwohl ihm das ziemlich peinlich war, konnte er nichts dagegen tun. »Stimmt ja gar nicht!«

»Und ob das stimmt«, bekräftigte Jessie mit finsterer Miene, winkte aber gleich darauf mit einer herablassenden Geste ab. »Ist ja auch egal. Ich hab mich bei deiner Mutter entschuldigt und damit ist die Sache erledigt, findest du nicht?«

»Ja, klar«, antwortete der Junge und streckte ihr die Hand entgegen. »Ich heiße übrigens Niko.«

»Das ist ganz alleine dein Problem.« Jessies abweisende Miene schmolz plötzlich in ein Grinsen. »Oder möchtest du, dass ich dich deswegen bedauere?«

Obwohl Niko sich im Stillen ärgerte, versuchte er, cool zu bleiben. »Nicht nötig. Aber Jessabelle ist ja auch nicht gerade der Knaller, oder?«

»Tja, dafür kann ich nichts«, sagte sie mit einem Schulterzucken. »Beschwer dich bei meinen Eltern, wenn dir mein Name nicht passt.«

Niko musterte sie für einen Augenblick schweigend. »Ich glaube, das ist überflüssig«, sagte er. »Weil du das bestimmt schon selbst getan hast.«

»Äh…« Mit der Bemerkung schien Jessie nicht gerechnet zu haben. »Okay«, sagte sie nach kurzem Zögern und lächelte wieder. »Du hast ja recht. Aber manche Erwachsene sind eben zu dämlich, wenn's um Namen geht.« Damit sprang sie kurz entschlossen vom Gatter. »Tu mir den Gefallen und sag Jessie zu mir, okay?«

»Okay.« Niko lächelte ihr freundlich zu. »Wenn dir so viel daran liegt?«

»Und ob!« Jessie nickte.

»Eigentlich komisch«, sagte Niko. »Dass deinem Papa nichts Cooleres eingefallen ist, mein ich. Der ist doch Schriftsteller, oder?«

»Ach, vergiss es.« Jessie wirkte irgendwie genervt. »Und was macht deiner?«

»Keine Ahnung.« Ein Schatten huschte über Nikos Gesicht. »Ich kenne meinen Vater nicht.«

»Nä, ne?«, staunte Jessie und warf ihm einen schrägen Blick zu. »Aber das würdest du wohl gerne, was?«

»Klar«, antwortete Niko wie aus der Pistole geschossen. »Nichts lieber als das! Aber …« Plötzlich trat echte Traurigkeit in seine Augen. »Das wird wohl immer ein Wunschtraum bleiben.«

»Wer weiß?« Jessie lächelte ihn freundlich an. »Man darf die Hoffnung niemals aufgeben. Das behauptet zumindest dein Opa. Er hat mir auch erzählt, dass du reiten lernen willst. Stimmt das?«

»Moment mal!«, wehrte Niko ab. »Reiten kann ich, seit ich fünf bin. Ich brauch vielleicht nur ein bisschen … äh …« Er suchte nach den passenden Worten. »… Feintuning, würde ich sagen.«

»Feintuning? So, so!« Jessie gab sich nicht die geringste Mühe, die Ironie in ihren Worten zu verbergen. »Da bin ich aber mal gespannt.« Damit steckte sie Daumen und Zeigefinger der rechten Hand in den Mund und ließ einen schrillen Pfiff ertönen. Nur Augenblicke später trabten zwei Pferde aus dem Unterstand in der hintersten Ecke der Koppel: ein Rappe und ein Schimmel, die bereits Sattel und Halfter trugen. Als sie herangekommen waren, schnaubten sie freudig und stießen Jessie mit ihren Nüstern an.

»Ist ja gut, ihr beiden.« Das Mädchen kraulte sie zärtlich an den schlanken Hälsen. »Ich freue mich ja auch, dass es endlich losgeht.« Damit versetzte sie ihnen einen leichten Klaps. »Aber erst sagt ihr Niko ›Hallo‹!«

Sofort wendeten die Pferde sich dem Jungen zu und sahen ihn mit ihren großen dunklen Augen an – und da fielen Niko ihre Namen wieder ein: »Hallo, Max und Moritz.« Dann warf er Jessie einen bestätigenden Blick zu. »Du hast tatsächlich recht. Manche Erwachsenen sind wirklich zu dämlich, wenn's um Namen geht!«

»Lass das bloß nicht deinen Opa hören!«, sagte Jessie augenzwinkernd. »Der alte Herr ist schwer in Ordnung und ich lasse nichts auf ihn kommen.«

»Schon gut.« Niko hob abwehrend die Hände. »Ich doch auch nicht.«

»Das wollte ich dir auch geraten haben! Und jetzt Schluss mit dem Gequatsche. Lass mal sehen, was du so draufhast.« Jessie trat neben den Rappen, um sich in den Sattel zu schwingen, als über ihnen lautstarkes Gekrächze erscholl.

Niko hob den Kopf und erblickte einen großen Vogelschwarm, der in der Ferne am Himmel kreiste. Es waren Unmengen von Raben, die wie der tiefschwarze Strudel eines Tornados umeinanderwirbelten. »Eigenartig«, sagte Niko. »Wer hat die Raben denn aufgeschreckt?«

Nach einem kurzen Blick auf die Vögel sah Jessie ihn verwundert an. »Woher willst du wissen, dass es Raben sind? Und dass jemand sie aufgeschreckt hat?«

»Woher wohl?«, fragte Niko zurück. »Weil es deutlich zu sehen ist!«

»Quatsch!« Jessies Miene verfinsterte sich. »Die Vögel sind viel zu weit entfernt, um sie zu erkennen – höchstens mit einem Fernrohr.«

»Für dich vielleicht.« Niko kniff die Augen zu engen Schlitzen. »Aber für mich sind das eindeutig Raben. Und ich bin mir auch ziemlich sicher, dass sie aufgescheucht wurden. Von einem Jäger vielleicht?«

»Kann ich mir nicht vorstellen«, sagte Jessie. »Dort hinten liegt nämlich das Nebelmoor. Es ist ziemlich tückisch und wird deshalb von allen gemieden – selbst von dem schrägen Vogel, der das Jagdrevier gepachtet hat. Außerdem gibt es im Nebelmoor sowieso kaum jagdbares Wild.«

In diesem Moment zuckte ein stechender Schmerz durch Nikos Kopf. Für Bruchteile von Sekunden sah er die undeutlichen Schemen zweier Männer vor seinem geistigen Auge – aber nur einen Herzschlag später war die Vision auch schon wieder vorbei. Mit einem Schlag fühlte Niko sich wieder so elend und hilflos wie oben auf dem Dachboden. Jessie hatte ja keine Ahnung!

»Was soll's?«, beendete Jessie die Diskussion. »Ich weiß gar nicht, warum wir uns wegen ein paar dämlicher Vögel den Kopf zerbrechen.« Damit schwang sie sich auf Max, den Rappen, und deutete auf den Schimmel. »Jetzt mach endlich! Worauf wartest du denn noch?«

Maruna ließ ihren Blick über ihre kleine Herde schweifen, die lediglich aus zwei Ziegen und drei Schafen bestand. Obwohl es seit Wochen nicht mehr geregnet hatte, fand sich hier draußen auf der Ellerheide immer noch ausreichend Futter für die Tiere. Allerdings musste sie ständig darauf achten, dass sie bei der Suche nach Gräsern und Kräutern nicht ins angrenzende Brodermoor gerieten und dort jämmerlich zugrunde gingen. Wen das Moor einmal in seine sumpfigen Fänge bekam, den ließ es selten wieder los, und so war sein Opfer, egal ob Alwe oder Tier, meist dem Tode geweiht. Deshalb durfte die Herde auch niemals unbehütet auf die Weide. Die Milch der Tiere reichte für ihre Familie gerade mal so aus, und so durfte sie es nicht riskieren, auch nur eine einzige Ziege oder ein Schaf zu verlieren.

Das Hüten der Herde war eigentlich Ayanis Aufgabe. Doch

nach ihrer Flucht vor den marschmärkischen Kriegern hatte sie sich ein wenig Erholung verdient. Deshalb hatte Maruna die Ziegen und Schafe ausnahmsweise selbst aus dem Gatter gelassen und hinaus auf die Ellerheide getrieben. Zum Glück bereiteten die Tiere ihr kaum Mühe. Meist grasten sie im Schatten der großen Hecke und machten keinerlei Anstalten, sich dem tückischen Moor zu nähern.

Marunas Herz war schwer vor Sorge.

Wenn sie doch nur Mayan um Rat fragen könnte!

Der würde mit Sicherheit die richtige Entscheidung treffen.

So aber zermarterte sich Maruna schon seit Stunden den Kopf, wie sie sich weiter verhalten sollte – und wusste es dennoch nicht.

Sollte sie Ayani endlich offenbaren, was in jener schicksalhaften Nacht vor vierzehn Sommern geschehen war, in der König Nelwyn gemeuchelt wurde? Sollte sie ihr wirklich von Merani, Mayans Schwester, erzählen, die zu jener Zeit am Hofe des Königs beschäftigt war – und der im allerletzten Augenblick die Flucht aus der Festung geglückt war? Völlig verzweifelt hatte Merani Zuflucht in dem Dorf gesucht, in dem sie geboren wurde, und war mitten in der Nacht vor ihrer Hütte aufgetaucht. Sollte Maruna nun endlich ihr Schweigen brechen und Ayani berichten, was sich in dem von Leinentüchern umhüllten Bündel befand, das Merani aus Helmenkroon herausgeschmuggelt hatte, um es ihnen anzuvertrauen? War Ayani jetzt reif genug, um das große Geheimnis zu erfahren?

Andererseits hatten Mayan und sie über all die Jahre eisern geschwiegen und niemandem auch nur ein Wort davon erzählt – selbst nicht ihren eigenen Eltern, die damals noch lebten. Und da Merani bereits am nächsten Tag den Tod erlitten hatte, gab es nur noch zwei Alwen, die darum wussten: Mayan und sie selbst! Dass sie nicht wusste, was mit Mayan inzwischen geschehen war, brachte Maruna an der Rand der Verzweiflung. War ihr geliebter Mann noch am Leben – oder hatten Rhogarrs Schergen ihn bereits zu Tode gefoltert? Vielleicht war Mayan auch ein Opfer der regelmäßigen Hinrichtungen geworden, die der Tyrann zur eigenen Belustigung auf dem Marktplatz von Helmenkroon abhielt? War diese quälende Ungewissheit nicht Grund genug, die Tochter endlich einzuweihen? Und danach natürlich auch den Sohn?

Aber konnte sie diese schwere Entscheidung wirklich alleine treffen? Musste sie Mayan nicht nur um Rat, sondern auch um seine Zustimmung bitten?

Schließlich hing so viel davon ab, dass sie das Richtige tat. Am Ende vielleicht sogar das Schicksal ihres ganzen Volkes. Erschöpft vom vielen Nachdenken, fiel Maruna auf die Knie und streckte ihre Hände zum Himmel. Tränen strömten über ihr Gesicht, während sie die Unsichtbaren um Rat anflehte. »Schickt mir ein Zeichen, ich bitte Euch! Damit ich endlich weiß, was ich tun soll.«

Die Unsichtbaren aber schwiegen. Das erhoffte Zeichen blieb aus und Maruna war ratloser als jemals zuvor.

»Und?« Opa Melchior legte das Besteck zur Seite und schaute seinen Enkel fragend an. »Wie lief es beim Reiten?«

Niko schluckte den letzten Bissen des Abendbrots hinunter. »Gar nicht mal so schlecht«, antwortete er und wischte sich den Mund mit der Serviette ab. »Eigentlich sogar ganz gut.«

»Na, also.« Der Opa schmunzelte zufrieden. »Wie ich immer sage: Was Hänschen gelernt hat, verlernt Hans nimmermehr!«

Niko kicherte und nahm die Vorlage auf: »Aber selbst der frühe Vogel fängt nicht jeden Wurm!«

»Weil zur Morgenstund man schläft gesund!« Der Opa blinzelte ihm zu, erhob sich und wollte den Tisch abräumen.

Doch Rieke fiel ihm in den Arm. »Lass mal, Papa, das schaffe ich schon alleine«, sagte sie. Zärtlichkeit schwang in ihrer Stimme mit. Sie schien die Gegenwart ihres Vaters und den Aufenthalt in dem alten Haus, in dem sie ihre Kindheit zugebracht hatte, mehr und mehr zu genießen. Während sie die Teller zusammenstellte und das Besteck einsammelte, blickte sie die beiden Männer an. »Ich hätte mal wieder richtig Lust, eine Runde Schwimmen zu spielen?«

»Von mir aus gerne.« Melchior griff nach seiner Pfeife und dem Tabakbeutel. »Aber erst nach den Nachrichten, wenn ich bitten darf. Die sehe ich nämlich jeden Abend. Wenn hier in Oberrödenbach schon nichts passiert, muss ich wenigstens wissen, was anderswo in der Welt los ist, nicht wahr?«

»Wenn es dich glücklich macht.« Rieke trug das schmutzige Geschirr zur Spüle und ließ Wasser in das Becken. »Und was ist mit dir, Niko?«

Schwimmen spielen? Auch das hatte Niko schon ewig nicht mehr getan. Dabei war er früher, als kleiner Junge, fast süchtig nach dem Kartenspiel gewesen und hatte es stundenlang mit der Oma und dem Opa gespielt. Also, warum nicht?, überlegte er. Eigentlich hatte er sich ja das merkwürdige Buch aus dem Antiquariat vornehmen wollen – vielleicht war die Geschichte trotz der vielen Lücken ja doch zu verstehen. Und der Titel klang ja auch recht vielversprechend: »Meine Aventurien in Mysteria«! Schließlich war »Aventurie« ein altertümlicher Ausdruck für »Abenteuer« und für Abenteuergeschichten hat Niko schon immer ein besonderes Faible gehabt. Trotzdem: Zum Lesen blieb ihm noch immer Zeit und so stimmte er dem Vorschlag der Mutter zu: »Aber nur mit Einsatz – zehn Cent für jede verlorene Runde?«

»Oha!«, sagte der Opa mit hochgezogenen Brauen. »Du scheinst ja eine Menge Taschengeld zu bekommen! Aber von mir aus – wenn du dich unbedingt in den Ruin stürzen willst.«

Auch Rieke erklärte sich einverstanden. »Aber fünf Cent reichen auch, finde ich. Und jetzt steht mir nicht länger im Weg rum und verzieht euch endlich ins Wohnzimmer. Ich komm sofort nach, wenn ich mit dem Abwasch fertig bin.«

Der Opa machte es sich in seinem uralten Fernsehsessel bequem, griff zur Fernbedienung und schaltete den mindestens genauso alten Fernseher ein. Niko hätte sich nicht im Geringsten gewundert, wenn Schwarz-Weiß-Bilder über den Monitor geflimmert wären. Aber dann lief doch ein quietschbunter Werbespot für den neuesten Blockbuster aus Hollywood. Während Melchior gemächlich seine Pfeife stopfte, suchte Niko schon mal die Spielkarten zusammen. Sie lagen noch immer am gleichen Platz wie früher: in der linken Schublade des alten Wohnzimmerschrankes. Er zählte sie kurz durch, ob sie auch vollständig waren, und griff dann zur Tageszeitung. Als er gerade die Sportseite aufschlagen wollte, sprach der Opa ihn an: »Wie lief es eigentlich mit Jessie und dir?«

»Ach …«, sagte Niko. »Ganz gut.« Eigenartigerweise stieg ihm schon wieder das Blut in die Wangen. Sie wurden erst warm und dann sogar richtig heiß. Dabei gab es überhaupt keinen Grund dafür – nicht den geringsten! »Es war … äh … ziemlich okay.« Er versuchte, cool zu bleiben. Bei dem Gedanken an die gut zwei Stunden, die er mit Jessie auf der Koppel verbracht hatte, wurden nun dummerweise auch noch seine Ohren heiß.

»Ziemlich okay?« Der Opa klang verwundert. »Findest du Jessie nicht nett?«

»Ja, doch«, antwortete Niko gedehnt. »Eigentlich schon.«

»Das meine ich aber auch!« Der Opa ritzte ein Streichholz an und hielt es an den gestopften Pfeifenkopf. »Sie ist sogar sehr nett. Manchmal ein bisschen vorlaut vielleicht, aber ansonsten ganz schwer in Ordnung.« Er zog drei-, viermal kräftig an seiner Pfeife, bis sie ordentlich dampfte, und blickte Niko dann durch die aufsteigenden Rauchschwaden an. »Habt ihr euch wieder verabredet?«

»Ja. Für morgen Vormittag, gleich nach dem Frühstück. Wir wollen einen Ausritt in die Umgebung machen.«

»Sehr gut, Niko! Es freut mich, dass ihr euch auf Anhieb so gut versteht.« Melchiors Miene zeigte, dass das nicht einfach so dahingesagt war. »Es hätte ja auch sein können, dass ihr euch überhaupt nicht leiden könnt.« Er zog die buschigen Brauen hoch, die fast noch grauer waren als die Haare auf seinem Kopf. »Wohin wollt ihr denn?«

»Zum Nebelmoor.«

»Oha!«, sagte der Opa, was Niko aufhorchen ließ.

»Wieso?«

»Weil ihr dort äußerst vorsichtig sein solltet und euch auf keinen Fall ins richtige Moorgebiet hineinwagen dürft«, mahnte Melchior mit ernster Miene. »Jessie kennt sich dort doch gar nicht richtig aus. Sie ist erst vor einem halben Jahr hierhergezogen.«

»Keine Angst, Opa«, versuchte Niko ihn zu beruhigen. »Jessie weiß schon, dass das Moor ziemlich tückisch ist. Und ich auch. Wir werden uns bestimmt vorsehen.«

»Das solltet ihr unbedingt! Aber die Nebel und der trügerische Boden sind nicht der einzige Grund.«

»Nein?« Niko runzelte verwundert die Stirn. »Sondern?«

»Im Nebelmoor lauern noch weit größere Gefahren!« Melchiors Gesicht war todernst. »Nämlich ...« In diesem Moment schepperte die Erkennungsmelodie der Regional-Nachrichten aus dem Lautsprecher des Fernsehers – in Mono natürlich und nicht in Stereo! –, sodass der Opa mitten im Satz abbrach. »Lass mich nur schnell mal gucken, Niko. Danach erzähle ich gleich weiter.«

Der alte Herr rutschte tiefer in seinen Sessel, steckte die Pfeife in den Mund und blickte konzentriert auf den Fernseher, während

Niko sich die Sportseite vornahm und sich in einen Vorbericht über die kommende Bundesliga-Saison vertiefte. Dabei interessierte ihn Fußball eigentlich gar nicht so richtig. Leichtathletik und Kampfsport begeisterten ihn viel mehr. Die Stimme des Nachrichtensprechers klang wie aus weiter Ferne an sein Ohr. Er schenkte seinen Worten keine Beachtung und bekam von den Nachrichten deshalb so gut wie nichts mit. Mit einem Mal jedoch stieg ihm ein bitterer Geruch in die Nase. Niko blickte verwundert auf, und noch bevor die Bilder des nächsten Berichts auf dem Bildschirm erschienen, befiel ihn eine üble Ahnung

»Und nun zu den Polizeinachrichten«, verlas der Sprecher mit sonorer Stimme. »In Falkenstedt kam es zu einem mysteriösen Zwischenfall, dem vermutlich ein einheimischer Geschäftsmann zum Opfer fiel.« Als nun das Foto des Opfers eingeblendet wurde, hielt Niko den Atem an. »Herr Siegward Schreiber ist seit gestern spurlos verschwunden. Da im Geschäft von Herrn Schreiber Blutspuren entdeckt wurden, geht die Polizei von einem Verbrechen aus. Darüber hinaus fehlt der Inhalt der Ladenkasse und der Laden wurde offensichtlich nach weiteren Wertsachen durchsucht.«

»Wie furchtbar«, ließ sich da Rieke vernehmen, die auf dem alten Sofa saß. Niko hatte gar nicht mitbekommen, dass sie das Wohnzimmer betreten hatte. »Aber komisch …« Sie kniff die Augen zusammen, beugte sich vor und starrte auf Herrn Schreibers Porträt. »Wenn ich nur wüsste, warum der Mann mir so bekannt vorkommt.«

Ihr Vater wandte ihr den Blick zu. »Damals, als du noch auf der Fachhochschule für Bibliothekare warst, hast du doch ein Praktikum in einem Antiquariat in Falkenstedt gemacht. Kurz bevor du verschwu –« Melchior brach ab und sah seine Tochter ernst an. »Erinnerst du dich nicht mehr?«

»Nein.« Rieke schüttelte den Kopf. »Nicht im Geringsten.«

»Es hieß …« Melchior runzelte die Stirn. »Mein Gott – wie hieß der Laden noch mal? – Ah ja! Es hieß ›Antiquariat am Falkenturm‹!«

Schlagartig begriff Niko, was die Aufschrift auf der verwitterten Front des alten Hauses bedeutete. »Du hast recht, Opa. Genauso heißt das Geschäft von Herrn Schreiber.« Erstaunt blickte er seine Mutter an. »Und da hast du mal gearbeitet?«

»Wie gesagt …« Rieke zuckte mit den Schultern. »Ich erinnere mich nicht mehr. Ich müsste höchstens mal in meinem Tagebu –«

»Ruhig, Mama!«, unterbrach Niko sie jäh und starrte mit wachsendem Entsetzen auf den Fernseher, auf dem jetzt das Phantombild eines Mannes zu sehen war – die sehr treffende Porträtzeichnung von Nalik Noski!

»Oh, nein!« Niko war so geschockt, dass er zu keiner weiteren Regung fähig war.

Rieke schlug die Hände vors Gesicht. »Das glaub ich jetzt einfach nicht!«, hauchte sie.

»In diesem Zusammenhang fahndet die Polizei nach einem Mann namens Nalik Noski«, verlas der Sprecher. »Dieser wurde dabei beobachtet, wie er zur Mittagsstunde das Geschäft von Herrn Schreiber in größter Eile verließ. Nach ihm wurden keine Kunden mehr gesehen. Dieses und noch weitere Indizien deuten darauf hin, dass Herr Noski, der seitdem flüchtig ist, in das mysteriöse Geschehen verwickelt ist. Noski ist etwa einen Meter und achtzig groß und von sportlich schlanker Gestalt. Er trägt die schulterlangen grauschwarzen Haare meistens zu einem Pferdeschwanz gebunden. Auf seine Ergreifung ist eine Belohnung ausgesetzt, sachdienliche Hinweise nimmt jede Polizeidienststelle entgegen …«

Jetzt erst erwachte Niko aus seiner Erstarrung. »Aber …« Große Empörung stand ihm ins Gesicht geschrieben. »Das ist völliger Unsinn! Der Senshei kann mit dem Verschwinden von Herrn Schreiber gar nichts zu tun haben. Und getan hat er ihm ganz sicher auch nichts.«

»Wie, was, wieso?«, stammelte Opa Melchior verwirrt, während Rieke ihren Sohn fragend anblickte. »Woher willst du das denn wissen, Niko?«

»Ganz einfach: Weil Herr Schreiber noch gesund und munter war, als Herr Noski das Antiquariat verlassen hat! Und weil nach ihm sehr wohl noch zwei weitere Kunden den Laden betreten haben – ich habe sie doch selbst gesehen!« So knapp wie möglich schilderte Niko seinen Besuch im Laden von Herrn Schreiber am Vortag. Nur ein Detail ließ er aus: nämlich dass er für Sekunden den Eindruck gehabt hatte, in dem Mann mit dem starren Blick ein Monster zu sehen. Rieke und Opa Melchior würden ihm das ohnehin nicht glauben, sondern eher an seinem Verstand zweifeln. Aus dem gleichen Grund hatte er keine seiner Visionen bislang auch nur mit einem einzigen Wort erwähnt. Und sein seltsames Erlebnis auf dem Speicher erst recht nicht!

Nachdem Niko seinen Bericht beendet hatte, musterte Opa Melchior ihn für einen Augenblick schweigend. »Dann scheint dieser Noski ja tatsächlich unschuldig zu sein«, sagte er dann langsam.

»Aber natürlich!«, ereiferte sich Niko. »So was würde der Senshei doch niemals tun!«

»Deine Aussage könnte ihn enorm entlasten.« Melchior sah Niko tief in die Augen. »Du musst sofort die Polizei informieren, so schnell wie möglich!«

»Genau das habe ich vor!« Niko sprang auf und hastete zu dem altmodischen Telefon, das auf dem mit einer Häkeldecke verzierten Abstelltischchen neben der Couch stand. Mit der linken Hand riss er den Hörer von der Gabel und hob ihn ans Ohr, während er den rechten Zeigefinger ins erste Loch der Wählscheibe steckte, um die Eins zu wählen. Noch im gleichen Augenblick hielt er inne und schaute Melchior vorwurfsvoll an. »Aber … da ist ja gar kein Freizeichen!«

»Nein?«

Niko schüttelte den Kopf.

»Dann scheint das alte Ding mal wieder defekt zu sein.« Mit einer Geste der Resignation hob der alte Herr die Hände. »Das kommt in letzter Zeit immer häufiger vor. Ich sollte mir vielleicht doch ein neues zulegen.«

»Das wäre schon vor zehn Jahren eine gute Idee gewesen«, brummte Niko unwirsch. Das konnte doch nicht wahr sein: Sein Opa lebte ja noch praktisch in der Steinzeit! Obwohl er sich wenig Hoffnung machte, zog er sein Handy aus der Tasche. Doch es kam genau wie erwartet: Kein Netz!, verkündete das Display. »Verdammter Mist!«, schimpfte Niko. »Und jetzt?«

»Versuch es doch mal bei den Andersens«, schlug Melchior vor. »Ihr Telefon funktioniert bestimmt!«

KAPITEL 10

Unerwarteter Besuch

Niko hastete über den schmalen Trampelpfad, der von der Rückseite des Hauses zum Pfortnerhof führte. Der Weg war noch derselbe wie vor vielen Jahren: Zuerst überquerte er eine leicht abfallende Wildwiese, die von so hohem Gras bewachsen war, dass es Niko fast bis an die Brust reichte. Dann führte der Pfad abwärts über eine Bruchwiese auf das schmale Wäldchen zu, das den Ellerhof vom Nachbargehöft trennte. Dicht vor dem Waldrand, den vornehmlich Erlen und Pappeln säumten, verlief der Moderbach, ein quirliger, gewundener Wasserlauf, knapp zwei Meter breit. Im Laufe der Jahrhunderte hatte sich sein Bett einen guten Meter tief in den Boden eingegraben. Besonders im Frühling und im Herbst strömte das Wasser rasch dahin, sodass das Gluckern und Strömen schon von Weitem zu hören war. In den heißen Sommermonaten jedoch sackte der Wasserspiegel regelmäßig stark ab, und so hatte Niko den Bach schon fast erreicht, bis er dessen Plätschern hören konnte.

Unmittelbar vor dem kleinen Gewässer musste er abrupt anhalten: Der schmale Brettersteg, der den Graben überquerte, war nämlich mitten entzweigebrochen. Die Enden der Bohlen hingen von den Trägern traurig ins Wasser. Waren sie mutwillig zerstört worden? Oder hatte nur der Zahn der Zeit so lange an ihnen genagt, bis sie zerbrochen waren?

Der Gedanke beschäftigte Niko nur flüchtig. Schließlich hatte er Wichtigeres zu tun. Er musste den Senshei so schnell wie möglich von diesem schrecklichen Verdacht reinwaschen. Nach einem kurzen Anlauf sprang Niko mühelos über den zerbrochenen Steg hinweg und hastete in den Wald.

Obwohl es auf der Wiese noch fast taghell gewesen war, hatte sich zwischen den dicht stehenden Bäumen des Wäldchens bereits die Dämmerung eingenistet. Schatten ballten sich im Unterholz und in den Weiden- und Haselbüschen, die wie wild zwischen den Stämmen wucherten. Niko hatte den Hain schon fast durchquert, als ihm auffiel, dass etwas nicht stimmte: Es war totenstill. Kein Laut, nicht einmal das leiseste Rascheln und Knacken war zu hören. Überrascht blieb Niko stehen und schaute sich nach allen Seiten um. Wo waren all die vielen Vögel geblieben, die in früheren Jahren in dem kleinen Bruchwald genistet und gebrütet hatten? Waren sie inzwischen alle verschwunden? Oder waren sie nur verstummt, weil sie irgendetwas ängstigte? Und warum bewegten sich selbst die Blätter an den Bäumen und Büschen nicht das kleinste bisschen? Wie erstarrt hingen sie von den Zweigen und Ästen.

Irgendetwas lag in der Luft, das fühlte Niko ganz genau! Fragte sich nur, was?

Er kniff die Augen zusammen und spähte nach allen Seiten. Doch sosehr er auch die trüben Schleier des Zwielichts zu durchdringen versuchte, die sich wie Schattengespenster in der Tiefe des Wäldchens zusammenzogen, er konnte nichts Verdächtiges entdecken.

Mit angehaltenem Atem ging Niko weiter und folgte dem schmalen Pfad, der sich zwischen den Baumstämmen hindurchschlängelte. Der Boden war feucht und morastig, sodass seine Schuhe schmatzende Geräusche verursachten, wenn sie in ein Schlammloch traten. Der Geruch von Sumpf und Moder stieg ihm in die Nase. Obwohl das Wäldchen nur ein schmaler Streifen war, kam ihm der Weg fast endlos vor. Als endlich wieder helles Tageslicht zwischen den Bäumen aufschimmerte, atmete er erleichtert auf.

Am Waldrand blieb Niko stehen und spähte zu dem alten Anwesen hinüber, das sich gut fünfzig Meter entfernt von ihm erhob. Obwohl es im warmen Licht der Abendsonne lag, wirkte es auf eine seltsame Weise düster, ja fast schon unheimlich. Aber vielleicht lag das auch nur an dem heruntergekommenen Zustand der alten Gebäude? Das ehemalige Gut war längst nicht so makellos erhalten wie der Hof seines Opas. Der Putz wies zahllose hässliche Flecken auf, ein Teil der altersgrauen Dachziegel war gesprungen, der Rest von Moos und Flechten überwuchert. Die Nebengebäude, Scheune und Stallungen, waren fast schon verwahrlost und sahen aus, als könnten sie jeden Moment zusammenstürzen. Ohne es zu merken, schüttelte Niko den Kopf. Wie konnten Jessies Eltern sich nur diese Bruchbude andrehen lassen?, überlegte er. Die mussten doch gesehen haben, wie marode die war! Aber was sollte es: Hauptsache, ihr Telefon funktionierte!

Niko wollte schon weitergehen, als sich wie aus dem Nichts eine Hand auf seine Schulter senkte. Mit einem lauten Aufschrei wirbelte er herum und starrte mit vor Schreck geweiteten Augen auf die dunkle Gestalt, die wie ein düsteres Menetekel vor ihm stand.

Wie im Fieber blätterte Sâga durch das dicke Buch, das auf dem Tisch vor ihr lag. Der Schein des Feuers und der Fackeln zog rote, unstete Striemen über ihr totenbleiches Gesicht, während sie mit schnell zuckenden Augen Seite für Seite überflog. Plötzlich stieß sie einen spitzen Schrei aus und sprang so heftig vom Schemel, dass er polternd umstürzte. Fassungslos starrte die Frau auf den Text, der mitten im Absatz urplötzlich abbrach. Als Sâga hastig weiterblätterte, erkannte sie, dass auch alle folgenden Seiten unbeschrieben waren. Nicht ein Zeichen und nicht ein Buchstabe waren mehr darauf zu sehen.

»Odhur!«, schrie sie auf wie ein gequältes Tier. »Was habe ich dir getan, Odhur?«

Ruckartig klappte sie den Folianten zu, warf ihn zornig auf den Tisch und starrte dann düster vor sich hin. Ihre Pupillen glichen rotgelben Schlitzen – ähnlich den Pupillen einer Schlange – und mit einem Mal wirbelte Sâga wieder herum, stieß die dünnen Arme nach vorne und deutete mit ihren Krallenfingern auf zwei Fackeln an der Wand. Augenblicklich erloschen dort die Flammen. Die Arme immer noch ausgestreckt, drehte sich Sâga rasch um die eigene Achse – worauf eine Fackel nach der anderen erlosch, bis nur noch die Flammen des Holzfeuers die Höhle in spärliches Licht tauchten. Nach einem kurzen Lächeln des Triumphs wiederholte Sâga ihre Übung, diesmal jedoch in entgegengesetzter Richtung – und wie von Geisterhand entflammt, loderten sämtliche Fackeln wieder auf.

»Na, also.« Mit einem Seufzer der Erleichterung bückte sich die Schwarzmagierin nach dem Schemel, stellte ihn wieder auf und setzte sich darauf nieder. Dann stützte sie den Kopf auf ihre Hände und starrte trübsinnig auf den silbernen Kessel am Rande des Tisches.

»Oh, Odhur«, seufzte sie. »Warum hast du das zugelassen? Warum hast du nicht verhindert, dass die Seiten aus dem Buch des Schicksals gelöscht wurden? Waren sie nicht zu deiner Zufriedenheit beschrieben? Sprich zu mir, oh, Odhur, sprich durch deinen Kessel!«

Doch Odhurs Kessel schwieg. Nichts rührte sich in der dunklen Flüssigkeit. Kein Brodeln war zu hören, und kein Wirbel bildete sich über dem wundersamen Gefäß, um Sâga eine Botschaft zu übermitteln. Stattdessen vernahm die Schwarzmagierin ein Geräusch in ihrem Rücken – ein Geräusch, das sie sofort herumschnellen und aufspringen ließ.

Eine Gestalt im grauen Umhang stand wie ein in Fels gemeißelter Schatten vor der Höhlenwand.

»Oh nein!«, schrie Sâga dem Wanderer entgegen. »Verflucht sollst du sein, du elender Diener der Unsichtbaren, und auf ewig in den Abgründen des Orkus schmoren!«

»Ich danke dir für deine guten Wünsche, Sâga.« Der Wanderer blieb ganz ruhig. »Und trotzdem möchte ich sie nicht erwidern.«

Die Schwarzmagierin schoss wie eine Furie auf ihn zu und starrte ihm in das Gesicht, das tief im Schatten seiner Kapuze lag. »Was willst du von mir? Warum bist du gekommen?«

»Das weißt du genau, Sâga.« Der Wanderer hielt den wütenden Blicken, die sie ihm zufeuerte, ohne Regung stand. »Es ist schließlich nicht das erste Mal, dass ich dir eine Botschaft überbringe: Deine Zeit neigt sich dem Ende zu, Sâga, und der Tag ist nahe, an dem deine Macht gebrochen wird.«

»Das hättest du wohl gerne!« Die Stimme der Schwarzmagierin überschlug sich fast, während sie wie ein Raubtier vor dem Besucher hin und her lief. »Aber das wird nicht geschehen, niemals!«

»Oh, doch, Sâga. Auch wenn du dich dagegen sträubst, wirst du es nicht verhindern können.« Der Wanderer ließ sich nicht aus der Ruhe bringen. »Die Gesetze Odhurs sind dir wohlbekannt. Du hast ihm schließlich über viele Jahre treu gedient und dadurch große Macht errungen. Doch damit ist es nun bald vorbei.«

»Schweig!« Sâgas Stimme fuhr wie ein scharfer Schwerthieb durch die Höhle, sodass selbst die Fledermäuse mitten im Flug taumelten und die in der hintersten Ecke dösende Schlange erschrocken den keilförmigen Kopf hob. »Schweig und verschone mich mit deinen verfluchten Lügen!«

»Du weißt, dass ich die Wahrheit spreche, Sâga. Du hast doch selbst herausgefunden, dass Odhur sich von dir abgewendet und seine Gunst einem anderen geschenkt hat. Die Fäden des Schicksals werden dir nach und nach entgleiten, und Odhurs neuer Schützling wird sie aufnehmen und fortspinnen, um an deiner Stelle die Macht über Mysteria zu gewinnen.« Der Wanderer deutete auf das abgeschlagene Männerhaupt auf dem Tisch in der Nische. »Sonst wäre es dir doch längst gelungen, das Haupt des Weisen zum Sprechen zu bringen. Nur deshalb hast du es doch aus dem Hain des Wissens entwendet – weil du hoffst, dir mit seiner Hilfe deine Macht zu bewahren.«

»Freu dich nicht zu früh, du Narr«, zischte die Magierin ihn an. »Sobald ich in den Besitz einer Kette aus dem Alwenhort gelange, werde ich seine toten Lippen zum Leben erwecken und mir sein grenzenloses Wissen zunutze machen.«

»Selbst das wird dir nichts helfen, Sâga«, entgegnete der Wanderer ruhig. »Du hast diese Welt lange genug beherrscht und ihr deinen Willen aufgezwungen. Aber nichts währt ewig und alles ist im ständigen Wandel begriffen.«

»Sei still!« Die Schwarzmagierin starrte ihn in wilder Wut an. »Ich will nichts mehr hören.«

»Ich kann dich sogar verstehen, Sâga«, sagte der Wanderer. »Es ist gewiss nicht leicht, der Wahrheit ins Gesicht zu blicken. Dennoch hilft es nichts, wenn du dich weiter dagegen sträubst. Du hast die Zeichen doch selbst erblickt. Sonst hättest du deinen schrecklichen Helfer nicht durch das Nebeltor geschickt.«

»Was kümmert das dich?«, entgegnete die Schwarzmagierin kühl.

»Und ob mich das kümmert, Sâga!« Der Graue blickte die Schwarzmagierin vorwurfsvoll an. »Damit hast du ein weiteres Mal gegen die Gesetze der Unsichtbaren verstoßen und Ereignisse in Gang gesetzt, die nicht mehr deiner Kontrolle unterliegen. Dein Helfer hat Blut vergossen und damit das Band zerschnitten, das unsere Welten eint. Deshalb warne ich dich ein letztes Mal: Nimm endlich Vernunft an, Sâga, und füge dich in dein Schicksal, bevor du noch weiteres Unheil anrichtest. Denn sonst…«

»Ja?« Sâgas Kopf zuckte nach vorne wie der einer angreifenden Kobra. »Was ist dann?«

»Sonst ist dir das sichere Verderben gewiss und du wirst ein schreckliches Ende nehmen. Es sei denn, du findest jemanden, der dir deine Missetaten verzeiht. Doch eine solche Gnade ist nur wenigen beschieden.«

»Du irrst dich!« Erneut wurde die Schwarzmagierin von ohnmächtiger Wut gepackt. »Niemand wird mir etwas anhaben können.« Anklagend streckte sie ihm den Zeigefinger mit dem goldenen Ring entgegen. »Schon gar nicht diese undankbaren Kreaturen, die ihre Existenz einzig und alleine mir verdanken! Das werde ich dir beweisen – und diesem hochmütigen Gesindel auch, das dich zu mir geschickt hat. Noch ist meine Macht ungebrochen und die Geschicke Mysterias liegen immer noch in meiner Hand. Ich werde jeden vernichten, der sich mir in den Weg zu stellen wagt. Und du wirst das als Erster zu spüren bekommen, alter Narr!«

Damit wirbelte Sâga blitzschnell herum und streckte die Arme nach einem Beil aus, das in dem Hackklotz in der Nähe des Feuers steckte. Wie von einer unsichtbaren Macht geleitet, löste es sich aus dem Holz und glitt in die Hand der Schwarzmagierin. Das bleiche Gesicht zu einer Fratze wilder Wut verzerrt, hob Sâga es über den Kopf – doch der Hieb ging ins Leere. Die Stelle, an der der Wanderer gestanden hatte, war leer. Er war auf genauso rätselhafte Weise wieder verschwunden, wie er aufgetaucht war.

Sâga warf die Axt zur Seite, trat neben das Feuer, legte den Kopf in den Nacken und streckte die Hände zur Decke empor. »Glaubt bloß nicht, dass ich mich vor Euch fürchte, Ihr Unsichtbaren!«, schrie sie. »Verflucht sollt Ihr sein, und mein Zorn soll über Euch kommen! Ich werde nicht zulassen, dass Ihr mein großes Werk zunichtemacht, und Euch von nun an mit aller Kraft bekämpfen – und Eure Schützlinge auch!«

Damit schloss Sâga die Augen und murmelte eine Beschwörungsformel: »Oh, mächtiger Odhur, der du die Gesetze bestimmst, nach denen wir alle leben, verleihe deiner Dienerin die Kraft, sich über Raum und Lüfte zu erheben.« Ihre Lippen verstummten, und die Schwarzmagierin verharrte reglos mitten in der Höhle. Nur einen Herzschlag später jedoch loderte das Feuer hoch auf und auch die Flammen der Fackeln an der Wänden zuckten empor. Sâga aber begann sich aufzulösen und zerfiel in unzählige winzig kleine Partikel, die sich zu einem bedrohlich schwarzen Wirbel formten. Der Wirbel drehte sich rasend schnell um die eigene Achse, erhob sich in die Lüfte und flog zur Höhlendecke, wo er sich wie ein lebendes Wesen in den kaminähnlichen Felsspalt schlängelte und blitzschnell in der Dunkelheit verschwand.

Der Mann unter der Weide war ganz in Schwarz gekleidet und hatte seine silbrig schwarzen Haare zu einem Pferdeschwanz gebunden.

Nalik Noski stand vor Niko.

Der Senshei legte rasch einen Finger vor den Mund, zischte ein leises »Pssst!« und zog Niko in den Schatten der Bäume zurück. »Keine Angst«, flüsterte er. »Ich tu dir nichts.«

»Das weiß ich doch«, brachte Niko mühsam über die Lippen,

nachdem der erste Schock sich etwas gelegt hatte. »Was machen Sie denn hier?«

Nalik kniff die Augen zusammen und musterte ihn mit nachdenklichem Blick. »Ich vermute, du hast inzwischen die Nachrichten gesehen«, sagte er dann, »wie fast jeder in der Gegend hier, und du weißt Bescheid?«

»Ja natürlich!«, sprudelte es aus Niko heraus. »Deshalb wollte ich ja gerade zu Jessie …«, er deutete auf den Pfortnerhof, »… und die Polizei anrufen. Ich kann bezeugen, dass Sie mit der Sache nichts zu tun haben. Aber …« Plötzlich kam ihm eine bessere Idee. Er packte Noski an der Hand, um mit ihm loszustürmen. »Kommen Sie! Mama soll uns zum nächsten Polizeirevier fahren. Dann können wir das an Ort und Stelle aufklären und Sie haben nichts mehr zu befürchten.«

Zu seiner Überraschung jedoch schüttelte der Senshei den Kopf. »Ich fürchte, das ist keine gute Idee, Niko. Die Sache ist nicht so, wie es auf den ersten Blick den Anschein hat.«

»Aber …« Niko verstand nicht so recht, was Noski ihm damit sagen wollte. »Aber wieso denn nicht?«

»Das ist eine lange und komplizierte Geschichte und nicht so einfach zu erklären«, erwiderte Noski. »Ich kann dich nur bitten, mir zu vertrauen.«

»Aber klar. Das mache ich doch.«

»Dann glaube mir bitte auch, dass ich unmöglich zur Polizei gehen kann. Die würden mich nämlich auf der Stelle verhaften – trotz deiner Aussage.«

»Aber wieso denn?«

Nalik legte ihm die Hand auf die Schulter. »Hab Geduld, Niko. Zum rechten Zeitpunkt wirst du alles erfahren. Bis dahin musst du mir einfach vertrauen.«

»Okay.« Niko nickte. »Aber wieso sind Sie ausgerechnet hierher gekommen? Nach Oberrödenbach?«

»Nun …« Zum ersten Mal glitt ein Lächeln über das ernste Gesicht des Sensheis. »Dafür gibt es mehrere Gründe. Aber der Hauptgrund, der bist du, Niko. Weil du der Einzige bist, der mir wirklich helfen kann.«

»Ich?«, fragte Niko fassungslos. »Warum denn ich?«

»Nur Geduld, Niko!«, mahnte der Senshei. »Eines Tages wirst du alles verstehen. Aber zunächst brauche ich einen sicheren Ort, an den ich mich so lange zurückziehen kann, bis diese vertrackte Geschichte restlos aufgeklärt ist.«

»Sie meinen wohl ein Versteck?«

»Genau.« Nalik Noski nickte. »Ein Platz, an dem mich so schnell niemand findet. Die Sache wird nämlich einige Zeit dauern, fürchte ich.«

In Nikos Kopf ratterte es wie in einem Hochleistungscomputer. Trotzdem fiel ihm nur eine Lösung ein: »Gehen wir einfach zu Opa Melchior. Der kennt die Gegend hier wie seine Westentasche und weiß bestimmt ein gutes Versteck.«

Wieder schüttelte der Senshei den Kopf. »Nein, Niko. Ich möchte deinen Opa da nicht mit hineinziehen – und deine Mutter auch nicht. Das würde sie nur unnötig in Gefahr bringen. Lass dir bitte etwas anderes einfallen.«

Wieder zermarterte sich Niko den Kopf. Zum Glück kam ihm der rettende Einfall ziemlich schnell. »Warten Sie hier«, flüsterte nun auch er. »Ich bin gleich wieder zurück.«

Es war unerträglich heiß in der Folterkammer. Dabei lag der düstere Raum im tiefsten Verlies der Kellergewölbe von Burg Helmenkroon. Zuckendes Fackellicht erhellte ihn nur spärlich. Wasser rann über die Wände und tropfte von der Decke. Die Luft war feucht und schwül und roch nach Fäulnis und

Moder. Feiste Ratten huschten vor den groben Steinwänden entlang, als würde sie das grausame Geschehen in der Kammer nicht im Geringsten stören.

Der Gefangene, der mit eisernen Zwingen an die Wand gefesselt war, bekam das längst nicht mehr mit. Er war mehr tot als lebendig und konnte sich kaum auf den Beinen halten. Seine Haare waren lang und verfilzt, das hagere Gesicht war von einem dichten Bart überwuchert. Schwärende Wunden zogen sich über seinen nackten, ausgemergelten Oberkörper. Die Haut, die sich wie Pergament über die weit hervortretenden Rippenknochen spannte, war von blutigen Striemen gezeichnet und an vielen Stellen zerfetzt.

Auch der Folterknecht war halb nackt. Nur ein schmutziges Lendentuch verhüllte seine Blöße. Sein Haupt dagegen war von einer schwarzen Kapuze mit Sehschlitzen bedeckt. Dicke Muskeln spielten unter der schweißglänzenden Haut seiner Arme, als er ein weiteres Mal die Geißel hob und erbarmungslos zuschlug.

Der Mann zuckte zusammen und stöhnte unterdrückt auf. Dann röchelte er und sein Kopf fiel kraftlos nach vorne.

Seinen Peiniger schien das nicht im Geringsten zu stören. Erneut hob er den Arm, um ein weiteres Mal zuzuschlagen, als eine laute Stimme ihm Einhalt gebot: »Genug, du Narr! Tot ist er uns nicht mehr von Nutzen.«

Rhogarr von Khelm trat aus dem Schatten der Wand, von der aus er das blutige Treiben beobachtet hatte, schob den Folterknecht zur Seite und trat vor den Gefangenen hin. Mit der rechten Hand packte er ihn am Kinn und hob seinen Kopf. Die smaragdgrünen Augen des Gequälten leuchteten im zuckenden Fackellicht. »Sehr gut – der Alwenhund ist noch bei Sinnen«, sagte Rhogarr, ließ den Kopf des Gefangenen wieder fallen und wandte sich an den Herzog, der ihm auf dem Fuß gefolgt war. »Wie war noch mal sein Name, Dhrago?«

»Mayan, mein Gebieter«, antwortete der beflissen. »Er heißt Mayan und kommt aus einem kleinen Dorf im Flüsternden Forst.«

Rhogarr reckte den Kopf nach vorne, bis seine Nasenspitze beinahe die des Gefangenen berührte. »Ist das wahr, Mayan?«, fragte er leise.

Der Gefesselte holte rasselnd Luft. »Warum fragt Ihr mich, wenn Ihr es ohnehin wisst?«

»Zähme deine Zunge, du Alwenhund!«, sagte Rhogarr gefährlich langsam. »Und antworte gefälligst auf meine Fragen. Also noch mal: Du kommst also tatsächlich aus dem Flüsternden Forst?«

»Ja«, keuchte Mayan. »Aber um das zu erfahren, hättet Ihr mich nicht foltern müssen. Eure Männer haben mich schließlich in meinem Dorf gefangen genommen und mich hierher verschleppt.«

Herzog Dhrago trat dicht an den Tyrannen heran und flüsterte ihm einige Wort ins Ohr. Während Rhogarr ihm aufmerksam lauschte, musterte er unbeirrt weiter den Gefangenen. »So, so«, sagte er dann. »Du hast dich also über die Abgaben und Steuern beklagt? Dabei könnt ihr undankbares Alwenpack von Glück reden, dass ich euch nicht das Doppelte abverlange.« Rasch trat er einen Schritt zurück. »Wenn ich's mir recht überlege, ist das gar keine schlechte Idee.«

Herzog Dhrago verzog ungeduldig das Gesicht. »Die Schwester, Herr«, wisperte er seinem König zu. »Ihr wolltet ihn nach seiner Schwester fragen.«

Das gesunde Auge des Tyrannen verengte sich zu einem schmalen Schlitz. »Nimm dich bloß in Acht, Dhrago. Ich vertrage es nicht, wenn man mich für töricht hält!« Erneut wandte er sich an den Gefangenen. »Warum hast du uns verschwiegen, dass du das Versteck des Königsschwertes kennst?«

Erneut holte Mayan röchelnd Luft. »Ganz einfach: weil ich es nicht kenne, deshalb!«

Rhogarr von Khelm musterte ihn eindringlich. »Dann stimmt es also auch nicht, dass Merani, deine Schwester, einst am Hofe von Nelwyn gedient hat und eine enge Vertraute des Königs war?«

»Was?« Der Gefangene zuckte zusammen und starrte den Tyrannen an. »Woher wisst Ihr …?«

Rhogarrs Mundwinkel zuckten belustigt.

Auch Dhragos Adlergesicht verzog sich zu einer höhnischen Fratze. »Vielleicht solltest du dir deine Mitgefangenen besser ansehen, bevor du mit ihnen plauderst?«, schlug er vor. »Nicht jeder Alwe weiß ein Geheimnis zu wahren, schon gar nicht, wenn er nicht mehr Herr über sich selbst ist.«

»Ich Narr!« Mayan schloss die Augen und schüttelte gequält den Kopf. »Wie konnte ich nur so leichtfertig sein!«

Der Einäugige trat noch dichter an ihn heran. »Dann stimmt es also, dass Merani sich in jener Nacht, in der wir der Herrschaft von Nelwyn ein Ende bereitet haben, in euer Dorf geflüchtet hat?«

Noch einmal schüttelte Mayan den Kopf. Dann hob der das Kinn und blickte den Tyrannen furchtlos an. »Und wenn es so wäre? Ich kann nichts Unrechtes daran erkennen.«

»Was du nicht sagst!« Ein Lächeln spielte um den schmallippigen Mund des Einäugigen. »Es ist nur so: Es wurde beobachtet, das Merani ein Bündel bei sich hatte, als sie sich heimlich aus den Mauern von Helmenkroon stahl.«

Mayan verengte den Blick und musterte den Herrscher abwartend. »Und weiter?«

»Merkwürdigerweise ist auch Sinkkâlion, das Königsschwert, seit jener Nacht spurlos verschwunden.«

»Auch das ist keine Neuigkeit«, erwiderte der Gefangene.

Urplötzlich hob Rhogarr seine Hand und schlug Mayan mitten ins Gesicht. »Pass auf, was du sagst, du Alwenhund. Noch so eine ungebührliche Bemerkung, und du wirst spüren, was es bedeutet, mich zu verärgern.«

Mayan antwortete nicht, hielt dem drohenden Blick des Tyrannen aber stand, der sich rasch wieder in den Griff bekam.

»Wir haben damals schon vermutet«, fuhr Rhogarr in ruhigerem Ton fort, »dass Merani auf diese Weise das Königsschwert aus der Festung geschmuggelt hat. Bedauerlicherweise wissen wir erst seit Kurzem, dass du ihr Bruder bist. Sonst hätten wir dein Dorf schon damals dem Erdboden gleichgemacht.« Als verlangte es ihn nach Bestätigung, wandte er sich an den Herzog. »Nicht wahr, Dhrago?«

»Aber natürlich, mein Gebieter. Bei der Gelegenheit hätten wir Sinkkâlion mit Sicherheit aufgespürt.« Dhrago breitete die Arme aus und seufzte theatralisch. »Aber zum Glück können wir das ja immer noch nachholen.«

Mayan fuhr zusammen. »Ihr irrt Euch!«, rief er leidenschaftlich. »Merani hat das Königsschwert nicht in unser Dorf gebracht!«

»Nein?« Der Herrscher runzelte die Stirn. »Was befand sich dann in ihrem Bündel?«

Mayan schüttelte den Kopf. »Das kann ich Euch nicht sagen. Ich habe bei meinem Leben geschworen, dieses Geheimnis niemandem außerhalb meiner Familie anzuvertrauen.«

»Er lügt, Herr«, rief der Herzog und stampfte wütend mit dem Fuß auf. »Der Hund will uns nur auf eine falsche Fährte locken und verhindern, dass unsere Reiter sich sein Dorf vornehmen.«

Rhogarrs Hand schnellte nach vorne und krallte sich um die Kehle des Gefangenen. »Hör zu, du Elender«, sagte er. »Wenn dir dein Leben lieb ist, dann …«

In diesem Augenblick wurde die Tür der Folterkammer aufgerissen und ein Bediensteter stürzte herein. Der Mann eilte auf Rhogarr zu und ging vor ihm in die Knie. »Ver-verzeiht mir, Herr«, stammelte er, »aber Ihr müsst umgehend in den Thronsaal kommen. Ein Gesandter von Mordur Kra'nakk, dem Herrscher des Grimmen Reiches, ist eingetroffen und verlangt, Euch augenblicklich zu sprechen.«

KAPITEL 11

Die Hütte im Moor

Lena Andersen hatte die gleichen blonden Haare und blauen Augen wie ihre Tochter. Sie musterte Niko verwundert, als sie auf sein stürmisches Klingeln hin die Haustür öffnete. »Ja, bitte?«

»Ähm, Frau Andersen?«

»Ja?«

»Ich muss Jessie sprechen«, sprudelte Niko hervor. »Dringend!«

»Was du nicht sagst.« Ihre Stimme hatte einen leicht spöttischen Klang. »Wer bist du eigentlich?«

Hastig stellte Niko sich vor. »Ist Jessie da?«, fügte er hinzu.

Lenas offensichtliches Misstrauen schien immer noch nicht zerstreut. »Was willst du denn von Jessie?«

»Ach …« Mit dieser Frage hatte Niko nicht gerechnet. Er konnte Frau Andersen doch unmöglich mit der Wahrheit kommen und so suchte er fieberhaft nach einer überzeugenden Notlüge. »Ich … ich habe Probleme mit den Pferden«, stieß er hervor. »Ich habe Moritz noch mal das Halfter umgelegt und bekomme es jetzt einfach nicht mehr ab.«

»Du kannst deinem Pferd das Halfter nicht abnehmen?« Frau Andersen blickte ihn an, als wäre er ein Alien.

Niko zuckte entschuldigend mit den Achseln. »Genau«, sagte er und lächelte dümmlich.

Die Falten auf Lenas Stirn wurden tiefer. »Was ist daran denn so schwer? Das schafft doch jedes Kind!«

»Äh… Ja-ja schon, ich weiß«, stotterte Niko. Zu seinem Ärger bemerkte er, dass sein Gesicht rot anlief und seine Ohren zu glühen begannen. Bestimmt leuchteten sie schon wie zwei Infrarotlampen. »Aber ich habe das ewig nicht mehr gemacht und stelle mich deshalb vielleicht ein bisschen blöd an.«

»Das würde ich auch sagen«, bekräftigte Frau Andersen mit hochgezogenen Brauen. »Na gut«, sagte sie dann und lächelte plötzlich. »Ich sage Jessie Bescheid, damit sie dir aus der Patsche hilft.«

Jessie ging sofort auf Nikos Spielchen ein. »Du Dummerchen«, tadelte sie ihn, als sie in Begleitung ihrer Mutter aus der Haustür trat, und Niko hatte sie sofort im Verdacht, dass sie Spaß daran hatte. »Dabei habe ich dir heute Nachmittag doch ganz genau gezeigt, wie das geht.« Und dann konnte sie es sich tatsächlich nicht verkneifen, noch eine Stichelei hinterherzuschicken: »Und da behauptet dein Opa immer, was für ein ungemein cleverer Junge du wärst.«

Obwohl die Bemerkung eigentlich recht harmlos war, traf sie Niko überraschend hart. Es war lächerlich, wenn man bedachte, worum es jetzt eigentlich ging und wie dringend der Senshei seine Hilfe brauchte, aber Niko konnte es nicht ändern: Er war verletzt und enttäuscht. Musste Jessie wirklich unbedingt jede Gelegenheit nutzen, sich über ihn lustig zu machen? Noch dazu in der Gegenwart ihrer Mutter, die ihn jetzt sicher ohnehin für eine totale Niete hielt? Obwohl sich sein Magen zusammenzog, schluckte Niko die ätzende Antwort hinunter, die ihm schon auf der Zunge lag. Er durfte Jessie nicht vergrätzen, denn ohne ihre Hilfe war er aufgeschmissen.

Auf dem Weg zum Wäldchen weihte Niko das Mädchen ein.

»Verstehe.« Jessie nickte. »Dieser…« Sie sah ihn fragend an. »Wie hast du ihn genannt?«

»Senshei. Das ist die gebräuchliche Bezeichnung für einen Kampfsportlehrer.«

»Dieser … Senshei braucht also ein gutes Versteck?«

»Genau! Hast du vielleicht eine Idee?«

Jessie stoppte und blickte ihn mit breitem Grinsen an. »Weißt du was, Niko Niklas? Du bist ein ausgesprochener Glückspilz. Hat dir das schon mal jemand gesagt?«

»Ein Glückspilz?« Niko hatte keine Ahnung, worauf sie anspielte. »Wieso das denn?«

Jessies Grinsen wurde breiter. »Das wirst du gleich erfahren.«

Der bloße Anblick des Gesandten trieb Rhogarrs Puls in die Höhe. Der Kerl hatte die Arme provozierend vor der Brust verschränkt und lehnte mit offen zur Schau getragener Ungeduld am großen Tisch des Thronsaals. Sein Kopf sah aus wie der einer Krähe. Er war über und über mit schwarzem Gefieder bedeckt, das lediglich Platz für die beiden dunklen Knopfaugen und seinen schnabelförmigen Mund ließ. Auch seine Handrücken und die übrigen sichtbaren Partien seiner Haut waren mit schwarzen Federn bedeckt, die einen seltsamen Kontrast zu seiner kostbaren Kleidung bildeten: Er trug nämlich ein Gewand aus roter Seide, das mit goldenen und silbernen Borten verziert war. Die enge Seidenhose vom gleichen Farbton steckte in langen Schaftstiefeln aus goldener Drachenhaut.

Während Rhogarr mit dem Herzog im Gefolge auf den Krähenmann zueilte, versuchte er, sich seinen Ärger nicht anmerken zu lassen. Dabei gärte es in ihm ganz gewaltig. Dass König Mordur Kra'nakk, der Gebieter des aufgeplusterten Kerls da vor ihm, der mächtigste Herrscher von ganz Mysteria war und über die größte Streitmacht des Landes gebot, verlieh ihm noch lange nicht das Recht, sich so hochnäsig zu benehmen. Doch Rhogarr behielt diesen Gedanken lieber für sich. Die berühmten Krähenmänner hatten einen großen Einfluss auf den Machthaber des Grimmen Reiches und waren wegen ihrer Verschlagenheit und Rachsucht weithin gefürchtet. Es war deshalb besser, es sich mit dem Gesandten nicht zu verscherzen.

Rhogarr mühte sich also um ein freundliches Lächeln und breitete die Arme weit aus. »Seid mir gegrüßt, Edler von Kraak!«, sprach er den Krähenmann an. »Verzeiht, wenn Ihr warten musstet. Aber ich …«, er tauschte einen spöttischen Blick mit dem Herzog, »… war mit wichtigen Geschäften betraut!« Damit wollte er ihn zum Zeichen des Willkommens umarmen und an seine Brust ziehen.

Der Gesandte jedoch rührte sich nicht von der Stelle und machte keinerlei Anstalten, die freundliche Geste zu erwidern. »Schon gut, Rhogarr«, krächzte er aus seinem leicht geöffneten Schnabel. »Jetzt seid Ihr ja da.«

Der Marschmärker kniff das gesunde Auge zusammen. Das Benehmen dieses Vogelviehs war einfach unfassbar! Noch niemand hatte gewagt, ihn auf so herablassende Weise zu behandeln. Eines Tages würde er dem aufgeblasenen Tiermenschen, den er ohnehin im tiefsten Herzen verachtete, seine Arroganz ganz sicher heimzahlen. Doch im Moment blieb Rhogarr leider nichts anderes übrig, als gute Miene zum bösen Spiel zu machen. Rhogarr schluckte also seinen Ärger hinunter, ließ sich auf seinem Thronsessel nieder und brüllte den Bediensteten an, der bei der Tür stehen geblieben war. »Worauf wartest du noch, du nichtsnutziger Tölpel? Bring endlich Wein für unseren Gast – den besten, den wir im Keller haben!«

»Spart Euch die Mühe!« Der Gesandte machte eine verächtliche Geste mit der schwarz gefiederten Hand. »Ich mache mir nichts aus Wein. Das Zeug bekommt mir nicht und schlägt mir nur auf den Magen. Zudem möchte ich Eure Zeit nicht länger als unbedingt nötig in Anspruch nehmen.«

»Wie Ihr wünscht, Edler Herr«, stieß Rhogarr zwischen seinen Zähnen hervor. »Dann lasst schon hören, warum Euer König, mein hochverehrter Freund Modur, Euch zu mir geschickt hat.«

»Aber gerne doch, mit dem größten Vergnügen.« Die dunklen Knopfaugen des Krähenmannes funkelten vor Spott, während er sich vom Tisch löste und vor den Thron trat. »König Kra'nakk, mein Herr und Gebieter, schickt mich zu Euch, damit ich Euch an das Versprechen erinnere, das Ihr ihm vor vierzehn Sommern gegeben habt.«

Rhogarr räusperte sich und bemühte sich um eine feste Stimme. »Das ist sehr großherzig von Eurem Herrn, wäre allerdings nicht nötig gewesen. Ich habe noch niemals ein gegebenes Wort vergessen und werde auch in diesem Falle selbstverständlich dazu stehen. Ich bin schließlich ein Mann von Ehre, wie auch König Modur bekannt sein dürfte.«

»Aber natürlich, Rhogarr!« Der schnabelförmige Mund des Krähenmann klackte leicht. »Wer in Mysteria wüsste das nicht?«

Rhogarr tastete heimlich unter seinem Gewand nach dem Knauf seines Schwertes.

Der Krähenmann tat, als würde er davon nichts merken. »Obwohl mein Herr mit größter Langmut gesegnet ist«, fuhr er ungerührt fort, »neigt sich seine Geduld allmählich doch dem Ende zu. Zumal sein Wahrsager erst jüngst auf eine Weissagung in einem alten Pergament gestoßen ist – wonach Sinkkâlion schon bald gefunden wird.«

»Sinkkâlion?«, rief Herzog Dhrago überrascht und musterte seinen Gebieter mit ungläubigen Blicken. »Was hat Mordur von Kra'nakk denn mit Sinkkâlion zu tun?«

»Schweig!«, donnerte der Marschmärker ihn an. »Wie kannst du es wagen, unseren Gast zu unterbrechen!«

»Vielen Dank, Rhogarr.« Der Krähenmann deutete eine kleine gezierte Verneigung an, bevor er wieder ernst wurde. »Mein Herr setzt Euch deshalb eine letzte Frist.«

Das Antlitz des Tyrannen verschattete sich schlagartig. Der Adamsapfel in seiner Kehle ruckte sichtbar auf und ab.

»Er gibt Euch Zeit, bis der Feuermond seine Bahn vollendet hat. Wenn Ihr ihm bis dahin das Königsschwert überreicht, wie Ihr es ihm vor vierzehn Sommern versprochen habt, wird König Mordur Euch als rechtmäßigen Herrscher des Nivlandes anerkennen.« Er brach ab und blickte den Marschmärker lauernd an, als erwarte er eine Entgegnung.

Doch Rhogarr schwieg und musterte ihn nur stumm.

»Andernfalls werden wir unsere Streitkräfte in Marsch setzen und die Grenzen des Nivlandes überschreiten, um uns selbst zu holen, was uns zusteht.« Die schwarz gefiederte Hand schnellte nach vorne und richtete sich drohend auf den Herrscher. »Habt Ihr mich verstanden, Rhogarr?«, krächzte der Gesandte plötzlich laut.

»Haltet Ihr mich vielleicht für schwerhörig?«, brüllte Rhogarr zurück. »Bestellt Eurem Herrn, dass ich ihn nicht enttäuschen werde. Und jetzt will ich Euch nicht länger aufhalten!« Damit sprang er auf und gab den Wachen am Portal einen raschen Wink, damit sie die Tür öffneten.

»Das ist zu freundlich von Euch, Rhogarr.« Wieder klackerte der Schnabelmund des Krähenmanns spöttisch. »Schließlich bin ich ebenfalls noch mit ›wichtigen Geschäften‹ betraut.« Ohne die beiden Männer eines weiteren Blickes zu würdigen, machte er kehrt und verließ den Thronsaal.

Während Rhogarr dem Gesandten schwer atmend hinterherstarrte, bis sich seine verkrampfte Hand endlich vom Schwertgriff löste, trat Herzog Dhrago näher und blickte ihn ungläubig an.

»Sagt, dass das nicht wahr ist!«

»Was denn?«, entgegnete Rhogarr unwirsch. »Ich verstehe nicht, was du meinst.«

»Ihr könnt Mordur doch unmöglich das Königsschwert versprochen haben!«

»Und wieso nicht?«

»Weil Ihr Sinkkâlion mir zugesagt habt, Rhogarr, mir ganz alleine!« Das narbendurchfurchte Adlergesicht glich einer einzigen Anklage. »Sonst hätte ich Euch doch niemals geholfen, Nel –«

»Halte deinen Mund, Schwachkopf!«, fiel der Tyrann ihm ins Wort und packte ihn mit beiden Händen am Kragen. »Was verstehst du denn schon von den Geschäften eines Herrschers? Nichts, aber auch rein gar nichts! Sonst wüsstest du nämlich, dass man Worte nicht auf die Goldwaage legen kann. Sie sind nichts weiter als Schall und Rauch – und ein gegebenes Versprechen natürlich auch.«

Der Herzog schluckte. Der rötliche Stutzbart um seine schmalen Lippen zuckte.

Rhogarrs Griff wurde noch fester und schnürte Dhrago beinahe die Luft ab. »Sag mir lieber, ob du meinen Auftrag ausgeführt hast. Hast du dieses Dämonenweib endlich hierher befohlen?«

»Da-da-das ist nicht so einfach, Herr«, krächzte Dhrago. »Sâga lässt sich von niemandem Befehle erteilen. Selbst nicht von Euch!«

Der Herrscher der Marschmark wollte schon zu einer wütenden Replik ansetzen, als ein unheimliches Brausen von ferne erklang, das rasch näher kam. Schon im nächsten Augenblick vernahm er eine Stimme hinter sich, die ihm eisige

Schauer über seinen Rücken sandte: »Wie recht dein kleiner Knecht doch hat, Rhogarr von Khelm.«

Die kleine Holzhütte stand am Rande des Nebelmoors, versteckt hinter einer Gruppe alter Bäume – Moorbirken, Erlen, Pappeln und Sumpfkiefern. Dicht belaubte Weidenbüsche sorgten für zusätzlichen Sichtschutz, sodass ein unbedarfter Spaziergänger oder Wanderer das verwitterte Häuschen bestimmt nicht entdecken würde. Obwohl dichtes Moos auf dem Dach wucherte und Flechten und stachelige Ranken sich über die verwitterten Bretterwände zogen, war das Gebäude noch ziemlich gut in Schuss. Mückenschwärme schwirrten durch das Zwielicht der Dämmerung, der dumpfe Ruf eines Moorfrosches und das Geschnatter einer Krickente hallten durch das hohe Riedgras und das Schilf, das sich in der abendlichen Brise wiegte.

Der Senshei nickte zufrieden. »Nicht schlecht, Jessie«, sagte er anerkennend. »Und du bist sicher, dass niemand hierherkommt?«

»Das hätte ich doch gemerkt!« Jessie klang leicht gekränkt. »Ich bin ziemlich oft hier und hab noch niemanden getroffen.«

Jessies Eltern war zunächst gar nicht bewusst gewesen, so erklärte das Mädchen seinen Begleitern, dass sie mit dem Pfortnerhof gleichzeitig auch die alte Hütte erworben hatten. Erst bei einem genaueren Blick ins Grundbuch war ihnen aufgefallen, dass die Schutzhütte mitsamt dem umliegenden Wald- und Moorgelände schon seit ewigen Zeiten zum Hof gehörte.

»Warum das denn?«, fragte Niko überrascht.

»Keine Ahnung.« Jessie zuckte mit den Schultern. »Jedenfalls hat Schorsch Brauer, der Vorbesitzer, die Hütte immer zur Jagd auf Moorhühner und Enten benutzt. Wahrscheinlich ist sie deshalb noch so prima in Schuss.«

»Gut möglich«, sagte der Senshei. »Es könnte allerdings auch andere Gründe dafür geben.«

Ungeachtet der ratlosen Blicke, die Niko und Jessie ihm zuwarfen, stapfte Nalik zur Eingangstür und zog sie auf. Bevor er die Hütte betrat, drehte er sich noch einmal zu Jessie um. »Was ist denn mit deinem Vater? Kommt der nicht auch hierher?«

»Wieso sollte er?«, erwiderte Jessie. »Er war nur einmal hier draußen – nämlich damals, als er rausgefunden hat, dass der Schuppen zum Pfortnerhof gehört.«

»Und seitdem nicht mehr?«

»Nein. Er hat doch überhaupt nicht die Zeit dazu.« Jessie schüttelte so heftig den Kopf, dass ihre Haare flogen. »Und jemand anderen hab ich hier auch noch nicht getroffen. Wie gesagt: Ich komme ziemlich oft hierher. Immer wenn mein doofer Bruder mich nervt und ich meine Ruhe vor ihm haben will.«

Niko war überrascht. »Du hast einen Bruder?«

»Leider.« Jessie verzog das Gesicht. »Eigentlich ist er ja mein Stiefbruder. Er heißt Maik und stammt aus Mamas erster Ehe. Er stresst manchmal ganz gewaltig. Deshalb bin ich auch heilfroh, dass es die Hütte hier gibt.«

Sie bestand nur aus einem einzigen Raum, der recht spärlich möbliert war. Nalik Noski ging sofort zu den drei kleinen Fenstern, öffnete sie und stieß die Läden auf. Frische Luft strömte herein und das schwindende Abendlicht warf rotgoldenes Licht auf den Boden und die Wände. Gegenüber der Eingangstür stand ein altertümlicher Holzherd, gleich daneben befand sich die Spüle mit dem Wasserhahn. Auf dem Bord darüber waren ein Wasserkessel, eine Kanne, Trinkbecher und Gläser aufgereiht. Vor den beiden Fenstern an der Längsseite standen ein Tisch und zwei Stühle, in der gegenüberliegenden Ecke waren eine Schlafpritsche und ein eintüriger Schrank zu sehen.

Jessie ging zum Herd und griff nach dem Wasserkessel. »Wenn

Sie möchten, koche ich Tee. Vor ein paar Tagen habe ich einige Beutel mitgebracht und auch Zucker. Sie müssten nur Brennholz holen. Es ist hinter dem Haus gestapelt.«

»Vielen Dank, Jessie, aber das schaffe ich schon alleine.« Freundlich, aber bestimmt nahm er ihr den Kessel aus der Hand. »Ihr solltet mir nur ein Versteck besorgen und weiter nichts.« Der Senshei stellte seinen Rucksack ab und ließ seinen Blick noch einmal durch den Raum schweifen. »Perfekt, einfach perfekt«, sagte er schließlich. »Ich glaube, hier kann ich es für eine Weile aushalten.« Mit zufriedenem Lächeln deutete er auf die Pritsche. »Sogar an einen Schlafsack hast du gedacht.«

»Den brauch ich nicht mehr«, erklärte Jessie gönnerhaft. »Ich hab einen neuen zum Geburtstag bekommen.«

Nalik trat auf Niko und Jessie zu und schaute sie mit einem Lächeln an. »Vielen Dank euch beiden. Ohne euch wäre ich echt aufgeschmissen. Aber jetzt will ich euch nicht länger aufhalten. Sonst bekommt ihr am Ende noch Ärger mit euren Eltern.«

Da sein Proviant nur noch fürs Abendbrot reichte, versprach Niko, am nächsten Morgen nicht nur ein Frühstück, sondern gleich Vorräte für mehrere Tage vorbeizubringen, und ließ sich auch durch Herrn Noskis Proteste nicht umstimmen. »Erstens gibt es im Dorf keinen Laden, wo Sie was einkaufen können. Und zweitens hat Opa Melchior mehr als genug im Kühlschrank«, sagte er bestimmt. Dann verabschiedeten Niko und Jessie sich vom Senshei und machten auf den Heimweg.

Diesmal gingen sie direkt in Richtung Ellerhof. Da Niko sich in der Gegend noch nicht so gut auskannte, bestand Jessie nämlich darauf, ihn zuerst dorthin zu begleiten, bevor sie selbst nach Hause ging. Sie waren noch nicht weit von der Hütte entfernt, als Niko stehen blieb und sich verwundert umblickte. Merkwürdig – obwohl er sich nicht erinnern konnte, jemals in dieser Gegend gewesen zu sein, kam sie ihm mit einem Mal merkwürdig bekannt vor. Das karge Ödland war mit Heidekraut, Wollgras und Schnabelried bewachsen und grenzte in kaum dreißig Schritten an einen Bruchwald, hinter dem sich wohl das Nebelmoor erstreckte. Noch im gleichen Augenblick stieg auf allen Seiten Nebel auf, völlig unerwartet und wie aus dem Nichts.

»Wir sollten uns beeilen, Jessie«, sagte Niko beunruhigt. »Nicht dass wir vom Weg abkommen und ins Moor laufen.«

Die nebeligen Schlieren trieben rasch auf sie zu und wurden zusehends dichter und größer.

»Keine Angst«, versuchte Jessie ihn zu beruhigen. »Ich kenne mich hier ziemlich gut aus und finde mich auch bei Nebel zurecht. Den gibt's hier nämlich häufig. Nicht nur abends, sondern manchmal sogar am hellichten Tag. Trotzdem habe ich mich noch nie verirrt. Obwohl …« Sie brach ab, drehte sich zur Seite und starrte in Richtung Moor. »Oh, nein«, flüsterte sie ängstlich. »Nicht schon wieder.«

»Was hast du denn?«, wunderte sich Niko.

Jessie streckte die Hand aus und deutete auf die große Nebelwolke, die rund fünfzig Meter von ihnen entfernt in einer kleinen Senke aufstieg. Ein mehr als haushoher Dom aus waberndem Dunst, der trotz des rötlichen Lichts der untergehenden Sonne graublau schimmerte, als glimme in seinem Inneren ein geheimnisvolles Licht.

Niko erkannte sofort, worum es sich handelte: Das war die Nebelwolke aus seinem seltsamen Traum!

Rhogarr von Khelm war bleich geworden. Er stand noch ganz unter dem Eindruck der unheimlichen Verwandlung, deren Zeuge er eben geworden war.

Dabei hatte er schon mehrfach erlebt, wie Sâga aus einem

schwarzen Wirbel heraus wieder ihre wahre Gestalt annahm. Dennoch ließ ihn diese Darbietung ihrer unbegreiflichen Macht jedes Mal aufs Neue erschauern. Noch entsetzlicher allerdings war es, wenn Sâga sich in ein anderes Wesen verwandelte. Sie konnte nämlich in jede beliebige Gestalt schlüpfen und machte davon auch recht häufig Gebrauch. Auf diese Weise konnte sie sich anderen, Fremden und auch Bekannten, völlig unerkannt nähern und ihnen Geheimnisse entlocken, die sie ihr sonst niemals preisgegeben hätten. Selbst Rhogarr von Khelm hatte sie damit schon hinters Licht geführt. Zu seiner großen Erleichterung hatte es sich damals jedoch nur um einen harmlosen Scherz gehandelt, der mit keinerlei feindlichen Absichten verbunden war. Und dennoch – trotz ihrer langjährigen Bekanntschaft konnte der Marschmärker sich eines nicht verhehlen: Er hatte noch immer Angst vor der Schwarzmagierin.

Mit wackeligen Knien ging er auf sie zu und verneigte sich. »Seid mir gegrüßt, Sâga. Es ehrt mich, dass Ihr meine Einladung angenommen habt.«

»Deine Einladung? Ha!« Ein Lachen entfloh ihren schmalen Lippen und ihre flammenden Reptilienaugen funkelten belustigt. »Du glaubst doch nicht im Ernst, dass dein Knecht hier …«, blitzschnell zuckte ihre Krallenhand nach vorne und deutete auf Dhrago, »… noch am Leben wäre, wenn er sich unaufgefordert in meine Höhle gewagt hätte?«

Während der Herzog ängstlich zurückschreckte und die Hände schützend vors Gesicht hob, trat Rhogarr näher. »Aber … warum seid Ihr sonst zu mir gekommen, Sâga?«

»Weil uns beide das gleiche Ziel eint, Rhogarr – deshalb!« Mit einer kaum wahrnehmbaren Bewegung nahm sie auf der Lehne des Thronsessels Platz und klopfte mit der rechten Hand auf die Sitzfläche. »Aber setz dich doch, damit wir ein wenig miteinander plaudern können.«

Der Herrscher folgte der Aufforderung. Auch der Herzog schlich näher und stellte sich schräg hinter den Thron, damit er kein Wort verpasste.

»Verzeiht mir, Sâga«, hob Rhogarr an, »aber ich werde aus Euren Worten nicht so recht schlau.«

»Dann will ich dir auf die Sprünge helfen«, antwortete die Schwarzmagierin betont freundlich. »Du erinnerst dich doch sicher noch daran, wer dich vor vierzehn Sommern dazu verleitet hat, nach dem nivländischen Thron zu streben?«

»Aber natürlich.« Rhogarr konnte sich ein Schmunzeln nicht verkneifen. »Ihr wart das.«

»Und wer hat dir geraten, dich der Hilfe dieses …«, ihr Blick wanderte zu Dhrago, »… kleinen Kerls zu bedienen?«

»Das wart auch Ihr.«

»Und wer hat sich den geheimen Plan ausgedacht, mit dessen Hilfe ihr König Nelwyn vom Thron stürzen konntet?«

»Das wart Ihr ebenfalls, Sâga«, antwortete Rhogarr mit gerunzelter Stirn. »Obwohl ich bis zum heutigen Tage noch nicht so recht verstehe, was Euch dazu verleitet hat.«

»Das ist ganz allein meine Sache«, erwiderte Sâga, »und geht dich nicht das Geringste an.« Sie erhob sich und begann unruhig im Thronsaal auf und ab zu laufen. »Wir beide wollen, dass sich an den gegenwärtigen Verhältnissen nichts ändert. Du willst die Macht über das Nivland behalten – und genau das ist auch mein Wunsch.« Inzwischen war sie beim Portal angelangt. Sie lehnte sich mit dem Rücken dagegen und starrte nachdenklich in die Ferne. »Sonst hätte ich mir die Mühe damals doch sparen können.«

Rhogarr musterte sie misstrauisch. Er wusste immer noch nicht, worauf Sâga hinauswollte. »Und deshalb seid Ihr zu mir gekommen?«

»Du sagst es.«

Rhogarr zuckte erschrocken zusammen, als die Schwarzmagierin urplötzlich wieder vor seinem Thron stand. Er hatte keine Ahnung, wie sie vom Portal so schnell dorthin gekommen war.

»Es gibt Neuigkeiten, die mir allergrößte Sorge bereiten«, flüsterte Sâga. »Und auch du solltest sie ernst nehmen, Rhogarr.« Leise und in knappen Worten berichtete sie dem Marschmärker, was Odhurs Kessel ihr offenbart hatte.

Der Herrscher runzelte überrascht die Stirn. »Ihr glaubt, es war ein Alwenjunge?«

»Er sah ganz danach aus«, bestätigte die Schwarzmagierin. »Auch wenn Odhurs Botschaft nicht lange währte.«

Während Rhogarr sich nachdenklich das Kinn rieb, sah Herzog Dhrago die Frau mit dem bleichen Gesicht verwundert an. »Und warum bereitet es Euch Sorge, dass er Odhurs Mantel getragen hat?«

Die Schwarzmagierin fuhr herum und trat auf Dhrago zu. »Nur ein Narr kann eine solche Frage stellen!«, rief sie laut, bevor sie zu einer Erklärung anhob: »Nur einige wenige Auserwählte wissen um die Existenz dieses wundersamen Mantels. Über viele Jahrhunderte war es nur ihnen vorbehalten, sich der großen Macht zu bedienen, die er seinem Träger verleiht. Mithilfe des Mantels kann man sich frei zwischen den Welten bewegen, wann immer es einem beliebt, und kann damit unser aller Schicksal entscheidend beeinflussen. Aus diesem Grund haben die Eingeweihten das Geheimnis von Odhurs Mantel über all die Jahre streng gehütet und haben stets darauf geachtet, dass er keinem Unwissenden in die Hände fiel.«

Rhogarr von Khelm runzelte die Stirn. »Und wie ist dieser Knabe in seinen Besitz gelangt?«

»Ich weiß es nicht, Rhogarr.« Die Schwarzmagierin war plötzlich wieder ganz an seiner Seite. »Ich fühle nur, dass er eine große Gefahr für uns bedeutet.«

Rhogarr zog alarmiert die buschigen Brauen hoch. »Wollt Ihr damit sagen, dass es sich um den Befreier handelt, auf den diese Alwenhunde hoffen?«

»Vielleicht.« Sâga zuckte mit den Schultern. »Vielleicht aber auch nicht. In jedem Fall muss es seinen Grund haben, dass Odhurs Kessel mir diesen Jungen gezeigt hat – und das ausgerechnet zum gegenwärtigen Zeitpunkt.«

Der Herzog warf ihr einen verschlagenen Blick zu. »Orsana, die Hexe, behauptet, dass uns große Veränderungen bevorstehen und Sinkkâlion schon bald gefunden wird?«

»Orsanas Künste sind überaus bescheiden«, bemerkte Sâga lächelnd und wandte sich wieder an den Herrscher. »Doch dieses Mal hat sie ausnahmsweise recht. In der Tat mehren sich die Zeichen, dass unser aller Schicksal sich schon bald entscheiden wird. Das Tor des Feuers wird sich öffnen und den Weg zu Sinkkâlion freigeben. Und du weißt, was das bedeutet, Rhogarr: Wenn das Königsschwert in die falschen Hände fällt, ist dein Leben verwirkt!« Blitzschnell wirbelte die Schwarzmagierin herum und starrte den Herzog an. »Und deines auch, Dhrago!«

Während der Herzog beklommen schluckte und die Augen niederschlug, erhob sich der Marschmärker und machte einen Schritt auf Sâga zu. »Seid Ihr sicher?«

»Ganz sicher sogar.« Die Augen der Magierin glühten plötzlich wie im Fieber. »Die Zeichen sind so deutlich, dass selbst eine Stümperin wie Orsana sie nicht übersehen kann: Die Rotschwalben sind längst gen Süden gezogen und auch die Wandergänse sind schon auf dem Weg in ihr Winterquartier – lange vor der Zeit.«

»Und Ihr meint …?«, fragte Rhogarr mit belegter Stimme.

»Genau«, rief die Schwarzmagierin, »aber das ist längst nicht alles.« Blitzschnell wirbelte sie herum und stand bereits im nächsten Augenblick vor dem weit entfernten offenen Fenster, durch das die Geräusche des geschäftigen Treibens auf dem Burghof hereinklangen: das Stampfen und Wiehern der Pferde, das Hämmern der Schmiede, das Klirren der Waffen, an denen sich die Krieger übten.

Spöttisch lächelnd wartete Sâga, bis Rhogarr bei ihr angekommen war. Dann streckte sie den rechten Arm aus und deutete mit ihrem Krallenfinger auf die rote Sichel des zunehmenden Nachtmondes, die direkt über dem mächtigen Bergfried stand. »Siehst du den Feuermond?«

Rhogarr machte ein mürrisches Gesicht. »Ich bin ja nicht blind. Noch verfüge ich über ein Auge.«

»Das hat gar nichts zu besagen.« Die Häme in Sâgas Stimme war nicht zu überhören. »Viele Sehende erkennen weit weniger als so mancher Blinde.« Dann wurde sie wieder ernst. »Es ist jetzt zweimal sieben Jahre her, dass der Feuermond sich zuletzt an unserem Himmel gezeigt hat – in jenem Sommer nämlich, als König Nelwyn mitsamt dem Königsschwert verschwunden ist.«

»Und weiter?«

»Der Feuermond verkündet stets eine entscheidende Wende des Schicksals. Und das wird auch diesmal der Fall sein. Er steigt schon auf auf seiner Bahn, und wenn er sie vollendet, wird nichts mehr so sein wie zuvor.«

Rhogarr von Khelm konnte ein Frösteln nicht unterdrücken. »Und weiter?«, fragte er wieder.

»Diesmal kommt noch etwas anderes hinzu. Es gibt eine alte Weissagung …«

»Sprecht Ihr von der gleichen wie der Wahrsager von König Mordur?«

»Vermutlich. Die Gesetze der Unsichtbaren gelten für das Grimme Reich doch genauso wie für das Nivland.«

Der Herrscher schwieg und musterte die Schwarzmagierin abwartend.

»Es heißt«, fuhr Sâga fort, »dass diese Weissagung von den Unsterblichen stammt und dass der Wanderer sie bereits vor langer Zeit in unsere Welt gebracht hat. Sie lautet: ›Wenn der Feuermond…‹«, sie deutete hinaus auf die feuerrote Sichel, »…zum zweiten Mal seine Bahn vollendet in zweimal sieben Jahren, wird der Schreckenskönig erscheinen und ein neuer Herrscher wird den Thron von Helmenkroon erringen.«

Rhogarr von Khelm knurrte leise. »Aber wer… wird das sein?«

»Das weißt du doch längst, Rhogarr.« Ein spöttisches Lächeln verzerrte das Gesicht der Schwarzmagierin. »Derjenige, der sich im Besitz von Sinkkâlion befindet – um wen auch immer es sich handeln mag.«

Rhogarr beugte sich vor. »Und Ihr meint, auch dieser Junge käme dafür in Betracht?«

»Ganz gewiss!« Die Worte zischten fast in Sâgas Mund. »Wir dürfen keinerlei Risiko eingehen und müssen deshalb unbedingt herausfinden, wer es ist.«

»Was schlagt Ihr vor?«

»Schick deine Reiter und die Vharuuls aus. Sie sollen Ausschau halten nach einem Jungen von vielleicht vierzehn Sommern.«

»Wie stellt Ihr Euch das vor?« Der Herrscher machte ein ratloses Gesicht. »In den Weiten Nivlands gibt es mehr als genug von diesen Alwenbastarden. Woran sollen meine Männer den Richtigen erkennen?«

»Keine Angst, Rhogarr, das werden sie.« Sâga lächelte. »An seinem großen Mut und daran, dass er ihnen erbitterten Widerstand leisten wird. Denn nur wer über diese Eigenschaften verfügt, kann Sinkkâlion aus dem Schicksalsstein ziehen. Und wenn deine Männer ihn tatsächlich aufspüren, sollen sie ihn in Fesseln legen und hierher bringen. Und glaub mir: Mithilfe meiner schwarzen Künste und der Unterstützung der Unsichtbaren werde ich ihm sein Geheimnis schon entlocken, sosehr er sich auch dagegen sträuben mag.«

KAPITEL 12

Die Nebelwolke

Beim Anblick der Nebelwolke begann Nikos Herz laut zu schlagen und das Blut rauschte wie ein Wildbach durch seine Adern. Gleichzeitig spürte er das unstillbare Verlangen, sich das dunstige Gebilde näher anzusehen. Aufgeregt drehte er sich zu Jessie um. »Siehst du dieses Licht?«

»Das Licht?«, fragte das Mädchen verwundert. »Welches Licht denn?«

»Das graublaue Leuchten, das aus dem Nebel kommt.« Als Niko ihre ratlose Miene sah, winkte er ab und streckte ihr die rechte Hand entgegen. »Komm mit! Lass uns rasch nachschauen, was sich dahinter verbirgt.«

Er wollte schon loslaufen, als er zu seiner Überraschung bemerkte, dass Jessie regungslos an Ort und Stelle verharrte und ängstlich auf den Nebeldom starrte. »Was ist los?«, fragte er verwundert. »Was hast du denn?«

»Ich… ich halte das für keine gute Idee«, antwortete sie stockend. »Weil…«

»Ja?«

Jessie antwortete nicht. Ihr unruhiger Blick sprang zwischen dem Nebel und Niko hin und her, als suche sie fieberhaft nach den passenden Worten.

»Jetzt erzähl schon, Jessie«, drängte Niko.

»Okay«, sagte sie schließlich. »Aber vorher musst du mir versprechen, dass du mich nicht auslachst oder gar für verrückt erklärst.«

»Natürlich nicht!« Niko verdrehte die Augen. »Wieso sollte ich?«

»Weil kein vernünftiger Mensch glauben kann, was ich gestern erlebt habe.«

Jessies Gesicht war plötzlich rot geworden. Niko meinte sogar Spuren von Angst darin zu erkennen. Deshalb ermunterte er das Mädchen, sich ihm anzuvertrauen. »Jetzt mach schon. Ich lache dich auch bestimmt nicht aus.«

Jessie zögerte noch kurz. Dann aber gab sie sich einen Ruck und berichtete, was sie am Tag zuvor erlebt hatte: Sie war ausnahmsweise in aller Frühe aufgestanden, weil sie in der Hütte am Moor etwas erledigen wollte. Auf dem Rückweg war es ihr dann genauso ergangen wie eben: Urplötzlich war Nebel aufgekommen, und mit einem Mal hatte sie die geheimnisvolle Dunstwolke entdeckt – und natürlich hatte sie sofort wissen wollen, was sich dahinter verbarg.

»Dann bist du also näher herangegangen?«, fragte Niko gespannt.

»Genau.« Jessie nickte bedrückt. »Aber plötzlich hatte ich das Gefühl, dass etwas unsagbar Böses dahinter lauert. Eine unheimliche Macht, die es auf mich abgesehen hatte und mir schaden wollte.«

»Was?« Jessies Aussage verwirrte Niko. Seine eigenen Empfindungen angesichts der Nebelwolke waren doch ganz anders gewesen, zumindest in seinem Traum. Er hatte nicht die geringste Angst gehabt, ganz im Gegenteil: Er hatte vielmehr den Eindruck gehabt, als erwarte ihn dahinter ein aufregendes Geheimnis, das er unbedingt ergründen müsse. Besonders als der fremde Mann daraus hervorgetreten war und ihn angespro–

Jessies Worte rissen ihn aus den Gedanken. »Und plötzlich«, sagte sie, brach aber sofort wieder ab und schluckte.

»Ja? Jetzt erzähl endlich und lass dir nicht jedes Wort aus der Nase ziehen.«

Jessie hatte die Nebelwolke schon fast erreicht, als sie plötzlich ein Ungeheuer darin zu erblicken glaubte. Es war von menschenähnlicher Gestalt, besaß allerdings einen monströsen Kopf mit blutroten Augen, einer gekrümmten Nase und Hörnern auf der Stirn – und aus beiden Mundwinkeln ragten spitze Hauer! Als das unheimliche Wesen sie sah, stieß es ein heiseres Fauchen aus und machte Anstalten, sich auf sie zu stürzen. Jessie wurde von panischem Entsetzen gepackt, machte auf der Stelle kehrt und stürmte, Hals über Kopf und ohne auf den Weg zu achten, davon.

Plötzlich begriff Niko, warum Jessie am Vortag blindlings auf die Straße gerannt und seiner Mutter beinahe ins Auto gelaufen war: weil sie Angst hatte, ganz schreckliche Angst. Seine Ahnung hatte ihn also nicht getrogen, und auch dieses Monster im Busch hatte er sich offensichtlich nicht eingebildet, auch wenn er die entsetzliche Fratze nur für die Dauer eines Herzschlages erblickt hatte.

Voller Anteilnahme blickte er Jessie an. »Hat sich dieses Wesen noch mal sehen lassen?«

»Nein«, flüsterte Jessie und schüttelte den Kopf. »Und ehrlich gesagt: Ich bin auch gar nicht scharf darauf, ihm noch mal zu begegnen.« Nach einem kurzen Blick auf die geheimnisvolle Nebelwolke trat sie näher an Niko heran und sah ihn mit großen Augen an. »Hältst du mich jetzt für verrückt?«, fragte sie leise. »Oder glaubst du, ich habe mir das alles nur eingebildet?«

»Nein, Jessie.« Niko schüttelte den Kopf. Jessie stand so dicht vor ihm, dass er die Wärme ihres Körpers spüren und den Duft ihrer Haare und ihrer Haut riechen konnte. Er atmete tief durch, damit seine Stimme nicht zitterte. »Weder das eine noch das andere. Wenn du wüsstest... Aber du leidest bestimmt nicht unter

Halluzinationen, auch wenn ich nicht die geringste Erklärung für diese verrückte Geschichte habe.«

Erleichterung machte sich auf ihrem Gesicht breit. »Ehrlich?«

»Ganz ehrlich«, antwortete Niko lächelnd.

»Und weshalb bist du dir da so sicher?« Sanft legte Jessie ihm die Hand auf die Schulter.

Niko zuckte zusammen. Es war, als würde er nur noch seine Schulter spüren, als zögen sich alle seine Nerven auf dieser einen Stelle zusammen, auf der Jessies warme Hand lag. Das Blut schoss ihm in die Wangen. »Weil ... weil ich Ähnliches erlebt habe wie du. Und deshalb weiß ich auch, dass hinter dem Nebel nicht nur Böses lauert, sondern bestimmt auch noch etwas anderes.«

Zum Glück schien Jessie nicht zu bemerken, dass er rot geworden war. Sie zog ihre Hand zurück und starrte vor sich hin. Ihre Bedenken waren offensichtlich noch nicht zerstreut. In einer plötzlichen Regung beschloss Niko deshalb, ihr alles zu erzählen: von dem geheimnisvollen Buch, seinen seltsamen Träumen und dem Umhang auf dem Speicher bis zu seinem Ausflug in die Welt hinter den Nebeln.

Aufmerksam und mit großen Augen hörte Jessie ihm zu. Es war ihr allerdings nicht anzusehen, ob sie ihm auch Glauben schenkte oder nicht. Doch das war Niko jetzt einerlei. Dass er seine rätselhaften Erlebnisse endlich mit jemandem teilen konnte, nahm ihm ein zentnerschweres Gewicht von seinem Herzen. Ihm war, als würde eine Riesenlast von seinen Schultern fallen – und da erst wurde ihm bewusst, wie stark die mysteriösen Ereignisse der letzten Tage ihn bedrückt hatten. Als würde Jessies bloße Gegenwart ihm Kraft und Stärke verleihen, wurde er von einer neuen Zuversicht erfüllt: Niko wusste plötzlich, dass er das hinter dem Nebel verborgene Geheimnis ergründen würde – koste es, was es wolle! Dennoch schloss er seinen Bericht mit einer Mahnung. »Damit das klar ist«, sagte er eindringlich und legte den Zeigefinger vor seine

Lippen. »Kein Wort zu niemandem! Und schon gar nicht zu den Erwachsenen. Versprochen?«

»Versprochen«, hauchte Jessie. An ihren Augen war zu erkennen, dass sie es ernst meinte. Nach einem letzten Blick auf den geheimnisvollen Nebel sah sie Niko an. »Lass uns nach Hause gehen. So schnell wie möglich.«

Obwohl Niko das Verlangen, hinter das graublaue Leuchten zu sehen, kaum bändigen konnte, stimmte er zu. »Einverstanden«, sagte er leise. »Wenn du unbedingt möchtest.« Morgen war schließlich auch noch ein Tag, ging es ihm durch den Kopf. Er konnte ja nicht ahnen, was für eine Überraschung der nächste Tag für ihn bereithalten würde.

Ayani und Arawynn waren schon vor Tau und Tag aufgebrochen, um im Wald Pilze zu sammeln. Es war Ayanis Idee gewesen. Die Begegnung mit den marschmärkischen Reitern hatte ihr das Angeln zwar fürs Erste verleidet – die Gefahr, dass die finsteren Recken am Wildfluss auf sie lauerten, war einfach zu groß –, ihren Wunsch nach etwas Abwechslung in der eintönigen Speisefolge aber gleichzeitig beinahe ins Unermessliche gesteigert. Zu ihrer Erleichterung hatte Arawynn ihrem Vorschlag sofort zugestimmt und sich bereit erklärt, sie in den Flüsternden Forst zu begleiten. Ihre Mutter konnte sich deshalb auch nicht länger verweigern und gab schließlich ihre Einwilligung, wenn auch schweren Herzens und nach langem Zögern. Natürlich konnte es Maruna nicht lassen, sie eindringlich zu äußerster Vorsicht zu mahnen und ihnen immer wieder einzuimpfen, sich bloß vor Rhogarrs Schergen in Acht zu nehmen.

Als ob sie das nicht ohnehin getan hätten!

Das zeitige Aufstehen hatte sich gelohnt. In den frühen Stunden des Tages war es noch angenehm frisch, und von der drückenden Schwüle, die schon seit Tagen über dem Nivland lastete, war noch nichts zu spüren. Aber was das Beste war: Im Laubschatten der alten Bäume – Knarreichen, Buntbuchen, Federahorn und Schattenbirken – wuchsen Pilze zuhauf, sodass sich die schmackhaften Früchte des Waldes – Feentrompeten, Drachenröhrlinge und Ellermorcheln – in den Weidenkörben der Geschwister bereits häuften.

Weit vornübergebeugt und die Augen aufmerksam auf den Boden gerichtet, durchkämmten Ayani und Arawynn schweigend eine Schonung Schattenbirken, den bevorzugten Standplatz der köstlichen Schwertschwämmchen, deren Namen von ihrer eigenartigen Form herrührte. Es dauerte auch nicht lange, bis sie fündig wurden. Die Geschwister bückten sich und drehten die kleinen Pilze vorsichtig aus dem mit verwelktem Laub bedeckten Boden, um das unterirdische Wurzelgeflecht nicht zu beschädigen und damit ihr Nachwachsen zu verhindern.

»Übrigens«, meldete Arawynn sich plötzlich zu Wort. »Ich finde, du hast völlig recht.«

Ayani schaute den Bruder überrascht an. »Womit denn?«

»Mit dem, was du zu unserer Mutter gesagt hast«, erklärte Arawynn. »Dass wir uns nicht länger ducken dürfen vor diesem Eindringling und Thronräuber. Und dass wir aufhören müssen, vor seinen Schergen davonzulaufen, sondern uns endlich gegen sie zur Wehr setzen müssen – koste es, was es wolle.«

»Na ja …« Der Feuereifer des Bruders ließ Ayani lächeln. »Ganz so habe ich es nicht ausgedrückt.«

»Aber gedacht hast du es«, widersprach Arawynn aufgeregt, »gib's doch zu! Und das ist auch völlig richtig so: Wir dürfen unsere Hände nicht länger in den Schoß legen und müssen endlich selbst für unsere Freiheit streiten.« Arawynn richtete sich auf und schüttelte unwirsch den Kopf. »Ich verstehe einfach nicht, warum die Erwachsenen das nicht einsehen wollen.«

»Weil sie auf diesen Befreier hoffen«, sagte Ayani. »Und weil sie fest davon überzeugt sind, dass er Sinkkâlion findet und uns mit seiner Hilfe aus unsrer Knechtschaft erlöst.«

»Das ist doch zu kurz gedacht. Überleg doch mal, Ayani: Alleine wird selbst der mutigste Krieger nicht viel gegen Rhogarrs Soldaten ausrichten können, und auch ein magisches Schwert wird daran kaum etwas ändern. Rhogarrs Streitmacht ist doch viel zu groß, als dass ein Einzelner es mit ihr aufnehmen könnte.«

Ayani runzelte die Stirn. »Du meinst, er braucht jemanden, der ihm hilft und ihn unterstützt?«

»Natürlich, und zwar nicht nur einen! Er braucht viele tapfere Männer, die an seiner Seite kämpfen …«, er brach ab und blickte sich um, als befürchtete er, belauscht zu werden, »… und gleichzeitig über Waffen verfügen. Sonst ist jeder Widerstand gegen den marschmärkischen Tyrannen doch von vorneherein zum Scheitern verurteilt.«

Ayani war mehr als überrascht. Sie hätte nie vermutet, dass der Bruder sich heimlich mit solchen Gedanken beschäftigte. Zumal er sich am Vortag noch ganz anders angehört hatte. Und auch vorher hatte er keine entsprechenden Andeutungen gemacht, zumindest ihr gegenüber nicht. Hatte sie Arawynn bislang mit völlig falschen Augen betrachtet? Plötzlich durchzuckte sie ein Verdacht. »Hast du dir deshalb dieses Schwert geschmiedet?«

»Dass du es auch schon begreifst!« Arawynn blickte sie breit grinsend an. »Aber – pssst!« Er legte den Zeigefinger vor seine Lippen. »Kein Wort zu unserer Mutter. Versprochen?«

Ayani lächelte. »Versprochen.«

»Gut. Und ich bin sicher, dass ich es schon sehr bald brauchen werde.«

Die Schwester kniff die Augen zusammen. »Und warum?«

Arawynn blickte sich um, als fürchtete er, belauscht zu werden. »Hast du den Falken nicht bemerkt? Den graubraunen Vogel, der sich seit einigen Tagen an unserem Himmel sehen lässt?«

»Ja, schon, aber …«

»Die Falken sind heilig«, fiel Arawynn ihr ins Wort. »Wenn einer unserer Herrscher unsere Welt verlässt, schlüpft sein Geist in den Körper eines Falken, um auf diese Weise auch weiterhin mit uns verbunden zu sein.«

Ayani verdrehte die Augen. »Aber das weiß ich doch! Warum erzählst du mir das?«

»Weil …« Ihr Bruder schnaufte gequält. »Als die marschmärkischen Hunde die sterblichen Hüllen von König Nelwyn und seiner Gemahlin Nimhuld damals den Flammen übergaben, wurde auch ein Falke über Helmenkroon beobachtet – ein graubrauner Falke!« Er trat näher an die Schwester heran. »Mit Sicherheit der gleiche, der sich seit Tagen hier sehen lässt, Ayani. Ich glaube, Nelwyn will uns ein Zeichen geben. Damit wir uns wappnen und bereit sind, wenn unser Befreier auftaucht.« Er atmete tief durch. »Deshalb muss ich jetzt auch wieder in die Schmiede zurück. Da wartet eine Menge Arbeit auf mich.« Arawynn blinzelte ihr verschwörerisch zu. »Wenn du verstehst, was ich meine?«

»Jetzt schon?« Enttäuscht wölbte Ayani die Lippen nach vorne. »Sollen wir nicht lieber die Gunst der Stunde nutzen und unsere Körbe füllen? So viel Pilze findet man schließlich nicht jeden Tag.«

»Und wenn schon!« Arawynn machte eine wegwerfende Handbewegung. »Erstens habe ich schon Rückenschmerzen vom dauernden Bücken und zweitens macht das ohnehin keinen Sinn.« Er deutete in seinen Korb. »Alleine die Pilze, die ich gesammelt habe, reichen für mindestens drei Tage. Zusammen mit deinen kommen wir locker über eine ganze Woche. Aber immer nur Pilze auf dem Teller ist genauso eintönig wie jeden Tag nur Kraut und Rüben.«

»Davon ist doch gar nicht die Rede«, widersprach Ayani bockig. »Wir trocknen einen Teil, damit wir einen Vorrat für die kommenden Monde haben, und den Rest teilen wir mit den anderen Dorfbewohnern. Die werden sich bestimmt darüber freuen.« Aufmunternd klopfte sie dem Bruder auf die Schulter und lächelte ihn an. »Jetzt sei mal kein Weichling, Arawynn. Halte noch ein bisschen durch – und dann bist du erlöst.«

Arawynn zog eine unwillige Grimasse, doch dann nickte er. »Also gut. Wenn du unbedingt möchtest.«

In diesem Augenblick hörte Ayani einen Vogelschrei – es war ein Falke, kein Zweifel. Eigenartig, ging es ihr durch den Kopf. Täuschte sie sich, oder hatte er tatsächlich geklungen, als wolle er sie warnen? Sie grübelte noch darüber nach, als sie das ungeduldige Schnauben von Pferden vernahm. Ayani erkannte die Laute der herannahenden Krieger sofort wieder, denn sie würde sie in ihrem ganzen Leben nie wieder vergessen. Und noch ehe sie sich umdrehte, wusste sie, was auf Arawynn und sie nun zukam.

Lebensmittel für den Senshei zu organisieren, war viel einfacher, als Niko erwartet hatte. Großartige Heimlichtuerei schien ihm deshalb gar nicht nötig zu sein. Er wartete einfach nur einen passenden Augenblick ab, um sich dann unbeobachtet an den Kühlschrank zu schleichen. Er hatte bereits ein gutes Pfund Wurst, ein großes Stück Käse und ein Glas Gurken in seinen Rucksack gepackt, als Opa Melchior völlig unerwartet in die Küche platzte.

Niko entglitt vor Schreck beinahe die Flasche Milch, die er in der Hand hielt, und gleichzeitig suchte er fieberhaft nach einer einleuchtenden Erklärung für die übergroßen Mengen, die er zusammenraffte.

Der Opa jedoch schaute ihn nur kurz an und nickte ihm dann sogar ermutigend zu. »So ist's richtig, Niko«, sagte er. »Pack nur tüchtig Proviant zusammen, damit es euch unterwegs an nichts fehlt.«

»Ja, natürlich«, stieß Niko hervor. »Jessie und ich wollen schließlich den ganzen Tag draußen bleiben.«

»Das finde ich eine gute Idee.« Der Opa klopfte ihm so kräftig auf die Schultern, dass er unter der Wucht zusammenzuckte. »Sonst lohnt sich's ja nicht. Aber dann nimm auch wirklich genug mit. So ein Tag an der frischen Luft macht ordentlich Hunger und Durst, und es wäre doch zu schade, wenn ihr euren Ausflug deswegen frühzeitig abbrechen müsst.« Damit hob Melchior den Zeigefinger. »Aber denkt bitte auch an ein paar Leckerlis für Max und Moritz. Gras und Wasser dürften die unterwegs ja genug finden.« Obwohl ihm das Gehen sichtlich schwerfiel, stieg der Opa dann auch noch in seinen Vorratskeller hinunter, um eine Dauerwurst – natürlich hausgemacht – zu holen.

Als Niko sich dafür bedankte, plagte ihn dann doch das schlechte Gewissen. Allerdings nur kurz, denn im Grunde genommen hatte er ja nichts als die Wahrheit gesagt: Jessie und er wollten tatsächlich einen Ausritt machen. Zwar erst einige Zeit später, aber das brauchte der Opa ja nicht zu wissen. Die Andersens waren nämlich ausgesprochene Langschläfer, wie Jessie ihm auf dem Heimweg noch berichtet hatte, und frühstückten in den Ferien kaum vor zehn Uhr. Da ihre Mutter ziemlich sauer gewesen war, weil Jessie am Vortag das Frühstück hatte ausfallen lassen, wollte sie Lena nicht schon wieder verärgern. Deshalb hatte sie darauf bestanden, dass sie in keinem Fall vor halb elf aufbrachen. Was Niko nur recht war, denn damit blieb ihm ausreichend Zeit für den versprochenen Besuch in der Hütte am Nebelmoor.

Als Niko dort auftauchte, war Nalik Noski schon längst auf den Beinen. Der würzige Geruch eines Kräutertees waberte durch den kleinen Raum. Der Duft war so verlockend, dass Niko sich nicht zweimal bitten ließ, als der Senshei ihm eine Tasse anbot.

Naliks Augen begannen zu leuchten, als Niko den Rucksack auspackte. »Hmm«, schwärmte er und schnupperte an der hausgemachten Wurst. »Wenn die nur halb so gut schmeckt, wie sie duftet, bekomme ich heute das beste Frühstück meines Lebens.«

Niko leistete ihm für eine Weile Gesellschaft. Weil er insgeheim hoffte, dass der Senshei ihm mehr verraten und seinen geheimnisvollen Andeutungen vom Vorabend noch einiges hinzufügen würde. Doch Nalik dachte gar nicht daran. Eigenartigerweise wirkte er auch gar nicht wie jemand, der auf der Flucht vor der Polizei war und sich deshalb verstecken musste. Im Gegenteil: Er war bester Laune und die Gelassenheit in Person. Er plauderte munter über dies und das, sodass Niko sich schon bald leicht enttäuscht von ihm verabschieden wollte. Als er dann allerdings versprach, im Laufe des Tages mit Jessie noch einmal vorbeizukommen, äußerte der Senshei noch eine Bitte: »Es wäre toll, wenn du eine Tageszeitung mitbringen könntest«, sagte er. »Damit ich auf dem Laufenden bleibe. Aber ein kleines Radio wäre noch viel toller!«

Nur fünf Minuten später stand Niko an der gleichen Stelle wie am Vorabend und starrte auf den geheimnisvollen Nebelkegel, der in der kleinen Senke aufschimmerte. Er hatte keine Ahnung, wie er sich so schnell hatte bilden können. Auf dem Herweg hatte er nämlich nirgendwo auch nur die geringsten Anzeichen von Nebel entdeckt. Auch beim Verlassen der Hütte hatte nichts darauf hingedeutet, dass Nebel aufziehen würde, bis mit einem Mal überall wattiger Dunst emporquoll, in dem sich der Nebeldom mit den fließenden Konturen sehr deutlich abzeichnete – genauso wie in seinem Traum!

Schimmernd und verlockend ragte der graublaue Lichtkegel vor ihm auf, fast als wäre er ein atmendes, pulsierendes, lebendiges Wesen. Verheißungsvoll, verführerisch. Es war so weit. Jetzt oder nie!

Langsam ging Niko auf den leuchtenden Nebel zu, spürte, wie er erst seine ausgestreckten Hände umschloss, dann seine Arme, seine Füße, wie er nach seinem Herzen griff. Entschlossen trat Niko mitten in ihn hinein.

KAPITEL 13

Im Flüsternden Forst

Zu Hilfe! So helft uns doch!«, schrie Ayani, doch dann wurde ihr klar, dass das völlig sinnlos war. Wer sollte sie in der Abgeschiedenheit des Flüsternden Forsts schon hören? Während sie die marschmärkischen Krieger mit bangem Blick beobachtete, verwünschte sie sich im Stillen: Warum hatte sie auch nicht daran gedacht, Steine für ihre Schleuder mitzunehmen! Hier auf der Lichtung war nicht ein einziges passendes Geschoss zu entdecken. Und mit Tannen- und Kiefernzapfen würde sie die finsteren Schergen wohl kaum aufhalten können.

Diesmal waren sie nur zu dritt – und dennoch schien ein Entkommen unmöglich. Die bewaffneten Krieger waren längst von ihren Streitrossen gestiegen, hatten sich heimlich an Ayani und Arawynn herangeschlichen und kamen nun mit gezogenen Schwertern von drei Seiten auf sie zu. Das Gesicht ihres Anführers glich einer grotesken Fratze. Seine von Ayanis Geschoss zerschmetterte Nase war zu der Größe einer überreifen Paradiesfrucht angeschwollen und schimmerte in allen erdenklichen Rot- und Blautönen.

»Ja, wen haben wir denn da?« Beim Grinsen entblößte der Anführer seine gelben Zähne. »Wenn das nicht das diebische Balg von gestern ist?«

Arawynn hatte beim Anblick der drei grobschlächtigen Gestalten – neben Grymm waren es die beiden Reiter der Rappen – sofort seinen Korb fallen lassen und sich schützend vor die Schwester gestellt. Nun ballte er die Fäuste und streckte sie drohend nach vorne.

Grymm entlockte das nur ein abfälliges Lächeln. »Seht euch nur dieses Bürschchen an!«, rief er seinen Kameraden hämisch zu. »Jetzt bekomme ich es aber mit der Angst zu tun!«

»Und ich erst«, höhnte der Kumpan, dessen Beule auf der Stirn sich bereits grünlich verfärbte. »Ich mache mir vor Schreck gleich in mein Beinkleid.«

Das Gelächter der drei Männer hallte durch die Stille des Flüsternden Forsts und verschreckte einen Schwarm Waldspatzen, der unter lautem Protestgetschilpe davonschwirrte.

Langsam, als habe er alle Zeit der Welt, näherte sich Grymm den Geschwistern. Er hatte längst erkannt, dass sie in der Einsamkeit des Waldes auf keinerlei Hilfe hoffen durften. Lüstern musterte er Ayani von oben bis unten, als wolle er sie mit seinen Blicken entkleiden. »Sieh an, sieh an«, rief er. »Was für ein hübsches Täubchen uns da ins Netz gegangen ist!«

»Überaus hübsch sogar«, fügte der dritte Soldat hinzu. »Ich bin sicher, sie wird uns noch ordentlich Spaß bereiten, bevor wir ihr das schlanke Hälschen umdrehen.«

Wieder ließen die drei ein Gelächter hören, das weithin durch die Bäume schallte.

»Ich warne euch!« Aus Arawynns Augen blitzte wütende Entschlossenheit. »Wer meine Schwester anrührt und ihr auch nur ein Haar krümmt, bekommt es mit mir zu tun!«

Erneut brüllten die Krieger auf vor Lachen. Dann machte Grymm einen Schritt auf den Jungen zu und musterte ihn spöttisch. »Wie mutig er doch ist«, sagte er kopfschüttelnd. »Mir kommen gleich die Tränen vor Rührung.« Dann legte er den

Kopf schief und taxierte Arawynn nachdenklich. »Nimm es uns bitte nicht übel, Bürschchen, wenn wir deine Schwester dir vorziehen.« Wie zum Bedauern hob er die Arme. »Aber damit du auch auf deine Kosten kommst, darfst du aus nächster Nähe zusehen, wie wir uns mit ihr vergnügen.« Damit gab er dem Kumpanen mit der Beule einen Wink. »Schnapp dir den Bastard und fessele ihn.«

»Mit dem größten Vergnügen, Herr Grymm!« Mit anzüglichem Grinsen stapfte der Krieger auf Arawynn zu, als er urplötzlich mitten in der Bewegung erstarrte und ungläubig auf den Messergriff stierte, der nach einem dumpfen »Plopp« urplötzlich aus seiner linken Brust herausragte. Er hatte gar nicht mitbekommen, dass Arawynn blitzschnell nach dem unter seinem Gewand versteckten Wurfmesser gegriffen und es mit einer kaum wahrnehmbaren Bewegung auf ihn geschleudert hatte. Reglos wie ein Fels stand der Krieger da und starrte mit fast kindlichem Staunen auf die Waffe, die ihn mitten ins Herz getroffen hatte. Dann knickten seine Beine ein und er sank tot auf den Waldboden.

»Na, warte, du Hund!«, schrie der andere Soldat, der sich hinter Arawynns Rücken befand. »Dafür wirst du büßen.« Mit erhobenem Schwert sprang er auf den Jungen zu und wollte ihm den Schädel spalten.

Obwohl Arawynn blitzschnell herumwirbelte und dem Hieb auszuweichen versuchte, wäre er seinem Schicksal wahrscheinlich nicht entgangen, wenn nicht wie aus dem Nichts ein geflügeltes Wesen dem Angreifer mitten ins Gesicht gesprungen wäre. Unter wütendem Fauchen biss und kratzte es wie wild auf den Krieger ein.

»So ist es recht, Pirrik!«, schrie Ayani. »Gib's ihm! Zeig's ihm!«

Der Soldat stieß einen lauten Schmerzensschrei aus und schlug mit der Faust nach dem flatternden Schleichdrachen.

Der wuchtige Hieb wirbelte Pirrik meterweit durch die Luft, bis das mutige Tierchen schließlich gegen einen dicken Baumstamm krachte und besinnungslos zu Boden stürzte.

Arawynn aber sprang geistesgegenwärtig zu dem getöteten Krieger und ergriff dessen Waffe. Mit dem Schwert in der Hand sprang er dem Schergen in den Weg, der sich blutüberströmt auf seine Schwester stürzen wollte.

»Na, warte, du Alwenbastard«, brüllte der Krieger ihn an. »Dafür wirst du mit deinem Leben bezahlen.« Mit ungestümer Wut hieb er auf den Jungen ein, der seine Attacke zu seiner sichtlichen Überraschung jedoch parieren konnte. Was den Zorn des Soldaten nur noch mehr anstachelte.

»Pass auf!«, schrie Ayani. Den Blick fest auf den Bruder gerichtet, führte sie die geballte Faust an den Mund und biss sich vor Angst und Aufregung in den Knöchel des rechten Zeigefingers.

Arawynn musste unter der Wucht des Angriffs Schritt für Schritt zurückweichen, als er mit einem Mal aus den Augenwinkeln beobachtete, wie Grymm sich unbemerkt an seine Schwester heranpirschte. »Sieh dich vor, Ayani!«, schrie er ihr zu. »Hinter dir!«

Ayani fuhr herum und konnte sich dem Zugriff des Anführers in letzter Sekunde entziehen. Hastig bückte sie sich nach einem abgebrochenen Ast, hob ihn auf und hieb damit nach dem Angreifer, der dem Schlag jedoch mühelos ausweichen konnte.

»So ist's recht, meine kleine Wildkatze«, spottete Grymm belustigt. »Zeige ruhig ein wenig Temperament.« Dann wurde er wieder ernst und griff das Mädchen erneut an.

Obwohl Ayani sich mutig zur Wehr setzte, war sie dem erfahrenen Krieger nicht gewachsen. Die ersten drei Hiebe seines Schwertes konnte sie noch abwehren, doch dann schlug Grymm ihr den Ast aus der Hand. Er wurde hoch durch die Luft gewirbelt und fiel weit außerhalb ihrer Reichweite zu Boden. Während Ayani erschrocken zurückwich, warf Grymm seinem Kumpanen einen raschen Blick zu. »Kommst du alleine zurecht oder brauchst du Hilfe?«

»Hältst du mich für eine Memme?«, gab der wütend zurück. »Es ist nur eine Frage der Zeit, bis ich diesen Bastard in Stücke hacke.« Als wolle er seinen Worten Nachdruck verleihen, ließ er so gewaltige Hiebe auf den Jungen einprasseln, dass dem nichts anderes übrig blieb, als noch weiter zurückzuweichen. Ein sprühender Funkenregen ergoss sich von den Schwertklingen, während sie mit wilder Wucht aufeinanderklirrten.

Arawynn keuchte bereits vor Anstrengung. Mit zusammengebissenen Zähnen versuchte er, dem wütenden Recken standzuhalten. Es war ihm längst klar geworden, dass es seinen und auch Ayanis sicheren Tod bedeuten würde, wenn er seine Waffe verlor. Deshalb hielt er den Griff mit eiserner Kraft umklammert, auch wenn die rohe Gewalt, mit der das Schwert des Gegners auf seine Klinge traf, schockartige Schmerzwellen durch seinen Körper sandte. »Lauf, Ayani!«, schrie er der Schwester zu. »Lauf, so schnell du kannst, und bring dich in Sicherheit.«

Das Mädchen warf ihm einen bangen Blick zu. »Und was ist mit dir?«

»Sorge dich nicht um mich«, keuchte Arawynn. »Ich komme schon alleine zurecht.«

Ayani überlegte noch einen Augenblick – und das wurde ihr zum Verhängnis. Noch ehe sie davonspringen konnte, packte Grymm sie mit der linken Hand an den Haaren und schlang ihr den Schwertarm von hinten um den Hals. Obwohl sie sich heftig wehrte, mit beiden Fäusten nach ihm schlug und mit den Füßen nach ihrem Gegner trat, wurde sie gnadenlos festgehalten.

»Hiergeblieben, mein Täubchen«, zischte Grymm ihr ins Ohr.

»Du wirst dir doch den Tod deines Bruders nicht entgehen lassen wollen?«

Eine Welle von Übelkeit stieg in Ayani auf. Sie versuchte, sich wegzudrehen, doch es gelang ihr nicht. Grymms Arm schnürte ihr fester und fester den Hals zu, sodass sie kaum mehr Luft bekam. Ein letzter Schrei rang sich aus ihrer Kehle und schallte durch den Wald wie ein Todesschrei.

Der Nebel war so schnell verschwunden, wie er entstanden war, und Niko stand wieder auf der grasbewachsenen Hochebene. Ein Schrei ertönte, und blitzartig durchzuckte Niko die Erkenntnis, wer da schrie. Ihm war nicht klar, warum er das wusste, aber er wusste es einfach: Das war das dunkelhaarige Mädchen mit der Schleuder, dem er am Tage zuvor während seines kleinen Abstechers in die Welt hinter den Nebel begegnet war.

Er sah sie förmlich vor sich! Instinktiv begann Niko zu laufen. Dem Schrei nach zu urteilen, konnte das Mädchen nicht mehr weit entfernt sein. Wie ein Wolf auf Beutejagd stürmte er los, dahin, wohin der Schrei ihn leitete: direkt hinein in den nahe gelegenen Wald. Niko jagte unter den riesigen Bäumen dahin, sprang über Wurzeln und Baumstümpfe und wich geschickt tief hängenden Ästen und Zweigen aus. Dass der Anhänger an seinem Hals wieder schwerer geworden war und in den schrägen Lichtspeeren, die das dichte Laubdach durchdrangen, golden glänzte, registrierte er nur beiläufig. Gebückt rannte Niko noch zwischen zwei dicht stehenden Birken hindurch und gelangte schließlich auf eine kleine Lichtung.

Schwer atmend verharrte er für einen Moment, um sich einen Überblick zu verschaffen: Rechts von ihm hieb ein finsterer Typ wie von Sinnen mit dem Schwert auf einen Jungen ein, der, obwohl ebenfalls mit einem Schwert bewaffnet, sich den wütenden Attacken nur mit größter Mühe erwehren konnte.

Einige Schritte davon entfernt stand ein weiterer Krieger – ja, man konnte ihn gar nicht anders bezeichnen, denn die Kerle hier sahen wirklich aus, als wären sie dem Mittelalter entsprungen – und wandte ihm den Rücken zu. Der Zweite trug einen Helm mit zwei Hörnern und hielt ein Mädchen umklammert, auch wenn Niko das mehr ahnen als richtig erkennen konnte. Es war das Mädchen, das er kannte, Niko fühlte es geradezu. Und wie zur Bestätigung stieß sie erneut einen Schrei aus, so tief verzweifelt, dass es ihm einen Stich ins Herz versetzte.

Hastig tasteten Nikos Blicke den Waldboden nach einem Gegenstand ab, der ihm als Waffe dienen konnte. Seine Augen weiteten sich, als er den kräftigen Ast erspähte, der ganz in seiner Nähe lag. Er war fast kerzengerade, rund eineinhalb Meter lang, vielleicht vier Zentimeter dick – und wies damit ähnliche Maße wie ein Bō auf, der japanische Kampfstock, der ihm aus dem jahrelangen Kendo-Training bestens vertraut war.

Nur Augenblicke später hatte Niko den Ast gepackt, ließ ihn geschickt in seiner Hand herumwirbeln und hetzte auf den Behelmten zu. »Lass sie sofort los, du Schwein!«, schrie er den Kerl wütend an und zog ihm den Prügel mit aller Kraft über den Schädel, sodass der Helm mit den Hörnern von seinem Kopf gewirbelt wurde.

Der Mann stieß einen lauten Schmerzensschrei aus, ließ das Mädchen los und fuhr herum. Bei Nikos Anblick wirkte er für einen Moment überrascht. Offenbar hatte er mit einem erwachsenen Gegner gerechnet. Dann verzerrte ein bösartiges Grinsen seine verunstaltete Visage. »Noch so ein Balg – wie niedlich!«, keuchte er. »Du sollst mein Schwert schmecken!« Damit hob er die Waffe, stürzte sich blindlings auf den Jungen – und lief ins Leere.

Wie Niko es zahllose Male im Training geübt hatte, war er mit einem blitzschnellen Schritt zur Seite getreten, sodass der Angreifer ihn verfehlte. Erneut ließ er seinen Stock wirbeln und verpasste dem Krieger einen zweiten Hieb. Diesmal traf er ihn am Rücken und entlockte ihm einen weiteren Schmerzensschrei, viel lauter und wütender als der erste.

Schon machte Nikos Gegner kehrt und griff wieder an. Sein Gesicht war verzerrt von grenzenloser Wut, pure Mordgier spiegelte sich in seinen Blicken. Doch auch diese Attacke ging fehl, denn wieder wich Niko ihm im letzten Augenblick aus – diesmal jedoch zur anderen Seite.

Erneut wollte Niko dem finsteren Recken seinen Prügel überziehen, als sein Herz mit einem Male stehen zu bleiben drohte: Er hatte einen verhängnisvollen Fehler gemacht und war in die Reichweite des zweiten Wüstlings geraten! Doch es war zu spät, um das wiedergutzumachen: Während der Mann mit dem Schwert weiter auf Arawynn einschlug, versetzte er Niko einen gewaltigen Tritt mit seinem groben Stiefel.

Niko wurde von den Beinen gerissen und schlug hart auf eine aus dem Boden ragende Wurzel. Sein Kopf prallte mit Wucht gegen einen Baum, sodass es in seinem Schädel laut dröhnte und er für Momente den Eindruck hatte, als kreisten Hunderte kleiner Sternchen vor seinen Augen. Gleichzeitig fuhr ein Schmerz von der Schärfe eines Schwertes in seinen Leib, der ihm für Sekunden den Atem raubte. Wehrlos wie ein Maikäfer lag Niko auf dem Rücken und streckte alle viere von sich.

Es konnte nicht anders sein: Natürlich nutzte Nikos Feind seine Hilflosigkeit erbarmungslos aus. Das Schwert in beiden Händen, stürzte er auf den Jungen zu und hob es hoch über seinen Kopf, um es ihm in den Leib zu rammen. Wie ein Blitz zuckte die Waffe nieder – und fuhr tief in den weichen Waldboden. Niko war nämlich im allerletzten Moment zur Seite gerollt und dadurch dem tödlichen Stich entgangen.

Der Krieger schrie vor Wut und Enttäuschung laut auf. Zumal Niko sich jetzt wieder ganz im Griff hatte. Wie ein Wirbelwind sprang er auf die Beine und versetzte seinem Gegner einen mächtigen Hieb auf den ungeschützten Kopf, der ihn zu Boden streckte. Schon wollte Niko sich auf den Schergen stürzen, um ihn kampfunfähig zu machen, als der Schrei des Mädchens in sein Ohr hallte: »Schnell! Du musst meinem Bruder helfen!«

Niko fuhr herum und sah zu seinem Entsetzen, dass der fremde Junge seinem Gegner nur mehr mit bloßen Händen gegenüberstand. Der blindwütige Krieger hatte ihm das Schwert aus der Hand geschlagen, dessen Heft sich in einem nahen Steinhaufen verkeilte, sodass die Klinge nun schräg nach oben daraus hervorragte. Der Junge wollte schon darauf zuspringen, um die Waffe wieder an sich zu nehmen, doch der Mann mit dem blutverschmierten Gesicht ließ ihm nicht die geringste Chance.

»Na warte, du Hund!«, brüllte er wie ein Berserker. »Jetzt wirst du für alles bezahlen.« Damit hob er sein blitzendes Schwert und machte einen Satz auf den Jungen zu, um ihm den Todesstoß zu verpassen.

Niko war viel zu weit entfernt, um eingreifen zu können. Er sah den Jungen schon getroffen zu Boden sinken, als ihn blitzartig ein Gedanke durchzuckte – und schon schleuderte er seinen Stock mit aller Kraft auf den rasenden Krieger. Er traf ihn mit voller Wucht an den Beinen und brachte ihn aus dem Gleichgewicht. Der Scherge stolperte und fiel so unglücklich, dass er direkt in die Klinge des aus dem Steinhaufen ragenden Schwertes stürzte. Ein letztes Mal noch röchelte er, ein Schwall Blut schoss aus seinem Mund und dann hauchte er sein Leben aus.

Niko eilte auf den Jungen zu, in dessen Gesicht die blanke Panik stand: Er hatte dem Tod ins Auge geblickt und war ihm erst in letzter Sekunde entronnen. »Alles in Ord-?«, hob Niko gerade an, als das Mädchen ihm eine weitere Warnung zuschrie: »Passt auf! Der Anführer!«

Hastig wirbelte Niko herum und erkannte, dass der andere Krieger – offensichtlich der Anführer – sich inzwischen wieder aufgerappelt hatte und dabei war, sie mit dem Schwert zu attackieren. Als Niko sich jedoch blitzschnell nach seinem Stock bückte und der fremde Junge dem aufgespießten Schergen die Waffe aus der Hand riss, besann der Anführer sich anders: Er warf den Jungen noch einen wütenden Blick zu, bückte sich dann, um etwas vom Waldboden aufzuheben, drehte sich um und hastete zu den drei Streitrossen, die am Ende der Lichtung grasten. Dort sprang er in Windeseile in den Sattel seines Pferdes und preschte in wilder Flucht davon, die beiden Rappen am Zügel hinter sich herreißend.

Als der Krieger ihren Blicken entschwunden war, atmete das Mädchen erleichtert auf. »Bei den Unsichtbaren, das war knapp«, sagte sie und wischte sich den Schweiß von der Stirn. Mit einem freundlichen Lächeln ging sie auf Niko zu. »Vielen Dank. Wenn du nicht gewesen wärst, dann …« Sie brachte den Satz nicht zu Ende, aber ihr Gesicht war beredt genug.

»Schon gut.« Niko tat gelassen. »Das hab ich doch gerne gemacht. Ich habe deine Schreie gehört und dachte mir, dass du Hilfe brauchen könntest.« Besorgt musterte er das Mädchen und ihren Bruder. »Seid ihr okay?«

Das Mädchen legte die Stirn in Falten, rümpfte die Nase und warf ihrem Bruder einen ratlosen Blick zu.

Doch der schien genauso ahnungslos wie sie selbst zu sein. Jedenfalls zuckte er nur mit den Schultern.

Das Mädchen wandte sich wieder an Niko. »O … keh?«, wiederholte es verwundert. »Was meinst du mit ›okeh‹?«

»Hä?« Im ersten Augenblick konnte Niko sich keinen Reim auf die Frage machen. Doch dann verstand er plötzlich: Das

Wort war in der Welt hinter den Nebeln offensichtlich nicht gebräuchlich! »Äh … ich meine … äh … ob ihr verletzt seid? Haben diese Schufte euch etwas getan?«

»Nicht der Rede wert.« Kopfschüttelnd winkte das Mädchen ab und wandte sich an den Bruder. »Und wie steht es mit dir?«

Auch Arawynn machte eine beschwichtigende Geste. »Es ist nichts, jedenfalls nichts Schlimmes. Höchstens ein paar Kratzer und so.«

»Danke also«, sagte das Mädchen. »Ich heiße übrigens Ayani. Und das«, sie deutete auf den Jungen, »ist Arawynn, mein Zwillingsbruder.«

Bevor Niko noch auf die seltsamen Namen der zwei reagieren konnte, ertönte plötzlich ein ungewöhnlicher Laut ganz in der Nähe – eine Mischung aus kläglichem Fiepen und ungehaltenem Fauchen.

»Pirrik!«, rief Ayani aus. »Dich hätte ich beinahe vergessen!« Sie drehte sich um und eilte zu einem nahen Baum, unter dem das merkwürdigste Tierchen hockte, das Niko je in seinem Leben gesehen hatte: Es sah aus wie eine Mischung zwischen einer kleiner Katze und einem Mini-Drachen. Sein Körper war vollständig mit rotbraunen Schuppen bedeckt und auf seiner Nase saß ein spitzes Horn.

Ayani kniete sich neben das Tierchen nieder, strich ihm behutsam über den Kopf und sprach es sanft an: »Ist alles in Ordnung, Pirrik?«

Wie zur Bestätigung ließ das kleine Wesen einen weiteren Pfeiflaut hören, breitete die Drachenflügel aus und flatterte auf die Schulter des Mädchens.

Dort hielt das geflügelte Ding es allerdings nicht lange aus. Als Ayani sich wieder zu den beiden Jungen gesellte und Pirrik Niko erblickte, kreischte er entsetzt auf und stieg aufgeregt flatternd in die Luft. Obwohl Ayani ihm noch beruhigend hinterherrief: »Keine Angst, Pirrik. Er ist ein Freund und tut dir nichts«, flog der kleine Drache rasch davon und verschwand zwischen den dichten Bäumen.

Arawynn zog eine Grimasse. »Was für ein erbärmlicher Feigling Pirrik doch ist«, seufzte er.

»Ist er nicht!«, widersprach Ayani vehement. »Der ungewohnte Anblick hat ihn erschreckt.« Für einen Moment sah es so aus, als wolle sie Pirrik hinterherlaufen und ihn suchen, ließ es dann aber doch sein. Offensichtlich war es nicht das erste Mal, dass der Flatterwicht Reißaus genommen hatte, vermutete Niko deshalb.

»Wenn mein Schleichdrache sich wieder beruhigt hat, kommt er schon von alleine zurück«, erklärte Ayani, als habe sie seine Gedanken gelesen. Dann blickte sie Niko voller Dankbarkeit an. »Dich müssen die Unsichtbaren geschickt haben. Wenn du uns nicht beigesprungen wärst, hätte es bestimmt ein übles Ende mit uns genommen. Das war überaus mutig von dir.«

»Ach«, wehrte Niko ab. »An meiner Stelle hättet ihr das bestimmt auch getan.« In diesem Moment bemerkte er, wie Arawynn ihn eindringlich von oben bis unten musterte. »Was ist?«, fragte er überrascht. »Was hast du denn?«

»Na ja…«, sagte der Junge. »Du… äh… du bist wohl fremd im Nivland, oder?«

Diesmal kapierte Niko es schneller: In seinem T-Shirt, den Jeans und den Turnschuhen musste er den beiden wie ein Alien vorkommen! Ihm selbst ging es doch ähnlich: Kleidungsstücke, wie die beiden sie trugen, hatte er zuletzt auf dem Mittelalter-Markt in Falkenstedt gesehen, auf dem eine kostümierte Gauklertruppe aufgetreten war! »J-j-ja«, stotterte er rasch. »Das ist das erste Mal, dass ich hier bin.«

»Das erste Mal?« Ayanis musterte ihn misstrauisch. »Aber… bin ich dir nicht schon gestern begegnet? Als ich vor diesen Schergen hier ...«, sie deutete auf die getöteten Krieger, »... flüchten musste?«

»Ja, stimmt«, korrigierte Niko sich rasch. »Ich meinte, ich bin zum ersten Mal hier im Wald.«

»Tatsächlich?«, sagte Arawynn und kniff die Augen zusammen. »Woher kommst du eigentlich? Und bist du auch ein Alwe wie wir?«

»Ein ... Alwe?«, wiederholte Niko, während er verzweifelt nach einer einleuchtenden Erklärung suchte. Und da stach ihm mit einem Mal die Kette am Hals des Mädchens ins Auge: Sie sah genauso aus wie seine! »Das gibt's doch ni –«, hauchte er – und erst in diesem Moment fiel ihm auf, dass seine Kette nicht mehr um seinen Hals hing. Seine Hand fasste ins Leere, als sie danach tastete.

Noch im gleichen Augenblick wurde Niko alles mit glasklarer Deutlichkeit bewusst: Als er mit voller Wucht zu Boden gestürzt war, musste sich der Verschluss gelöst haben und die Kette von seinem Hals gerutscht sein. Deshalb also hatte sich der Anführer der Krieger noch hastig gebückt, bevor er geflohen war – weil er sich seine Kette geschnappt hatte!

Die Kette mit dem Anhänger, den Niko schon seit frühester Kindheit um seinen Hals trug und der sich bei seinem Übergang in diese geheimnisvolle Welt hinter den Nebeln urplötzlich in ein weit schwereres, goldglänzendes Metall verwandelt hatte. Am Ende vielleicht sogar ... Der Gedanke ließ Nikos Atem stocken ... in pures Gold?

KAPITEL 14

Die Botschaft der Schlange

Mit nachdenklicher Miene starrte Sâga auf den Boden des Silberkessels. Die Botschaft, die Odhur ihr diesmal offenbarte, war höchst diffus und gab ihr große Rätsel auf: Zunächst sah sie die Bilder eines armseligen Alwendorfes, das offensichtlich in der Nähe eines dichten Waldes lag. Gleich darauf erblickte sie die verschwommenen Konturen eines Mädchens und zweier Knaben, die vom Abbild eines Kohortenführers der marschmärkischen Truppen abgelöst wurden, der auf seinem Pferd wie von Sinnen dahinpreschte, als sei er auf der Flucht vor Dämonen. Diese Erscheinung wurde schließlich von einem Gegenstand verdrängt, den Sâga auf Anhieb erkannte. Das Phosphorgelb ihrer Iris leuchtete auf wie Feuer. »Eine Kette aus dem Alwenhort!«, hauchte sie ungläubig. »Was willst du mir damit bedeuten, oh, Odhur? Dass sie sich in dem Dorf dort befindet – oder vielleicht in diesem Wald? Haben die Alwen sie in ihren Besitz gebracht – oder am Ende sogar dieser Unhold?«

Obwohl die Schwarzmagierin den Krieger kaum länger als einen Herzschlag gesehen hatte, hatte sie ihn auf Anhieb erkannt. »Grymm, der hässliche Hauptmann«, murmelte sie nachdenklich vor sich hin. Seine Verschlagenheit und Grausamkeit waren weithin gefürchtet. Denn nur aus diesem Grunde hatte Sâga sich seiner schon häufiger bedient. Auch wenn sie sich vor seiner Hinterlist gehörig in Acht nahm, hatte Grymm sich bislang stets als willfähriger Helfer und überaus nützliches Werkzeug erwiesen. Der Hauptmann verfügte über eine nicht zu unterschätzende Macht. Ihm unterstanden nämlich Rhogarrs Truppen, die die dünn besiedelten südlichen Regionen des Nivlandes unter Kontrolle hielten. Grymm und seine Reiter durchstreiften deshalb nicht nur die Weiten der Donnersteppe, den fast undurchdringlichen Dämonenwald, das tückische Brodermoor und die Ellerheide, sondern auch den abgeschiedenen Wald, den die wenigen dort lebenden Alwen den Flüsternden Forst nannten.

»Warum sieht es aus, als wärst du auf der Flucht? Es gibt dort doch niemanden, der dir gefährlich werden könnte – außer mir natürlich!« Ohne es zu merken, verzog Sâga ihr Gesicht zu einem Lächeln. »Andererseits – wenn er tatsächlich auf den Helden aus der Legende getroffen sein sollte und der die Kette aus dem Alwenhort trägt, hat er allen Grund, sich zu fürchten. Worauf wartest du noch, oh, Odhur? Offenbare dich deiner Dienerin!«

Sâga starrte hoffnungsvoll in das magische Gefäß, doch Odhur enttäuschte sie auch dieses Mal. Die klare Flüssigkeit in seinem Kessel trübte sich wieder ein und nahm die Farbe von schwarzer Tinte an. Dabei hatte Sâga geahnt, dass es so kommen würde. Am Morgen nämlich hatte die Magierin das Buch des Schicksals aufgeschlagen, in dem sie die Gesetze, die das Geschick Mysterias bestimmten, niedergeschrieben hatte. Nur wenig später waren ihr eine weitere leere Stelle und schließlich sogar mehrere völlig blanke Seiten ins Auge gesprungen. Der Wanderer hatte also tatsächlich die Wahrheit gesprochen: Odhur schickte sich an, die Macht über das Schicksal Mysterias aus ihren Händen zu winden und sie seinem neuen Günstling anzuvertrauen.

Deshalb löschte er Zeile um Zeile, Abschnitt für Abschnitt

und sogar Seite für Seite aus dem magischen Buch, in dem die Zukunft der Welt hinter den Nebeln festgeschrieben war.

Und deshalb wurden seine Botschaften auch mit jedem Tag unverständlicher und rätselhafter – weil er sie verwirren und aus der Fassung bringen wollte, damit sie seinem neuen Zögling keinen Widerstand leistete.

Das hatte sie nicht verdient, niemals! Schon der bloße Gedanke daran ließ Sâga erstarren. »Verflucht sollst du sein, Odhur«, schimpfte die Magierin. »Habe ich dir nicht all die Jahre treu gedient?« Vor Enttäuschung und Wut schlug sie mit der flachen Krallenhand auf den Tisch, der wie aus Protest laut schepperte.

Einige der zahllosen Vampirfledermäuse, die lautlos durch die rauchgeschwängerte Wohnhöhle gaukelten, stießen vor Schreck spitze Schreie aus.

»Jetzt habt euch nicht so, ihr dämlichen Biester!«, fauchte Sâga sie wütend an. »Euer Gekreische geht mir auch tagtäglich auf den Geist.«

Dann lehnte sie sich auf ihrem Schemel zurück und stierte nachdenklich in den Dampf, der aus dem über dem Feuer blubbernden Eisenkessel aufstieg, als könne sie dort einen Rat finden. Und tatsächlich: Allmählich beruhigte sich ihr aufgewühltes Gemüt. Du darfst nicht in Panik verfallen, versuchte Sâga sich Mut zuzusprechen, denn noch bist du im Vorteil. Noch hältst du die wichtigsten Fäden in der Hand und bestimmst, was in weiten Teilen des Nivlandes und Mysterias geschieht. Du musst nur dafür sorgen, dass das auch weiterhin so bleibt, dann kann dir niemand gefährlich werden!

In tiefe Gedanken versunken, saß die Schwarzmagierin eine ganze Weile fast regungslos da, bis mit einem Male ein unwirkliches Leuchten ihr Antlitz erhellte. »Ja, natürlich!«, schrie sie. »Genauso muss es sein!«

Nur einen Herzschlag später stand sie neben dem Feuer, streckte die Arme gegen die Decke, legte den Kopf in den Nacken und murmelte mit geschlossenen Augen die uralte Zauberformel, die ihr seit Hunderten von Jahren neue Gestalt und Form verlieh: »Oh, mächtiger Odhur, der du die Gesetze bestimmst, nach denen wir alle leben, verleihe deiner Dienerin die Kraft, sich über Raum und Lüfte zu erheben.«

»Wie heißt du? Niko?« Ayani blickte ihn an, als hätte er einen schmutzigen Witz erzählt. »Was für ein seltsamer Name!«

»Ich habe ihn mir nicht ausgesucht«, antwortete Niko leicht beleidigt. »Aber du hast recht, es gibt sicherlich aufregendere.« Dass er Ayani und Arawynn mindestens genauso seltsam fand, behielt er lieber für sich. Dafür deutete er auf den goldenen Anhänger an der Halskette des Mädchens. »Darf ich mir dein Medaillon mal näher ansehen?«

»Wenn du möchtest.« Mit freundlichem Lächeln trat Ayani ganz dicht an ihn heran, sodass er den frischen Duft ihres Haares und ihrer Haut riechen konnte, nahm die Kette in die Hand und hielt ihm den Anhänger vors Gesicht. »Verzeih bitte, dass ich sie nicht abnehme. Aber Maruna, meine Mutter, hat mich gebeten, sie stets und ständig zu tragen.«

»Echt?« Niko glaubte sich verhört zu haben. Was für ein Zufall – genau das hatte seine Mutter doch auch getan. »Und warum?«

»Ich weiß es nicht.« Ayani zog die dunklen Brauen hoch. »Immer wenn ich Maruna danach gefragt habe, hat sie nichts als Ausflüchte gesucht.«

Niko wunderte sich noch mehr. Merkwürdig – genauso hatte Rieke doch auch reagiert. Er blickte Arawynn an. »Und du? Trägst du auch eine Kette? Oder einen Ring?«

»Nein.« Der Junge schüttelte den Kopf. »Und auch niemand

sonst in unserer Familie. Ayani ist die Einzige, die ein solches Schmuckstück besitzt. Warum fragst du?«

»Nur so«, gab Niko betont beiläufig zurück und blickte angestrengt auf Ayanis Anhänger. Sollte er den beiden verraten, dass er bis vor wenigen Minuten ebenfalls eine solche Kette getragen hatte? Und dass die sich inzwischen wahrscheinlich in den Fingern des hässlichen Kriegers befand?

Ayani nahm ihm die Entscheidung ab. »Wenn ich mich recht entsinne, hing um deinen Hals doch auch eine Kette, als du hier auf der Lichtung erschienen bist? Sah die nicht ganz ähnlich aus?«

»Stimmt«, antwortete Niko rasch. »Sie sah sogar fast genauso aus. In meinen Anhänger war allerdings etwas anderes eingraviert: die Dagaz-Rune und nicht die Ehwaz-Rune, die auf deinem zu sehen ist.«

»Ehwaz-Rune?« Ayani musterte ihn verständnislos. »So nennst du dieses Zeichen?«

»Genau. Und wie sagt ihr dazu?«

»Das ist das Zeichen grenzenlosen Vertrauens«, erklärte Ayani, worauf Niko rasch das trockene Laub mit dem Fuß zur Seite schob und die Dagaz-Rune mit dem Finger in den lockeren Waldboden zeichnete. »Und wie heißt dieses Symbol?«

»Das ist das Zeichen unerschrockenen Mutes«, erklärte das Mädchen. »Die wenigen, die die Unsterblichen damit auszeichnen, sind in der Regel zu großen Helden bestimmt. Deshalb zieren diese beiden Zeichen auch das Wappen unserer Herrscher, neben einem Falken und dem Königsschwert.«

Niko hatte den letzten Satz nur mit halbem Ohr mitbekommen. Die Unsterblichen?, grübelte er. Zu großen Helden? Ayani redete in Rätseln! Ob sie tatsächlich glaubte, was sie sagte? Nach kurzem Überlegen zeichnete er auch noch die Mannaz-Rune in den Boden. »Und dieses Zeichen? Welchen Namen habt ihr dafür?«

Ayani schluckte und blickte ihn andächtig an. »Dieses Symbol zu zeichnen, ist uns verboten. Es ist einzig den Unsichtbaren vorbehalten und steht für ihre große Macht. Gleichzeitig zeigt es uns, dass unser Schicksal zwar in ihrer Hand liegt, wir aber dennoch einen entscheidenden Einfluss darauf haben. Wenn die zwei nämlich zu einem werden und grenzenloses Vertrauen sich mit unerschrockenem Mut vereint, können wir große Dinge vollbringen, die den Lauf unserer Welt verändern. Aus diesem Grunde trägt auch Sinkkâlion, das Königsschwert, dieses Zeichen!«

Sinkkâlion?, hallte es durch Nikos Kopf. Hatte der Burgherr in seinem Traum nicht das mächtige Schwert so genannt? Und hatte der Mann, der ihm aus der Nebelwolke entgegengetreten war, nicht auch dieses Wort benutzt?

Niko wollte eben weiterfragen, als er ein verdächtiges Rascheln hinter sich hörte. Verwundert drehte er sich um – und erstarrte. Seine Frage blieb ihm im Halse stecken, und er wagte nicht zu atmen, während er dem ekligen Vieh entgegenstarrte, das sich auf ihn zuschlängelte.

Niko? Wo steckst du denn, Niko?« Riekes Stimme drang durch die halb geöffnete Tür der Dachkammer und nur Augenblicke später steckte sie ihren Kopf hinein. »Warum antwortest du denn ni –« Mitten im Wort brach sie ab und schaute sich verwundert um. Das Zimmer war leer. Von Niko war keine Spur zu sehen.

»Merkwürdig«, murmelte sie vor sich hin. »Er hat mir gar nicht gesagt, dass er was vorhat.« Als Rieke dann jedoch das gemachte Bett sah, huschte ein Lächeln über ihr Gesicht. Es hatte also doch gefruchtet, dass sie ihren Sohn frühzeitig zur Eigenständigkeit erzogen und ihm beigebracht hatte, dass sie weder sein Dienstmädchen noch seine Putzfrau war. Niko hatte auch schnell kapiert, dass er sein Zimmer selbst aufräumen und sauber halten musste. Ohne Murren hatte er sich angewöhnt, Kopfkissen und Bettdecke aufzuschütteln und ordentlich aufs Bett zu legen. Nur in den ersten Tagen nach seiner Rückkehr aus den Sommerferien in Oberrödenbach hatte es jedes Jahr Probleme gegeben. Die Großeltern hatten ihn nämlich immer nach Strich und Faden verwöhnt, und Oma Frida hätte nicht einmal im Traum daran gedacht, ihren heiß geliebten Enkel zum Bettenmachen anzuhalten. Wenn Niko dann wieder nach Falkenstedt zurückkam, brauchte Rieke immer eine gewisse Zeit, ihrem Sohn den in den Ferien eingerissenen Schlendrian wieder auszutreiben. Deshalb hatte sie auch befürchtet, dass Niko auf dem Ellerhof wieder in die alten Gewohnheiten verfallen könnte, und ihn sich vor der Abfahrt noch einmal zur Brust genommen. »Glaub bloß nicht, dass ich so doof bin wie meine Mutter und dir dauernd hinterherräume«, hatte sie ihn ermahnt. »Du hältst dein Zimmer gefälligst selbst in Schuss, verstanden?«

»Ja, ja«, hatte Niko zwar gebrummt. So richtig überzeugend hatte das allerdings nicht geklungen.

Aber siehe da: Ihre Mahnung hatte offensichtlich doch gefruchtet. Niko hatte nicht nur das Bett gemacht – und zwar tadellos! –, sondern auch seine Sachen ordentlich im Schrank verstaut. Nur eine Kleinigkeit hatte er übersehen: Vor seinem Bett lag ein aufgeschlagenes Buch auf dem Boden. Er hatte wohl vergessen, es aufzuheben und auf den Tisch oder den Nachtschrank zu legen. Instinktiv machte Rieke einen Schritt in Nikos Zimmer, um das Buch aufzuheben, da hörte sie hinter sich das Geräusch einer sich öffnenden Tür. Überrascht drehte sie sich um und sah ihren Vater, der eben aus dem Dachboden kam. Auf seinem Kopf thronte ein großer breitkrempiger Strohhut mit einem schwarzen Band, der ihn aussehen ließ wie das ehrwürdige Oberhaupt eines Gangsterclans aus einem alten französischen Kriminalfilm.

Als Melchior seine Tochter erblickte, verzog er den Mund zu einem verlegenen Lächeln und deutete auf seine Kopfbedeckung. »Ohne Hut ist es in der Hitze draußen kaum auszuhalten. Was meinst du: Kann ich den noch tragen, auch wenn er mindestens zwanzig Jahre alt ist?«

»Ja, klar.« Riekes Mund verzog sich spöttisch. »Du weißt doch: Einen hässlichen Menschen entstellt nichts!«

Melchior grinste breit zurück. »Na danke schön! Und wer über andere spottet, fällt selbst hinein.«

»Genau.« Rieke kicherte wie ein Schulmädchen, wurde dann aber wieder ernst. »Weißt du, wo Niko ist?«

»Natürlich! Jessie und er machen einen Ausritt.« Melchior runzelte die Stirn, wodurch sich die breite Hutkrempe tiefer in sein Gesicht senkte. »Hat er dir das nicht gesagt?«

»Kein Wort.« Rieke rümpfte mürrisch die Nase, entspannte sich aber rasch wieder. »Aber was soll's. Dann weiß ich wenigstens jetzt Bescheid und muss mir weiter keine Sorgen machen.«

»Nee, bestimmt nicht«, bekräftigte ihr Vater. »Jessie ist zwar ein kleiner Wildfang, aber für ihr Alter schon sehr vernünftig. Sie wird schon gut auf Niko aufpassen.«

Während Melchior ächzend die steile Treppe hinunterstieg – der Hexenschuss machte ihm offensichtlich weit mehr zu schaffen, als er zugeben wollte –, ging Rieke auf Nikos Bett zu und hob das Buch auf. Eher achtlos legte sie es auf den Tisch – bis ihr das Zeichen auf dem Einband ins Auge stach. Ein heißer Wärmestrom pulste durch ihren Körper. Ihre Haut begann zu kribbeln, und ihr Herz fing an, wie wild zu schlagen. Wie gebannt starrte Rieke auf das Symbol, das den Bucheinband zierte. Was war das? Und warum versetzte es sie so in Aufregung? Ganz dunkel meinte Rieke sich daran zu erinnern, dass Niko ihr dieses Zeichen schon einmal gezeigt hatte, aber sicher war sie sich nicht. Jedenfalls sah es der Gravur auf dem unscheinbaren Kupferring an ihrer rechten Hand verblüffend ähnlich. Als Rieke das Schmuckstück danebenhielt, erkannte sie, dass das M auf ihrem Ring – sie wusste natürlich längst, dass es sich um die Ehwaz-Rune handelte – nahezu identisch mit dem Zeichen auf dem Buchcover war. Der einzige Unterschied waren die beiden gleichschenkligen Dreiecke, die das oberste Drittel des unbekannten Symbols bildeten.

Hatte Niko ihr nicht erklärt, dass es sich dabei ebenfalls um eine Rune handelte?

Während Rieke noch nachdenklich auf das Zeichen starrte, war sie sich mit einem Mal ganz sicher, dass sie es doch schon mal gesehen hatte – lange bevor ihr Sohn sie darauf aufmerksam gemacht hatte! Nur einen Herzschlag später stieg eine Erkenntnis aus den Tiefen ihres Unterbewusstseins empor: Das Symbol hatte sogar eine überaus wichtige Rolle in ihrem Leben gespielt und ihr Schicksal auf entscheidende Weise beeinflusst.

Doch obwohl Rieke hin und her überlegte und sich schier das Gehirn zermarterte, wollte ihr einfach nicht einfallen, was es wirklich damit auf sich gehabt hatte.

Niko war zu keiner Bewegung fähig. Wie zur Salzsäule erstarrt, blickte er auf die armlange Schlange, die durch das hohe Gras auf ihn zuschlängelte. Die rotgelbe Flammenzeichnung auf ihrem Rücken signalisierte allerhöchste Gefahr. Ihre gespaltene Zunge zischelte tastend aus dem geöffneten, mit kleinen Zähnchen bewehrten Maul. Alles in Niko schrie nach Flucht, aber seine Beine waren wie gelähmt. Außer sich vor Entsetzen deutete er auf das Reptil und stieß hervor: »Da-da-da! Eine Schlange!«

Wie durch Watte drang ein belustigtes Kichern an seine Ohren. Als Niko sich umdrehte, bemerkte er, dass Ayani und Arawynn sich die Hände vor den Mund hielten. Offensichtlich hatten sie das gefährliche Biest noch überhaupt nicht bemerkt. »Achtung!«, schrie Niko ihnen warnend zu. »Eine Schlange!«

Zu seiner großen Überraschung jedoch brachen die beiden nun sogar in lautes Gelächter aus. Nachdem sie sich wieder beruhigt hatten, sah Ayani ihn fast mitleidig an. »Aber Niko, das ist doch nur eine Stumpfzahnnatter!« Sie klang, als spräche sie mit einem kleinen Kind. »Die ist völlig harmlos und tut niemandem was zuleide. Und uns Alwen schon gar nicht.«

Damit machte Ayani einen Schritt auf die Schlange zu, bückte sich und packte sie vorsichtig mit beiden Händen, hob sie auf und hielt den keilförmigen Kopf dicht vor ihr Gesicht. »Habe ich nicht recht, mein kriechender Freund?«, fragte sie das Tier. »Du und deine Artgenossen, ihr seid uns Alwen doch sehr verbunden.« Damit wandte sie sich an Niko, der noch immer mit gespreizten Fingern dastand und das Reptil voller Abscheu musterte. »Als die Unsichtbaren die Welt von Mysteria geschaffen haben, haben sie die Stumpfzahnnattern mit einer besonderen Aufgabe betraut: Sie bewachen Orte oder Gegenstände, die für uns Alwen von großer Wichtigkeit sind. Deswegen haben sie ihnen auch ein Schuppenkleid geschenkt, das ihnen ein gefährliches Aussehen verleiht und Unwissende schon bei ihrem bloßen Anblick zurückschrecken lässt. Dabei sind die Stumpfzahnnattern völlig harmlos.«

»Bist du sicher?«, fragte Niko verwirrt.

»Aber ja. Schließlich lernen wir Alwen das bereits in frühester Kindheit. Eine alte Legende, die man sich seit unzähligen Generationen an unseren Feuern erzählt, berichtet, dass es eine Stumpfzahnnatter war, die einem unserer Vorväter den Weg zum Tor des Feuers wies. Nachdem er es durchschritten und Sinkâlion aus dem Schicksalsstein gezogen hatte, machten ihn die magischen Kräfte des Königsschwertes zum ersten Herrscher der Alwen. Ganz nah bei dieser Stelle hat er dann mit dem Bau einer Festung begonnen, aus der im Laufe der Jahrhunderte Helmenkroon, der Sitz unserer Könige, entstanden ist. – Hier!« Auffordernd hielt Ayani Niko die Schlange entgegen. »Nimm sie doch auch mal. Dann kannst du dich überzeugen, wie harmlos sie ist.«

»Och, nö!«, rief Niko und hob abwehrend die Hände. »Lieber nicht. Ich habe ziemliche Angst vor Schlangen!«

Ayani runzelte die Stirn. »Warum das denn?«

»Keine Ahnung. Es ist halt so.«

Ayani warf ihm einen mitleidigen Blick zu, setzte das Reptil wieder ins Gras, stieß dann aber ein überraschtes »Oh!« aus.

»Was ist denn?«, erkundigte sich ihr Bruder neugierig und trat dicht neben sie.

»Hier! Sieh mal das Zeichen.« Ayani deutete auf eine Stelle dicht hinter dem Schlangenkopf. »Meine Hand muss es verdeckt haben, als ich sie aufgehoben habe.«

»Lass sehen.« Arawynn ging in die Knie, um das Muster näher in Augenschein zu nehmen.

Auch Niko überwand seine Abscheu, trat einen kleinen Schritt näher und beugte sich nach vorn, um besser sehen zu können. Als er das Zeichen erblickte, kam ebenfalls ein ungläubiges »Oh!« über seine Lippen. Rasch zwinkerte er, doch als er seine Augen wieder öffnete, war das Zeichen immer noch da. Das schwarze Muster auf der rotgelb geschuppten Haut der Schlange war unverkennbar: Es war die Mannaz-Rune.

Oder das Zeichen der Unsichtbaren, wie Ayani es genannt hatte.

Ayani schluckte, wandte sich zu Niko und schaute ihn mit fast feierlichem Ernst an. »Weißt du, was das bedeutet?«

»Nein.« Niko verspürte plötzlich ein merkwürdiges Unbehagen im Bauch.

»Man sagt, Stumpfzahnnattern, die das Zeichen der Unsichtbaren tragen, sind von ihnen in unsere Welt gesandt worden.«

»Und warum?« Nikos Kehle war mit einem Mal wie zugeschnürt und sein Mund trocken wie eine Wüste nach einem Sandsturm.

»Weil sie dem, der sie als Erster erblickt, eine besondere Botschaft übermitteln sollen: Sie sollen ihn daran erinnern, dass er vor der großen Aufgabe nicht davonlaufen soll, die ihm zugedacht worden ist.«

»Echt?« Niko räusperte sich, um den Frosch in seiner Kehle loszuwerden. »Und welche Aufgabe soll das sein?«

»Nun …« Ayani wechselte einen raschen Blick mit ihrem Bruder, der ihr nach kurzem Überlegen aufmunternd zunickte. »Wie ich bereits erwähnt habe«, fuhr sie fort, »hat eine Stumpfzahnnatter einst den entscheidenden Hinweis bei der Suche nach dem Königsschwert geliefert. Und deshalb vermute ich, dass genau das auch deine Aufgabe ist. Ja, ich glaube das sogar ganz fest: Die Unsichtbaren haben bestimmt, dass du Sinkkâlion findest und uns mit seiner Hilfe aus unserer Knechtschaft befreist, genau wie die alte Legende es erzählt.«

»So ein Quatsch!«, protestierte Niko heftig. »Nur weil dieses blöde Viech da …« Er deutete ins Gras, um auf die Schlange zu zeigen, aber die war verschwunden. Als hätte der Erdboden sie verschluckt, war nicht die geringste Spur mehr von ihr zu sehen. »Na, so was.« Niko verzog das Gesicht. »Habt ihr euch diesen Trick ausgedacht?!«

»Trick?«, fragte Ayani verwundert. »Ich weiß nicht, was du meinst. Aber es beweist nur, dass ich recht habe. Die Schlange war ein Bote der Unsichtbaren …«

»Blödsinn«, unterbrach Niko sie und kniff die Augen zu schmalen Schlitzen zusammen. »Erstens glaube ich nicht an solche Ammenmärchen, und zweitens …«

Ayani schaute ihn abwartend an. »Ja?«

»Zweitens bin ich überhaupt kein Alwe wie ihr und kann schon alleine deshalb auch nicht das Geringste mit eurem Schicksal zu tun haben!«

»Nein?«

Niko schüttelte den Kopf.

»Aber du siehst doch ganz danach aus«, warf Arawynn ein.

Erst da fiel Niko auf, dass er dem Jungen überraschend ähnlich sah. Auf den ersten flüchtigen Blick hätte man sie durchaus verwechseln können. »Reiner Zufall«, sagte er grimmig. »Ich komme wirklich nicht von hier, das könnt ihr mir glauben.«

Die Geschwister sahen sich betroffen an. Dann machte Arawynn einen Schritt auf ihn zu. »Und wenn schon«, sagte der Junge ruhig, »dafür gibt es mit Sicherheit eine Erklärung. Da hinten ...«, er zeigte über seine Schulter, »... liegt unser Dorf. Begleite uns dorthin, damit wir unsere Mutter um Rat fragen können. Maruna weiß über diese Dinge viel besser Bescheid als wir und wird dich zudem mit größter Freude bei uns willkommen heißen. Du hast uns schließlich das Leben gerettet.«

Plötzlich fiel Niko seine Verabredung mit Jessie wieder ein. Merkwürdigerweise hatte er seit dem Durchschreiten der Nebelpforte nicht eine Sekunde daran gedacht. Erst als Arawynn sein Zuhause erwähnte, wurde ihm mit einem Mal bewusst, dass er sich in einer völlig fremden Welt befand. Und plötzlich wollte er nichts als zurück – heim in seine vertraute Umgebung. Nicht nur weil Jessie ihn erwartete – und dann natürlich auch sein Opa und seine Mutter –, sondern weil ihm Mysteria, wie Ayani diese Welt genannt hatte, so völlig unbekannt war. Nicht einen Menschen kannte er hier! Was sollte er hier, was ging ihn das alles überhaupt an? Das Heimweh überflutete Niko so heftig, dass er sich brüsk von Ayani und Arawynn verabschiedete. Er bedankte sich noch einmal für die freundliche Einladung, ließ sich aber auch nicht durch ihre vehementen Proteste davon abhalten, aufzubrechen. Schnell machte er sich von den beiden los, um zur Nebelpforte zurückzukehren.

KAPITEL 15

Eine schreckliche Erkenntnis

Erst auf dem Weg zu den Findlingen, die ihm Einlass in die Welt hinter den Nebeln gewährt hatten, wurde Niko so richtig bewusst, wie gefährlich sein Abenteuer in Mysteria gewesen war – nämlich schlichtweg lebensgefährlich! Die Begegnung mit den schwarzen Kriegern hätte ganz leicht einen anderen Ausgang nehmen können. Mit etwas Pech hätten sie ihn schwer verletzen oder sogar töten können. Sie hatten schließlich nicht das geringste Mitleid mit Ayani und Arawynn gezeigt und wären auch nicht davor zurückgeschreckt, ihm den Garaus zu machen. Und ohne seine Kampfsportkünste, die er sich in jahrelangem Training angeeignet hatte, wäre er ganz sicher verloren gewesen.

Bei dem Gedanken wurde Niko plötzlich übel und ein Zittern überfiel ihn. Was war das nur für eine Welt, in die er da geraten war? In der mordlüsterne Krieger mit dem blanken Schwert auf unbewaffnete Jugendliche losgingen und sie in Stücke zu hacken versuchten. Wie im finstersten Mittelalter!, schoss es Niko durch den Kopf, als skrupellose Söldner und Mordbrenner selbst unschuldige Kinder und Frauen niedermetzelten und ihnen unvorstellbare Grausamkeiten antaten. Oder wie in so manchen Fantasy-Filmen, fiel ihm noch ein. Nur mit dem Unterschied, dass es sich hier offensichtlich um real gewordene Fantasy handelte, die er nicht nur am eigenen Leibe zu spüren bekommen hatte, sondern die ihn um ein Haar sogar das Leben gekostet hätte. Was für ein Glück, dass er diese ebenso grausame wie feindselige Welt wieder verlassen konnte und nicht ständig darin leben musste – wie Ayani und Arawynn zum Beispiel.

Während Niko sich ängstlich nach allen Seiten umschaute und sich vergewisserte, dass niemand mehr irgendwo lauerte, um über ihn herzufallen, stieg Mitleid mit den Geschwistern in ihm auf. Die kurze Begegnung hatte ihm gezeigt, dass sie ein weitaus mühseligeres und gefährlicheres Leben führten als er selbst. Auch wenn er aus ihren Erklärungen nicht ganz schlau geworden war, hatte er zumindest eines verstanden: Die Alwen, wie sie sich nannten, wurden von einem grausamen Herrscher tyrannisiert und geknechtet. Sie besaßen offensichtlich keinerlei Rechte und mussten jederzeit damit rechnen, gefangen genommen oder gar getötet zu werden.

Kein Wunder, dass ihre Hoffnung auf diesem magischen Königsschwert ruhte, das ihnen die Freiheit bringen sollte. Niko hatte sofort verstanden, dass es nur der Glaube an dieses Schwert war, der ihnen ihr schreckliches Schicksal erträglicher machte und sie letztendlich am Leben erhielt. Wer wollte es ihnen verübeln, dass sie sich an alte Märchen klammerten und ihrem Aberglauben von den Unsichtbaren anhingen, die ihnen angeblich Zeichen sandten.

Die Menschen im Mittelalter hatten schließlich auch noch geglaubt, dass die Erde eine Scheibe und der Mittelpunkt des Universums wäre. Warum also sollte es den Alwen anders ergehen? Und dass Ayani und Arawynn ihn für ein Mitglied ihres Volkes gehalten hatten, war ebenfalls verständlich. Sie hatten vielleicht noch nie von anderen Ländern gehört, geschweige denn von einer anderen Welt!

Mit Erleichterung bemerkte Niko, dass er bereits wieder das

mit Heidekraut, Wollgras und Schnabelried bewachsene Ödland erreicht hatte. Nur eine Minute später erblickte er in der vor ihm liegenden Senke die graublau schimmernde Nebelwolke, in der sich, ganz undeutlich zwar, aber dennoch zu erkennen, die Konturen der mächtigen Findlinge abzeichneten. Niko beschleunigte seine Schritte, um die Pforte so schnell wie möglich zu erreichen. Noch im gleichen Moment vernahm er den durchdringenden Schrei eines Falken.

Beklommen wandte er den Blick zum Himmel und sah sich nach allen Seiten um – und da erspähte er den Greifvogel, der direkt über den Steinen am wolkenlosen Himmel kreiste. Auch wenn er sich hoch in der Luft befand, konnte Niko erkennen, dass es sich um ein außergewöhnliches Tier handelte. Einen so großen Falken hatte er jedenfalls in seinem ganzen Leben noch nicht gesehen: Fast einen Meter lang war er und die Spannweite der Schwingen war nahezu dreimal so groß. Das Gefieder auf seinem Bauch schimmerte in einem hellen Grau, die restlichen Federn waren grau-braun gestreift. Plötzlich kam Niko es so vor, als würde der Vogel ihn direkt ansehen. Jedenfalls vermeinte er, seine von gelben Augenringen umgebene dunkle Iris zu erkennen.

Unbestimmte Angst stieg in Niko auf, Angst vor allem, was hier vor sich ging.

Fort, nur fort!, durchzuckte es ihn.

Er begann zu laufen, stürmte, so schnell er konnte, den kleinen Abhang hinunter und hetzte auf die Nebelwolke zu. Ohne sich umzusehen, tauchte er in den wabernden Dunst, fühlte die Kühle des Nebels um sich herum.

Nur Sekunden später schoss er auf der anderen Seite wieder aus dem Nebelkokon hervor. »Jaaaa!«, jubelte er erleichtert auf und warf die Arme in die Höhe, als hätte er eben als triumphierender Sieger eines Wettlaufs die Ziellinie überquert. »Ja –«

Der Schrei blieb ihm im Halse stecken. Zu seiner Verwunderung konnte Niko nämlich nirgends die hässlichen, großen Masten der Überlandleitung entdecken, die in seiner Welt mitten durch das Ödland verlief und die urwüchsige Landschaft verschandelte.

Das war doch nicht möglich, oder?

Hastig drehte Niko sich um die eigene Achse und spähte in alle Himmelsrichtungen: Keine Masten weit und breit.

Und da schrie der Falke ein weiteres Mal.

Als Niko den Blick nach oben richtete, konnte er sehen, dass der Vogel tatsächlich noch immer über ihm kreiste.

Obwohl ihm tief im Inneren bereits dämmerte, was das zu bedeuten hatte, wollte sein Verstand das Offensichtliche nicht wahrhaben. Während die Verzweiflung sich wie das lähmende Gift einer Natter in ihm breitzumachen drohte, unternahm Niko einen neuen Versuch und tauchte ein zweites Mal in den blaugrau leuchtenden Nebeldom ein.

Doch das Ergebnis war wieder das gleiche: keine Masten, keine Stromleitungen – keine vertraute Welt! Nur der Falke zog immer noch seine Kreise am Himmel, stolz und erhaben und von all dem unberührt.

Beim nächsten Schrei des Vogels wurde Niko schlagartig alles klar: Er konnte diese fremde Welt nicht mehr verlassen und der Grund lag völlig auf der Hand: weil er seine Halskette verloren hatte. Nur mit ihrer Hilfe – das verstand er jetzt – hatte er nach Mysteria, in die Welt hinter den Nebeln, gelangen können. Wenn er die Kette nicht wiederfand, würde er nie mehr in seine eigene Welt zurückkehren können und in der Fremde ausharren müssen – vielleicht sogar bis zum Ende seiner Tage.

Die Wucht der Erkenntnis traf Niko wie ein Keulenhieb. Alle Kraft, jeglicher Mut, den er bis hierher aufgebracht hatte, wichen aus seinem Körper, und er sank auf den weichen Boden des Graslands. Die Welt vor seinen Augen begann sich zu drehen, schneller und immer schneller, bis schließlich alles um ihn herum verschwamm und sich tiefe Dunkelheit über ihn senkte.

Rhogarr von Khelm lümmelte in seinem Lehnstuhl und starrte nachdenklich in den großen Steinkamin, in dem ein munteres Holzfeuer loderte. Die Scheite knisterten und knackten und der würzige Geruch von Harz stieg ihm in die Nase, wenn Funken aus den Flammen aufstiegen und wie rot glimmende Glühwürmchen auf die Steinfliesen segelten, wo sie schließlich erloschen. Der einäugige Herrscher jedoch registrierte das kaum, sondern hing seinen Gedanken nach, die ähnlich düster waren wie sein Gemach. In der Schlafkammer war von der Helle des Tages kaum etwas zu spüren. Sie lag im Erdgeschoss des Hauptgebäudes von Helmenkroon, die drei Fenster waren klein und schmal, und ihre Scheiben bestanden aus buntem Glas, das die Strahlen des Großen Taglichts kaum zu durchdringen vermochten. Der Schatten des mächtigen Bergfrieds, der um die Mittagszeit stets auf die Fensterwand fiel, verdunkelte die Kammer noch zusätzlich. Rhogarr jedoch störte die Düsternis nicht, entsprach sie doch völlig seiner Gemütslage. Er hatte deshalb auch nur ein paar wenige Kerzen angezündet, die neben dem Schein des Kaminfeuers für spärlich flackernde Lichtinseln im trüben Zwielicht seines Gemaches sorgten.

Der schlichte Raum hatte einstmals König Nelwyn als persönliches Refugium gedient. Bereits am Morgen nach der Nacht, in der der Herrscher der Marschmark mit Herzog Dhragos Hilfe in Helmenkroon eingefallen war, um Nelwyn zu beseitigen, hatte Rhogarr die abgelegene Kammer bezogen – wie zum äußeren Zeichen dafür, dass er sich zu Nelwyns Nachfolger aufgeschwungen hatte und nun auch die Regentschaft über das Nivland beanspruchte. Obwohl das schon vierzehn Sommer zurück lag, war die Einrichtung noch nahezu unverändert: Das große Regal mit den dickleibigen Folianten an der einen Wand, der dunkle Holztisch und der dazugehörige Lehnstuhl, ja selbst das hölzerne Gestell des Schlaflagers stammten noch aus Nelwyns Zeiten. Sogar das Tintenfass und die Schreibfeder auf dem Tisch unterhalb der Fenster hatten dem König der Alwen gedient. Rhogarr hatte die Schreibutensilien allerdings ebenso wenig angerührt wie die Folianten im Regal. Der Marschmärker beherrschte weder das Schreiben noch das Lesen, empfand diese Fertigkeiten zudem als völlig unnütz und eines erwachsenen Mannes nicht würdig. Dafür, dass König Nelwyn sich nicht nur mit Büchern beschäftigt, sondern selbst auch Verse und kurze Erzählungen verfasst hatte, empfand er nichts als Verachtung. Fürs Schreiben war sein Hofschreiber zuständig, dem Rhogarr seine Anordnungen und Anweisungen diktierte und der zudem neue Gesetzestexte niederschreiben oder die Chronik führen musste. Und Lesen war nach der Meinung des Tyrannen nichts als Zeitverschwendung und höchstens eine Beschäftigung für Frauen und Memmen.

Dennoch hatte er Nelwyns Sachen nicht aus der Kammer entfernt. Rhogarr war nämlich fest davon überzeugt, dass sie noch immer den Geist des alten Königs atmeten, und hoffte inständig darauf, dass sich vielleicht etwas davon auf ihn selbst übertrug, wenn er sich nur lange genug in Nelwyns ehemaligem Gemach aufhielt. Denn so hart und unantastbar der Tyrann sich nach außen hin auch gab, so weich und verletzlich machten ihn die Angst und das bittere Gefühl des Nicht-Genügens, die tief in seinem Herzen verwurzelt waren. Dass die Alwen nichts als Verachtung und Abscheu für ihn empfanden und ihren alten König immer noch glühend verehrten, traf Rhogarr sehr – auch wenn er das natürlich niemals zugegeben hätte. Ihre unverhohlene Ablehnung lastete wie ein dunkler Schleier auf ihm, und die

Tage und Stunden, in denen er das ohnmächtige Gefühl hatte, als fräßen gierige schwarze Vögel an seinem Herz, wurden mehr und mehr. Immer häufiger verspürte Rhogarr das Bedürfnis, Zuflucht im ehemaligen Gemach von Nelwyn zu suchen. Zu seinem eigenen Erstaunen hatte er nämlich festgestellt, dass sich sein aufgewühltes Gemüt dort meist rasch besänftigte, was immer der Grund dafür auch sein mochte.

Diesmal jedoch wollte ihm das nicht so recht gelingen. Der Besuch der Schwarzmagierin am Vorabend hatte ihn noch heftiger aufgewühlt als die Albträume in den Nächten davor. Obwohl er die Ereignisse vor vierzehn Sommern ohnehin nie vergessen würde – dafür sorgte schon die schwarze Augenklappe, die er seit damals wie ein nicht wiedergutzumachendes Mahnmal im Gesicht trug –, hatte Sâga doch erreicht, dass seine Erinnerungen wieder so lebendig wurden, dass sie ihm nicht für eine Sekunde aus dem Kopf wollten. Alles stand so deutlich vor Rhogarrs innerem Auge, als wäre es erst gestern geschehen.

Soweit er sich zurückerinnern konnte, hatte er stets mit dem Gedanken geliebäugelt, das Nivland zu überfallen und es seinem eigenen Reich, der Marschmark, einzuverleiben. Zum einen hätte das seine Macht und sein Ansehen in Mysteria erheblich vergrößert. Zum anderen gelüstete es Rhogarr auch nach dem sagenhaften Alwenhort, der sich seit undenkbaren Zeiten im Besitz der nivländischen Herrscher befand. Dabei wusste niemand Genaues über den geheimnisvollen Schatz. Kein Fremder hatte ihn bislang zu Gesicht bekommen, und niemand konnte angeben, wo er sich befand. Sein Versteck war nur dem jeweiligen Herrscher des Nivlandes bekannt, der das Geheimnis seinem jeweiligen Nachfolger, meistens seinem erstgeborenen Sohn, auf seinem Sterbelager anvertraute. Verschied der König jedoch vor der Zeit oder wurde er in einer Schlacht oder bei sonstigen Kampfhandlungen getötet, bevor noch sein Nachfolger feststand, dann sorgte die Hüterin des Horts dafür, dass einzig und alleine der rechtmäßige Thronfolger Kenntnis von dem sagenhaften Schatz erhielt.

Kein Wunder also bei solcher Geheimhaltung, dass die unterschiedlichsten und abenteuerlichsten Gerüchte über den Alwenhort in Umlauf waren. So widersprüchlich die jedoch auch sein mochten, in einem stimmten sie alle überein: dass der Schatz nicht nur aus unermesslichen Mengen von Gold und Silber und anderen edlen Metallen und Steinen bestand, sondern auch einige wundersame Artefakte enthielt – Ketten, Ringe und anderes mehr –, deren magische Kräfte sich auf ihre jeweiligen Träger übertrugen. Genau wie bei Sinkkâlion, dem Königsschwert. Verständlich, dass über die Jahrhunderte schon unzählige Männer danach getrachtet hatten, den Schatz in ihren Besitz zu bringen – und dennoch war das bislang noch niemandem gelungen.

Das allerdings war nicht der Grund, warum Rhogarr von Khelm lange Zeit vor einem Angriff auf das Nivland zurückgeschreckt war. Sein Zögern hatte andere Ursachen: Er fürchtete die magischen Kräfte von Sinkkâlion, die König Nelwyn schier unbezwingbar machten. Und er hatte große Angst vor Mordur von Kra'naak, dem Herrscher des Grimmen Reiches.

Mordur verfügte zweifelsohne über die stärkste Streitmacht von ganz Mysteria, die den Truppen der Marschmark nicht nur in der Zahl der Krieger, sondern auch in der Ausrüstung weit überlegen war. Zudem hatten Rhogarrs Spione herausgefunden, dass Mordur längst selbst an einen Überfall auf das Nivland dachte, aber bislang aus dem gleichen Grund wie Rhogarr davor zurückgeschreckt war: weil er die magische Macht Sinkkâlions ebenfalls fürchtete. Für den marschmärkischen Herrscher ließ das nur eine Schlussfolgerung zu: Wenn er das Nivland überfallen würde und damit tatsächlich Erfolg haben sollte, wäre das für Mordur das Signal zum sofortigen Angriff. Weil damit nämlich der Beweis geliefert wäre, dass die Macht des Königsschwertes gebrochen werden konnte. Ganz zweifellos würde dann der Herrscher des Grimmen Reiches seine Furcht vor Sinkkâlion ablegen wie einen lästig geworden Umhang in der Sommerhitze und in das Reich der Alwen einfallen – womit er selbst, Rhogarr von Khelm, wieder genauso weit wäre wie vor seinem Überfall.

Dieses Dilemma hatte ihn über Jahre beschäftigt. Unzählige Male hatte er sich den Kopf zermartert, hatte nächtelang darüber nachgegrübelt und war dennoch zu keiner brauchbaren Lösung gekommen. Eines Nachts jedoch hatte sich das Blatt für Rhogarr gewendet: Sâga, die Schwarzmagierin, war unverhofft bei ihm aufgetaucht und hatte ihm einen Plan unterbreitet, der ebenso einleuchtend wie Erfolg versprechend klang. Doch noch immer hatte Rhogarr gezögert, bis ein schrecklicher Zwischenfall seine letzten Bedenken hinweggefegt hatte:

Bei einem Jagdausflug im Grenzland der Marschmark traf seine Gemahlin Eleonor mit ihrem Gefolge – bis auf zwei Jagdaufseher allesamt Frauen – völlig unvermutet auf König Nelwyn. Der nivländische König beschuldigte sie, sich widerrechtlich auf seinem Herrschaftsgebiet zu befinden, und bezichtigte sie der Wilddieberei. Als Eleonor diesen dreisten Vorwurf entrüstet von sich wies, zog Nelwyn sein Schwert, griff die friedliche Jagdgesellschaft ohne Vorwarnung an und metzelte alle nieder. Die ruchlose Schandtat wäre mit Sicherheit niemals bekannt geworden, wenn einer der Jagdaufseher nicht die Geistesgegenwart besessen hätte, sich tot zu stellen. Auf diese Weise überlebte er als Einziger das blutige Gemetzel und konnte so seinem Herrscher Zeugnis davon ablegen.

Außer sich vor Wut und Trauer schwor Rhogarr von Khelm am Grabe seiner Frau, den feigen Meuchler für seine Schandtat zur Rechenschaft zu ziehen und nicht eher zu ruhen, bis Eleonors Tod gerächt sei. Bereits am anderen Tage wollte er dem Nivland den offenen Krieg erklären.

Sâga jedoch riet ihm dringend davon ab. Sie machte Rhogarr eindringlich klar, dass Nelwyn die Untat ohnehin abstreiten und den einzigen Zeugen nur der Lüge bezichtigen würde. Und da ihm in ganz Mysteria der Ruf eines tadellosen und vorbildlichen Edelmannes vorauseilte, würde man ihm mit Sicherheit Glauben schenken. Zudem würde eine offene Kriegserklärung Nelwyn nur vorzeitig warnen und ihm damit ausreichend Zeit verschaffen, sich gegen den bevorstehenden Angriff zu wappnen. Da die Mauern von Helmenkroon sich über die Jahrhunderte als unbezwingbar erwiesen hatten, wäre nach Sâgas fester Überzeugung auch Rhogarrs Attacke zum Scheitern verurteilt. Stattdessen machte sie ihm die Vorzüge ihres eigenen Planes noch einmal eindringlich deutlich und konnte ihn schließlich umstimmen. Bereits am nächsten Tag wurde alles Nötige in Gang gesetzt, und die Ereignisse kamen ins Rollen, die Rhogarr von Khelm schließlich auf den Thron von Helmenkroon brachten.

Bei dem Gedanken rang sich ein tiefer Seufzer aus der Kehle des Burgherrn. Auch wenn Sâgas Plan ihm tatsächlich den Sieg über das Nivland eingetragen hatte, war er nicht gänzlich aufgegangen. Schließlich hatte er nicht nur darauf abgezielt, Nelwyn zu stürzen. Vielmehr wollte Rhogarr sich gleichzeitig auch in den Besitz von Sinkkâlion bringen – und genau das war ihm nicht gelungen.

Wieder seufzte Rhogarr, denn noch einmal stiegen die Ereignisse jener schicksalhaften Nacht vor seinem inneren Auge auf. In all der langen Zeit, die seitdem vergangen war, hatte er noch niemandem anvertraut, was sich damals wirklich zugetragen hatte. Außer Herzog Dhrago, der an seiner Seite gewesen war, und ihm selbst wusste niemand, was sich in jener Nacht in den Mauern von Helmenkroon ereignet hatte. Und genauso sollte es auch bleiben. Solange die Alwen der Überzeugung waren, er hätte ihren geliebten Nelwyn getötet und seine sterbliche Hülle zusammen mit dem Leichnam von Königin Nimhuld den Flammen übergeben, solange würden sie ihn fürchten und waren deshalb viel einfacher im Griff zu behalten. Aus diesem Grunde hatte Rhogarr Dhrago auch zu strengstem Stillschweigen verpflichtet. Und falls der Herzog seinen Schwur brechen sollte – sei es mit Bedacht oder auch ohne Absicht –, würde er ihn höchstpersönlich dafür zur Rechenschaft ziehen.

Dabei bereitete der Herzog ihm noch die geringsten Sorgen, auch wenn Dhrago ebenso feige wie durchtrieben war. König Mordur war da schon ein anderer Fall… Überraschenderweise hatte Mordur damals bei Rhogarrs Machtübernahme keine größeren Probleme gemacht. Auf Sâgas Rat hin hatte Rhogarr den Herrscher des Grimmen Reiches nämlich in seine Pläne eingeweiht und ihm als Lohn für sein Stillhalten das Königsschwert versprochen. Mordur ließ sich dann tatsächlich auch vertrösten. Allerdings nur für den Preis gewaltiger Tributzahlungen – die er jedoch wohl ohnehin gefordert hätte. Dass er nun so eindringlich das Schwert forderte, war zwar bedrohlich, stellte aber vielleicht kein unüberwindbares Hindernis dar. Möglicherweise handelte es sich ja nur um eine vorübergehende Laune des Grimmen Herrschers, der für seinen unsteten Charakter bekannt und gleichermaßen gefürchtet war. Und falls nicht, würde sich mit Sicherheit auch eine Lösung finden. Schließlich deuteten alle Anzeichen darauf hin, dass das Tor des Feuers sich bald öffnen und den Weg zu Sinkkâlion endlich freigeben würde.

Nein, Rhogarrs schwerste Bedenken galten nicht Mordur, sondern einer anderen Figur in diesem Spiel: der Schwarzmagierin. Noch immer hatte Rhogarr nicht verstanden, warum Sâga sich auf seine Seite geschlagen hatte. Welchen Vorteil zog sie daraus, dass er nun anstelle Nelwyns auf dem Thron von Helmenkroon saß? Eigentlich keinen, jedenfalls keinen, den er zu erkennen vermochte. Schon damals hatte Rhogarr sich mehr als gewundert, dass die Schwarzmagierin keinerlei Gegenleistung für ihre Unterstützung verlangt hatte. Da Rhogarr eine solche Selbstlosigkeit völlig fremd war, hatte er sofort Verdacht geschöpft und sich gefragt, ob Sâga vielleicht irgendwelche Hintergedanken hegte, die sie nicht offen kundtat. Er hatte hin und her überlegt und sich mit seinen Vertrauten beratschlagt – und war dennoch zu keinem überzeugenden Schluss gekommen. Selbst sein Sterndeuter und sein Wahrsager hatten nichts Verdächtiges herauslesen können, weder aus den Sternen noch aus den Karten oder den Linien seiner Hand. Nur die Hexe Orsana, die er schon damals gelegentlich um Rat gefragt hatte, hatte nach dem eingehenden Studium ihres grässlichen Knochenorakels eine Vermutung geäußert. »Auch wenn Sâga mit den Unsichtbaren im Bunde steht und deshalb über fast grenzenlose Kräfte verfügt«, hatte sie gesagt, »bleibt sie dennoch eine Frau.«

Bei dem Gedanken an die Unsichtbaren verzog Rhogarr verärgert das Gesicht. Dass viele Bewohner Mysterias dem Glauben anhingen, diese geheimnisvollen Wesen hätten ihre Welt erschaffen, konnte er überhaupt nicht verstehen. Für ihn selbst war das nichts als dummer Alwen-Aberglaube, der ihm nur Schwierigkeiten bereitete.

Aber diesen Unsinn würde er dem Bauernpack schon noch austreiben.

Wenn es sein musste, mit Gewalt.

Vielleicht hatten ihn sein Hass und sein Ärger damals auch daran gehindert zu verstehen, was die Hexe eigentlich mit ihrer Bemerkung andeuten wollte. Er wusste noch genau, wie er auf ihre Worte reagiert hatte. »Natürlich ist Sâga eine Frau«, hatte er Orsana ungehalten angeherrscht, um dann für sich hinzuzufügen: »Wenn auch nicht gerade nach meinem Geschmack und nach dem der meisten anderen Männer.« Dann hatte er die Hexe angebrüllt: »Geht das vielleicht etwas genauer?«

»Aber natürlich, Herr«, hatte Orsana geantwortet. »Jede Frau, und selbst die mächtigste, besitzt einen wunden Punkt – nämlich den hier.« Damit deutete sie auf ihr Herz und lächelte.

Als Rhogarr noch immer nicht begriff, wurde Orsana deutlicher: »Wer das Herz und die Gefühle einer Frau verletzt, sei es absichtlich oder auch unabsichtlich, kann sie sich dadurch zur schlimmsten Feindin machen. Was schreckliche Folgen haben kann, besonders dann, wenn sie über so unbegreifliche Kräfte wie Sâga verfügt. Die Botschaft der Knochen ist zwar nicht eindeutig, aber dennoch lässt sie mich vermuten, dass Nelwyn genau das getan haben könnte.«

Es war nur ein vager Hinweis, aber Rhogarr war ihm nachgegangen. Er hatte allerdings keinerlei Beweise für eine wie auch immer geartete Verbindung zwischen Sâga und Nelwyn entdeckt. Im Gegenteil: Obwohl Nelwyn und Königin Nimhuld, wie allgemein üblich in den Hohen Familien des Nivlandes, sich schon im zarten Kindesalter versprochen worden waren, hatte ihre Ehe als glücklich und geradezu vorbildlich gegolten. Ihre Verbindung war zwar kinderlos geblieben, aber dennoch gab es keinerlei Anzeichen, dass er sich einer anderen Frau zugewandt hätte – und schon gar nicht einer so unheimlichen wie Sâga! Deshalb hatte Rhogarr die Vermutung der Hexe Orsana schließlich verworfen. Ein Rest von Zweifel war ihm dennoch geblieben: Seine geheimen Späher hatten nämlich herausgefunden, dass Sâga den Alwen ehemals wohlgesonnen war und niemals feindliche Absichten gegen sie gehegt hatte, bis sich ihr Verhalten urplötzlich gedreht hatte. Danach hatte sie alles unternommen, um Nelwyn zu stürzen – und dafür musste es einen Grund geben. Doch sosehr Rhogarr von Khelm darüber auch nachgegrübelt hatte, er hatte keinen finden können.

Ein eisiger Hauch, der über seinen bloßen Nacken strich, schreckte Rhogarr aus den Gedanken. Noch im gleichen Augenblick vernahm er ein Rauschen, das schnell näher kam. Das Feuer im Kamin loderte auf, als ob ein Windstoß hineingefahren wäre. Die Kerzen begannen zu flackern, mehr und mehr, bis sie schließlich erloschen.

Auch das Rauschen war verstummt.

Rhogarrs gesundes Auge aber verengte sich und ein freudloses Lächeln spielte um seine Lippen. »Was führt Euch zu mir, verehrte Sâga?« Mit überraschender Leichtigkeit erhob er sich vom Stuhl, drehte sich um und blickte die Schwarzmagierin erwartungsvoll an, die, wie aus dem Boden gewachsen, an der Wand unter den geöffneten Fenstern stand und lächelte. Trotz des Zwielichts war der große goldene Ring an ihrer rechten Krallenhand deutlich zu erkennen.

»Kannst du dir das nicht denken, Rhogarr?«, entgegnete Sâga. »Wie ich bereits gestern gesagt habe: Mich treibt der gleiche Gedanke um wie dich – der Gedanke an Sinkkâlion.«

Der Herrscher zog eine Braue hoch. »Dann habt Ihr also Neuigkeiten?«

»Du sagst es.« Mit einer kaum wahrnehmbaren Bewegung kam sie blitzschnell näher und stand nun direkt vor ihm. »Odhur hat mir eine Botschaft geschickt.« Der Triumph, der in ihrer Stimme lag, war nicht zu überhören. »Auch wenn er mich damit wohl eher verwirren als erleuchten wollte und sich alle Mühe gegeben hat, ihre wahre Bedeutung zu verschleiern. Ich habe sie trotzdem entschlüsselt. Jetzt weiß ich, wo wir der Lösung unseres Problems näher kommen können.«

Rhogarr beugte sich vor. »Seid Ihr sicher?«

»Ich denke schon.« Sâga lächelte, als kenne sie keine Zweifel. »Odhur hat mir diesen Jungen zum zweiten Mal gezeigt. Und das muss seinen Grund haben.«

Der Herrscher sah sie gespannt an. »Nämlich?«

»Den Grund, dass dieses Balg wohl tatsächlich der Befreier ist, auf den die Alwen hoffen. Es ist so weit: Die Suche nach Sinkkâlion hat bereits begonnen.«

»Endlich!« Rhogarrs finsteres Antlitz erhellte sich. »Endlich ist es so weit. Wie lange haben wir darauf gewartet!«

Sâga hob warnend die Hand. »Freue dich nicht zu früh!«, mahnte sie eindringlich. »Wenn diesem Alwenbastard das Königsschwert in die Hände fällt, wird ein Sturm der Rebellion über das Land hinwegfegen, der dich das Leben kosten kann. Und Herzog Dhrago ebenfalls.«

»Ach, Unsinn!« Rhogarr winkte ab. »Das werden wir schon zu verhindern wissen. Ich habe diesen Hunden den Besitz von Waffen doch bei Todesstrafe verboten, und so werden sie gegen meine Krieger nicht das Geringste ausrichten können.« Rhogarr verzog die Mundwinkel zu einem Grinsen. »Außerdem habe ich Euren Rat befolgt, Sâga, und meine Reiter und die Vharuuls losgeschickt. Sie durchkämmen das ganze Land, um diesen Bastard aufzuspüren.«

»Wie klug du doch bist.« Unverhohlener Hohn lag in Sâgas Stimme. »Dennoch kannst du dir diese Mühe sparen, Rhogarr. Ich weiß jetzt nämlich, wo der Junge zu finden ist.«

»Was?« Vor Freude machte Rhogarrs Herz einen Sprung. »Jetzt sagt schon!«

»Aber gerne doch. Wie du wünschst.« Die Schwarzmagierin deutete eine spöttische Verbeugung an, dann wurde sie wieder ernst. »Herzog Dhrago soll deine Reiter in den Flüsternden Forst führen, wo Hauptmann Grymm einen kleinen Vorposten befehligt.«

»Herzog Dhrago?«, wandte Rhogarr mürrisch ein. »Haltet Ihr das nicht für übertrieben? Dhrago ist schließlich der Anführer meiner hiesigen Streitmacht.«

»Na und?«, erwiderte sie lächelnd. »Herzog Dhrago weiß, dass sein Leben auf dem Spiel steht, wenn der Befreier der Alwen das Schwert finden sollte. Deshalb wird er alles daransetzen, ihn vorher dingfest zu machen.«

Rhogarr nickte finster. »Jetzt verstehe ich, was Ihr meint.«

»Genau.« Sâgas Flammenaugen leuchteten auf. »Deine Vharuuls sollten ja keine Probleme haben, das kleine Alwendorf aufzuspüren, das versteckt in der Nähe des Brodermoors liegt.«

»Ein Dorf am Brodermoor?«, entgegnete Rhogarr verwundert. »Da wohnen doch nur törichte Bauern, die nicht einmal eine Waffe führen können. Weshalb sollte sich dieser sogenannte Befreier ausgerechnet unter diesem Bauernpack verbergen?«

»Vielleicht genau aus diesem Grund?« Sâga musterte ihn mit kühlem Blick. »Weil niemand damit rechnet, dass uns von dort Gefahr drohen könnte? Oder glaubst du, die Unsichtbaren wüssten nicht, verwinkelte Wege zu nehmen?«

Rhogarr schwieg und versuchte, dem stechenden Blick der Schwarzmagierin standzuhalten, was ihm jedoch nicht gelang. Als er den Kopf senkte, huschte ein Lächeln über das fahle Gesicht der Frau.

»Hör auch diesmal auf meinen Rat, Rhogarr, und schicke deine Männer in dieses kleine Dorf. Sie sollen nach einem Jungen suchen, der sich durch besonderen Mut auszeichnet, und ihn gefangen nehmen. Und du, Rhogarr …«, ihr rechter Zeigefinger zuckte nach vorne und bohrte sich in die Brust des Herrschers, »… du bringst ihn dann zu mir in meine Höhle.«

»Gut.« Rhogarr nickte. »Euer Wunsch soll Euch erfüllt werden.«

»Brav! Sehr brav!« Mit einer blitzschnellen Bewegung richtete Sâga ihre Hand auf die erloschenen Kerzen, verengte ihre

Augen – und eine nach der anderen loderten die Kerzen wieder auf.

Rhogarr sog hörbar die Luft ein, verzichtete aber auf jeden Kommentar.

Die Schwarzmagierin wollte schon die Arme zur Decke strecken, um ihre Verwandlung einzuleiten, als ihr noch etwas einfiel. »Noch eins, Rhogarr«, rief sie ihm zu. »Deine Männer sollen Ausschau halten nach einer Kette. Nach einer Kette mit einem goldenen Anhänger.«

KAPITEL 16

Wunschkraut und Dämonenbann

Rieke schaute das Mädchen, das mit schweißnassem Gesicht vor der Haustür stand, ungläubig an. »Jessie! Was willst du denn hier? Ich dachte, du machst einen Ausritt mit Niko?«

»Das dachte ich auch«, erwiderte Jessie schwer atmend. »Ich warte schon seit über einer Stunde auf ihn, aber er lässt sich einfach nicht blicken. Deshalb dachte ich …« Sie brach ab, schniefte und warf Rieke einen misstrauischen Blick zu. »Heißt das, dass Niko auch nicht hier ist?«

»Nee.« Rieke schüttelte den Kopf. »Ich hab ihn seit dem Frühstück nicht mehr gesehen. Aber vielleicht … Vielleicht wartet er bei den Pferden auf dich? Warst du schon auf der Koppel?«

»Da komme ich doch gerade her.« Jessie unterstrich die Antwort mit einem kräftigen Nicken. »Aber ich habe Niko da nirgends gefunden, und deshalb bin ich schnell hierhergerannt.«

»Na, so was«, murmelte Rieke. Dann drehte sie den Kopf und blickte über die Schulter in den dunklen Flur des alten Hauses. »Papa? Kommst du bitte mal, Papa?!«

Keine Antwort.

»Papa!«, wiederholte Rieke, lauter und kräftiger als zuvor.

Doch auch der neuerliche Ruf blieb unbeantwortet. Das Schweigen, das aus dem Haus drang, war fast körperlich spürbar.

»Seltsam.« Rieke sah Jessie fragend an. »Verstehst du das?« Ohne die Antwort des Mädchens abzuwarten, fügte sie hinzu: »Was meinst du? Sollen wir die beiden suchen gehen oder lieber die Polizei verständigen?«

»Quatsch!«, erwiderte Jessie rasch und verzog das Gesicht. »Ich glaube, das wäre keine gute Idee!«

Rieke verengte den Blick. »Und warum nicht?«

»Weil … äh …«, stotterte Jessie und suchte fieberhaft nach einer einleuchtenden Erklärung. »Weil … äh …«

Das Misstrauen in Riekes Gesicht wurde größer. »Ja?«

»Weil es dafür bestimmt eine harmlose Erklärung gibt«, sagte Jessie schnell. »Vielleicht ist Niko mit seinem Opa nur mal schnell ins Feld gegangen. Weil Melchior ihm was zeigen wollte.«

»Puhh!« Rieke atmete geräuschvoll aus. »Du hast recht. Das würde die Sache erklären.«

»Mit Sicherheit. Und ich kann mir auch vorstellen, wohin sie gegangen sind.« Jessie schlug sich reichlich theatralisch mit der Hand an die Stirn. »So was Doofes! Dass ich nicht gleich darauf gekommen bin. Machen Sie sich keine Sorgen, Frau Niklas. Ich bin bald wieder zurück. Und Niko natürlich auch.«

Damit drehte Jessie sich um und hastete rasch davon. Die schulterlangen Haare unter ihrer roten Basecap wehten hinter ihr her.

Rieke sah ihr nach, bis der schmale Pfad, der zum Nebelmoor führte, hinter einer dichten Baum- und Strauchgruppe verschwand und ihr den Blick auf das dahinstürmende Mädchen versperrte.

»Hier, Niko, trink!« Mit aufmunterndem Lächeln stellte Maruna einen Steinbecher vor den Jungen hin. »Das wird deine Lebensgeister wieder wecken.«

»Vielen Dank«, antwortete Niko und hob den Becher an die

Lippen. Noch bevor er trank, stieg ihm ein bekannter Geruch in die Nase: ein eigentlich bitterer Duft mit einem leichten Unterton von Zitrone. Überrascht blickte er Maruna an. »Was ist da drin? Dieser Geruch …?«

»Leicht herb, aber doch verlockend?«, fiel die Frau ihm ins Wort.

Niko nickte.

»Das ist die Verbena. Wir Alwen nennen die Pflanze auch Wunschkraut oder …«, sie machte eine bedeutungsvolle Pause, »… Dämonenbann.«

»Dämonenbann?« Niko rümpfte die Nase. »Warum das denn?«

»Nun ja …«, hob Maruna an, »das Wunschkraut ist vielfältig verwendbar. Als Kräutersud zum Beispiel beruhigt es das Gemüt, stärkt die Abwehrkräfte und verleiht neue Zuversicht.«

Erst jetzt bemerkte Niko die getrockneten Sträuße, die von den Stützbalken der Hütte hingen. Dem Geruch nach musste es sich um die gleiche Pflanze handeln: Wunschkraut oder Dämonenbann.

»Auch bei der Behandlung von Wunden«, fuhr Maruna fort, »und insbesondere bei Schnitt- und Stichverletzungen wirkt die Verbena wahre Wunder. Sie bewahrt zudem vor Hieben mit dem Schwert und ähnlichen Waffen …«

Obwohl Niko sie mit skeptischer Miene ansah, ließ Maruna sich nicht beirren.

»… und bannt die Geschöpfe des Bösen«, erklärte sie weiter. »Sie schützt uns zum Beispiel vor Blendern.«

Blender? Auch diesen Ausdruck hatte Niko noch nie gehört. Er hatte keine blasse Ahnung, was er bedeutete.

»Blender sind grausame, nahezu gestaltlose Ungeheuer«, beantwortete Maruna seine unausgesprochene Frage, »die einen anderen Körper benötigen, um zu existieren. Ihre Opfer bemerken gar nicht, wenn ein Blender von ihnen Besitz ergreift, und sind ihm deshalb hilflos ausgeliefert. Der Blender bemächtigt sich nämlich ihres Willens, sodass die oder der Unglückliche nicht mehr Herr seiner selbst ist, sondern nur noch ein willfähriges Werkzeug des unheimlichen Wesens.«

»Wie entsetzlich«, hauchte Niko und musste sofort an den Mann denken, mit dem er vor dem Antiquariat zusammengestoßen war. Der ihm für den Bruchteil einer Sekunde wie ein schreckliches Monster vorgekommen war. Hatte es sich bei ihm vielleicht auch um einen Blender gehandelt?

»Blender sind in der Tat ganz schreckliche Wesen«, fuhr Maruna fort. »Man sagt, dass sie im Dienst der Schwarzmagierin Sâga stehen und ihr helfen, ihre Macht zu erhalten.«

Niko ließ sich nicht anmerken, dass er natürlich auch keine Ahnung hatte, wer diese Sâga war. »Und das Wunschkraut verhindert, dass man ihnen zum Opfer fällt?«

»Genau! Die Blender verabscheuen diesen Geruch wie den Tod und deshalb ...«, sie deutete auf die getrockneten Krautbüschel, »... wirst du in jeder Alwenhütte Sträuße von getrocknetem Dämonenbann finden. Aber das ist nicht der einzige Grund.«

Während Niko einen Schluck von dem heißen Tee nahm, sah er Maruna fragend an.

»Der Duft des Wunschkrauts beflügelt unseren Geist und erleichtert es dadurch den Unsichtbaren, mit uns in Kontakt zu treten.«

Niko verdrehte die Augen. Die fixe Idee von den Unsichtbaren schien sich in den Köpfen der Alwen so festgesetzt zu haben, als handele es sich um eine unerschütterliche Tatsache. Sie schienen nicht die geringsten Zweifel daran zu hegen.

In der Hütte am Nebelmoor erwartete Jessie eine böse Überraschung: Von Herrn Noski war nicht die geringste Spur zu entdecken. Nicht nur er selbst, sondern auch sein Rucksack und die Vorräte, die Niko ihm eigentlich bringen wollte, waren verschwunden.

Aber vielleicht hatte Niko sein Versprechen auch nicht gehalten und ihm kein Frühstück und keinen Proviant vorbeigebracht, aus welchem Grunde auch immer? Oder aber – der Gedanke durchzuckte Jessie wie ein Blitz – die beiden waren zusammen verschwunden? Weil Niko ein besseres Versteck entdeckt hatte, auch wenn Jessie sich das kaum vorstellen konnte. Gleich darauf fiel ihr eine weitere Erklärung ein: Vielleicht hatte Niko seine Neugier nicht länger bezähmen können und diese geheimnisvolle Nebelwolke trotz ihrer gestrigen Warnung betreten? Möglicherweise hatte er sich dann in den dichten Schleiern verirrt und war ins Moor geraten?

Der Gedanke an die möglichen Folgen ließ Jessie zusammenzucken. Erst kürzlich hatte Melchior Niklas ihr erzählt, dass das tückische Nebelmoor im Laufe der Jahrhunderte schon zahllosen Menschen zum Schicksal geworden war.

Allerdings war das ja auch nur eine Möglichkeit und es gab viele andere Erklärungen für Nikos Verschwinden. Hoffentlich, so dachte Jessie, tauchte er nur rechtzeitig wieder auf, bevor seine Mutter tatsächlich die Polizei verständigte.

Jessie hatte eine Abneigung gegen Uniformträger jeder Art – und ganz besonders gegen Polizisten. Sie hatte die Nase gestrichen voll von deren Schnüffeleien und keine Lust, sich schon wieder damit herumzuschlagen. Aus diesem Grund war ihre Familie doch vor einem halben Jahr nach Oberrödenbach gezogen: weil beide Kinder in der Großstadt Stress mit der Polizei bekommen hatten. Nicht nur Maik – auch wenn ihr Bruder der Haupttübeltäter gewesen war –, sondern auch Jessie.

Dabei hatte sie gar nichts so Schlimmes angestellt, zumindest nicht aus ihrer Sicht: ein paar kleinere Ladendiebstähle, na gut, und dann einige handgreifliche Auseinandersetzungen mit den Tussis aus der Clique ihres doofen Bruders. Zudem hatte Jessie die Prügeleien niemals angefangen, sondern sich immer nur gewehrt. Die Polizisten hatten ihr allerdings nicht geglaubt. Weil selbst ihr Bruder die dreisten Lügen seiner sogenannten Freunde bezeugt hatte, war Jessie am Ende immer die Gelackmeierte gewesen. Zum Glück war sie bislang immer noch mit einem blauen Auge, d.h. mit strengen Ermahnungen, davongekommen. Aber jetzt verhielt sich das anders. Jessie war seit Kurzem nämlich vierzehn und damit strafmündig, sodass jeder Konflikt mit dem Gesetz ernste Konsequenzen haben konnte.

Nicht auszudenken, wenn die Polizei herausfinden würde, dass sie den gesuchten Herrn Noski in der Hütte versteckt hatte! Das war mit Sicherheit ein Verstoß gegen das Strafgesetzbuch und würde ziemlichen Stress nach sich ziehen. Nicht nur mit der Polizei, sondern auch mit ihren Eltern. Schließlich hatte Jessie denen hoch und heilig Besserung gelobt und damit gerade noch verhindern können, dass sie in das strenge Internat musste, mit dem ihre Eltern gedroht hatten. Wenn es jetzt wieder Ärger mit der Polizei gab, würden Lena und Thomas schwer enttäuscht sein und ihre Drohung vielleicht doch noch wahr machen.

Und davor hatte Jessie eine Heidenangst. Eine ihrer früheren Freundinnen hatte das Internat, an das die Eltern dachten, für ein Jahr besucht und es ihr als Hölle auf Erden geschildert – schlimmer noch als jedes Sträflingslager! Schon deshalb musste sie unter allen Umständen verhindern, dass Rieke Niklas die Nerven verlor und zur Polizei ging. Es blieb ihr also nur eines übrig: Sie musste Niko selbst aufspüren, und zwar so schnell wie möglich. Vielleicht war er ja tatsächlich zu der geheimnisvollen Nebelwolke gegangen? Es war eine Spur, und Jessie beschloss, ihr zu folgen.

Gerade wollte sie die Hütte wieder verlassen, als sie durch eines der Fenster zwei Typen entdeckte, die schnurstracks auf sie zukamen. Es war ein älterer Mann mit grauen Bürstenhaaren, gefolgt von einem jüngeren mit einer rotblonden Mähne und einer kleinen Narbe auf der linken Wange. Jessie erkannte die beiden auf Anhieb: Das waren ihr Bruder Maik und dessen Vater Henk, von dem ihre Mutter sich schon kurz nach Maiks Geburt getrennt hatte. Womit Lena endlich einmal bewiesen hatte, dass sie doch einen einigermaßen klaren Verstand besaß. Henk war nämlich ein ziemlich übler Typ. Okay – für seinen starren Blick, der einem richtiggehend Angst einjagte, konnte er nichts. Das lag an der gläsernen Prothese, die sein linkes Auge ersetzte, das er bei einem Arbeitsunfall verloren hatte. Angeblich – denn selbst das nahm Jessie ihm nicht ab. Sie konnte ihn einfach auf den Tod nicht ausstehen und verstand bis heute nicht, warum ihre Mutter sich mit dem Fiesling überhaupt eingelassen hatte. Selbst Lenas Ausrede von der angeblichen »Jugendsünde« – bei Maiks Geburt war sie gerade mal achtzehn Jahre alt gewesen – wollte sie nicht gelten lassen. Jessie war jedenfalls heilfroh, dass sie mit Henk so gut wie nichts zu tun hatte.

Maik dagegen hing wie eine Klette an seinem Vater und hielt über all die Jahre regelmäßigen Kontakt mit ihm – zum Glück in Henks Wohnung. Lena sah das natürlich gar nicht gerne. Sie befürchtete nämlich völlig zu Recht, dass Henk einen schlechten Einfluss auf Maik hatte. Da ihm laut Gesetz aber ein Recht auf regelmäßigen Umgang mit seinem Sohn zustand, konnte sie nichts dagegen tun. Deshalb war Lena genauso erleichtert wie froh gewesen, als ihr Exmann vor einigen Jahren zu einer längeren Gefängnisstrafe verurteilt worden war – wegen schweren Diebstahls und Körperverletzung. Maik hatte seinen Vater zwar im Knast besucht, aber ihr Kontakt war dadurch längst nicht mehr so intensiv wie früher.

Und das war auch gut so!

Maik konnte zwar immer noch ziemlich grob sein, aber so schlimm wie früher war er nicht mehr. Bis jetzt jedenfalls. Denn nun war sein Alter offensichtlich wieder auf freiem Fuß und der ganze Stress fing wohl wieder von vorne an.

»Oh, nein«, stöhnte Jessie leise auf. »Bitte nicht!«

Und auf eine Begegnung mit den beiden hatte sie erst recht keine Lust. Rasch schlich sie zur Rückseite der Hütte, öffnete ein Fenster und stieg nach draußen. Dann kniete sie sich direkt unter dem Fenster nieder und schmiegte sich ganz dicht an die raue Bretterwand, um die beiden zu belauschen.

Nikos skeptische Blicke blieben Maruna natürlich nicht verborgen. Allerdings schien sie den Grund dafür nicht richtig deuten zu können. »Habe ich deine Frage nicht ausreichend beantwortet?«, fragte sie nämlich mit erhobenen Brauen.

»Doch, doch, natürlich!«, erwiderte Niko rasch. »Vielen Dank. Und auch vielen Dank dafür, dass Sie –« Er brach ab und korrigierte sich schnell. Schon im Wald war ihm aufgefallen, dass die Alwen sich in einer recht altertümlichen Sprechweise unterhielten, und so war es vielleicht besser, die nachzuahmen. Glücklicherweise bereitete ihm das keine größeren Probleme. »Danke, dass Ihr mir Zuflucht in Eurer Hütte gewährt habt.«

»Aber nicht doch!« Maruna machte eine abwehrende Geste und setzte sich auf der gegenüberliegenden Seite des groben Holztisches nieder. »Die Gastfreundschaft ist uns Alwen heilig. Außerdem versteht sich das von selbst – nach allem, was du für meine Kinder getan hast, habe ich nicht recht?«

Ayani und Arawynn nickten wie zur Bestätigung. Sie saßen mit am Tisch und beobachteten jede Regung des fremden Gastes mit unverhohlener Neugierde. Was Niko nicht im Geringsten störte – im Gegenteil: Schließlich hatte er es nur ihrer Neugierde zu verdanken, dass er schneller als gehofft eine erste Zuflucht in der fremden Welt gefunden hatte.

Ayani und Arawynn waren ihm nämlich heimlich zu den Findlingen gefolgt, wo sie ihn besinnungslos auf dem Boden liegend vorgefunden hatten. Zum Glück war Niko rasch wieder zu sich gekommen. Da er jedoch noch recht wackelig auf den Beinen gewesen war, hatte er ihr Angebot, mit in ihr Dorf zu kommen, dankbar angenommen.

Unterwegs konnten es sich die Geschwister natürlich nicht verkneifen, ihn nach seiner Herkunft zu befragen. Niko wusste sich nicht anders zu helfen, als sie mit einem ausweichenden »Das erkläre ich euch später, aber im Augenblick möchte ich das lieber für mich behalten« zu vertrösten. Obwohl das Misstrauen in den Gesichtern der beiden nicht zu übersehen war, gaben sie sich damit zufrieden und hakten nicht weiter nach.

Im Dorf hieß Maruna ihn sehr herzlich willkommen und bot ihm sofort an, Gast in ihrer Hütte zu sein, so lange er wollte. Niko kam sofort der Verdacht, dass sie vielleicht etwas von seinen Problemen ahnte. Andererseits war das völlig unmöglich, und so schrieb er die zuvorkommende Geste schlichtweg der bei den Alwen üblichen Gastfreundschaft zu. Was er durch Marunas letzte Bemerkung auch bestätigt fand.

Umso mehr überraschte ihn ihre nächste Frage: »Willst du deine Kleidung nicht gegen ein Gewand von Arawynn tauschen? Es braucht doch nicht jeder gleich zu sehen, dass du hier fremd bist.«

Obwohl ihre Erklärung absolut plausibel klang, schöpfte Niko erneut Verdacht: Wusste die Frau vielleicht mehr, als sie zugab? Oder bildete er sich das nur ein? Natürlich hatte Maruna recht: In seinem T-Shirt, den Jeans und den Turnschuhen musste er in der primitiven Ansiedlung, die eine verblüffende Ähnlichkeit mit dem Museumsdorf aufwies, das er erst vor wenigen Wochen mit seiner Schulklasse besucht hatte, wie ein Fremdkörper wirken. Wenn er so vor die Tür ging, würde er vermutlich für ähnlich großes Aufsehen sorgen wie ein Marsbewohner auf dem Marktplatz von Falkenstedt.

Und Aufsehen war das Letzte, was er in seiner Lage gebrauchen konnte!

Deshalb nahm Niko das Angebot an und zog sich mit Arawynn in dessen Ecke der Hütte zurück, um ein abgetragenes Gewand überzustreifen: Beinkleider – so jedenfalls bezeichnete sie der Alwenjunge – aus Schafswolle und ein tunikaähnliches Hemd aus grobem Leinen. Dazu eine Art von Ledersandalen, deren Riemen bis zu den Waden geschnürt wurden. Beim Umkleiden bekam Niko mit, wie Ayani und ihre Mutter leise miteinander tuschelten. Wahrscheinlich berichtete das Mädchen von den Ereignissen im Flüsternden Forst.

Zum Tisch zurückgekehrt, fand Niko seine Vermutung umgehend bestätigt. »Ayani hat mir von der Schlange erzählt«, sprach Maruna ihn an, nachdem er wieder Platz genommen hatte. »Und dass du nicht glaubst, dass die Stumpfzahnnatter eine Botschafterin der Unsichtbaren war.«

»Ähm … nee, nicht wirklich.« Niko schüttelte den Kopf und warf der Frau einen scheuen Blick zu. Er war ihr Gast und wollte sie nicht verletzen. Andererseits wollte er ihr auch nichts vormachen. »Versteht mich bitte nicht falsch«, versuchte er eine Erklärung. »Dass Ihr an diese alte Legende glaubt, ist ganz allein Eure Sache. Ich will Euch keineswegs davon abbringen oder Euch gar vom Gegenteil überzeugen. Nur …« Er brach ab und biss sich auf die Unterlippe.

»Ja?« Maruna nickte ihm ermunternd zu, und auch Ayani und Arawynn blickten ihn gespannt an.

»Also …« Niko suchte nach den passenden Worten, um seinen

Gastgebern nicht zu nahezutreten. »Da, wo ich herkomme… also da glauben wir eigentlich nicht an Legenden… und… äh… auch der Gedanke an irgendwelche Unsichtbaren, die uns Botschaften schicken, ist bei uns nicht so recht verbreitet.«

»Glaubst du das wirklich?«, fragte Maruna sanft. »Möglicherweise habt ihr nur andere Bezeichnungen dafür und meint im Grunde genommen doch das Gleiche wie wir?«

»Äh.« Niko räusperte sich und rutschte unbehaglich auf seinem Hocker herum. Er hatte eine ungefähre Ahnung, worauf Maruna anspielte, und fühlte sich ziemlich unwohl bei dem Gedanken.

Maruna tat, als würde sie das nicht bemerken. »Bei uns in Mysteria verhält es sich doch nicht anders«, fuhr sie fort, und Niko staunte darüber, wie selbstverständlich sie davon ausging, dass er aus einer ganz anderen Welt kam. »Nicht alle Bewohner hier glauben an die Unsichtbaren. Weil sie zum Teil andere Worte oder Bezeichnungen für sie gefunden haben und sich den Lauf unseres Lebens anders erklären. In einem allerdings sind wir uns alle einig, wenigstens die überwältigende Mehrzahl von uns: Es muss einen Grund haben, dass es uns gibt. Genauso wie jemand das Große Taglicht geschaffen haben muss, das unser Leben bescheint und uns allen Wärme spendet. Und auch den sanften Nachtmond und die zahllosen Sterne, die uns die Dunkelheit erhellen. Jemand, der uns die Luft geschenkt hat, die wir alle atmen, und das Wasser, an dem wir uns erquicken. All das entspringt sicher nicht bloßem Zufall oder einer eitlen Laune, sondern hat eine Ursache, die nicht in uns selber liegt. Und wir Alwen glauben eben, dass diese Ursache die Unsichtbaren sind.« Maruna beugte sich vor und sah Niko eindringlich an. »Ich verstehe, dass dir das fremd und vielleicht sogar unbegreiflich vorkommen muss. Vermutlich hat dir vorher noch niemand davon erzählt.« Sie lächelte und fügte dann mit einem merkwürdigen Unterton hinzu: »Zumindest nicht mit solchen Worten, wie ich sie gebraucht habe.«

»Äh ... ja schon. Vielleicht habt Ihr recht«, antwortete Niko rasch. »Aber es gibt noch einen anderen Grund, warum ich nicht dieser Held sein kann, auf den ihr alle hofft.«

Anfangs wurde Jessie nicht so recht schlau aus dem Gespräch zwischen Maik und Henk. Was möglicherweise auch daran lag, dass keiner von ihnen einen besonders ausgefeilten Wortschatz besaß. Immerhin konnte Jessie ihrer Unterhaltung entnehmen, dass sie auf der Suche nach einem wertvollen Schatz waren. Ein ehemaliger Zellenkumpel von Henk hatte behauptet, eine entsprechende Karte zu besitzen. Henk hatte den Mann zunächst nicht für voll genommen. Er war nämlich nicht ganz richtig im Kopf. Dieser Umstand hatte ihn auch vor einer höheren Strafe bewahrt. »Der Döskopp«, wie Henk ihn nannte, hatte einen Mann im Affekt getötet und zu seiner Verteidigung behauptet, dass es sich in Wahrheit um ein Monster mit blutroten Augen und Hörnern auf der Stirn gehandelt habe, das ihn selbst umbringen wollte. Natürlich hatte das niemand geglaubt. Da die Sachverständigen sich über den Grad seiner Unzurechnungsfähigkeit jedoch nicht einigen konnten, entschied sich der Richter gegen seine Einweisung in eine Irrenanstalt und verurteilte ihn zu einer recht milden Gefängnisstrafe.

»Voll cool, ey!«, kommentierte Maik. »Du musst nur einen auf Macke machen – und schon kann dir nix mehr passieren!«

»Sag ich doch die ganze Zeit«, pflichtete Henk ihm bei, bevor er weitererzählte: Als der »Döskopp« vor einem guten halben Jahr überraschend einem Herzanfall erlag, entdeckte Henk beim Durchschnüffeln seiner Sachen tatsächlich eine ausgerissene Buchseite, die wie die Hälfte einer Schatzkarte aussah. Schlagartig wurde Henk klar, dass sein Zellenkumpel offensichtlich die ganze Zeit die Wahrheit gesprochen hatte. Sofort erinnerte er sich wieder an seine Worte: Angeblich hatte er die Karte eher zufällig in einer alten Schwarte entdeckt, die sich seit Generationen im Besitz seiner Familie befand und die den Weg zu einem immensen Schatz beschrieb. Lange Zeit hatte er geglaubt, dass es sich dabei nur um eine ausgedachte Geschichte handelte. Als ihm dann plötzlich klar wurde, dass sie der Wahrheit entsprach – warum auch immer –, machte er sich mit Eifer an die Schatzsuche. Doch schon kurz darauf kam es zu dem ominösen Zwischenfall, der ihn ins Gefängnis brachte. Damit während seiner Haftzeit kein anderer den Schatz finden konnte, riss er kurzerhand eine Hälfte der Karte aus dem Buch und nahm sie mit ins Gefängnis.

»Hey«, raunte Maik anerkennend. »Ganz schön clever, der Typ! Der hätte das Teil bestimmt auch ausgebuddelt, wenn er nich vorher den Löffel abgegeben hätte. Und so was soll eine Macke haben?«

»Genau, Maik, genau meine Meinung!«

Zum Glück kannte Henk die Adresse des Verstorbenen, der in Falkenstedt gewohnt hatte. Nach seiner Entlassung aus dem Gefängnis war Henk sofort dorthin marschiert, um sich auf die Suche nach dem alten Buch zu machen. Leider war er zu spät gekommen: Der »Döskopp« war nämlich alleinstehend, und so hatte seine Schwester seine Wohnung in der Zwischenzeit bereits aufgelöst und seine Bücher für ein paar lumpige Euro verscherbelt – an das »Antiquariat am Falkenturm«!

»Und warum haben wir es dort nich gefunden?«, ereiferte sich Maik.

»Ganz einfach – weil dieser alte Knacker von Antiquar sich die Schwarte selbst gekrallt hat, deshalb! Der Bücherheini hat darin bestimmt die andere Hälfte der Karte entdeckt und gleich geschnallt, was es damit auf sich hat.« Henks Stimme war mit einem Mal voller Anerkennung. »Eins muss man diesen Bücherwürmern ja lassen: In der Regel haben sie zwar nix in den Armen, aber jede Menge in der Birne.«

»Stimmt«, gab sein Sohn ihm recht. »Jessie ist doch genauso. Obwohl – die Kröte hat auch ordentlich Feuer in den Fäusten. Da kann ich selbst ein Lied von singen.«

Jessie musste unwillkürlich grinsen. Geschieht dir ganz recht, schoss es ihr durch den Kopf. Warum behandelst du mich auch immer so fies?

»Aber«, fuhr Maik da auch schon fort, »es wäre vielleicht klüger gewesen, wenn du den alten Knacker nich gleich mit deinem Mess –«

»Ach, was«, fiel Henk ihm rasch ins Wort. »Eigentlich wollte ich das ja gar nicht. Es ist einfach über mich gekommen, keine Ahnung warum. Aber der Typ wird's schon überleben. Und du wirst sehen, Maik: Wenn er wieder bei Kräften ist, macht er das Maul auf wie nix und verrät uns, wo er die alte Schwarte versteckt hat. Sonst lassen wir ihn in seinem Loch schmoren, bis er schwarz wird.«

Jessie dachte fieberhaft darüber nach, was Niko ihr am Vortag erzählt hatte – über seinen Besuch im Antiquariat und über Herrn Noski. Mit einem Mal war ihr alles klar: Die beiden Männer, die Niko beim Verlassen des Ladens getroffen hatte, mussten Henk und Maik gewesen sein. Offensichtlich hatten sie ausgerechnet das Buch gesucht, das der Ladenbesitzer Niko geschenkt hatte. Deswegen hatten sie Herrn Schreiber nicht nur attackiert und sein Geschäft durchwühlt, sondern ihn auch entführt und hielten ihn nun irgendwo gefangen – in einem »Loch«, wie Henk es ausgedrückt hatte.

Und die Polizei glaubte, Herr Noski wäre dafür verantwortlich!

Jessie wurde plötzlich ganz schwummerig vor Augen. Nicht auszudenken, wenn die beiden Ganoven mitbekamen, dass sie belauscht wurden. Der fiese Henk würde dann doch bestimmt wieder zu seinem Messer greifen. Zuzutrauen war ihm das allemal.

Bei Herrn Schreiber hatte er ja auch keine Skrupel gehabt. Jessies Knie begannen zu zittern und ihre Kehle war mit einem Mal wie ausgetrocknet.

»Warum meinst du, dass wir dieses Schatzteil ausgerechnet hier in der Gegend finden?«, hörte sie da wieder die Worte des Bruders. »Ehrlich gesagt, versteh ich das nich, Papa.«

»Nee? Wirklich nich?« Henk klang überrascht. »Dann mach doch mal die Augen auf, Junge, und guck auf die Karte – hier!« Das dumpfe Geräusch ließ vermuten, dass er mit seinem Finger auf einen ganz bestimmten Punkt zeigte. »Was liest du da?«

»Äh … Bro … der … moor«, entzifferte Maik mühsam.

»Und was heißt das?«

»Äh … keine Ahnung!«

»Hab ich mir gedacht!« Das Grinsen in Henks Stimme war unüberhörbar. »Weil du nich so'n Bücherwurm bist, deshalb! Aber gräm dich nich, mein Jung, mir ist es genauso gegangen.«

»Echt?«

»Jo. Deshalb hab ich auch alle Landkarten und Atlasse nach nem Brodermoor abgesucht.«

»Und?«

»Nix! Ich hab rein gar nix entdeckt.« Henk seufzte theatralisch. »Ich war schon kurz vor'm Aufgeben, als ich zufällig einen alten Kumpel aus der Schule getroffen hab. Und der hat gesagt, dass ›Brodem‹ ein alter Ausdruck für ›Nebel‹ ist!«

»Ah sooo, deswegen!« Jessie konnte den Groschen, der bei Maik fiel, laut und deutlich hören. »Weil das Nebelmoor hier …«

»Du hast es erkannt, Maik«, unterbrach ihn der Vater. »Im ganzen Land gibt's sonst kein Nebelmoor – nur das hier bei Oberrödenbach. Deshalb fangen wir schon mal mit der Suche an, auch ohne die alte Schwarte. Aber die kriegen wir auch noch. Es dauert bestimmt nich mehr lang, bis der Alte redet. Da kannste einen drauf lassen!«

»Klar doch, Papa, mit Vergnügen! Aber …« Jessie meinte Maiks ratloses Ochsenfroschgesicht förmlich vor sich zu sehen. »… was soll das komische Zeichen hier unten bedeuten?«

»Keine Ahnung«, gab Henk zurück. »Erst dachte ich ja, das wär ein Buchstabe, ein M. Aber ein M hat doch nich solche Dreiecksdinger wie das Teil hier.« Erneut ertönte ein dumpfer Laut. »Deshalb glaub ich, dass das eher so 'ne alte Runnie ist, oder wie die Teile heißen. Oder irgend so 'n anderer esoterischer Quatsch!«

KAPITEL 17

Das alte Buch

Maruna sah Niko mit erhobenen Brauen an. »Und warum, meinst du, kannst du nicht unser Befreier sein?«

»Ganz einfach«, erklärte Niko. »Weil ich hier völlig fremd bin und nicht die geringste Ahnung habe, wie man mit einem Schwert umgeht. Ich habe so was doch noch nie im Leben in der Hand gehabt!«

»Das tut überhaupt nichts zur Sache«, entgegnete Arawynns und Ayanis Mutter sanft. »Wenn dich die Unsichtbaren wirklich zum Nachfolger von König Nelwyn bestimmt haben …«, Maruna beugte sich vor und blickte ihn eindringlich an, »… und alle Zeichen deuten genau darauf hin, Niko! Dann werden die magischen Kräfte Sinkkâlions dich genauso leiten wie alle unsere Herrscher vor dir.«

»Außerdem werden wir dich nicht alleine lassen«, warf Arawynn ein. »Es werden sich genügend Männer finden, die dir zur Seite stehen und dich mit Rat und Tat unterstützen.«

Niko verzog das Gesicht zu einer gequälten Grimasse. Was sollte er bloß tun? Er konnte Maruna, Ayani und Arawynn doch nicht offen ins Gesicht sagen, dass er diese Legende für ausgemachten Blödsinn hielt. Dabei musste doch jedem nur halbwegs intelligenten Menschen klar sein, dass ein einziger Junge gegen schwer bewaffnete und noch dazu völlig gnadenlose Ritter nicht das Geringste ausrichten konnte. Selbst nicht mit dem magischsten Schwert der Welt! Warum waren diese Alwen nur so verbohrt und wollten das einfach nicht einsehen?

»Hast du schon mal überlegt, warum ihr drei im Flüsternden Forst gegen Rhogarrs Schergen bestehen konntet?«, warf Maruna so unvermittelt ein, dass Niko der Verdacht kam, sie könne seine Gedanken lesen.

»Ach, wir hatten einfach nur Glück«, erwiderte er leicht genervt. »Die Kerle waren mit Sicherheit überrascht, dass Ayani und Arawynn sich so erbittert gewehrt haben. Sie sind bestimmt daran gewöhnt, dass alle es schon bei ihrem bloßen Anblick mit der Angst zu tun bekommen, und dachten deshalb, dass sie leichtes Spiel haben. Und als ich dann auch noch dort aufgetaucht bin, waren sie völlig verwirrt. Und so kam eins zum anderen.«

»Du sagst es.« Ein wissendes Lächeln huschte über Marunas Gesicht. »Weil die Unsichtbaren dafür gesorgt haben, dass du zum richtigen Zeitpunkt am richtigen Ort warst, auch wenn dir das möglicherweise gar nicht bewusst gewesen ist.«

Niko verdrehte die Augen und wollte schon zu einer bissigen Antwort ansetzen, entschied sich dann aber doch anders. Mit einem Mal gingen ihm nämlich die Ereignisse der letzten Tage wieder durch den Kopf: seine Begegnung mit Herrn Schreiber im Antiquariat und die Entdeckung des rätselhaften Buches mit dem geheimnisvollen Zeichen. Der Schrei des Falken, den er immer wieder gehört hatte, und die unerklärliche Vorahnung kommender Dinge. Seine seltsamen Träume und das plötzliche Auftauchen des Sensheis in Oberrödenbach. Und schließlich die Entdeckung des wundersamen Mantels und der nebelumwobenen Findlinge, die Zugang zu einer fremden Welt gewährten. Je mehr Niko darüber nachsann, umso klarer wurde ihm, dass

Marunas Einwand nicht von der Hand zu weisen war, zumindest nicht ganz. Oberflächlich betrachtet schien es keinerlei Zusammenhang zwischen den einzelnen Erlebnissen zu geben. Wenn er sie jedoch genauer betrachtete, konnte er deutlich erkennen, dass sie wie die Zahnräder eines unsichtbaren Uhrwerks ineinandergriffen und ihn auf diese Weise schließlich nach Mysteria geführt hatten.

Purer Zufall – oder steckte tatsächlich ein höherer Plan dahinter? Den, unbemerkt von ihm, irgendjemand ersonnen und verfolgt hatte?

Vielleicht sogar – diese Unsichtbaren?

»Ich verstehe, dass du verwirrt sein musst«, meldete Maruna sich wieder zu Wort. »Mir an deiner Stelle würde es vermutlich genauso ergehen.« Damit erhob sie sich, ging um den Tisch herum und legte Niko die Hand auf die Schulter. »Denke in Ruhe über alles nach und versuche, deine Gedanken zu ordnen. Aber eines darfst du nicht vergessen, mein Junge. Niemand von uns kann sich den Aufgaben entziehen, die uns das Leben stellt, auch wenn sie uns noch so schwierig erscheinen mögen. Wer aber zu lange zaudert oder sich ihnen gar verweigert, läuft in sein eigenes Unglück.«

Mit diesen Worten wollte Maruna die Hütte schon verlassen, als ihre Tochter ihr in den Weg trat. »Niko hat uns erzählt, dass die Kette, die er beim Kampf mit dem Schergen verloren hat, den gleichen Anhänger trägt wie meine.« Damit deutete sie auf das golden glänzende Schmuckstück an ihrem Hals.

Maruna erbleichte sichtlich. Mit erstarrter Miene wandte sie sich an Niko und fragte: »Ist das wahr?«

»Absolut.« Niko nickte. »Nur das Zeichen auf meinem Anhänger war etwas anders. Mein Anhänger trägt das Zeichen … äh …« Fieberhaft versuchte er sich an die Bezeichnung zu erinnern, die Ayani gebraucht hatte. Glücklicherweise fiel sie ihm gleich darauf ein. »Er trägt das Zeichen unerschrockenen Mutes und nicht des grenzenlosen Vertrauens wie bei Ayani.«

»Bei den Unsichtbaren«, flüsterte Maruna kaum hörbar. Sie wurde noch blasser und ihre Augen weiteten sich. Ihr Blick sprang zwischen ihrer Tochter und dem Gast hin und her.

Was hat sie nur?, wunderte sich Niko, als Ayani erneut das Wort ergriff. »Was hat das zu bedeuten, Mutter?«, fragte sie. »Willst du mir nicht endlich erzählen, wie ich zu dieser Kette gekommen bin?«

Maruna schloss die Augen. Ihr Atem ging schwer, und in ihrem Gesicht arbeitete es, als würde sie einen inneren Kampf mit sich ausfechten. Schließlich nickte sie, als habe sie einen Entschluss gefasst. »Gut, Ayani«, sagte sie. »Aber zuvor lass mich erst meinem Tagewerk nachgehen. Und ich bitte euch das Gleiche zu tun.«

»Natürlich, Mutter«, murmelte Ayani, während ihr Bruder wortlos nickte.

»Nach dem abendlichen Mahl und dem Runen-Unterricht werde ich dir erzählen, was sich in jener Nacht zugetragen hat, als du in mein Leben getreten bist.« Maruna machte einen fast hilflos wirkenden Schritt auf das Mädchen zu. »Einverstanden, Ayani?«

»Natürlich, Mutter.« Ayanis Worte waren kaum lauter als ein Windhauch.

»Und was ist mit mir?«, meldete sich Arawynn zu Wort. »Ich gehöre doch auch zur Familie und würde das auch gerne erfahren.«

»Das verstehe ich, mein Junge.« Mit einem warmen Lächeln blickte Maruna ihren Sohn an. »Trotzdem möchte ich zuerst mit deiner Schwester unter vier Augen reden. Und danach soll Ayani selbst entscheiden, was du erfahren sollst und was nicht.«

Auf dem Rückweg vom Nebelmoor wollte Jessie das belauschte Gespräch einfach nicht mehr aus dem Kopf gehen. Zumal ihr Maik und Henk auch noch einen Heidenschreck eingejagt hatten: Henk überlegte nämlich laut, ob sie sich nicht in der Jagdhütte einquartieren sollten. Maiks Hinweis jedoch, dass sie, Jessie, dort häufig mal vorbeikommen würde, brachte ihn schnell wieder von dieser Idee ab. Ihr jetziges Quartier sei ohnehin besser, behauptete er dann noch wie zur Entschuldigung.

Je länger Jessie über Henks Worte nachdachte, umso mehr wurde es ihr zur Gewissheit: Wenn die Schatzkarte seines toten Zellenkumpels tatsächlich aus dem geheimnisvollen Buch stammte, das Niko in Herrn Schreibers Antiquariat bekommen hatte, konnte durchaus ein Zusammenhang zwischen Nikos Verschwinden und dem Buch bestehen. Oder mit dem Schatz, dessen Geheimnis es angeblich offenbarte. Denn Nikos merkwürdige Erlebnisse hatten eigentlich ja erst begonnen, nachdem Herr Schreiber ihm die alte Schwarte förmlich aufgedrängt hatte.

Aber vielleicht – der plötzliche Einfall ließ Jessies Atem stocken – hatten auch Henk und Maik mit seinem Verschwinden zu tun? Vielleicht war Niko ihnen bei ihrer Schatzsuche rein zufällig über den Weg gelaufen. Bei seinem Anblick hatten sie sich sofort daran erinnert, dass er sie beim Betreten des Antiquariats beobachtet hatte. Henk und Maik waren ja gewiss keine Intelligenzbestien, aber selbst Hohlköpfe ihres Kalibers hatten bestimmt sofort geschnallt, welche Gefahr Niko für sie darstellte: Sobald er seine Beobachtung der Polizei meldete, waren sie doch geliefert und landeten umgehend auf der Fahndungsliste. Deswegen hatten sie ihn kurzerhand entführt und hielten ihn nun womöglich am gleichen Ort gefangen wie den armen Herrn Schreiber.

Klar: Das alles war nur eine Theorie, lag aber immerhin im Bereich des Möglichen. Deshalb musste Jessie sich endlich Klarheit verschaffen, was wirklich Sache war. Und da das bestimmt nicht einfach war, musste sie unbedingt Zeit gewinnen und gleichzeitig Nikos Mutter von übereilten Aktionen abhalten. Zum Glück dauerte es nicht lange, bis ihr ein brauchbarer Einfall kam. Trotz der Anspannung, unter der sie stand, flog ein kleines Lächeln über ihre Lippen. Der Plan war gut! Sehr gut sogar.

Er würde ihr mit Sicherheit Zeit verschaffen, zumindest bis zum nächsten Tag. Aber vielleicht reichte das ja schon?

Riekes erste Frage galt natürlich ihrem Sohn. »Hast du Niko gefunden?«, fragte sie sofort nach dem Öffnen der Haustür. »Jetzt erzähl schon, Jessie, los!«

»Ich hab doch gesagt, dass Sie sich keine Sorgen machen sollen, Frau Niklas«, antwortete Jessie, um eine feste Stimme und ein harmloses Lächeln bemüht.

»Und? Wo war Niko denn? Und warum hast du ihn nicht mitgebracht?«

»Äh … ganz einfach, weil …«, hob Jessie an und fühlte sich mit einem Mal aber gar nicht wohl in der Haut. Klar, sie befand sich in einer Notlage, die ihrer Meinung nach kleinere Schwindeleien durchaus rechtfertigte. Aber so richtig dick und dreist wollte sie Rieke auch nicht anlügen. Deshalb überlegte sie sich jedes Wort ganz genau. »Also, wie ich mir schon gedacht habe, war Niko in unserer Hütte am Nebelmoor.« Da er zumindest vorgehabt hatte, dorthin zu kommen, war das nicht mal gelogen. Zumindest nicht richtig. »Da gibt es allerhand zu entdecken und deshalb hat er unsere Verabredung einfach verschwitzt.« Nun, so ganz falsch war diese Behauptung jedenfalls nicht. »Deshalb fände ich es toll, wenn wir den Rest des Tages zusammen verbringen und Niko auch bei mir übernachten würde.« Auch das stimmte. Jedenfalls hätte Jessie sich nichts sehnlicher gewünscht.

»Aha.« Rieke blickte sie verwundert an. »Und warum kommt er dann nicht selbst, um mich um Erlaubnis zu fragen?«

»Ehrlich gesagt, Frau Niklas…« Jessie legte den Kopf schief und lächelte sie verlegen an. »Das war ganz alleine meine Idee. Weil ich nämlich aus Erfahrung weiß, dass Mütter ihren Kindern gegenüber eher ›Nein‹ sagen als gegenüber ihren Freunden.«

»So, so«, erwiderte Rieke schmunzelnd. »Das weißt du also?«

»Genau, Frau Niklas.« Jessie fühlte, dass sie auf der Siegerstraße war. »Das hab ich doch oft genug erlebt.«

»Raffiniert bist du ja, das muss man dir lassen. Aber Niko soll bloß nicht vergessen, sich um die Pferde zu kümmern. Das Füttern ist ganz alleine seine Aufgabe, verstanden?«

»Ja, klar, Frau Niklas. Ich helfe ihm doch dabei.«

»Okay.« Plötzlich wurde Rieke ganz ernst. »Braucht Niko denn keine Sachen? Einen Schlafanzug und eine Zahnbürste oder so?«

»Nein, nein.« Jessie winkte rasch ab. »Er kann den Pyjama von meinem Bruder haben.« Als sie Riekes skeptischen Blick bemerkte, fügte sie eilig hinzu: »Oder Sie geben mir einfach was für ihn mit, wenn Ihnen das lieber ist.«

»Das fände ich schon besser«, sagte Rieke und wollte schon ins Haus zurückkehren, um Nikos Sachen zu packen, als Jessie das Wichtigste gerade noch rechtzeitig einfiel.

»Noch eins, Frau Niklas«, sagte sie und hoffte inständig, dass Rieke ihr die Lüge nicht ansah. »Niko hat gesagt, dass ich das Buch mitbringen soll.«

»Das Buch? Welches Buch denn?«

»Das Buch mit… ähm… mit diesem Zeichen vorne drauf!«

»Ach so.« Ein Glück! Rieke schien tatsächlich zu wissen, was sie meinte. »Kein Problem, Jessie. Ich packe es zu seinen Sachen mit dazu.«

In dieser Nacht fand Niko kaum Schlaf. Schwere Gedanken bedrängten ihn, während er sich unruhig auf dem Lager in Marunas Hütte hin und her wälzte. Als ihm endlich die Augen zufielen – die Dämonenstunde, wie die Alwen die Stunde nach Mitternacht nannten, musste längst vorbei sein –, wurde er von einem entsetzlichen Albtraum heimgesucht: Er stand ganz alleine in einer schaurigen Höhle, die von rußenden Fackeln und einem lodernden Feuer erhellt wurde, und war auf der Suche nach einem Gegenstand, bei dem er selbst nicht genau wusste, worum es sich handelte. Diese Ungewissheit machte ihn fast rasend – und dann ertönte plötzlich ein gefährliches Zischen aus einer schummrigen Nische. Im nächsten Augenblick schon reckte sich das Haupt einer Schlange aus dem Dunkel empor. Sie öffnete das Maul, sodass Niko nicht nur die gespaltene Zunge sehen konnte, die zischelnd daraus hervorschoss, sondern auch die riesigen nadelspitzen Zähne an ihrem Oberkiefer. Noch im gleichen Moment wurde ihm mit absoluter Klarheit bewusst, dass diese Zähne ein tödliches Gift enthielten. Zu keiner Bewegung mehr fähig, verharrte Niko wie angewurzelt an Ort und Stelle, während das Tier sich rasch auf ihn zuschlängelte. Dabei wurde es größer und immer größer, bis es schließlich wie ein riesenhafter Monsterpython vor ihm aufragte. Die rotgelben Reptilienaugen starr auf ihn gerichtet, schnellte sein Kopf, der die Größe einer Riesendogge angenommen hatte, auf ihn zu …

… und da endlich wachte Niko auf und fuhr schweißgebadet vom Lager hoch. Seine Kehle war wie zugeschnürt und er bekam kaum noch Luft. Röchelnd rang er um Atem und hatte plötzlich das Gefühl, er müsse in der Schwüle der Hütte ersticken. Sorgsam darauf bedacht, Maruna, Ayani und Arawynn nicht aus dem Schlaf zu wecken, erhob er sich, ergriff sein neues seltsames Gewand und trat vor die Hütte.

Die Nachtluft war angenehm frisch. Niko sog sie tief in seine

Lungen und merkte, dass sich sein heftig klopfendes Herz langsam beruhigte. Der Wind strich sanft durch seine pechschwarzen Haare und kühlte seine Stirn. Über dem kleinen Dorf lag friedliche Stille. Gelegentlich tönte leises Schnarchen aus einer der Hütten. Und hin und wieder klang das zufriedene Grunzen eines Schweins durch die Stille der Nacht.

Der wolkenlose Himmel, der sich wie eine riesige schwarze Kuppel über das Land spannte, war von Myriaden von Sternen übersät. Direkt über dem Dorf stand die schmale Sichel des zunehmenden Mondes. Sie war feuerrot, als stünde sie in Flammen.

Niko legte den Kopf in den Nacken, um einen besseren Blick darauf werfen zu können, als mit einem Mal ein Rauschen wie von mächtigen Flügeln erklang, das aus den Regionen weit oberhalb der Gestirne zu kommen schien, sich aber rasch näherte. Lange bevor Niko den Vogel sehen konnte, wusste er, wer auf ihn zukam: Es war der Falke, der am Vormittag am Himmel über dem Nebeltor gekreist war.

Wie ein stolzer Bote aus einer anderen Welt löste er sich aus dem Dunkel der Nacht und segelte fast ohne Laut heran. Dann setzte er sich auf den Dachfirst von Marunas Hütte und richtete die gelb umrandeten Augen ernst und eindringlich auf den Jungen, der vor dem Eingang der Hütte stand und ihn wie gebannt anstarrte.

Als ihre Blicke sich trafen, fühlte Niko urplötzlich eine seltsame Verbundenheit mit dem Tier. Ihm war, als würden sie sich schon ein Leben lang kennen. Ein Strom prickelnder Wärme lief durch seinen Körper, und er verstand auch ohne Worte, was der Falke ihm sagen wollte: Folge mir, Niko, und zaudere nicht länger! Sonst wirst du zu spät kommen und das Tor des Feuers niemals finden. Damit breitete der Vogel die mächtigen Schwingen aus, erhob sich fast lautlos in die Luft und segelte davon.

Niko kam der Aufforderung ohne Zögern nach. Auch wenn er den Falken rasch aus dem Blick verlor, wusste er, wohin er zu gehen hatte.

Ziemlich genervt und hundemüde schlug Jessie die alte Schwarte zu. Schon seit einer gefühlten Ewigkeit quälte sie sich mit dem Buch ab und wurde trotzdem nicht so richtig schlau daraus. Es war bestimmt schon lange nach Mitternacht. Draußen vor ihrem Zimmerfenster gähnte die rabenschwarze Nacht. Nur der kleine Lichtschimmer, der aus einem Fenster im Erdgeschoss fiel, zeigte ihr, dass ihr Vater immer noch arbeitete.

Das ist mal wieder typisch für ihn!, ging es Jessie durch den Kopf. Er war immer noch nicht fertig mit seinem Buch, obwohl der Abgabetermin für das Manuskript unerbittlich näher rückte. Deshalb arbeitete Thomas jetzt fast rund um die Uhr und hatte für nichts anderes mehr Zeit. Weder für Jessies Mutter noch für sie selbst. Dabei hätte sie die Hilfe ihres Vaters bei der alten Schwarte sehr gut brauchen können. Aber der trieb sich wohl lieber in seinen Fantasiewelten herum, anstatt sich um sie zu kümmern.

Das Buch war in einer sehr altertümlichen Schrifttype gedruckt, die Jessie nur mühsam entziffern konnte. Auch die Sprache war reichlich antiquiert. Zahlreiche Worte, Ausdrücke und Redewendungen waren ihr völlig unbekannt, was die Lektüre natürlich erschwerte. Das größte Problem aber waren die vielen Lücken im Text. Auf nahezu jeder Seite fehlten mehrere Zeilen, manchmal sogar ganze Absätze. Zum Ende des Buches hin wurde es immer schlimmer. Die fast völlig blanken Seiten mehrten sich und das letzte Fünftel etwa bestand sogar nur noch aus völlig leeren Blättern. Eigenartig, dass so ein fehlerhaftes Exemplar überhaupt in den Handel gekommen und vom Drucker nicht gleich vernichtet worden war.

Die Geschichte war gar nicht mal so uninteressant, zumindest soweit Jessie sie verstanden hatte. Allerdings war sie so langatmig und noch dazu so schwülstig geschrieben, dass sie Jessie beim Lesen richtiggehend Bauchschmerzen bereitete. Wenn Papa auch so langweilige Bücher schreiben würde, kam es ihr in den Sinn, wäre die Familie mit Sicherheit längst verhungert.

Dabei klangen sowohl der Titel – »Meine Aventurien in Mysteria« – als auch der Untertitel – »Von Nebelsteinen, Feuertoren und erschröcklichen Kreaturen« – gar nicht mal so übel. Tatsächlich handelte es sich um eine Art frühe Fantasy-Story, auch wenn man diese Bezeichnung zu der Zeit, als das Buch entstanden war, bestimmt noch nicht gekannt hatte.

Entsprechend ihrer Angabe – »Aufgezeichnet nach einer wahren Begebenheit« – hatte Karin Seikel, die Autorin, die Geschichte in Ich-Form geschrieben. Sie schilderte darin, wie sie mithilfe eines wundersamen Umhangs in eine geheimnisvolle Welt geraten war, die Mysteria hieß. Auf ihrer abenteuerlichen Reise durch die Welt hinter den Nebeln – wie eine andere Bezeichnung lautete – begegnete die Heldin unterschiedlichsten Wesen: Menschen und Alwen, Noktanern und Drachen, Vharuuls, Krähenmännern, Gestaltwandlern und vielen anderen mehr. Sie durchstreifte verschiedene Länder – das Grimme Reich, die Marschmark und weitere –, bis sie schließlich ins Nivland gelangte, das von den Alwen bewohnt und von einem König regiert wurde, der den Namen Nelwyn trug. Obwohl der Herrscher mit Königin Nimhuld verheiratet war, verliebte sich das Menschenkind Karin auf Anhieb in den König, der ihre Liebe zu ihrer großen Freude auch erwiderte. Die Ehe des Herrscherpaares war nämlich von den Vätern ohne Rücksicht auf die Gefühle ihrer Kinder arrangiert worden, sodass Nelwyn das Gefühl aufrichtiger und spontaner Liebe zu einer Frau erst jetzt entdeckte.

Während die Autorin ihre romantische Beziehung mit dem Alwenkönig nun lang und breit und überaus weitschweifig schilderte, ließ sie zahlreiche Informationen über die Geschichte, Kultur und auch die Mythologie seines Volkes mit einfließen. Die Alwen glaubten, dass ihre Welt von den Unsichtbaren erschaffen wurde – einer Art Götter offensichtlich –, die ihr Schicksal bestimmten und ihnen deshalb immer wieder Zeichen und Botschaften schickten. Diese Unsichtbaren hatten den Alwen am Anfang der Zeiten auch ein magisches Schwert vermacht, das den Namen Sinkkâlion trug und seinen jeweiligen Besitzer fast unbesiegbar machte – zumindest vermutete Jessie das, denn von da an wurde der Text immer lückenhafter.

Die Autorin streute auch einige Hinweise ein, wonach die Alwen einstmals auch in der Menschenwelt gesiedelt hatten. Da die Menschen ihnen jedoch feindlich gesonnen waren, zogen sie sich schließlich wieder in ihre Heimat zurück – und zwar durch die verschiedenen geheimen Zugänge, die die beiden Welten miteinander verbanden und die später nur noch den Eingeweihten bekannt waren. Das Nebeltor zum Beispiel oder das Tor des Feuers. Die Bezeichnungen der anderen Pforten konnte Jessie leider ebenso wenig entdecken wie nähere Einzelheiten über den ominösen Schatz, nach dem ihr Stiefbruder Maik und sein Vater Henk suchten. Karin Seikel erwähnte zwar, dass die Alwen tatsächlich einen Hort – Jessie wusste natürlich, dass das eine altertümliche Bezeichnung für Schatz war – von ungeheuerem Wert besaßen. Und bestimmt hatte sie auch irgendwo beschrieben, was es damit auf sich hatte und wo er zu finden war. Aber diese Stellen waren, wahrscheinlich infolge des fehlerhaften Drucks, leider nicht im Buch enthalten.

Auch eine Karte konnte Jessie nirgendwo entdecken, obwohl im hinteren Teil eine Seite herausgerissen worden war – genau wie der verstorbene Zellenkumpel von Henk es erzählt hatte. Aber wenn es sich bei der alten Schwarte tatsächlich um sein Buch handelte, warum hätte er eine leere Seite herausreißen sollen? Zumal auf der

Buchseite, die Henk entdeckt hatte, offensichtlich tatsächlich eine Schatzkarte abgedruckt war?

Irgendetwas stimmt da nicht, dachte Jessie verwirrt. Aber trotz intensiven Nachdenkens konnte sie keine Erklärung für den offensichtlichen Widerspruch finden. Nur so viel war klar: Das alte Buch würde bei der Schatzsuche wohl kaum weiterhelfen, was Jessie im Grunde genommen aber ziemlich egal war.

Eines allerdings bedauerte Jessie doch sehr: Im Text wurde nämlich mehrfach eine mächtige Schwarzmagierin erwähnt, die im Nivland hauste und wegen ihrer unheimlichen Kräfte weithin gefürchtet war. Ihr Name lautete Sâga und sie wohnte angeblich in einer Felsenhöhle. Als diese Schwarzmagierin von der Romanze zwischen dem Alwenkönig Nelwyn und dem Menschenmädchen Karin erfuhr, entbrannte sie in großem Zorn – womit endlich ein wenig Dramatik in die recht dröge Geschichte kam! Bis dahin hatte die Autorin nämlich lediglich den wenig ereignisreichen Alltag der Mysterianer geschildert, die offensichtlich in Ruhe und Frieden miteinander lebten und sich gegenseitig kaum Schwierigkeiten machten. Die fehlende Spannung hatte Frau Seikel wohl ebenfalls bemerkt und deshalb einen zusätzlichen Konflikt eingebaut: Die Nachbarländer des Nivlandes, das Grimme Reich und die Marschmark, bedrohten die Alwen nämlich mit Krieg, und so musste König Nelwyn sich dringend an die Spitze seiner Streitkräfte stellen. Darum bat er seine heimliche Geliebte – außer Sâga hatte offensichtlich niemand sonst von der illegitimen Liebesbeziehung erfahren –, in ihre Welt zurückzukehren. Nelwyn steckte ihr einen goldenen Ring an den Finger, der sein Wappen und ihre Initialen trug, und verabschiedete Karin mit den Worten: »Kehre in deine Heimat zurück, Geliebte, bis sich die Wogen des Krieges wieder geglättet haben. Wenn du dann zurückkommst nach Mysteria, wird unserem Glück nichts mehr im Wege stehen.« Das war auch der letzte vollständige Satz des Textes, der unmittelbar darauf völlig abbrach. Ob die Romanheldin dieser Aufforderung nachgekommen war, blieb deshalb ebenso offen wie alle weiteren Ereignisse – und genau die hätten Jessie brennend interessiert. Aber so würde sie wohl nie erfahren, wie die Geschichte von König Nelwyn, seiner menschlichen Geliebten und der Schwarzmagierin Sâga ausgegangen war.

Gedankenversunken blies Jessie eine Haarsträhne aus ihrer Stirn. Wenigstens wusste sie jetzt, was es mit dem geheimnisvollen Siegel auf sich hatte, das auf einer der ersten Buchseiten abgebildet war, direkt unter der Widmung, die Karin Seikel gewählt hatte: »Für Odhur, dem ich meine Schaffenskraft verdanke und der meinen Geist stets aufs Neue beflügelt.«

Es bestand aus dem schildförmigen Wappen der Alwenkönige und zeigte einen graubraunen auffliegenden Falken, der ein riesiges Schwert in seinen Krallen hielt – wahrscheinlich dieses Zauberschwert Sinkkâlion, vermutete Jessie. Darunter befanden sich die Initialen der Autorin: ein großes K und ein großes S.

Aber wer um alles in der Welt konnte nur Odhur sein?

Papa würde das bestimmt wissen, überlegte Jessie. Aber sie wollte ihn lieber nicht stören, wusste sie doch aus Erfahrung, dass seine Laune dann nur noch schlechter wurde.

Stattdessen ging Jessie lieber zum Computer, der, auf Sparmodus geschaltet, auf ihrem Schreibtisch stand, und loggte sich ins Internet ein. Mit ihrer Lieblingssuchmaschine fand sie auf Anhieb mehrere Einträge, allerdings überwiegend in einer leicht veränderten Schreibweise: Odur. Auch wenn die Beiträge teilweise recht widersprüchlich oder manchmal sogar ziemlich abwegig waren, öffnete Jessie ihr Schreibprogramm und hielt die gewonnenen Erkenntnisse fest: »Odhur, manchmal auch Odur genannt – altnordischer Gott der Dichtkunst, der alle Götter und Menschen an Weisheit übertraf. Später lockten ihn Zwerge in einen Hinterhalt und töteten ihn, vermischten sein Blut mit Honig und schufen so den Dichtermet, den sie in einen silbernen Kessel füllten. Wer daraus trank, wurde zu dichterischer Begeisterung hingerissen. Zu seinen größten Verehrerinnen zählte angeblich die wenig bekannte Asengöttin Saga, die ihr Leben der Dichtkunst geweiht hatte. Aus diesem Grunde zog sie sich in eine Höhle zurück, um aus silbernen Schalen alte Weisheiten zu trinken.«

Jessie speicherte die Notiz ab und wollte den Computer schon ausschalten, als ihre Tür geräuschvoll aufgerissen wurde und Maik in ihr Zimmer trat. Seinen glasigen Augen nach zu urteilen, hatte er wieder mal einen gebechert. Was auch die Narbe auf seiner linken Wange bewies, die sich dann immer zusätzlich rötete und noch deutlicher zu sehen war als sonst. So ein Blödmann!, schoss es Jessie spontan durch den Kopf. Seit Maik nämlich einen Aushilfsjob bei der Gemeinde bekommen hatte und den Friedhof und die kleine Grünanlage sauber hielt, investierte er die paar verdienten Euro hauptsächlich in Schnaps und Bier. Aber vielleicht hatte sein Vater Henk ihm auch einen spendiert? Die Alkoholfahne, die Jessie bei seinen ersten Worten entgegenflatterte, hatte jedenfalls gewaltige Ausmaße.

»Hey, du Kröte«, machte Maik sie an. »Willst du nich endlich ins Bett gehen und schlafen?«

»Ich wüsste nicht, was dich das angeht.« Jessie feuerte ihm finstere Blicke zu. »Außerdem hab ich dir schon tausendmal gesagt, dass du anklopfen sollst, bevor du in mein Zimmer kommst.«

»Ach, stell dich nich so an. Du wirst doch keine Geheimnisse vor deinem Bruder haben, oder?«

»Darum geht es doch gar nicht!«, schimpfte Jessie los. »Ich will nur, dass du meine Wünsche respektierst – und damit basta!«

In diesem Moment entdeckte Maik das alte Buch auf ihrem Bett. Sein Hals wurde lang und länger, während er mit Stielaugen darauf stierte. »Was liest du'n da?« Er wirkte plötzlich überraschend wach.

»Das geht dich einen feuchten Kehricht an!«, erwiderte Jessie, sprang hastig zum Bett und warf ihr Kopfkissen auf das Buch, damit Maik das Zeichen auf dem Einband nicht sehen konnte. »Und jetzt verpiss dich endlich!«, fügte sie rüde hinzu – weil das die einzige Sprache war, die ihr Bruder in angetrunkenem Zustand verstand.

Für einen Moment sah es so aus, als läge Maik eine wütende Erwiderung auf der Zunge. Doch plötzlich grinste er nur wie ein bekiffter Höhlentroll und machte eine übertrieben tiefe Verbeugung, sodass die rotblonde Haarmähne ihm weit ins Gesicht fiel. »Zu Befehl, Prinzessin!«, sagte er mit vielsagendem Lächeln. »Ich wünsche Euch noch eine wunderschöne Nacht.«

KAPITEL 18

Die Lichtelfe

Es dauerte nicht lange, bis Niko den verwunschenen See mitten im Wald erreichte. Er trat auf den schwankenden Steg, ließ sich an seinem Ende nieder und starrte hinaus auf das Wasser, das leise plätschernd unter dem sternenübersäten Himmel lag. Der Wind wisperte in den Weiden am Ufer, fuhr raschelnd durch die Blätter der mächtigen Bäume und kräuselte die Oberfläche des Sees, auf der sich die Gestirne wie glitzernde Diamanten spiegelten.

Als Niko den feuerroten gekrümmten Strich erblickte, der sich wie eine Wasserschlange in der Mitte des Sees zitternd hin und her wand, hielt er für eine Sekunde den Atem an. Doch dann erkannte er, dass es sich nur um das leicht verzerrte Spiegelbild der schmalen Mondsichel handelte.

Niko sah auf und richtete den Blick auf den Falken, der sich auf einem der alten Bäume am Ufer niedergelassen hatte. Der Vogel beachtete ihn nicht mehr. Das graubraune Gefieder leicht aufgeplustert, blickte er scheinbar teilnahmslos in die Schwärze der Nacht – wie ein Kurier, dessen Aufgabe sich mit dem Überbringen seiner Botschaft erledigt hat.

Merkwürdig, dachte sich Niko. Hatte er am Ende alles falsch verstanden? Hatte er sich alles nur eingebildet und war dem Vogel ohne jeden Grund gefolgt? Nicht nur hier an den See, sondern auch überhaupt in diese merkwürdige Welt hinter den Nebeln? Hatte er sich völlig unnötig in Gefahr gebracht?

Niko schluckte. Sein Hals war trocken und die Zunge in seinem Mund fühlte sich an wie eine pelzige Socke. Ein Gefühl grenzenloser Einsamkeit überkam ihn – ähnlich wie an der Nebelpforte, nur um vieles schlimmer. Noch nie in seinem ganzen Leben hatte er sich so verloren gefühlt. Er kam sich vor wie ein winziges Staubkorn in der unendlichen Weite des Universums. Nur dass dieses Universum, in das er geraten war, nicht von einem einzigen Stern erleuchtet wurde, sondern sich abgrundtief schwarz über ihn und um ihn wölbte. Wer wusste schon, wie riesig es war? Wie groß Mysteria war – oder wie viele Welten es darüber hinaus noch geben konnte?

Selber schuld! Selber schuld! Selber schuld!, höhnte eine schadenfrohe Stimme in seinem Kopf. Das kommt davon, wenn man Fantasie und Wirklichkeit nicht auseinanderhalten kann.

Nikos Kinn sank kraftlos auf seine Brust. Er schloss die Augen, und ohne dass er sich dagegen wehren konnte, quollen Tränen unter seinen geschlossenen Lidern hervor und rannen über seine Wangen. Er schniefte zwei-, dreimal, doch dann konnte er das Schluchzen nicht länger zurückhalten. Und dann weinte Niko, so laut und hemmungslos wie noch nie zuvor in seinem Leben.

Als die Tränen endlich versiegten, fühlte Niko sich um vieles leichter. Mit dem Ärmel seines Obergewandes wischte er sich über das Gesicht, um die nassen Spuren zu beseitigen. Er blinzelte den feuchten Schleier von seinen Pupillen und plötzlich stieg ihm erneut der Duft der Verbena in die Nase. Vielleicht hatte er das vorher gar nicht wahrnehmen können, aber jetzt schien es ihm sogar sehr intensiv und eindeutig: Obwohl er das Wunschkraut im Dunkel der Nacht nirgendwo ausmachen konnte, war der Geruch unverkennbar. Noch im gleichen Augenblick sah Niko aus den Augenwinkeln einen hell leuchtenden Punkt, der über der Mitte des Sees schwebte und direkt auf ihn zuhielt.

Im ersten Moment glaubte er, eine Art Leuchtkugel vor sich zu haben. Als die strahlende Erscheinung jedoch näher kam, erkannte er, dass es sich um ein geflügeltes Wesen handelte, das eine verblüffende Ähnlichkeit mit der Art von Elfe aufwies, die er aus seinen Märchen- und Fantasybüchern kannte. Das Wesen war rund zwanzig Zentimeter groß, zart und grazil und trug ein Gewand aus weißem Tuch, aus dessen Kragen ein ausnehmend hübsches, blond gelocktes Köpfchen hervorlugte. Die paarigen Flügel auf seinem Rücken waren durchsichtig und größer als der gesamte Körper. Allerdings bewegten sie sich so atemberaubend schnell, dass das kaum zu erkennen war.

Das seltsame Wesen flog auf Niko zu, verharrte mit schwirrenden Flügeln rund einen halben Meter vor seiner Nase in der Luft und blickte ihn mit einem schelmischen Lächeln an, als freue es sich diebisch, dass es den Jungen in solches Erstaunen versetzte.

Die wundersame Erscheinung leuchtete so hell, dass Niko die Augen zusammenkneifen musste, um nicht geblendet zu werden. Zum Glück gewöhnte er sich rasch an das gleißende Licht. »Wer … wer bist du?«, fragte er verwundert.

»Pah!«, erwiderte das Geschöpf. Wie das sanfte Gebimmel eines Silberglöckchens klang seine Stimme an Nikos Ohr. »Du enttäuschst mich! Das ist genau die Frage, die ich erwartet habe. Ihr Menschen seid doch alle gleich.« Das Lichtwesen schüttelte den Kopf, verdrehte kurz die blauen Augen und sah Niko dann prüfend an. »Wonach sehe ich denn wohl aus, hm? Dreimal darfst du raten. Was glaubst du, wen du vor dir hast?«

»Äh«, antwortete Niko verwirrt. »Eine … eine Elfe vielleicht?«

»Bravo!« Das Geschöpf klatschte in die winzigen Hände. »Warum denn nicht gleich so? Dabei müsstest du meinesgleichen doch auf den ersten Blick erkennen. Oder kannst du nicht lesen und besitzt keine Bücher?«

»Doch, ja, natürlich«, erwiderte Niko rasch, wurde aber sofort unterbrochen.

»Na, also«, fuhr ihm das Geschöpf dazwischen. »Dann kann es ja auch nicht so schwer sein zu erkennen, dass ich eine Lichtelfe bin. Die Frage hättest du dir also sparen können.«

»Ist ja gut«, versuchte Niko das erzürnte Wesen zu besänftigen. »Entschuldigung, es soll nicht wieder vorkommen.«

»Das will ich doch sehr hoffen!« Die Elfe verschränkte ihre Ärmchen vor der Brust. »Auch wenn ich das, ehrlich gesagt, bezweifele.«

»Und warum …?«, hob Niko an, behielt die Frage dann aber lieber für sich, um das kratzbürstige Wesen nicht unnötig zu reizen.

»Ja?«, fragte die Elfe zu seiner Überraschung nach. »Was wolltest du wissen?«

»Äh … Ich wollte fragen, was dich mitten in der Nacht hierher führt?«

»Puh!«, seufzte das geflügelte Geschöpf und hob theatralisch die Arme. »Als ob das nicht offensichtlich wäre! Schon wieder so eine überflüssige Frage.« Damit schwebte es einige Zentimeter näher, streckte den rechten Zeigefinger aus und deutete genau auf Nikos Nase. »Ich bin deinetwegen hier, weshalb denn sonst? Glaub mir, ich hätte sonst Besseres zu tun. Aber ich wusste doch, dass du kommst.«

»Du wusstest …?« Niko konnte nicht verhindern, dass ihm einen Moment lang der Mund offen stehen blieb. »Aber woher denn?«

»Ich fasse es nicht.« Die Lichtelfe wandte den Blick zum Himmel. »Ihr Menschen werdet es wohl niemals lernen!« Dann sah sie Niko wieder an. »Weil es im Buch des Schicksals so verzeichnet ist, deshalb natürlich. Oder, wenn ich es anders ausdrücken soll: weil es deine Bestimmung ist, mich hier zu treffen. Glaubst du vielleicht, deine Erlebnisse in den vergangenen Tagen waren bloßer Zufall und es stecke kein tieferer Sinn dahinter?«

Niko kniff die Augen zusammen und schaute die Elfe misstrauisch an. »Das wirst du mir bestimmt gleich sagen, nehme ich an?«

Das leuchtende Geschöpf zog eine Grimasse und nickte dann. »Damit hast du ausnahmsweise mal recht. Weil das nämlich meine Aufgabe ist.« Erneut streckte die Elfe den Arm aus, stocherte aufgeregt in seine Richtung und fügte streng hinzu: »Genau wie es deine Aufgabe ist, das Schwert zu finden: Sinkkâlion.«

Niko war fassungslos. »Woher weißt du–?«

»Das ist doch nicht zu glauben!«, regte sich das zierliche Geschöpf sofort wieder auf und sein zartes Gesicht lief rhabarberrot an. »Er hat es immer noch nicht verstanden! Dabei habe ich es doch längst erklärt: weil es dein Schicksal ist. Deshalb wundere ich mich auch, warum du deine Schwester nicht mitgebracht hast. Ohne ihre Hilfe wirst du Sinkkâlion natürlich niemals finden können.«

»Meine Schwester?«, flüsterte Niko, und noch im gleichen Moment befielen ihn Zweifel. Bislang hatte er die Worte der Elfe für bare Münze genommen. Doch nun kam ihm plötzlich der Verdacht, dass hier etwas nicht stimmte. Entweder spielte ihm dieses Wesen einen üblen Scherz oder es handelte sich schlichtweg um eine Verwechslung.

Letzteres schien ihm am wahrscheinlichsten. Genau!

Die Elfe hielt ihn genauso irrtümlich für diesen sehnsüchtig erwarteten Befreier wie die Alwen auch. Und endlich hatte er einen Beweis dafür, dass sie allesamt falsch lagen. »Ich habe überhaupt keine Schwester!«, entgegnete er ruhig und klar wie ein Mathematiker bei der Beweisführung. »Und ich stamme auch nicht aus Mysteria. Was bedeutet, dass du mich gar nicht meinen kannst. Diesmal hast du dich aber gründlich geirrt!«

»Tztztztz!« Wieder schüttelte die Elfe den Kopf. »Jetzt hör sich einer diesen Naseweis an. Wie töricht ihr Menschen doch seid, das kann man an dir wieder deutlich sehen. Du hast doch den Weg nach Mysteria gefunden, oder nicht?«

»Ja, schon«, hob Niko an, wurde aber sofort unterbrochen.

»Was gleichzeitig zeigt, dass es eine Verbindung zwischen deiner Menschenwelt und der Welt hinter den Nebeln geben muss, nicht wahr?«

Niko wollte etwas sagen, kam aber noch nicht mal zu Wort.

»Wie kannst du dann behaupten, dass dich die Geschicke Mysterias nichts angehen?« Die Worte der Elfe sprudelten so schnell aus ihrem Mund wie die rauschenden Wasser eines Wildbaches. »Glaubst du vielleicht, du bist der Erste, der den Weg hierher gefunden hat?«

»Äh – nein?«

»Natürlich nicht!«, erwiderte sie aufgebracht. »Was umgekehrt übrigens genauso gilt!«

»Umgekehrt?«, hauchte Niko atemlos, ohne so recht zu verstehen, was die Elfe damit meinte.

»Und das beweist, dass beide Welten untrennbar miteinander verbunden sind, auch wenn das nur den wenigsten bekannt sein mag. Und trotzdem: Nur dass man etwas nicht kennt oder es nicht auf Anhieb versteht, ist doch noch lange kein Beweis dafür, dass es nicht existiert – das solltest du eigentlich längst in der Schule gelernt haben!«

Niko schluckte. Er wagte nicht zu widersprechen, zumal die Einwände der Elfe nicht ganz von der Hand zu weisen waren.

Im Gegenteil: In vielem hatte sie völlig recht. Aber was seine Schwester betraf, lag sie trotzdem vollkommen daneben.

Und dennoch – sollte er sich deswegen mit diesem streitsüchtigen Geschöpf anlegen?

Was sollte das bringen?

»Jetzt hör gut zu, Niko!« Die Elfe sprach jetzt wieder langsamer und betont deutlich …

Niko? Hatte sie tatsächlich Niko gesagt? Dabei hatte er seinen Namen doch gar nicht erwähnt!

Ein wissendes Lächeln glitt über ihr hübsches Gesicht – gerade so als habe sie seine Gedanken gelesen. »Hör gut zu, Niko«, wiederholte sie dann. »Wir wollen nicht zu streng zu dir sein. Meine Freunde und ich können sehr wohl verstehen, dass du ziemlich verwirrt sein musst. Deswegen hast du auch große Angst.« Sie sah ihn eindringlich an. »Habe ich nicht recht, Niko?«

Der Junge schluckte und erwiderte wortlos ihren Blick. Dann nickte er. »Ja«, flüsterte er.

»Ich weiß«, antwortete die Elfe. »Und das ist auch gut so. Du darfst nur nicht zulassen, dass deine Angst größer wird als du selbst. Du darfst nicht vor ihr zurückschrecken, sondern musst ihr fest ins Auge sehen, dann wirst du sie auch besiegen können.«

»Aber …« Niko wandte den Blick zu Boden. »Wenn ich wirklich dieses Schwert finden soll – wie soll ich das nur schaffen? Diese Aufgabe ist so groß und gefährlich, dass kein Mensch allei –«

»Psssst!«, zischte ihm die das geflügelte Geschöpf zu und legte den Zeigefingern vor den winzigen Mund. »Du wirst nur erfolgreich sein, wenn du nicht länger zweifelst und endlich an dich selbst glaubst. Dann kann dir alles gelingen.« Als die Elfe Nikos skeptischen Blick bemerkte, fügte sie rasch hinzu: »Und du bist doch nicht alleine und wirst auf viele Helfer zählen können. Auch wir werden dich bei deiner Aufgabe unterstützen. Deshalb hat die Hüterin des Horts mir auch ein Geschenk für dich mitgegeben.«

Niko schwirrte der Kopf. Seine Gedanken kreisten darin herum wie außer Rand und Band geratene Achterbahnwagen. Welche Helfer meinte dieses Flatterding bloß? Und wer war diese Hüterin des Horts?

»Streck deine rechte Hand aus!«, befahl die Lichtelfe energisch.

Niko fügte sich ohne Zögern.

Das geflügelte Wesen deutete mit dem Zeigefinger auf seine Hand, schloss die Augen und murmelte einen Spruch.

Beim nächsten Herzschlag spürte Niko ein Zucken im Ringfinger, der mit einem Mal so gleißend hell aufleuchtete, dass er die Augen schließen musste. Als er sie wieder öffnete, glaubte er zu träumen: An seinem Finger glänzte nämlich ein Ring, der, seiner Farbe und dem Gewicht nach zu urteilen, aus purem Gold bestehen musste.

Die Elfe tat, als würde sie seine Verwunderung nicht bemerken. »Diesen Ring hat einst dein Vater getragen, als Zeichen seiner großen Liebe zu deiner Mutter. Er wird dir behilflich sein – bei der Suche nach Sinkkâlion und nach deinem Vater.«

»Was?« Niko wurde vor Überraschung und Aufregung laut. »Ich kann meinen Vater finden?«

»Natürlich«, antworte die Elfe pikiert. »Meinst du, ich scherze hier nur rum, oder was?«

»Nein, das nicht … Aber … du hast ja keine Ah –«

»Wirst du wohl endlich still sein!« Jetzt schien sie wirklich zornig zu werden. »Lass mich gefälligst ausreden!«

Niko zog erschrocken den Kopf ein. »Schon gut«, murmelte er.

Zum Glück beruhigte sich die Elfe schnell wieder. »Ja, du kannst deinen Vater finden«, erklärte sie in ruhigerem Ton. »Aber erst, nachdem du das Schwert gefunden hast – eher nicht. Beide sind untrennbar miteinander verbunden wie die zwei unterschiedlichen Seiten einer Münze. Und deshalb wirst du das eine ohne das andere niemals erreichen können.« Die Elfe schwebte näher heran und sah ihn beschwörend an. »Deshalb darfst du nicht länger zögern, Niko. Dir bleibt nur wenig Zeit. Wenn der Feuermond seine Bahn vollendet hat und du deine Aufgabe immer noch nicht erfüllt hast, wird es zu spät sein. Danach wirst du weder das Schwert noch deinen Vater jemals mehr finden können. Hast du das verstanden, Niko?

»Oh.« Niko kniff die Augen zusammen. »Hast du … Feuermond gesagt?«

»Natürlich! Was denn sonst?« Das geflügelte Wesen schüttelte unwirsch die blonden Locken. »Und jetzt schließe die Augen«, befahl es und murmelte einen seltsamen Spruch: »Dem großen Auftrag mit aller Kraft, ich dien ihm mit Herz und mit Willen. Die Not ich seh, den Weg ich geh, mein Schicksal will ich erfüllen.«

Während die letzten Worte wie ein Flüstern im Wind verhallten, klappten Nikos Lider zu. Er fühlte noch eine winzige Hand auf seiner Stirn, hörte das Raunen einer silbrigen Stimme und wurde dann von grenzenloser Müdigkeit übermannt.

Kraftlos sank Niko auf dem kleinen Steg nieder und fiel in einen tiefen Schlaf.

Der Vharuul blieb stehen und sog witternd die Nachtluft durch seine Nasenlöcher, die wie riesige Krater in seinem dunklen knochigen Gesicht aufragten. Ein zufriedenes Grunzen kam aus seiner Kehle.

Blut!

Es war der vertraute Geruch warmen Blutes, der in seine empfindliche Nase strömte. Und die Alwen, in deren Adern es pulste, konnten nicht weit von ihm entfernt sein.

Ein glucksendes Geräusch löste sich aus dem lippenlosen Maul des unheimlichen Geschöpfes. Kein Sternenfunkeln und kein Strahl des sanften Nachtmonds drang durch das dichte Blätterdach des Waldes und so war es zwischen den Stämmen der Bäume so finster wie in der schwärzesten Kohlengrube. Den Vharuul störte das nicht im Geringsten. Er war ein Geschöpf der Nacht und sein Blick konnte die tiefste Schwärze mühelos durchdringen. Selbst wenn er die Augen geschlossen hätte – was ihm nicht möglich war, weil er weder Lippen noch Lider hatte –, wäre seine Nase ein sicherer Wegweiser durch jedes noch so verwirrende Baumlabyrinth gewesen.

Der Vharuul richtete sich auf. Mit Ausnahme seines Gesichts war fast sein gesamter Körper mit zotteligen schwarzen Haaren bedeckt. Er ging aufrecht wie ein Mensch und war lediglich mit einem Lendenschurz aus schwarzem Leder bekleidet. Erneut streckte er witternd seine Nasenlöcher vor. Dann setzte er sich in Bewegung und federte mit überraschend flinken kräftigen Schritten auf den Waldrand zu, den er schon wenig später erreichte.

Das Dorf der Alwen lag etwas tiefer, als der Vharuul jetzt stand, und war noch ein gutes Stück entfernt. Der Himmel hatte sich inzwischen mit dichten Wolken bezogen, die sich wie die Vorboten eines drohenden Unwetters über den Hütten ballten. Ihre Konturen waren im Nachtdunkel kaum auszumachen. Dennoch hatte der Vharuul nicht die geringste Mühe, sie zu sehen. Auch die Anzahl der Dorfbewohner konnte er ausmachen – am Duft ihres Blutes nämlich, das ihm nun noch intensiver in die Nase strömte. Selbst aus so großer Entfernung konnte er das Blut eines Mannes von dem einer Frau unterscheiden, ebenso wie das eines Knaben von dem eines Mädchens.

Ein Zittern lief durch den gewaltigen Körper des Vharuuls, und wie von selbst fuhr er die scharfen Krallen aus, die in die Spitzen seiner vier Klauenfinger eingebettet waren. Er versuchte, sich zu konzentrieren – auf seinen Auftrag, auf den einen, den er aufspüren musste. Er durfte sich nicht verwirren lassen von seiner Gier, von der Versuchung, so groß sie auch sein mochte. Sonst würde er die Alwen warnen und das gesamte Unternehmen gefährden – und sich selbst um seinen heiß ersehnten Lohn bringen.

Ein letztes Mal noch ließ der Vharuul seine kohlschwarzen Augen über die Hütten und das Dorf schweifen und prägte sich alles ganz genau ein. Dann machte er kehrt und huschte lautlos davon, um Herzog Dhrago und Hauptmann Grymm Bericht zu erstatten.

»Niko? Wach auf, Niko!« Die Worte drangen wie durch Watte an sein Ohr. Verwirrt öffnete Niko die Augen und richtete sich auf. Und da erst bemerkte er, dass er sich immer noch auf dem kleinen Steg am See befand.

Ayani kniete direkt vor ihm und rüttelte an seinen Schultern. »Endlich«, sagte sie erleichtert. »Ich habe schon gedacht, du kämst gar nicht mehr zu dir. Was machst du hier?«

»Ich … ich weiß auch nicht«, murmelte er, erhob sich und streckte die klammen Glieder aus. »Ich habe gar nicht gemerkt, dass ich eingeschlafen bin.« Gähnend blickte Niko zum Himmel, wo die ersten Strahlen des Großen Taglichts gerade das letzte Grau der Morgendämmerung vertrieben. »Das war ganz schön unbequem«, sagte er mit verlegenem Grinsen. »Kein Wunder, dass ich so einen merkwürdigen Traum hatte.«

»Merkwürdig?« Ayani musterte ihn neugierig. »Was war daran merkwürdig?«

»Einfach alles!«, erwiderte Niko. »Ich habe geträumt, dass

mir eine Lichtelfe erschienen ist und mit mir geredet hat. Am Schluss hat sie mir einen Ring an den Finger gezaubert. Kannst du dir so etwas Bescheuertes vorstellen?«

»Wieso denn nicht?«, sagte Ayani mit bedeutungsvollem Blick auf seine Hand. »Ich habe mich nämlich schon die ganze Zeit gefragt, warum du plötzlich einen Ring trägst.«

»Was?«, stieß Niko aus und starrte fassungslos auf seine rechte Hand, an der tatsächlich ein Ring steckte. Ein goldener Ring, den ein deutlich sichtbares Zeichen zierte: die Dagaz-Rune.

Oder das Zeichen heldenhaften Mutes, wie die Alwen es nannten.

»Sieh nur.« Mit ernster Miene hielt Ayani ihm ihren Anhänger entgegen. »Beide Schmuckstücke sehen so aus, als hätten die gleichen Hände sie geschaffen.«

Niko hob seine Hand und hielt seinen Ring neben den Anhänger. Ayani hatte recht: Sowohl das edle Metall – Gold vermutlich – als auch die Art, wie die Zeichen eingraviert waren, schienen identisch. Der einzige Unterschied war, dass die Schmuckstücke unterschiedliche Symbole zeigten.

Als Niko seine Hand zurückzog, berührte sein Ring den Anhänger – und da leuchteten die Schmuckstücke gleißend hell auf. Niko schnappte erschrocken nach Luft und wurde gleichzeitig von einem prickelnden Wärmestrom durchpulst, der seinen Körper wie eine heiße Flutwelle von Kopf bis Fuß durchströmte.

Auch Ayani stieß einen überraschten Schrei aus. »Hast du es auch gespürt? Diese Wärme vom Scheitel bis zur Sohle?«

Niko nickte nur stumm.

»Was hat das zu bedeuten?«, fragte Ayani.

»Keine Ahnung.« Niko legte die Stirn in Falten. »Hast du deine Kette vielleicht auch von einer Elfe bekommen?«

»Nein.« Ayani schüttelte den Kopf. »Die Kette stammt von

meiner Mutter.« Plötzlich schossen ihr Tränen in die Augen und strömten unaufhaltsam über ihre Wangen.

Niko war völlig durcheinander. Er wusste überhaupt nicht, was er tun sollte. »Aber … Ayani«, stotterte er hilflos, breitete zögernd die Arme aus und zog das schluchzende Mädchen dann doch an seine Brust. »Deshalb musst du doch nicht weinen, Ayani. Du solltest dich lieber freuen, dass Maruna dir so ein wertvolles Geschenk gemacht hat.«

»Aber das ist es ja gerade!«, erwiderte Ayani unter lautem Schluchzen. »Es war gar nicht Maruna!«

»Was?« Niko verstand überhaupt nichts mehr, aber er beschloss, Ayani jetzt lieber nicht zu sehr mit seinen Fragen zu bedrängen. Wortlos hielt er das Mädchen im Arm und drückte es fest an sich. Ihr warmer Körper bebte und kurz konnte er sogar das Pochen ihres Herzens spüren. Sein Hemd war von ihren Tränen bald völlig durchnässt, aber das störte ihn nicht im Geringsten. Er streichelte behutsam über ihren Rücken, und je länger er Ayani festhielt, umso schöner fand er ihre Nähe. Wenn er sie doch nur trösten oder ihren Kummer verstehen könnte! Aber er wartete geduldig, bis sie wieder etwas ruhiger wurde.

Nachdem Ayani sich wieder aufgerichtet hatte und ihr tränenfeuchtes Gesicht so gut es ging mit den Händen abgewischt hatte, ließ sie sich mit Niko auf dem Steg nieder und berichtete ihm, was sich am Vorabend in der Hütte zugetragen hatte.

Maruna hatte alle Lichter gelöscht, bis auf das flackernde Holzfeuer der Kochstelle und die zuckende Flamme der einsamen Talgkerze auf dem Tisch. »Dann hat sie mich aufgefordert, Platz zu nehmen«, sagte Ayani mit immer noch etwas zitternder Stimme, »und hat mich gebeten, sie nicht eher zu unterbrechen, bis sie mir alles offenbart hätte. Alles, was sich in einer schicksalhaften Nacht vor vierzehn Sommern zugetragen hat.«

Während Ayani berichtete, lauschte Niko gedankenversunken, fast schon entrückt. Mit einem Mal stand das vergangene Geschehen so deutlich vor seinem inneren Auge, als wäre er selbst dabei gewesen.

KAPITEL 19

Der Überfall

Tiefe Dunkelheit hatte sich über das Alwendorf gesenkt. Regen ergoss sich aus den dicken Wolken, die sich wie die Vorboten drohenden Unheils am Himmel ballten. Mächtige Blitze zuckten daraus hervor, gewaltige Donner dröhnten durch die Nacht und ließen die Hütten erbeben. Das ängstliche Muhen der Rinder und das aufgeregte Blöken der Schafe erschollen aus den Gattern hinter den Hütten. Eine Gestalt schälte sich aus dem Dunkel des einige hundert Schritte entfernten Waldes und hetzte auf das kleine Dorf zu … Es war eine Frau, wie das zuckende Licht des nächsten Blitzes offenbarte. Sie trug ein Bündel im Arm, das sie fest an ihre Brust gedrückt hielt. Ungeachtet der tobenden Elemente rannte sie durch den niederrauschenden Regen und steuerte die Hütte am Dorfplatz an, vor der ein Amboss und eine Esse standen.

»Mayan! Bitte mach auf, Mayan!«, rief sie gedämpft, während sie an die geschlossene Tür pochte.

Es dauerte nur Augenblicke, bis der Schmied öffnete. Das Unwetter hatte ihn längst aus dem Schlaf geschreckt. Als er die nächtliche Besucherin erblickte, weiteten sich die Augen in seinem kantigen Gesicht. »Merani, du?«, fragte er fassungslos. »Was führt dich zu uns?«

»Nicht so laut, Mayan!«, raunte die atemlose Frau ihm zu. »Es muss doch keiner von meinem Besuch erfahren.«

»Wie du möchtest«, flüsterte der Schmied zurück. »Komm schnell rein.« Während seine Schwester mit dem Bündel in die Hütte huschte, ließ Mayan den Blick in die Runde schweifen, um nach Zeugen Ausschau zu halten. Als er niemanden entdecken konnte, schloss er die Tür.

Merani hatte ihr triefend nasses Gewand bereits abgelegt und setzte sich mit dem Bündel in den Armen neben dem Lager von Maruna nieder, die erschöpft und bleich in den Kissen ruhte. Ihre Augen jedoch strahlten vor Glück – in ihrem Arm lag nämlich ein neugeborenes Kind: Arawynn, Mayans und Marunas Sohn, der erst in der Nacht zuvor zur Welt gekommen war.

Merani beugte sich über ihn, strich ihm zärtlich über den schwarzen Haarflaum und lächelte dann Maruna an. »Die Unsichtbaren meinen es gut mit dir, Schwägerin«, sagte sie. »Sie haben dir einen hübschen und gesunden Sohn geschenkt, der dir bestimmt noch viel Freude bereiten wird.«

»Vielen Dank, Merani«, antwortete die junge Mutter. »Aber sag uns: Was ist dir geschehen? Du siehst aus, als hätte dich der Tod selbst durch die Nacht gehetzt?«

»Maruna hat recht«, meldete sich Mayan zu Wort, der sich auf der anderen Seite des Lagers niederließ. »Du scheinst mir völlig entkräftet zu sein.«

Merani schluckte, und ihre Augen wurden so groß, dass sie in ihren tiefen Höhlen fast bedrohlich aussahen. »Das bin ich auch«, hauchte sie. »Ich bin über Stunden nur gerannt. Den ganzen Weg von Helmenkroon bis hierher!«

»Was?« Mayan tauschte einen fassungslosen Blick mit seiner Frau. »Aber warum denn, Merani? Und warum ausgerechnet hierher? Es ist doch schon viele Sommer her, seit du deinem Heimatdorf den letzten Besuch abgestattet hast.«

Merani starrte ihn an wie einen Geist, und während Tränen in ihre Augen traten, schüttelte sie immer wieder den Kopf. »Schreckliches ist geschehen!«, flüsterte sie. »Herzog Dhrago, dieser feige Verräter, hat bei Einbruch der Nacht Rhogarr von Khelm und seinen Truppen das Tor von Helmenkroon geöffnet und sie in unsere Königsburg geführt.«

»Nein!« Mayan sprang auf. »Sag, dass das nicht wahr ist!«

»Doch, Bruder, genau das ist geschehen! Die marschmärkischen Krieger haben Nelwyns Männer im Schlaf überrascht und ihnen nicht die geringste Chance gelassen. Sie metzelten alles nieder, was ihnen vor die Schwerter kommt, und richteten ein fürchterliches Blutbad an.«

»Und was ist mit unserem König?«, fragte Maruna atemlos. »Haben sie ihn auch gemeuchelt?«

»Ich weiß es nicht«, antwortete Merani. »König Nelwyn hat mir geholfen, die Burg im letzten Augenblick durch einen Geheimgang zu verlassen. Er selbst ist zurückgeblieben, um sich den Eindringlingen in den Weg zu stellen. Aber Nelwyn war ganz allein, und so fürchte ich, dass nicht einmal Sinkkâlion verhindern konnte, was sein Schicksal zu sein schien.«

»Wie konntest du das nur tun, Merani!«, schrie Mayan auf. »Du hättest unserem König zur Seite stehen und notfalls mit ihm in den Tod gehen sollen!«

»Das wollte ich ja! Aber Nelwyn hat mir die Flucht befohlen. ›Bring dich und das Kind in Sicherheit!‹, hat er gesagt. ›Denn sonst ist das Mädchen verloren.‹«

»Das Mädchen?«, sagte Mayan fassungslos. »Ich verstehe nicht …«

Wie zur Antwort schlug Merani die Tücher zur Seite, die das Bündel in ihrem Arm einhüllten. Das rosige Gesichtchen eines Neugeborenen kam darunter zum Vorschein, mit smaragdgrünen Mandelaugen und einem dunklen Haarflaum. »Sie heißt

Ayani«, sagte Merani. »Genau wie dein Sohn Arawynn ist auch sie erst gestern geboren worden und hat ihr ganzes Leben noch vor sich. Deshalb bitte ich euch inständig, mir und Ayani Zuflucht zu gewähren, bis sich die Lage in Helmenkroon so weit beruhigt hat, dass wir wieder dorthin zurückkehren können.«

Erneut warf Mayan seiner Gemahlin einen fragenden Blick zu.

Maruna musterte ihren Sohn kurz und nickte Merani dann zu. »Aber natürlich«, sagte sie lächelnd. »Unser Zuhause ist auch euer Zuhause. Deshalb heißen wir dich und deine Tochter unter unserem Dach willkommen.«

»Oh, Maruna. Ich weiß gar nicht, wie ich dir danken soll.« Merani beugte sich vor und drückte der Schwägerin einen Kuss auf die Wange. Dann richtete sie ihren Blick wieder auf den Bruder. »Mein Dank gilt auch dir, Mayan. Die Unsichtbaren werden eure Großherzigkeit niemals vergessen und sie euch sicherlich lohnen.«

»Einen Moment, Ayani.« Niko legte die Hand auf den Arm des Mädchens, um ihre Erzählung zu unterbrechen. »Dann ist Arawynn gar nicht dein Bruder?«

Ayani schüttelte den Kopf. »Nein, auch wenn ich niemals den leisesten Zweifel daran hatte.«

»Und warum lebt deine Mutter nicht auch im Dorf?«

Ayani erwiderte seinen Blick, ohne zurückzuzucken. »Ganz einfach: weil Merani nicht mehr am Leben ist.«

»Was?« Niko war betroffen und verwirrt zugleich. »Das tut mir leid, Ayani, aber das habe ich doch nicht gewu –«

»Du musst dich nicht entschuldigen«, fiel das Mädchen ihm sanft ins Wort. »Es ging mir doch genauso. Bis gestern Abend.« Auf Nikos überraschten Blick hin fuhr sie fort: »Ich habe meine Mutter niemals kennengelernt. Merani ist schon am nächsten

Tag, nachdem sie mich ins Dorf gebracht hatte, ums Leben gekommen.«

Niko fühlte einen Frosch in seiner Kehle. »Wie … wie ist das denn passiert?«, fragte er.

»Sie wollte unbedingt nach Helmenkroon zurück, um noch einige persönliche Sachen aus der Burg zu holen. Maruna hat vergeblich versucht, sie davon abzubringen. Und so …« Ayani stieß ein bitteres Lachen aus. »Merani ist Rhogarrs Meuchlern in die Hände gefallen und damit war ihr Schicksal besiegelt – wie das vieler anderer auch. Die Eindringlinge hatten sich in einen wahren Blutrausch gesteigert und kannten kein Erbarmen. Nicht mit Frauen und auch nicht mit Kindern.«

Im Gedenken an Meranis grausamen Tod saßen die beiden für einen Moment schweigend und mit gesenkten Köpfen nebeneinander, bis Niko einen Blick auf den Halsschmuck warf. »Hast du vorhin nicht erzählt, dass du die Kette von Merani bekommen hast?«

»Das stimmt«, antwortete Ayani. »Ich trug sie bereits um den Hals, als Merani mich ins Dorf gebracht hat. Als habe sie ihr Schicksal vorausgeahnt, hat sie Maruna vor ihrer Rückkehr nach Helmenkroon gebeten, immer darauf zu achten, dass ich die Kette niemals abnehme.«

Niko runzelte die Stirn. »Hat sie auch gesagt, warum?«

»Ja – weil die Unsichtbaren es so bestimmt haben.« Ayani blickte Niko ernst an und der vielsagende Unterton in ihrer Stimme war nicht zu überhören. »Und weil es Unglück und Verderben bringt, wenn wir ihren Wünschen nicht nachkommen.«

Niko hielt ihrem vorwurfsvollen Blick lange stand. Er biss sich auf die Unterlippe, bevor er antwortete: »Hat die Kette dir wirklich Glück gebracht? Immerhin ist deine Mutter bereits am nächsten Tag ge –«

»Bis zum gestrigen Tag habe ich nichts davon gewusst!«, rief das Mädchen. »Ich habe von Anfang an Maruna als meine Mutter angesehen. Da Arawynn am gleichen Tag wie ich geboren wurde, wurden wir wie Zwillinge aufgezogen. Maruna und auch Mayan haben mich behandelt, als wäre ich ihr leibliches Kind, und mir genauso viel Liebe und Zuwendung geschenkt wie ihrem eigenen Sohn. Deshalb werden sie auch immer meine Eltern bleiben, solange sie leben.«

Niko musterte Ayani für eine Weile schweigend, bis er die Frage, die ihn bedrängte, nicht mehr für sich behalten konnte. »Hat Maruna dir auch erzählt, wer dein Vater ist?«

»Nein.« Das Mädchen schüttelte den Kopf. »Das hat Merani ihr nämlich verschwiegen. ›Das tut nichts zur Sache‹, hat sie behauptet und dann noch hinzugefügt, dass ich mich meines Vaters bestimmt nicht schämen müsse – ganz im Gegenteil!«

Niko nickte in Gedanken. »Dann geht es dir wie mir.«

»Wieso?«, fragte Ayani und zögerte, bevor sie dann doch begriff. »Du kennst deinen Vater also auch nicht?«

»Nein.« Niko presste die Lippen zusammen und schüttelte den Kopf. »Aber die Lichtelfe hat mir versprochen, dass ich ihn finden könne – allerdings nur, wenn es mir gelingt, vorher das Königsschwert aufzuspüren.«

»Das ist doch eine gute Nachricht, Niko.« Ayanis Freude wirkte echt. »Dann geht es dir doch besser als mir. Die marschmärkischen Schergen haben dafür gesorgt, dass Merani mir meinen Vater niemals offenbaren kann.«

Bevor Niko zu einer Erwiderung ansetzen konnte, fühlte er einen stechenden Schmerz in seinem Kopf, und sein Herz begann, wie wild zu schlagen. Noch im gleichen Augenblick spürte er, dass ihnen schreckliches Unheil drohte. »Los, Ayani!«, schrie er das Mädchen an und sprang auf. »Wir müssen ins Dorf zurück, schnell!«

Wie unheilvolle Schatten ragten die Konturen der schwarzen Reiter zwischen den Bäumen am Waldrand auf. Es waren hundert, wenn nicht sogar mehr. Zwischen den schnaubenden Streitrossen, die in ihrer Angriffslust kaum mehr zu zügeln waren, verteilten sich gut zwei Dutzend Vharuuls, deren Kohlenaugen vor Blutdurst glühten. Die scharfen Reißzähne in ihren lippenlosen Mündern waren gebleckt und ein dunkles Keuchen kam aus ihren Kehlen. In der Kühle des grauenden Morgens formte ihr heißer Atem kleine Dampfwölkchen vor ihren Gesichtern.

Das Ross von Herzog Dhrago stand eine Pferdelänge vor der fast endlosen Linie der Reiter. Neben ihm hatte Hauptmann Grymm Aufstellung genommen. Während der Herzog den Blick in aller Ruhe über die Hütten des kleinen Dorfes schweifen ließ, das im Licht des erwachenden Tages in der kleinen Senke vor ihnen lag, zuckten Grymms Mundwinkel unruhig. Offensichtlich konnte auch er es gar nicht mehr erwarten, dass der Herzog endlich den Befehl zum Angriff gab.

Ein letztes Mal noch streiften Dhragos Augen die Hütten. Er blinzelte und kniff die Lippen zu einem schmalen Strich zusammen, sodass die Narbe auf seiner linken Wange größer wirkte als sonst. Dann wandte er sich zu Grymm. »Sind die Männer bereit?«

»Jawohl!«, schrie der in militärischer Kürze. »Alle bereit.«

Der Herzog drehte den Kopf und blickte erst nach rechts und dann nach links über die Schulter, um den Reitern einen prüfenden Blick zuzuwerfen.

Die Krieger hatten eine leichte Lederrüstung angelegt und die Helme fest geschnürt und ihre finsteren Gesichter strahlten tödliche Entschlossenheit aus.

Schließlich hob Dhrago den rechten Arm. »Dann also – loooos!«, schrie er und ließ seinen Arm wie ein Fallbeil nach unten sausen.

Nur einen Herzschlag später brach ein Inferno los. Der gleiche blutrünstige Kampfschrei erschallte aus mehr als hundert Kehlen. Dann stürmten die Reiter, die blanken Schwerter in den erhobenen Händen, aus dem Schutz des Waldes hervor, schwemmten wie eine schwarze Todeswoge den kleinen Abhang hinunter und fluteten auf das kleine, noch immer ruhige Alwendorf zu.

Doch da strömten auch schon die ersten Dörfler aus den Hütten. Als sie die heranrauschende Meute erblickten, erfasste sie blankes Entsetzen. Vor allem die Vharuuls verbreiteten Panik und höllische Todesangst: Die Geschöpfe der Nacht schienen auch das Licht des Tages nicht zu scheuen und hetzten nun, von maßlosem Blutdurst geleitet, inmitten der Pferde auf die Ansiedlung zu. Obwohl die Rosse mit weiten Galoppsprüngen dahinstürmten, waren die Vharuuls nicht einen Schritt langsamer. Anders als auf ihren Patrouillen- und Pirschgängen, bei denen sie sich auf zwei Beinen bewegten, hetzten die Ungeheuer nun mit gewaltigen Sätzen auf allen vieren dahin und überwanden mit jedem Sprung gleich zehn Menschenschritte, wenn nicht mehr. Mit ihren schwarzen Zottelhaaren und den knochigen Gesichtern erinnerten sie an ein wildes Rudel ausgehungerter Werwölfe auf Beutejagd.

Schon alleine ihr Anblick versetzte die Alwen in nackte Panik. Sie stießen gellende Hilfeschreie aus, die sich mit dem dumpfen Trommeln der Pferdehufe und dem schaurigen Kampfgetöse der Reiter zu einer schrillen, durch Mark und Bein gehenden Todesmelodie mischten. Alle Dorfbewohner waren inzwischen durch den infernalischen Lärm aus dem Schlaf geschreckt worden. Im ersten Schrecken stürzten die meisten völlig orientierungslos ins Freie und liefen damit geradewegs in ihr Verderben. Mit Herzog Dhrago und Hauptmann Grymm an der Spitze fegte die hundertköpfige Todesschlange der schwarzen Reiter durch das Dorf. Sie ritten jedes Hindernis einfach über den Haufen, egal ob Mann oder Frau, ob Junge oder Mädchen, ob Säugling oder Greis. Wer nicht unter die Hufe geriet, fiel ihren im ersten Schein des Großen Taglichts aufblitzenden Schwertern zum Opfer, die eine mörderische Ernte hielten, sodass ihre Klingen sich schon bald blutrot färbten.

Maruna war starr vor Entsetzen. Sie stand vor dem Eingang ihrer Hütte und war zu keiner Bewegung mehr fähig. Ihr Verstand wollte das grausige Geschehen einfach nicht fassen, das sich vor ihren Augen abspielte: Es war kaum drei Hahnenschreie her, dass der Sturm aus wirbelnden Schwertern und trommelnden Hufen in ihr Dorf gefegt war, und schon türmten sich die Leichen ihrer Verwandten und Bekannten, ihrer Freunde und Nachbarn zwischen den Hütten, von denen die meisten bereits in hellen Flammen standen, entzündet von Dutzenden von Pechfackeln, die die Reiter auf die Stroh- und Reetdächer geschleudert hatten. Ströme von Blut färbten den Sand auf dem Dorfplatz und den schmalen Wegen. Todesschreie, Stöhnen und Röcheln drangen an ihr Ohr. Das Entsetzlichste aber waren die vierbeinigen Ungeheuer mit den schwarzen Zottelhaaren, die sich voller Mordgier in die Hälse der Sterbenden verbissen, um ihnen das Blut aus den noch zuckenden Leibern zu saugen.

Flehend hob Maruna die Arme zum Himmel und schrie dem auf sie zugaloppierenden Reiter entgegen: »Bei den Unsichtbaren! Ich bitte Euch, Herr, haltet ein und habt Erbarmen mit uns!«

Der Herzog grinste nur hämisch, sodass die blutige Narbe auf seiner Wange sich krümmte. Dhrago dachte gar nicht daran, sein wild schnaubendes Streitross zu zügeln, und ritt Maruna einfach über den Haufen. Wie eine Strohpuppe wurde ihr abgemagerter Körper zwischen den Hufen seines mächtigen Pferdes umhergewirbelt, bis er gegen die Hüttenwand geschleudert wurde und dort reglos liegen blieb.

Dhrago deutete mit dem Kopf auf die blutüberströmte Frau und gab dem Reiter an seiner Seite ein unverkennbares Zeichen: Er fuhr sich mit dem Daumen quer über die Kehle.

Der Mann verstand sofort. »Zu Befehl, Herzog Dhrago«, rief er, wendete auf der Stelle sein Pferd und ritt mit blankgezogener Waffe auf Maruna zu.

In diesem Augenblick wirbelte ein Junge um die Ecke der Hütte – Arawynn. Er hielt ein Kurzschwert in der Hand und stürzte damit auf den Reiter zu. Neben dem Pferd angekommen, schnellte er sich wie eine Wildkatze vom Boden, katapultierte sich in die Luft und holte den überraschten Krieger mit einem Hieb vom Pferd. Der massige Körper des Mannes war noch nicht auf dem Sandweg aufgeschlagenen, als die Spitze der Waffe sich bereits in sein Herz bohrte und ihn tötete.

Arawynn wirbelte sofort um einhundertachtzig Grad herum und wartete breitbeinig auf den nächsten Angreifer, der aus der entgegengesetzten Richtung auf ihn zugaloppierte. Der Mann kam allerdings nicht weit: Er war noch gut fünf Galoppsprünge von Arawynn entfernt, als dessen Wurfmesser ihm in die Kehle fuhr und seine letzten Atemzüge blutig färbte.

Ein Geräusch in seinem Rücken ließ den Jungen erneut die Position wechseln. Nun aber wurde auch Arawynns grimmiges Gesicht verzerrt von plötzlichem Entsetzen. Die beiden Angreifer, die rasend schnell auf ihn zustürmten, waren keine marschmärkischen Reiter, sondern Vharuuls.

Ihre Reißzähne waren ebenso rot wie fast die gesamten Gesichter. Ihr Blutdurst schien dennoch längst nicht gestillt zu sein. Arawynn ging leicht in die Knie, um einen festeren Stand zu haben, und erwartete den Angriff der Ungeheuer mit erhobenem Schwert. »Kommt nur her«, schrie er, so laut er konnte,

»wenn ihr euch die Schädel spalten lassen wollt. Kampflos gebe ich mich euch nicht geschlagen, ihr Dämonen der Hölle!«

Die Vharuuls sprangen fast gleichzeitig ab. Wie schwarze Geschosse flogen ihre sehnigen Körper auf den Jungen zu, während sie mit den Händen weit ausholten, um ihm mit ihren messerscharfen Krallen den Hals zu zerfetzen und so leichter an seine Schlagader zu gelangen.

Obwohl jeder Instinkt in Arawynn nach Flucht schrie, wartete er bis zum letzten Moment ab, bevor er sich, wie vom Blitz gefällt, zu Boden fallen ließ, sodass die schwarzen Ungeheuer dicht über ihn hinwegflogen. Sein schneller Schwerthieb traf ihre ungeschützten Bäuche, sodass sie vor Wut und Schmerz gleichermaßen aufheulten.

Die Klauen der Vharuuls hatten kaum den Boden berührt, als sie auch schon kehrtmachten und erneut auf Arawynn zustürzten. Die Attacke kam so schnell, dass der Junge sie gar nicht richtig mitbekam. Er wollte sich gerade vom Boden hochfedern und sein Schwert zur Abwehr erheben, als er erkannte, dass er sich verrechnet hatte: Der Angriff der Ungeheuer galt gar nicht seiner Kehle, sondern seinen Beinen. Doch für eine Reaktion darauf war es längst zu spät. Die Vharuuls tauchten unter seiner Klinge hindurch und schnappten nach seinen Beinen. Mit brutaler Gewalt rissen sie Arawynn von den Füßen, sodass er hart mit dem Rücken auf dem Boden aufschlug. Das Schwert wurde aus seiner Hand geschleudert und landete in der angrenzenden Hütte, die lichterloh in Flammen stand. Nur einen Augenblick später schon stürzte sie in sich zusammen. Der Luftzug ließ das Feuer hell auflodern, und ein sprühender Funkenregen ergoss sich über Arawynn, der hilflos mit ansehen musste, wie die Vharuuls ihm an die Kehle fuhren.

Ausgerechnet Herzog Dhrago rettete ihm das Leben. »Seid ihr verrückt geworden, ihr hohlköpfigen Biester!«, schrie er die

Vharuuls an. »Ich habe doch befohlen, alle mutigen Jungen gefangen zu nehmen und sie unter keinen Umständen zu töten.« Blitzschnell sprang er vom Pferd, und obwohl sie ihm an Kräften haushoch überlegen waren, wichen die unheimlichen Vasallen vor ihm zur Seite. »Habt ihr das nicht gehört?«

Die Vharuuls schnauften heftig, als hätten sie Mühe, sich zu beherrschen. »Natürlich, Herr«, sagte der eine mit einer rau klingenden, unwirklichen Sprache. »Verzeiht, aber in der Hitze des Angriffs muss uns das wohl entfallen sein.«

»In der Hitze des Angriffs, soso?« Dhrago strafte sie mit verächtlichen Blicken. »In eurer maßlosen Gier, wolltet ihr wohl sagen, nicht wahr?«

Die Augen der Vharuuls glühten vor Zorn, doch sie wagten keinen Widerspruch. »Wenn Ihr meint, Herr«, sagte der zweite.

»Genau das meine ich!« Der Herzog spuckte geräuschvoll aus. »Beim nächsten Mal übergebe ich euch dem Scharfrichter von Helmenkroon, merkt euch das. Der hat gestern erst über Langeweile geklagt und möchte endlich wieder mal was zu tun bekommen. Und die Krähen und Geier sicherlich auch.«

Die Vharuuls verneigten sich schnaubend. Während sie von dannen schlichen, winkte Dhrago Grymm herbei und deutete auf Arawynn. »Fesselt ihn und dann gebt den Männern den Befehl zum Rückzug. Aber vorher sollen sie jede Hütte nach einer Kette mit einem goldenen Anhänger durchsuchen.«

»Aber, Herr Dhrago«, entgegnete der Hauptmann überrascht. »Wie stellt Ihr Euch das vor? Ihr seht doch selbst, dass die armseligen Behausungen fast alle noch in Flammen stehen!«

»Ihr hättet Euren Männern nicht nur beibringen sollen, wie man sein Schwert benutzt«, blaffte Dhrago Grymm an, »sondern auch, wie man seinen Kopf gebraucht. Ich hatte nicht nur befohlen, alle widerspenstigen Jungen gefangen zu nehmen, sondern auch, nach dieser Kette zu suchen. Aber wenn Eure

Männer zu töricht sind, das zu verstehen, müssen sie eben die Konsequenzen tragen.« Damit wandte er sich an die Krieger, die ihn mit betretenen Gesichtern umringten, und brüllte sie an: »Los, macht schon! Runter von den Pferden und fangt gefälligst an zu suchen.«

Als Niko und Ayani am Waldrand ankamen, tat sich mit einem Blick das ganze Bild des Verderbens vor ihnen auf. Ihr Dorf war ein Opfer der Flammen geworden. Zwischen den brennenden und qualmenden Überresten der Hütten stapelten sich die Leichen, während marschmärkische Krieger in den rauchenden Trümmern umherirrten und sie auseinanderzogen und zerrten, als suchten sie etwas.

»Nein!«, schrie Ayani. Sie schlug die Hände vors Gesicht und Tränen strömten zwischen ihren Fingern hervor. »Mutter! Arawynn! Ihr werdet doch nicht …« Die Stimme versagte ihr. Als sie die Finger wieder von den Augen riss, erkannte sie den Jungen, der etwas abseits von der Meute mit gesenktem Haupt auf einem Pferd saß. Seine Arme waren auf den Rücken gebunden, das Seil am Sattelknopf eines weiteren Pferdes festgemacht, dessen Reiter ihn nicht für einen Moment aus dem Blick ließ.

»Arawynn!«, schrie Ayani. »Niko! Wir müssen ihn befreien!« Damit wollte sie wie von Sinnen losstürzen.

Erst im letzten Augenblick konnte Niko sie packen und festhalten. »Bist du verrückt geworden, Ayani?«, zischte er sie an. »Gegen diese Übermacht haben wir nicht die geringste Chance.«

»Aber er ist mein Bruder, verstehst du das nicht!«, schrie das Mädchen, fast irre vor Schmerz, und versuchte, sich loszureißen. Niko presste ihr die Hand auf den Mund, sodass ihre Worte nur noch gedämpft zu hören waren. »Wir müssen ihm helfen, schnell!«

»Jetzt nimm doch Vernunft an«, versuchte Niko die Tobende zu beruhigen. »Das wäre glatter Selbstmord, sonst nichts!«

Bevor Ayani antworten konnte, ertönte eine Stimme in ihrem Rücken. »Ich finde, er hat recht.«

Mit einem Aufschrei des Entsetzens wirbelten Niko und Ayani herum und sahen vor sich zwischen den Bäumen ein rundes Dutzend Männer, die sie mit finsteren Blicken musterten.

KAPITEL 20

Die Rebellen

Das erste Licht des Morgens überzog die Ellerheide mit goldenem Glanz. Während Nalik Noski eilends dahinschritt, ärgerte er sich über sich selbst. Warum hatte er am Vortag nur so unbesonnen reagiert? Es war völlig unnötig gewesen, die Hütte im Nebelmoor so überhastet zu verlassen. Aber der plötzliche Anblick des Blenders hatte ihn in jähe Panik versetzt, sodass er überstürzt geflohen war. Kein Wunder – seine letzte Begegnung mit diesen unheimlichen Wesen lag zwar schon viele Jahre zurück, aber er hatte dennoch nicht vergessen, welche schrecklichen Fähigkeiten diese Geschöpfe des Bösen besaßen: Sobald sie Besitz von einem Opfer ergriffen, gab es kein Entrinnen mehr. Der oder die Unglückliche war ihnen willenlos ausgeliefert – in der Regel bis zum Tod, der allerdings meistens nicht lange auf sich warten ließ. Es war nämlich nahezu unmöglich, die Blender wieder aus den Körpern der Befallenen zu vertreiben. Es gab nur einen sicheren Schutz: den Monstern so weit wie möglich aus dem Weg zu gehen und sich zusätzlich durch ein altbewährtes Heilmittel zu wappnen: mit einer Tinktur aus Eisenkraut. Solche Tinkturen gab es sogar zu kaufen, in Apotheken oder in Drogerien. Nalik traute sich jedoch nicht an die Öffentlichkeit, denn bestimmt wusste bereits der gesamte Landkreis, dass er steckbrieflich verfolgt wurde.

Und so hatte er sich nach der Flucht aus der Hütte selbst auf die Suche nach Eisenkraut gemacht. Obwohl das Nebelmoor und seine Umgebung eigentlich ideale Standorte für das Kraut waren, fiel seine Ausbeute enttäuschend gering aus. Die Menge reichte bei Weitem nicht aus, um ihn sicher zu schützen, und so musste er dringend mehr davon beschaffen. Dass er inzwischen herausgefunden hatte, dass das unheimliche Geschöpf wohl nicht hinter ihm selbst her war, wie er zunächst vermutet hatte, sondern offensichtlich auch weiterhin in seinem jetzigen Opfer verharren wollte, durfte ihn nicht nachlässig werden lassen. Sonst würde er sich womöglich noch kurz vor dem Ziel selbst um die Früchte seiner jahrelangen Vorarbeit bringen.

Er brauchte jemanden, der die Tinktur für ihn besorgte, anders ging es nicht. Und dann konnte er selbst ungefährdet dem Verdacht nachgehen, der ihm inzwischen gekommen war: Nalik ahnte bereits, welches Ziel der Blender verfolgte. Seine Vermutung war jedoch noch sehr vage. Er musste dringend mehr herausfinden, bevor er sicher sein konnte.

Am allerdringlichsten aber war es, dass er schnellstens diesem Mädchen zu Hilfe kam – Jessie. Nalik war Niko nämlich heimlich zur Nebelpforte gefolgt und wusste deshalb, dass der Junge sich mittlerweile an einem Ort aufhielt, wo ihn kein Mensch vermutete. Er konnte sich lebhaft vorstellen, was das für das Mädchen bedeutete: Das ungelöste Rätsel um Nikos Verschwinden würde Jessie nicht nur im höchsten Maße verwirren und sorgen, sondern ihr zudem auch erhebliche Schwierigkeiten bereiten. Nalik hatte nämlich auch sie beschattet und deshalb mitbekommen, auf welche wahnwitzige Idee sie verfallen war: Nikos Übernachtung bei sich zu Hause vorzutäuschen. Dass Rieke darauf hereingefallen war, hatte Jessie natürlich diebisch gefreut. Nur hatte sie bedauerlicherweise nicht gemerkt, in was für eine missliche Situation sie sich dadurch manövriert hatte. Das Versteckspiel konnte doch nicht lange gutgehen. Jessie würde sich zunehmend in Widersprüche verstricken, was mit Sicherheit dazu führen würde, dass Rieke letzten Endes doch die Polizei verständigte.

Und das war das Allerletzte, was er, Nalik, gebrauchen konnte. Dann musste er nicht nur vor dem Blender auf der Hut sein, sondern auch vor den Behörden – was das große Ziel, auf das er nun schon so lange hinarbeitete, zusätzlich gefährden würde. Er hatte also keine andere Wahl, als Jessie zu helfen. Und zwar mit dem einzigen Mittel, das Erfolg versprach: mit der Wahrheit!

Tote, überall nur Tote! Wohin Niko auch blickte, er sah nichts als Leichen, Blut und rauchende Trümmer. Seite an Seite mit Ayani schritt er wie in Trance durch das Alwendorf, das ihn erst am Tage zuvor so herzlich willkommen geheißen und ihm Zuflucht geboten hatte – nur um sich innerhalb schrecklich kurzer Zeit in einen einzigen Ort der Zerstörung zu verwandeln. Von den Behausungen der friedlichen Alwen waren nur verkohlte Balken und Bretter übrig geblieben. Schwere schwarze Rauchschwaden stiegen daraus zum blauen Himmel empor, an dem wie zum Hohn das Große Taglicht strahlte. Die Stroh- und Reetdächer waren bis auf kümmerliche Reste verbrannt. Nur die dicken Baumstämme, die den Hütten als Stützen gedient hatten, ragten noch aufrecht aus dem Boden. Sie schwelten und rußten vor sich hin, vereinzelt züngelten noch Flammen daraus hervor.

Am schlimmsten aber war der Anblick der Toten. Die Männer, die am Vortag noch friedlich ihre Felder bestellt hatten, die Frauen, die an den Kochstellen, in den Gärten und den Ställen gearbeitet hatten, und die Knaben und Mädchen, die die Mühsal des Alltags beim fröhlichen Spiel auf dem Dorfplatz, den Wiesen und am Waldrand vergessen hatten – sie alle lagen niedergestreckt in ihrem Blut zwischen den rauchenden Trümmern. Auf obszöne Weise glichen sie einer Beute, die eine mörderische Jagdgesellschaft zur Strecke gebracht hatte.

Niko und Ayani waren vor Entsetzen verstummt. Schweigend und mit tränenverschleierten Augen schritten sie durch das Dorf, über dem die Stille des Todes lag. Auch das knappe Dutzend Männer, das ihnen folgte, gab kein einziges Wort von sich. Sie führten ihre Pferde an den Zügeln, der Klang ihrer unbeschlagenen Hufe hörte sich wie das dumpfe Dröhnen einer Klagetrommel an. Obwohl Niko und Ayani beim Anblick der Unbekannten zunächst entsetzt zusammengezuckt waren, fanden sie die Fassung schnell wieder. Zumal sich recht bald herausstellte, dass es sich keineswegs um Feinde, sondern vielmehr um Rebellen aus dem Dämonenwald handelte. Ein Späher hatte ihrem Anführer Kieran erst in der Nacht berichtet, dass die schwarzen Reiter aus der Marschmark einen Überfall auf das friedliche Dorf der Alwen planten. Kieran hatte einen Teil seiner Männer sofort auf die Pferde gescheucht und war mit ihnen auf schnellstem Wege zum Flüsternden Forst geritten, um die Dorfbewohner vor den Schergen zu schützen. Doch der Trupp der Vogelfreien war genauso zu spät gekommen wie Niko und Ayani. Versteckt im Schutz des Waldes, hatten sie hilflos mit ansehen müssen, wie Rhogarrs mörderische Horde das Schlachtfeld nach dem Blutbad laut lachend und johlend verließ und den einzigen Überlebenden des Gemetzels mit dicken Stricken gefesselt davonschleppte: Arawynn, Ayanis Bruder.

Als Ayani den mächtigen Amboss erblickte, der wie ein stummes Mahnmal an glückliche Zeiten vor den qualmenden Überresten der elterlichen Hütte aufragte, blieb sie wie angewurzelt stehen und schlug die Hände vor den Mund.

Auch Niko hielt an und musterte Ayani beklommen. Er konnte das Entsetzen, das sie befallen hatte, fast körperlich spüren, denn auch er hatte den leblosen Frauenkörper längst erblickt, der, hingestreckt auf den Rücken, im blutdurchtränkten Sand gleich neben dem Amboss lag.

Es war Maruna, kein Zweifel!

Obwohl Niko noch rund zwanzig Schritte entfernt war, konnte er die schrecklichen Wunden deutlich erkennen, die die Pferdehufe in ihren Leib geschlagen hatten. Blut sickerte daraus hervor. Auch die grauen Haare Marunas hatten sich tiefrot verfärbt.

Was für einen qualvollen Tod musste sie erlitten haben!

In diesem Moment erklang ein Ächzen, und Maruna hob schwerfällig einen Arm und versuchte, sich auf den Bauch zu wälzen.

»Mutter!« Ayani schrie gellend laut auf, stürzte auf sie zu und warf sich neben ihr auf die Knie.

Niko und die Männer folgten auf dem Fuß.

Maruna röchelte und wollte ganz offensichtlich den Kopf heben. Doch sosehr sie sich auch mühte, es gelang ihr nicht. Während ihr Mund vergeblich Worte zu formen versuchte, sank ihr blutüberströmtes Haupt kraftlos zurück auf den Sand.

»Nein, Mutter, nicht!«, flüsterte Ayani mit tränenerstickter Stimme und setzte sich rasch neben sie. Behutsam bettete sie den Kopf der Schwerverletzten in ihren Schoß und strich ihr zärtlich übers Haar. »Nicht sprechen, Mutter, bitte! Du darfst dich nicht anstrengen.«

Marunas Lider zitterten, während sie unter sichtlichen Qualen die Augen öffnete. Als sie Ayani erblickte, huschte ein sanftes Lächeln über ihr bereits vom Tode gezeichnetes Gesicht. »Nicht weinen … Ayani«, flüsterte sie, ohne die Lippen zu bewegen. »Die Unsichtbaren … sie haben es so gefügt.«

Ayani schluckte schwer. Dicke Tränen rannen über ihre Wangen, aber ihre Hände streichelten Maruna unaufhörlich weiter.

Maruna drehte den Kopf und blickte nun Niko an. »Vergiss nicht, … was ich dir gesagt habe. Du musst dem Wunsch der Unsichtbaren nachkommen. Mach dich … auf die Suche nach Sinkkâlion, dem Königsschwert … und nach der Kette aus dem Alwenhort … Ayani wird dich begleiten. Zögert nicht länger, meine Kinder … und macht euch auf den Weg! … Der … der Seher vom Donnerfelsen … er wird euch … weiter … helfen.« Mit dem letzten Wort stieß Maruna einen tiefen Seufzer aus und richtete den Blick zum strahlend blauen Himmel. Ein letztes Lächeln ging über ihr Gesicht, während ihre Lippen sich mühsam bewegten: »Ich freue mich auch, euch wiederzusehen.« Dann atmete Maruna wie erleichtert aus, ihr Kopf rollte kraftlos zur Seite und alles Leben wich mit ihrem letzten Atem aus ihrem Körper.

Hemmungslos weinend warf sich Ayani über die Tote und zog ihren Kopf an ihre Brust. »Mutter!«, schluchzte sie immer wieder. »Mutter … Mutter …«

Auch Nikos Herz krampfte sich zusammen. Obwohl Maruna erst vor Stunden in sein Leben getreten war, konnte er nachvollziehen, was ihr Tod für Ayani bedeutete, dass er ein entsetzlicher und kaum wiedergutzumachender Verlust war. Was das Mädchen zu verwinden hatte, war fast zu viel, als dass es ein einziges Wesen tragen konnte: Mayan, der Vater, verschleppt von den marschmärkischen Kriegern – niemand wusste, ob er noch lebte; Maruna, die liebevolle Mutter, verloren … Und dann die Ungewissheit über ihre eigene Herkunft – und auch da nur neue Spuren von Tod, war doch Merani ebenfalls kurz nach ihrer Geburt ums Leben gekommen. Eine Woge aus purem Schmerz überwältigte Niko, und er konnte nicht anders, als sich abzuwenden.

Kieran und seine Männer hatten einen Kreis um sie herum gebildet, die Kopfbedeckungen abgenommen und die Häupter gesenkt, um der Toten schweigend und reglos zu gedenken. Alles war ruhig, nicht ein Laut war mehr zu hören. Die Pferde machten nicht das geringste Geräusch, die Vögel waren verstummt, und selbst die Blätter an den Bäumen schienen stillzustehen, als würde die gesamte Natur Marunas Tod betrauern.

Mit einem Mal klang der Ruf eines Falken durch die andächtige Stille – so laut, dass Niko es so vorkam, als wolle der Vogel ihn zur Eile mahnen. Als er jedoch den Blick zum Himmel richtete, konnte er den Vogel nirgends entdecken.

War der Ruf womöglich tief aus seinem Inneren gekommen?

Im nächsten Moment schon sah Niko, dass Kieran seinen Männern zunickte. Während die Rebellen ihre Hüte, Mützen und Tücher wieder aufsetzten, ging der junge Anführer – er zählte bestimmt nicht viel mehr als zwanzig Sommer – auf Ayani zu, legte ihr behutsam die Hand auf die Schulter und wartete geduldig ab, bis sie sich umdrehte und ihn mit tränenfeuchtem Gesicht anblickte.

»Ich weiß, was du empfindest«, sagte Kieran sanft. »Ich habe Ähnliches durchgemacht wie du. Und dennoch …« Während Ayani ihn mit regloser Miene anstarrte, hob er wie zum Bedauern die Schultern. »Wir sind hier nicht sicher vor Rhogarrs Horden und sollten schnellstens in den Schutz des Dämonenwaldes zurückkehren. Aber vorher müssen wir deine Mutter und die anderen dem Feuer übergeben, so wie es Brauch ist bei uns Alwen. Damit der Wind ihren Geist in jene Regionen trägt, in denen ihre verstorbenen Mütter und Väter schon längst auf sie warten.« Kieran streckte ihr die Hand entgegen und in diesem Moment wirkte der große, blonde Anführer der Rebellen überraschend scheu. »Jetzt komm, Ayani. Meine Männer müssen schnellstens mit den nötigen Vorbereitungen beginnen.«

Ayani nickte. »Nur noch einen Moment«, sagte sie leise, wandte sich wieder der Toten zu und schloss ihr die Augenlider.

Dann fasste sie in die Tasche ihres Kleides, zog einen kleinen, herzförmigen Gegenstand daraus hervor und drückte ihn Maruna in die leblosen Hände. »Hier, Mutter«, hauchte sie mit tränenerstickter Stimme. »Ich brauche das steinerne Herz nicht mehr. Möge es dich auf deinem weiteren Weg beschützen und dich sicher in die Welt jenseits des Windes geleiten.« Ayani küsste Maruna sanft und langsam auf die Stirn. Dann erhob sie sich und ging zitternd auf Niko zu.

Nikos Stimme klang rau. »Es tut mir leid, Ayani«, sagte er und suchte vergeblich nach weiteren Worten.

Ayani nickte. »Danke. Vielen Dank.«

Niko breitete die Arme aus, zog sie an seine Brust und strich ihr zärtlich übers Haar. »Weine nur, Ayani«, flüsterte er ihr ins Ohr. »Es wird dir guttun.«

Während Kieran und seine Männer Reisig und trockenes Holz zusammentrugen, um einen Scheiterhaufen zu errichten, hielt Niko Ayani ganz fest, um ihren Schmerz mit ihr zu teilen.

Erst nachdem die Tränen des Mädchens versiegt und ihre Wangen wieder getrocknet waren, fand Niko seine Sprache zurück. »Dieser Stein, den du Maruna in die Hände gedrückt hast – was hat es damit auf sich?«, fragte er.

»Es ist ein kleiner Brocken aus dem Schicksalsstein, dem eine Laune der Natur die Form eines Herzens verliehen hat. Maruna hat ihn mir erst jüngst geschenkt.« Bei der Erinnerung flog ein kleines Lächeln über Ayanis Gesicht, verlor sich aber gleich wieder. »Er sollte mir Glück bringen, hat sie gesagt und dann hinzugefügt: ›Wo immer du auch sein magst, Ayani – das steinerne Herz wird dich stets daran erinnern, dass ich in meinen Gedanken immer bei dir bin und den Schutz und Segen der Unsichtbaren für dich erbitte.‹«

Niko runzelte die Stirn. »Und warum hast du ihr den Stein dann zurückgegeben?«

»Ganz einfach«, antwortete Ayani. »Damit Maruna weiß, dass auch meine Gedanken immer bei ihr sein werden. Bis ans Ende meines Lebens.«

Was?«, fragte Rieke schriller als gewollt und starrte Jessie fassungslos an. »Sag das bitte noch mal!«

»Okay.« Das Mädchen stand in der offenen Haustür und drehte nervös eine Strähne ihres blonden Haares um den Zeigefinger. »Niko ist verschwunden, und ich habe keine Ahnung, wo er ist.«

»Ich dachte, er hat heute Nacht bei euch geschlafen?«, mischte Melchior sich ein, der, die Pfeife in der Hand, an der Wand im Hausflur lehnte.

Jessie senkte den Blick. »Hat er aber nicht. Ich habe das nur behauptet, damit Sie sich keine Sorgen machen – und weil ich gehofft habe, dass er bis heute wieder auftaucht.«

Melchior runzelte die Stirn. »Das ist er aber nicht, oder?«

Wortlos schüttelte das Mädchen den Kopf.

In Riekes Gesicht trat offenkundige Panik. Sie starrte Jessie mit offenem Mund an, drehte sich dann um und wollte ins Haus zurückrennen.

»Moment mal.« Ihr Vater hielt sie auf. »Wo willst du denn hin?«

»Zur Polizei – wohin denn sonst?«

»Bitte nicht!«, rief Jessie hektisch. »Das bringt doch nichts!«

»Quatsch!« Rieke schaute sie zornig an. »Die müssen schleunigst nach ihm suchen.«

»So glauben Sie mir doch«, entgegnete das Mädchen mit gequälter Miene. »Wenn Sie zur Polizei gehen, machen Sie alles nur noch schlimmer.«

»Was soll das heißen: schlimmer? Es ist ja schon schlimm genug und wir haben wertvolle Zeit vergeudet!«, rief Rieke aufgebracht und wollte sich schon abwenden, als sie mit einem Mal eine tiefe Männerstimme hörte: »Jessie hat absolut recht, Frau Niklas!«

Rieke drehte sich um und sah den Mann, der neben Jessie getreten war, ungläubig an. Er war ganz in Schwarz gekleidet und trug einen Pferdeschwanz. »Sie, Herr Noski? Was wollen Sie denn hier? Und woher kennen Sie Jessie?«

»Das sind viele Fragen auf einmal, Frau Niklas«, erwiderte Nalik Noski mit sanftem Lächeln. »Ich will sie Ihnen gerne beantworten, zumindest soweit ich das kann. Aber darf ich kurz reinkommen?«

Der Duft frisch gebrühten Kaffees waberte durch die Küche im Ellerhof und mischte sich mit dem Geruch des selbst gebackenen Pflaumenkuchens. Doch Herr Noski lehnte beides dankend ab. »Ich will es kurz machen, Frau Niklas: Ich kann mir gut vorstellen, dass das, was ich Ihnen zu sagen habe, in Ihren Ohren mehr als verworren klingt, vielleicht sogar vollkommen verrückt – aber trotzdem bitte ich Sie, mir zu glauben und zu vertrauen.« Er blickte Melchior an, der sich an den Tisch gesetzt hatte. »Und Sie natürlich auch, Herr Niklas.«

Melchior antwortete nicht, sondern zog nur nachdenklich an seiner Pfeife.

»Ich weiß, wo Niko ist, aber ich kann es Ihnen leider nicht sagen.«

»Aber wieso–?«, hob Rieke an, wurde jedoch sofort unterbrochen.

»Bitte lassen Sie mich ausreden«, sagte Herr Noski. »Vermutlich würden Sie mir ohnehin nicht glauben. Aber wie auch immer: Ich bin fest davon überzeugt, dass Niko sich dort gut zurechtfindet und dass er auch heil wieder zu Ihnen zurückkehrt, auch wenn das eine ganze Weile dauern kann.«

»Was?« Rieke schüttelte den Kopf. »Das kann doch nicht wahr sein! Wenn das kein Grund ist, zur Poli –«

»Bitte, Frau Niklas«, unterbrach Herr Noski und sah Rieke so eindringlich an, dass sie tatsächlich verstummte. Zumal ihr erst jetzt auffiel, wie sehr seine Augen denen von Niko glichen: Sie waren ebenfalls smaragdgrün und mandelförmig. Der Duft seines Rasierwassers stach ihr in die Nase. Es roch angenehm, herb und frisch und irgendwie – vertraut.

»Glauben Sie mir«, fuhr Herr Noski fort, »die Polizei kann absolut nichts für Niko tun! Da, wo er jetzt ist, kann ihn niemand finden. Deshalb macht es auch keinen Sinn, nach ihm zu suchen. Wie Jessie schon gesagt hat: Wenn Sie die Polizei einschalten, machen Sie alles nur noch schlimmer. Nicht nur für sich selbst, sondern auch für viele andere.«

Noch immer sah er sie so eindringlich an, dass Rieke den Eindruck hatte, als wolle er in ihre Gedanken blicken. Oder vielleicht in ihr Herz, durchzuckte es sie.

»Die Entscheidung liegt natürlich ganz alleine bei Ihnen. Deshalb bitte ich Sie, meine Worte gut zu bedenken. Und …«, wieder wandte Nalik sich an Melchior, »… Sie natürlich auch, Herr Niklas. Und jetzt entschuldigen Sie mich bitte.« In der Tür drehte er sich noch einmal um. »Jessie hat mit der ganzen Geschichte nicht das Geringste zu tun. Also machen Sie ihr bitte keine Vorwürfe.« Plötzlich kniff der Senshei die Augen zusammen, starrte auf den Ring an Riekes Hand und ging rasch auf sie zu. »Darf ich mal sehen?«

»Äh«, stammelte Rieke verwundert. »Wenn Sie möchten.« Zögernd hob sie ihm ihre Hand entgegen.

Herr Noski ergriff sie und musterte den Ring eindringlich. »Sehr schön«, murmelte er mit einem merkwürdigen Unterton.

Rieke merkte, wie sie rot wurde. Ein angenehmes Gefühl der Wärme breitete sich in ihrem Körper aus. »Na ja«, antwortete sie verlegen. »Wahrscheinlich ist er völlig wertlos.«

»Sagen Sie das nicht.« Der Senshei sah ihr tief in die Augen. »Der äußere Anschein kann manchmal täuschen.« Er deutete auf die Gravur. »Kennen Sie das Zeichen?«

Rieke räusperte sich, um den Frosch in ihrem Hals loszuwerden. »Das ist die Ehwaz-Rune.«

»Genau.« Herr Noski nickte. »Oder das Zeichen grenzenlosen Vertrauens, wie es anderenorts auch genannt wird.« Wieder senkte sich sein Blick ganz tief in Riekes Augen. »Deshalb glauben Sie mir bitte: Wenn Sie Niko genauso vertrauen und so fest an ihn glauben, wie ich das tue, dann wird alles gut. Auf Wiedersehen.« Damit ließ Herr Noski ihre Hand los und ging.

Für lange Augenblicke herrschte Schweigen in der Küche. Rieke und Melchior sagten kein Wort und starrten einfach in die Luft, bis Rieke ihren Vater schließlich fragte: »Was sagst du, Papa?«

Statt eine Antwort zu geben, erhob sich Melchior mühsam vom Stuhl, schlurfte zum Küchenschrank, zog eine Schublade auf und wühlte darin herum. Es dauerte einige Zeit, bis er gefunden hatte, wonach er suchte – es war ein Brief, zerknittert und schon ein wenig vergilbt. Melchior nahm ihn an sich und reichte ihn seiner Tochter. »Hier, lies mal.«

Rieke öffnete den Umschlag und zog den Briefbogen heraus. Er war zweifach gefaltet und ebenfalls vergilbt und abgegriffen, als sei das Schreiben unzählige Male gelesen worden. Während sie die wenigen Zeilen der gut lesbaren Handschrift überflog, wurden ihre Augen immer größer, bis sie den Brief auf den Tisch sinken ließ und ihren Vater fassungslos ansah. »Das glaube ich jetzt nicht«, hauchte sie.

Mit strahlendem Gesicht eilte Herzog Dhrago auf Rhogarr von Khelm zu, der sich vom Thronsessel erhoben hatte und ihn erwartungsvoll ansah.

»Nun?«, fragte der Herrscher gespannt. »Habt ihr meinen Auftrag ausgeführt?«

»Aber natürlich, mein Gebieter!« Dhrago ging vor seinem Herrn in die Knie, verneigte sich tief und küsste den großen Siegelring an seiner rechten Hand. »Und zwar genauso, wie Ihr es uns aufgetragen habt!«

»Gut! Sehr gut!«, lobte Rhogarr, während der Herzog sich wieder erhob. »So was nenne ich fürwahr eine vorbildliche Pflichterfüllung.«

»Und eine große Heldentat noch dazu!«, ließ sich da die spöttische Stimme von Sâga vernehmen.

Zornesröte färbte Dhragos Gesicht und dennoch wagte er der Schwarzmagierin nicht zu widersprechen, die nun hinter dem übermannshohen Thronsessel hervortrat und auf ihn zukam.

»Es hat sicherlich allergrößten Mut und grenzenlose Tapferkeit erfordert«, fuhr sie ungeachtet der besänftigenden Gesten des Herrschers fort, »einen derart übermächtigen Gegner wie diese bis an die Zähne bewaffneten Dorfbewohner anzugreifen und niederzuringen.« Ihre blassen Lippen verformten sich höhnisch. »Habe ich nicht recht, mein Freund?«

Der Herzog kniff die Augen zusammen und die Form seiner Narbe veränderte sich. »Wenn Ihr meint!«, sagte er spitz. »Aber vielleicht solltet Ihr solche Unternehmungen in Zukunft selbst anführen. Meinen Segen dafür sollt Ihr gerne haben.«

Sâgas rechte Krallenhand zuckte nach vorne und packte Dhragos Kehle. Mit nur einem Arm hob sie den fast einen Kopf größeren Mann mühelos in die Höhe, bis seine Beine hilflos in der Luft zappelten. »Hüte deine Zunge, Knecht!«, zischte sie, die schmalen Pupillen starr auf ihn gerichtet, »und pass auf, was du sagst. Es sei denn, du legst weiter keinen Wert auf dein erbärmliches Leben!«

»Nein, nein, schon gut!«, keuchte der Herzog mit erstickter Stimme. »Das habe ich doch nicht so gemeint. Es tut mir leid!«

»Das will ich hoffen«, entgegnete Sâga finster, bevor sie

Dhrago wieder auf die Füße stellte und ihn sogleich anlächelte. »Entschuldige, aber manchmal habe ich mich einfach nicht im Griff.« Sie blickte auf ihre Krallenhand herab, als wäre die kein Teil von ihr, sondern ein seltsamer Fremdkörper, und machte mehrere schnell zupackende Bewegungen damit. »Vielleicht kannst du mir ja einen Rat geben, wie ich mich besser beherrschen kann?«

Bevor der Herzog sich zu einer unbedachten Erwiderung hinreißen lassen konnte, griff Rhogarr zu dem Weinkrug, der auf dem kleinen Tisch neben dem Thron stand, füllte einen goldenen Pokal und reichte ihn Dhrago. »Trink, das hast du dir redlich verdient.« Dann blickte er Sâga fragend an. »Darf ich Euch auch etwas von dem roten Wein eingießen? Ein köstlicher Tropfen aus Medhiterra?«

»Ach!« Mit einer unwirschen Geste wandte die Schwarzmagierin sich ab. »Du weißt doch, dass ich mir nichts daraus mache. Nur Narren und Memmen greifen zu berauschenden Mitteln!«

»Wie Ihr meint«, knurrte Rhogarr verstimmt, füllte seinen eigenen Becher aber dennoch. Nach einem kräftigen Schluck sah er Dhrago fragend an. »Wenn ich deinen Sendboten richtig verstanden habe, habt ihr tatsächlich einen Jungen …?«

»Ihr sagt es, Herr!« Mit glänzenden Augen blickte Dhrago zum Portal, wo zwei seiner Männer bereitstanden, und klatschte laut in die Hände. »Schnell! Bringt diesen Bastard her!«

Nur Augenblicke später traten zwei weitere Krieger in den Saal. Sie waren überaus kräftig und führten einen Jungen mit sich, den sie rechts und links an den Armen gepackt hatten – Arawynn.

Bei seinem Anblick ging ein Leuchten über Sâgas Gesicht. »Ja!«, hauchte sie. »Das ist der Junge, den Odhurs Kessel mir gezeigt hat.«

Obwohl Arawynns Hände auf den Rücken gebunden waren,

setzte er sich heftig zur Wehr. Er bäumte sich auf, wand sich wie ein Aal und trat mit den Füßen wild um sich. Die beiden Schergen hatten alle Mühe, ihn zu Dhrago zu schleppen, der seinem Gebieter den Gefangenen mit unverhohlenem Stolz vorstellte.

»Das ist der Bursche, Herr. Er hat sich genauso verhalten, wie Sâga…«, er warf der Schwarzmagierin einen scheuen Seitenblick zu, »… es vorausgesagt hat: Er hat sich als Einziger zur Wehr gesetzt und zwei meiner besten Männer getötet, bevor die Vharuuls ihn überwältigen konnten.«

»Beim nächsten Mal werde ich diesen schwarzen Ungeheuern nicht auf den Leim gehen, verlasst Euch drauf«, schrie Arawynn den Herzog an. »Aber vorher werdet Ihr mein Schwert zu spüren bekommen!«

Dhragos Gesicht verfärbte sich. Er trat vor Arawynn hin und schlug ihm ohne Vorwarnung mit dem Handrücken ins Gesicht. Die beiden Ringe an seinen Fingern hinterließen blutige Spuren auf der Wange des Jungen. »Was erlaubst du dir, du Alwenhund? Du weißt wohl nicht, wen du vor dir hast?«

»Aber natürlich!« Arawynn verzog verächtlich das Gesicht und spuckte ihn an. »Ihr seid Dhrago, dieser feige Verrät –«

Außer sich vor Wut, riss der Herzog das Schwert aus der Scheide und hob es mit einer ruckartigen Bewegung über den Kopf. Die scharfe Klinge zuckte auf Arawynns blanken Hals zu, als sie mit einem Mal mitten in der Bewegung in der Luft festzufrieren schien. Sâga war blitzschnell herbeigesprungen, hatte Dhrago am Arm gepackt und hielt ihn mit übermenschlicher Kraft fest.

»Mach das nicht noch einmal, du Narr!«, schrie sie. »Sonst bist du des Todes.« Laut fauchend verpasste sie Dhrago einen kräftigen Stoß. Der Herzog wurde quer durch den Saal geschleudert und krachte an die gegenüberliegende Wand. Der Aufprall war so heftig, dass man das Knacken seiner Rippen hörte.

Ohne den vor Schmerzen aufschreienden Herzog eines weiteren Blickes zu würdigen, trat Sâga vor Arawynn hin und blickte ihn lächelnd an. »Nimm das diesem Tölpel bitte nicht übel, mein Junge«, sagte sie sanft. »Er weiß es einfach nicht besser.« Während sie mit einem Finger fast zärtlich über Arawynns Gesicht fuhr, starrte sie ihm eindringlich in die Augen – wie eine Schlange, die ein Kaninchen fixiert. »Wie heißt du, mein Junge?«

»Ich …«, stammelte der Gefesselte, den die unverhoffte Freundlichkeit der Schwarzmagierin sichtlich verwirrte. »Arawynn … Herrin.«

»Arawynn – was für ein wohlklingender Name!« Sâgas Blick wurde eindringlicher. »Und es war tatsächlich so, wie dieser Dummkopf uns berichtet hat? Du hast zwei seiner Krieger getötet?«

»Äh … ja, Herrin«, antwortete Arawynn, dessen Gesichtsausdruck immer gequälter wirkte. Obwohl ihm das Sprechen zu widerstreben schien, kamen die Worte offensichtlich wie von selbst und ohne sein Zutun über die Lippen – als stünde er unter einem Bann, gegen den er machtlos war. »Aber nur weil diese feigen Hunde meine Mutter töten wollten. Dabei hat Maruna ihnen doch gar nichts getan. Und wir anderen doch auch nicht, Herrin!«

»Das weiß ich doch, mein Junge«, pflichtete Sâga ihm bei, ohne den Blick von ihm zu wenden. »Und weißt du auch, warum?« Sie wartete seine Antwort gar nicht ab. »Weil sie böse sind, abgrundtief böse – deshalb!«

»Ge-ge-genau!«, stammelte Arawynn. Sein Gesicht verriet, dass das Verhalten der Schwarzmagierin ihn bereits völlig verwirrt hatte.

»Ich sehe, wir verstehen uns, Arawynn, nicht wahr?« Sâga blinzelte ihm verschwörerisch zu und kniff ihm in die Wange.

»Aber du musst keine Angst haben, mein Junge. Ich werde dafür sorgen, dass dir nichts geschieht.« Erneut tätschelte sie ihm die Wange, wandte sich ab und trat vor Rhogarr hin. »Wie ich bereits gesagt habe: Bring ihn heute Nacht in meine Höhle.«

»Das verstehe ich nicht.« Der Herrscher starrte sie verwundert an. »Warum die Umstände, Sâga? Ihr könnt ihn doch genauso gut hier befra –«

»Schweig!« Die Augen der Schwarzmagierin glühten gefährlich auf. »Tu einfach, was ich dir gesagt habe: heute Nacht in meiner Höhle! Und sieh gefälligst zu, dass du vor Beginn der Dämonenstunde dort eintriffst.« Damit wirbelte sie auf dem Absatz herum und stand mit einer kaum wahrnehmbaren Bewegung direkt vor dem Herzog.

Dhrago hatte sich mühsam aufgerappelt und tastete mit schmerzverzerrter Miene seine Rippen ab. Ungeachtet seiner Jammerlaute packte Sâga ihn am Kragen seines Gewandes und zog ihn dicht zu sich heran. »Was ist mit dieser Kette?«, fauchte sie. »Der Kette mit dem goldenen Anhänger – haben deine Männer sie gefunden?«

»Nei-nei-nein, Herrin!« Nackte Furcht stand Dhrago ins Gesicht geschrieben, während er die Schwurfinger hob. »Ich schwöre es bei meiner Ehre.«

»Lass das besser sein«, entgegnete Sâga mit unverhohlenem Spott. »Wie viel wäre die wohl wert?« Ihr fahles Gesicht wurde wieder ernst. »Haben sie auch gründlich genug gesucht?«

»Aber natürlich«, beteuerte der Herzog. »Ich habe ihnen sogar befohlen, die brennenden Trümmer mit bloßen Händen zu durchwühlen. Und dennoch haben sie nichts gefunden – nicht das Geringste, Herrin.«

Sâga kniff die Augen zusammen und musterte den Herzog mit durchdringendem Blick. »Dieser Hauptmann, Grymm«, fragte sie lauernd. »Weißt du, wo er sich aufhält?«

»Ich denke schon, Herrin!«, antwortete Herzog Dhrago hastig. »Jedes Mal wenn er nach längerer Zeit wieder nach Helmenkroon zurückkehrt, führt ihn sein erster Weg schnurstracks dorthin.«

KAPITEL 21

Im »Wilden Waldschwein«

Das »Wilde Waldschwein« war zum Bersten voll, wie meistens um diese Stunde, wenn das Licht des Tages allmählich dem Dunkel der Nacht wich. Endlich fanden die Bewohner und Besucher von Helmenkroon Muße, die Zeit bis zum Schlafengehen in der Schenke zu verbringen und sich in fröhlicher Gesellschaft die Mühen des schwindenden Tages die durstigen Kehlen hinunterzuspülen. Die Schankmägde hatten alle Hände voll zu tun. Eiligen Schrittes schleppten sie Krüge mit schäumendem Bier und große Humpen Wein zu den Tischen und konnten dennoch der Nachfrage kaum Herr werden. Sehr zur Freude des feisten Wirtes hinter dem Tresen natürlich. Der Schweiß lief in Strömen über seinen kahlen Schädel, während er sich mühte, mit dem Einschenken nachzukommen.

Die meisten Gäste waren Soldaten, wie an ihren dunklen Waffenröcken unschwer zu erkennen war. Das »Wilde Waldschwein« lag nur ein paar verwinkelte Gassen vom Haupttor der Burg entfernt und war ein beliebter Treffpunkt für die rauen Burschen, die fernab ihrer marschmärkischen Heimat den Dienst für ihren Herrscher ableisteten. Da in der Fremde natürlich kein heimischer Herd auf sie wartete, nutzten sie die günstige Gelegenheit in überreichem Maße aus. Kein Wunder also, dass die Mehrzahl der großen Holztische, deren Bänke jeweils Platz für ein rundes Dutzend Gäste boten, von Soldaten belegt war. Rhogaar von Khelm entlohnte seine Schergen recht ordentlich – was ihm dank der prall gefüllten Staatsschatulle, die er nach seiner gewaltsamen Machtübernahme vorgefunden hatte, und der horrenden Steuern und Abgaben, die er den Alwen abpresste, ziemlich leichtfiel. Und so verfügten seine Männer über ausreichende Mittel, um das Bier und den Wein in Strömen fließen zu lassen.

Wie fast an jedem Tag hatten sich auch ein paar fahrende Händler und einheimische Handwerker unter die lärmende Gästeschar gemischt. Sie begnügten sich gerne mit den weiter vom Schanktresen entfernten Tischen in der Nähe der Tür, zumal dort bedeutend weniger Lärm herrschte und man in aller Ruhe einen Plausch mit seinen Tischnachbarn halten konnte. Hier wurden Neuigkeiten, Klatsch und Tratsch aus den verschiedenen Regionen Mysterias ausgetauscht – aus der Marschmark, dem Grimmen Reich, den Valckenlanden, den Feuermarschen, dem heißen Medhiterra und all den anderen nahen und fernen Gebieten.

Auch ein paar Frauen befanden sich unter den Gästen. Sie trugen aufreizende Kleider, gingen einem für alle offensichtlichen Gewerbe nach und machten keinerlei Hehl daraus, dass sie auf Kundenfang waren. Ihr bevorzugtes Jagdrevier waren natürlich die Tische der Soldaten, die, fern der heimatlichen Gefilde und berauscht vom Alkohol, ihren offen zur Schau gestellten Reizen nur allzu gerne nachgaben. Immer wieder stahl sich eine der Frauen eng umschlungen mit einem Soldaten aus dem verqualmten Schankraum davon, um dann nach einiger Zeit wieder alleine zurückzukommen oder den Burschen keines Blickes mehr zu würdigen, weil sie längst ihren Köder nach dem nächsten Opfer auswarf.

Grymm, der hässliche Hauptmann, saß mit seinen Männern am Tisch direkt neben dem Tresen. Die struppigen Haare hingen ihm wirr ins Gesicht, das vom reichlich genossenen Bier aufgedunsen und stark gerötet war. Seine lädierte Nase war immer noch dick angeschwollen, hatte sich mittlerweile jedoch schwarzblau verfärbt, sodass sie wie ein verfaulter Dämonenbovist aus seinem Gesicht hervorstach. Grymm hob seinen Krug und prostete seinen Soldaten mit glasigen Augen zu. »Auf unsss«, sagte er mit schwerer Zunge, »und darauf, dasss wir ess diessem Alwenpack so richtig heimgezsahlt haben. Keiner von denen wird ess mehr wagen, einen rechtschaffenen Marschmärker anzsugreifen!«

»Wie recht Ihr doch habt!«, »Genauso ist es!«, »Fürwahr, Hauptmann«, schallten die Antworten der Männer wild durcheinander. Dann hoben sie ihre Krüge und leerten sie mit einem Zug.

»Und wissst ihr auch wiessso?«, lallte Grymm und wischte sich mit dem Handrücken den Bierschaum von den Lippen. »Weil wir ihnen ordentlich Feuer unter die Hintern gemacht haben – desshalb!«

Der geschmacklose Scherz löste brüllendes Gelächter aus. Die Männer krümmten sich, schlugen sich auf die Schenkel und die Tischplatte und wollten sich kaum mehr einkriegen vor Lachen. Als sie sich wieder einigermaßen beruhigt hatten, packte Grymm die gerade am Tisch vorbeieilende Schankmagd grob am Oberarm und hielt sie fest. »He, du!«, kommandierte er. »Bring noch eine Runde für mich und meine Männer, aber rasch!«

Das Mädchen – sie war bildhübsch, hatte tiefschwarzes Haar, funkelnde Augen und sinnliche Lippen – wand sich mühelos aus seinem Griff und blickte ihn furchtlos an. »Immer schön langsam und der Reihe nach, Herr Hauptmann«, entgegnete sie. »Ich will Euch Euren Wunsch gerne erfüllen – vorausgesetzt natürlich, Ihr könnt die Zeche bezahlen.« Damit hielt sie ihm auffordernd die rechte Hand entgegen.

»Aber ja doch«, gab Grymm ungehalten zurück. »Was denkst du denn?« Damit fasste er in seine Tasche, zog den Lederbeutel mit seiner Barschaft daraus hervor, schnürte ihn auf und wühlte darin herum – bis sein Gesicht erstarrte. Mit einem überraschten »Oh« blickte er in den Beutel und schüttelte fassungslos den Kopf. »Das gibt's doch nicht«, flüsterte er, kratzte sich hinterm Ohr und blickte die Magd an. »Ich musss wass mit dir bereden.«

»Bereden?« Das Mädchen schien nicht zu verstehen. »Was denn, Herr Hauptmann?«

Anstelle einer Antwort erhob sich Grymm, nahm sie am Arm und führte sie ein Stück vom Tisch weg. »Hör zsu«, flüsterte er ihr ins Ohr. »Ich habe keine Ahnung, wo mein Geld hingekommen isst …«

Die Mädchen presste sofort die Lippen zusammen.

»Vorhin war mein Beutel noch halb voll. Und jetzst ssind nur noch ein paar lumpige Münzsen drin – hier!« Wie zum Beweis holte Grymm drei Kupfertaler daraus hervor.

»Das wundert mich gar nicht«, entgegnete die dunkelhaarige Schönheit ungerührt. »Ihr habt ja auch ordentlich gezecht.«

»Und trotzsdem!« Der Hauptmann schüttelte den Kopf. »Ich versstehe dass einfach nicht! Ess isst wie verhexst.«

»Was?« Das Mädchen blickte ihn ungläubig an. »Ihr wollt doch nicht behaupten, dass man Euch das Geld aus dem Beutel gezaubert hat?«

Grymm hob ratlos die Hände. »Hasst du vielleicht eine andere Erklärung?«, lallte er.

Während die Schankmagd gelangweilt abwinkte und die Augen verdrehte, trat Grymm einen Schritt näher. »Hör zsu. Kann ich nicht beim nächssten Mal bezsahlen?«

»Ausgeschlossen!«, entgegnete sie prompt. »Mein Herr gewährt niemandem Kredit, nicht einmal unserem Herrscher!« Fast mitfühlend sah sie ihn an. »Es tut mir leid, aber ich kann nichts für Euch tun.« Mit einem Mal wurden ihre Augen schmal und sie biss sich nachdenklich auf die Unterlippe. »Es sei denn …«

Ein Hoffnungsschimmer huschte über das Gesicht des Hauptmanns. »Ja?«

»Habt Ihr nichts anderes von Wert, das ich in Zahlung nehmen könnte?«, fragte die Magd. »Schmuck zum Beispiel: einen Ring, einen Armreif oder eine Kette vielleicht?«

»Eine Kette?« Grymm dachte kurz nach, dann ging ein Lächeln über sein aufgedunsenes Gesicht. Er schien plötzlich wieder nüchtern zu sein. »Warum nicht? Ich glaube, wir beide könnten handelseinig werden!« Wieder beugte er sich vor und flüsterte ihr ins Ohr: »Hör zu: Ich gehe rüber in den Pferdestall. Du wartest ein paar Augenblicke – und dann kommst du mir nach. Aber pass auf, dass dir niemand folgt!«

Das trübe Licht der funzeligen Öllampe, die von einem der Deckenbalken hing, war kaum in der Lage, die Dunkelheit des Stalles zu erhellen. Die Konturen der Streitrosse zeichneten sich wie undeutliche Schemen im schummerigen Zwielicht ab. Ein beißender Geruch nach Leder und Pferdeleibern, nach Stroh und Dung hing in der Luft. Das Stampfen der Hufe und das Mahlen der Zähne, die das Futter aus den Raufen rupften, waren zu hören.

Langsam setzte die Magd einen Fuß vor den anderen und tappte zögernd den finsteren Gang entlang auf die einzige Lichtquelle zu, bis ihre Augen sich endlich an die Dunkelheit gewöhnten und sie den Hauptmann erkannte.

Grymm machte sich an einem der Sättel zu schaffen, die an

der Stirnwand hingen. Er öffnete gerade die Satteltasche, zog einen schmutzigen Stofffetzen daraus hervor, drehte sich zu ihr um und winkte sie heran. »Hier«, sagte er und schlug das Tuch auseinander. »Was sagst du dazu?«

Trotz des schummerigen Lichts konnte das Mädchen das Schmuckstück in seiner Hand erkennen: Es war eine einfache Halskette mit einem Anhänger.

»Und?«, fragte der Hauptmann begierig. »Ist sie nicht schön?«

»Ich weiß nicht so recht«, sagte sie zögernd. »Es ist so dunkel hier, dass ich nichts richtig erkennen kann.«

Grymm blickte sich kurz um, nahm dann rasch die Lampe vom Haken und drehte den Docht höher. Im Licht der heller werdenden Flamme leuchtete der Anhänger strahlend hell auf. Die Gravur war jetzt deutlich zu erkennen.

»Oh«, rief das Mädchen aus. »Das Zeichen unerschrockenen Mutes!«

»Du sagst es. Genauso nennen es diese Alwenhunde!«

Sie warf dem Hauptmann einen forschenden Blick zu. »Wie seid Ihr an das kostbare Stück gekommen?«

»Das tut doch nichts zur Sache!«, entgegnete Grymm unwirsch. »Sag mir lieber, was du dafür zahlen willst.«

Anstelle einer Antwort streckte die Schöne ihm die linke Hand entgegen. »Darf ich mal?«

»Aber natürlich.« Lächelnd reichte Grymm ihr die Kette.

Das Mädchen besah sie sich von allen Seiten und wiegte sie dann abschätzend in der Hand. »Ich fasse es nicht«, hauchte sie ungläubig. »Sie besteht tatsächlich aus purem Gold.« Dann aber schüttelte sie den Kopf und reichte das Schmuckstück mit einem Ausdruck des Bedauerns zurück. »Es tut mir leid, Herr Hauptmann. Aber meine Ersparnisse reichen nicht aus, um sie Euch angemessen zu bezahlen.«

Grymm verzog das Gesicht. »Wie viel hast du denn?«

»Fünfzig Helmenkronen.«

»Nur fünfzig?« Der Hauptmann schluckte enttäuscht. »Die Kette ist mindestens das Doppelte wert!«

»Das weiß ich doch!«, antwortete die Magd mit großen Augen. »Aber wie gesagt – ich besitze einfach nicht mehr!«

Grymm runzelte die Stirn, kniff seine vorstehenden Augen zusammen und ließ seine Augen langsam über den Körper der Schönen wandern. Der Anblick schien ihm durchaus zu gefallen. Er fuhr sich mit der Zunge über die Lippen und schielte nachdenklich in die hinterste Ecke des Stalles, wo sich ein großer Heuhaufen türmte.

»Hör zu«, sagte er mit lüsternem Blick. »Ich mache dir einen Vorschlag.«

Das Mädchen legte den Kopf schief. »Ja?«

»Du gibst mir die fünfzig und den Rest zahlst du später. Und mein Entgegenkommen entlohnst du mir auf andere Weise und bist ein bisschen lieb zu mir.«

»Ein bisschen lieb?«, fragte die Magd. »Ach so … ich verstehe«, flüsterte sie. Während sie kurz überlegte, musterte Grymm sie gespannt.

»Und was meinst du?«

»Nun …« Einen Augenblick zögerte das Mädchen, aber dann lächelte es. »Warum eigentlich nicht? Die Kette ist es auf jeden Fall wert, dass ich Euch angemessen entlohne.«

»Na, also.« Grymms Augen leuchteten auf wie die eines Klauenwolfs beim Anblick seiner Beute. »Ich wusste doch gleich, dass wir uns einig werden.«

»Ganz Eurer Meinung, Herr Hauptmann«, entgegnete die Schöne und streichelte ihm zärtlich über die Wange. »Jeder soll das bekommen, was er verdient!«

Voller Gier griff Grymm nach ihrer Hand, um sie in seine

Arme zu ziehen – und erstarrte noch im gleichen Augenblick. Kaum hatte er das Mädchen berührt, da verwandelte es sich blitzschnell in einen schwarzen Wirbel, aus dem sich nur einen Herzschlag später eine andere Gestalt formte: Sâga, die Schwarzmagierin. Ihre schmalen Augen flammten rotgelb auf, ihre Krallenhand schoss nach vorne und packte den schreckensstarren Grymm an der Kehle, während sie ihm mit der Linken die Kette entriss. Obwohl in Grymms weit aufgerissenen Augen bereits das Wissen um seinen sicheren Tod stand, vergällte Sâga ihm die letzten Momente seines Lebens noch mit bitterer Häme: »Du kennst das doch selbst, Grymm: Manche Dinge sind es einfach wert, dass man dafür über Leichen geht!« Damit drückte sie erbarmungslos zu.

Während der Hauptmann tot zu Boden sank, fasste Sâga in die Tasche ihres Schlangenlederkleides, holt eine Handvoll Goldmünzen daraus hervor und streute sie über die Leiche. »Von wegen aus deinem Beutel gezaubert!«, sagte sie verächtlich. »Derart billigen Hokuspokus habe ich nicht nötig. Das Bier hat dich so berauscht, dass du gar nicht gemerkt hast, wie ich ihn dir heimlich aus dem Gewand gezogen und leer wieder zurückgesteckt habe.«

Dann hob Sâga die Kette auf und hielt sie vor ihr Gesicht. »Wie recht Grymm doch hat!«, flüsterte sie. »Du bist wirklich schön – wunderschön sogar! Aber was noch viel schöner ist: Du wirst mir helfen, den Befreier zu finden, auf den die Alwen schon so lange hoffen.«

Melchior saß auf seiner Lieblingsbank neben der Haustür, als Rieke von ihrem Spaziergang zum Ellerhof zurückkam. Sie hatte dringend Ruhe und frische Luft gebraucht, um ihre

Gedanken zu ordnen und wieder einen klaren Kopf zu bekommen. Doch obwohl sie mehr als zwei Stunden unterwegs gewesen war, hatte das nicht viel geholfen. Sie wusste immer noch nicht, was sie tun sollte: zur Polizei gehen oder Herrn Noskis Rat folgen.

Dabei war sie eigentlich fest entschlossen gewesen, trotz der sonderbaren Argumente des Sensheis eine Vermisstenanzeige zu erstatten. Doch der Brief hatte alles verändert und sie zudem völlig durcheinandergebracht.

Wortlos setzte Rieke sich neben ihren Vater und blinzelte in die Abendsonne. Obwohl es schon dämmerte, war es immer noch drückend heiß. Vielleicht lag ein Gewitter in der Luft. Melchior warf ihr einen kurzen Blick zu. Er schien jedoch zu bemerken, dass ihr nicht zum Reden zumute war, und so schwieg er einfach und ließ der Stille zwischen ihnen Raum.

Nach einigen Minuten holte Rieke den Brief aus der Gesäßtasche ihrer Jeans und faltete ihn auf. Obwohl sie ihn im Laufe des Tages bestimmt schon fünf- bis sechsmal gelesen hatte, überflog sie ihn erneut. Es war der Abschiedsbrief, den sie ihren Eltern hinterlassen hatte, als sie damals spurlos verschwunden war. Er war kurz und umfasste nur wenige Zeilen:

»Liebe Eltern, bitte macht euch keine Sorgen um mich, auch wenn wir uns jetzt eine ganze Weile nicht mehr sehen werden. Ich weiß, dass ich euch großen Kummer bereite, aber ich hatte keine andere Wahl: Ich musste einfach der Stimme meines Herzens folgen. Leider kann ich euch nicht sagen, wohin ich gehe, aber vermutlich würdet ihr mir ohnehin nicht glauben. Wie auch immer: Sucht bitte nicht nach mir, denn da, wo ich jetzt bin, kann mich niemand finden – schon gar nicht die Polizei. Lasst sie also bitte aus dem Spiel, es würde ohnehin nichts nützen. Macht mir einfach das große Geschenk eures Vertrauens und glaubt an mich, dann wird alles gut. Dann werde ich eines Tages wieder zu euch zurückkehren, auch wenn das noch eine Weile dauern kann. Ich werde euch niemals vergessen und euch immer lieben. Ich umarme euch ganz fest – eure Rieke.«

Natürlich war ihr schon beim ersten Lesen die verblüffende Ähnlichkeit mit den Worten von Herrn Noski aufgefallen. Manche Sätze stimmten sogar fast im Wortlaut überein! Eigentlich konnte das nur eines bedeuten: dass sie sich damals vermutlich genau dort aufgehalten hatte, wo Niko sich im Augenblick befand. Oder war das viel zu weit hergeholt und diese Ähnlichkeiten waren nichts als Zufall? War das alles nicht völlig verrückt? Über diese Frage hatte sie den ganzen Tag nachgegrübelt und war dennoch zu keinem vernünftigen Ergebnis gekommen. Deshalb wusste sie auch immer noch nicht, was sie tun sollte!

Rieke ließ den Brief sinken und sah ihren Vater an. »Seid ihr damals eigentlich zur Polizei gegangen, Mama und du?«

Melchior sah sie lange an. »Ja, leider«, sagte er schließlich. »Es hat uns nämlich nichts als Ärger eingebracht.«

»Das tut mir leid«, sagte Rieke betreten. »Das wusste ich ja gar nicht.«

»Schon gut.« Ihr Vater winkte ab. »Eigentlich waren wir ja selbst dran schuld. Wir hätten besser gleich auf dich gehört. Die Umstände deines Verschwindens waren so rätselhaft, dass wir am Ende sogar selbst in den Verdacht gerieten, etwas damit zu tun zu haben. Aus der Sicht der Polizei mag das vielleicht sogar verständlich gewesen sein. Schließlich hat man nicht die geringste Spur von dir entdeckt und es gab keinerlei Lebenszeichen. Aber für uns hat das neben all dem vielen Kummer auch jede Menge Scherereien bedeutet.«

Rike legte ihm die Hand auf den Arm. »Das wollte ich wirklich nicht, Papa. Das musst du mir glauben.«

»Aber natürlich, Rieke.« Melchior lächelte sie liebevoll an. »Du weißt doch: Der Schnee von gestern lässt die Blumen von morgen blühen.«

Rieke lächelte kurz und runzelte dann die Stirn. »Du bist wohl der gleichen Meinung wie Herr Noski?«

»Du kennst ihn bestimmt besser als ich.« Melchior zog die Brauen hoch. »Aber er hat einen recht vertrauenerweckenden Eindruck auf mich gemacht – und deshalb ...« Er nickte zögerlich.

»Und glaubst du auch, dass Niko wieder heil zu uns zurückkommt?«

»Du hast das damals doch auch getan!«, antwortete der Vater mit liebevollem Lächeln. »Niko ist ein guter Junge und ein ziemlich cleverer noch dazu. Er weiß mit Sicherheit, was er tut, und lässt sich bestimmt nicht zu allzu unüberlegten Sachen hinreißen.« Damit legte er seiner Tochter den Arm um die Schulter und sah ihr tief in die Augen. »Ja, Rieke, ich finde, Herr Noski hat recht: Du solltest Niko einfach vertrauen und an ihn glauben. Denn wenn die eigenen Eltern ihren Kindern nicht vertrauen, wer soll es dann tun?«

Das Lager der Rebellen befand sich auf einer kleinen Lichtung in der Mitte des Dämonenwaldes. Der war riesig groß und machte seiner Bezeichnung alle Ehre, wie Niko während des langen Ritts durch den fast undurchdringlichen Urwald feststellen konnte. Die gewaltigen Bäume – sie erinnerten ihn an Eichen, Buchen, Birken und Fichten, auch wenn sie sich kaum merkbar davon unterschieden – ragten fast bis in den Himmel. Ihr Wipfeldach war so dicht, dass die Strahlen des Großen Taglichts es kaum zu durchdringen vermochten. Nur vereinzelte Lichtspeere, in denen Staub und Insekten wirbelten, erhellten das Zwielicht zwischen den Stämmen. Andauerndes Knistern und Knacken kam aus dem Dickicht des Unterholzes, die Äste und Zweige bewegten sich raschelnd und fast wie von Geisterhand, und ab und an hörten sie ein Heulen, das an den Jagdruf ausgehungerter Klauenwölfe erinnerte. Alleine hätten Ayani und er sich in der Waldwirrnis bestimmt nicht zurechtgefunden und sich mit Sicherheit verirrt. Niko war deshalb heilfroh, als sie endlich das Lager erreichten, wo sie von weiteren Männern, ebenfalls einem runden Dutzend, in Empfang genommen wurden. Zu Nikos großer Enttäuschung bestand der Stützpunkt lediglich aus einer Ansammlung provisorischer Behausungen und Unterstände, die aus Ästen und Zweigen gefertigt waren und die Schlaflager der Rebellen mehr schlecht als recht vor den Unbilden der Witterung schützten.

Kieran war seine gedrückte Miene offensichtlich nicht entgangen. »Du hast wohl mehr erwartet, was?«, sprach er Niko an, nachdem sie abgesessen waren und die Pferde versorgt hatten.

»Nun ja …« Niko wollte Kieran und seine Männer nicht verletzen und wählte seine Worte deshalb mit Bedacht. »Wenn ich ehrlich sein soll – schon. Was kann eine so kleine Schar wie ihr gegen Rhogarrs Horden schon groß ausrichten?«

»Mehr als du denkst, Niko!«, erwiderte Kieran lächelnd. »Wir greifen ihre Spähtrupps an und überfallen ihre Nachschubtransporte und versorgen uns auf diese Weise mit Geld und Nahrungsmitteln, die wir mit unseren hungernden Landsleuten teilen.«

»Wirklich?« Niko nickte. »Das ist mehr, als ich gedacht habe.«

»Nicht wahr? Unseren nächsten Schlag haben wir schon lange und sorgfältig vorbereitet, sodass eigentlich nichts schiefgehen kann.«

»Was habt ihr denn vor?«, fragte Ayani neugierig.

»Eine ganz delikate Sache, im wahrsten Sinne des Wortes.« Kieran rieb sich die Hände vor Vorfreude. »In drei Tagen, bei Morgengrauen, werden wir einen Transport überfallen, der feinsten Wein aus Medhiterra nach Helmenkroon bringt. Rhogarr von Khelm ist geradezu versessen darauf und wird deshalb persönlich getroffen sein, wenn er davon erfährt. Auch wenn ich sein enttäuschtes Gesicht nicht sehen kann, freue ich mich schon auf diesen Triumph.«

Niko schmunzelte. »Das kann ich gut verstehen.«

»In einem hast du allerdings recht«, fuhr Kieran fort. »Wir meiden den offenen Kampf, denn der wäre reiner Selbstmord. Deshalb haben wir heute früh auch nicht eingegriffen. Blinde Wut führt nie ans Ziel, sondern höchstens ins Verderben, und selbst der tapferste Kämpfer kann nur erfolgreich sein, wenn er überlegt vorgeht und kühlen Verstand walten lässt.« Damit blickte er Ayani an. »Ich hoffe, du hast das inzwischen verstanden?«

»Natürlich.« Das Mädchen schlug die Augen nieder. »Ich werde mich in Zukunft beherrschen. Aber heute … mein Schmerz … Ich fühle mich so hilflos. Und zornig …«

»Pssst!«, unterbrach Kieran sie. »Du bist mir keinerlei Erklärung schuldig. Zumal ich sehr gut nachempfinden kann, was in dir vorgeht.«

»Das hast du schon einmal erwähnt – vorhin im Dorf.« Ayani blickte ihn prüfend an. »Darf ich fragen, warum?«

»Nicht jetzt!«, wehrte Kieran ab. »Wir müssen erst unsere Fallen abgehen und uns um unser Nachtmahl kümmern. Der Weg zum Donnerfelsen ist weit und deswegen müssen wir ausreichend Kräfte für das gefährliche Unternehmen sammeln. Denn eines steht fest …« Obwohl Kieran sich um eine ernste Miene bemühte, konnte er sein Lausbubenlächeln doch nicht unterdrücken. »Ausgehungert und mit leeren Mägen kämpft es sich schlecht, was unseren Feinden nur einen weiteren Vorteil verschaffen würde. Lasst uns also zunächst für unser leibliches Wohl sorgen. Danach bleibt noch genügend Zeit zum Erzählen!«

Glücklicherweise hatten sich einige Waldhasen und auch ein Gelbfasan in den Schlingen gefangen, die die Rebellen im Dämonenwald ausgelegt hatten. Während Niko und Ayani sich das über dem Feuer gebratene Wild schmecken ließen, erfuhren sie, dass einige der Männer bereits seit mehreren Sommern im Schutz des Waldes lebten.

Huggin zum Beispiel, ein Bär von einem Mann, der seinen hünenhaften Ausmaßen zum Trotz das sanfte Lächeln und das Gemüt eines Kindes besaß, von den Marschmärkern aber als gemeingefährlicher Strauchdieb gesucht wurde.

Ragnur »Graubart«, wie ein fast endlos langer Kerl wegen seines entsprechenden Gesichtsschmuckes nur genannt wurde, hatte sich seiner drohenden Hinrichtung in letzter Sekunde durch die Flucht in den Dämonenwald entzogen.

Magnus Halmar wiederum – er war kaum größer als ein Zwerg und hatte einen ratzekahlen, nahezu kugelrunden Schädel – hatte viele Jahre als fleißiger und friedliebender Schmied verbracht, bevor er sich ebenfalls vor der Willkür der Besatzer in Sicherheit bringen musste. So unterschiedlich die Männer auch sein mochten, eines war ihnen allen gemein: Rhogarrs Schergen hatten ihnen übel mitgespielt und sie so lange schikaniert und tyrannisiert, bis sie die ungerechte Behandlung nicht mehr ertragen konnten und sich dagegen zur Wehr setzten. Wodurch sie ihre Lage allerdings nur noch verschlimmerten: Sie wurden von Haus und Hof verjagt und verloren ihren gesamten Besitz. Ihre Familien und engsten Angehörigen wurden in den Kerker gesteckt, wenn nicht sogar ermordet.

»Versteht ihr nun, warum wir uns hier zusammengetan haben?«, fragte Kieran die Gäste, die den Berichten der Männer mit wachsendem Entsetzen zugehört hatten. »Wir haben nichts mehr zu verlieren – und daher beschlossen, diesen Eindringlingen das Leben so schwer wie möglich zu machen.«

»Aber …« Niko machte ein ernstes Gesicht. »Ist das nicht gefährlich?«

»Natürlich, Niko«, erwiderte Kieran. »Das ist sogar lebensgefährlich. Aber mehr als den Tod können wir dabei nicht finden. Und ein Leben in Feigheit und Knechtschaft halte ich allemal für schlimmer als den Tod.« Damit blickte er die Männer an, auf deren Gesichtern sich die zuckenden Flammen des Lagerfeuers spiegelten. »Habe ich nicht recht?«

Die Rebellen ließen zustimmende Rufe erschallen.

»Eines verspreche ich euch, meine Freunde!«, sprach Huggin mit grimmiger Miene in die Runde. »Wenn ich eines Tages tatsächlich meine letzte Reise antreten muss, werde ich mindestens ein Dutzend dieser marschmärkischen Schergen mitnehmen, wenn nicht sogar zwei. Und ich halte jede Wette …«, sein breites Grinsen entblößte die große Zahnlücke in seinem Oberkiefer, »… dass sie sich als meine Reisebegleiter nicht gerade wohlfühlen werden!«

Das fröhliche Gelächter der Männer ließ Huggin über beide Backen strahlen.

»Da können wir ja von Glück reden«, warf Graubart scheinbar beiläufig ein, »dass ein so erfahrener und mit allen Wassern gewaschener Halsabschneider wie du sich auf unsere Seite geschlagen hat und nicht mit unseren Feinden paktiert. Sonst würden wir alle schon längst in den Regionen jenseits des Windes weilen.«

Erneut erklang Gelächter in der Runde. Auf Ayanis Gesicht aber legte sich ein dunkler Schatten, was außer Niko niemand bemerkte.

Rasch tastete er nach der Hand des Mädchens. Wortlos und ohne ihn anzusehen, erwiderte Ayani seinen sanften Händedruck.

Als Graubart Ayani nun anblickte, hatte sie ihre Gefühle wieder im Griff. »Du kannst mir glauben, meine Tochter …« Er brach ab und sah sie mit gerunzelter Stirn an. »Du hast hoffentlich nichts dagegen, dass ich dich so nenne?«

»Aber nein, natürlich nicht!«

»Danke«, erwiderte er mit breitem Grinsen. »Da kann man wieder mal sehen, wie schnell man zu einer Tochter kommt! Also – du kannst mir glauben, meine Tochter: Huggin lag noch an der Brust seiner Amme, als er ihr zum ersten Mal den Beutel mit dem Geld aus dem Kleid gezogen hat!«

»Genauso war's!«, fiel Magnus Halmar ein. »Schon als Junge war Huggin ein allseits gefürchteter Dieb, der es mit Vorliebe auf Enten und fettere Gänseriche abgesehen hatte. Aber auch Würste und Schinken hat er natürlich nicht verschmäht.«

»Ja, ja, spottet nur«, brummte Huggin in das fröhliche Gelächter hinein. »Meine Eltern hatten viele Mäuler zu stopfen und waren deshalb sehr froh, dass ich sie ein wenig unterstützt habe.«

In diesem Moment bemerkte Niko, dass Kieran den Ring an seiner Hand anstarrte.

»Bei den Unsichtbaren!«, hauchte der Rebellenführer.

»Was ist los?«

»Dieser Ring.« Kieran deutete auf das Schmuckstück. »Wo hast du den her?«

KAPITEL 22

Die Höhle der Schwarzmagierin

Arawynn hatte keine Ahnung, wo er sich befand. Geraume Zeit nach Einbruch der Dunkelheit waren Rhogarr von Khelm und Herzog Dhrago in seinem Verlies aufgetaucht und hatten den Kerkerknechten befohlen, ihn in den Hof zu bringen und auf ein Pferd zu setzen. Dann hatten sie ihm ein Tuch über die Augen gebunden und waren losgeritten. Zunächst über Grasland, dann durch einen dichten Wald, bis der Weg schließlich über steinigen Boden bergaufführte. Ein leichter Hauch von Rauch und Schwefel lag in der Luft, als befänden sie sich in der Nähe eines feuerspeienden Berges.

Rhogarr und sein Begleiter hatten während des kaum zweistündigen Rittes nicht ein Wort gewechselt. Nun hielten sie die Pferde an und einer von ihnen ließ einen lauten Eulenruf erschallen – ein Signal vermutlich.

Keine Antwort.

Erneut ertönte der Ruf der Eule, der wieder nicht beantwortet wurde.

»Versteht Ihr das?« Arawynn erkannte Dhragos Stimme sofort. »Erst bestellt sie uns hierher und dann lässt sie sich nicht blicken. Dabei ist die Dämonenstunde noch längst nicht angebrochen.«

Wieder erklang der Eulenruf – und wurde nun endlich vom Schrei eines weiteren Nachtvogels beantwortet, der sich offensichtlich ein gutes Stück über ihnen befand.

»Wer sagt's denn«, knurrte Rhogarr von Khelm zufrieden. »Auf Sâga ist Verlass, Dhrago. Sie steht zu ihrem Wort – und deshalb würde ich dir dringend raten, etwas vorsichtiger im Umgang mit ihr zu sein. Wenn du sie weiterhin gegen dich aufbringst, wird dir das übel bekommen.«

»Dieses Dämonenweib kann mich nicht leiden und reizt mich, wo immer es geht. Sie ist doch selbst schuld daran, dass ich hin und wieder aus der Haut fahre!«

Arawynn war, als würde Rhogarr leise kichern, bevor er erwiderte: »Nun, wenn Sâga etwas auf den Tod nicht ausstehen kann, dann ist das Verrat. Deshalb hast du schlechte Karten bei ihr.«

»Tatsächlich?« Der Zorn in Dhragos Stimme war nicht zu überhören. »Sie war es doch, die mich zum Verrat angestiftet hat! Ohne ihr Zureden hätte ich Nelwyn doch nie –«

»Genug!«, fiel Rhogarr ihm ins Wort. »Sâgas Handeln ist nicht immer leicht zu durchschauen, und ich fürchte, dass wir sie nie ganz verstehen werden. Aber jetzt sei still und mach voran!«

Die Männer stiegen ab und halfen Arawynn vom Pferd. Dann führten sie ihn ein kleines Stück bergauf und betraten den Zugang zu einer Höhle. Zumindest ließen der hallende Klang ihrer Schritte und die kalte Luft das vermuten. Als sie Arawynn endlich die Binde abnahmen, sah er, dass er sich nicht getäuscht hatte. Beklommen blickte er sich um.

Die Höhle wurde vom Licht einiger Fackeln und den Flammen eines großen Feuers nur spärlich erhellt. Über dem Feuer hing ein großer Eisenkessel, aus dem Dampf zu einem großen Loch in der Höhlendecke emporstieg. Riesige Vampirfledermäuse gaukelten durch das Zwielicht und eine große Schlange ringelte sich um einen der Stützbalken. Die Utensilien in den

Regalen und Schränken ringsum waren viel zu seltsam, als dass Arawynn sie auf Anhieb hätte benennen können. Auf einem Tisch in der Nähe des Feuers aber erblickte der Junge einen silbernen Kessel und daneben lag ein altes Buch.

Mit einem Mal, als sein Blick weiterwanderte, stockte Arawynn der Atem, und die Haare in seinem Nacken richteten sich auf. Auf einem altarähnlichen Tischchen in einer kleinen Wandnische ruhte ein abgeschlagenes Männerhaupt!

»Keine Angst, Arawynn«, hörte er da die Stimme Sâgas, die urplötzlich und wie aus dem Nichts neben ihm stand und ihn freundlich anlächelte. »Davon hast du nichts zu befürchten. Das ist nur das Haupt des Weisen Mimir – eigentlich müsstest du von ihm gehört haben?«

»Natürlich«, antwortete Arawynn. »Das Haupt des Weisen hütet alle Weisheiten unserer Welt, weil Mimir aus dem Quell des Wissens getrunken hat. Allerdings …« Er brach ab und runzelte die Stirn.

»Ja?«

Arawynn sah die Schwarzmagierin verwundert an. »Maruna hat uns erzählt, dass Mimirs Haupt im Hain der Weisheit aufbewahrt wird, der sich im Reich der Unsichtbaren befindet.«

»Ganz recht.« Sâga lächelte zufrieden. »Aber das habe ich ein wenig geändert.« Sie sah ihn eindringlich an. »Es ist doch ungerecht, dass nur die Unsichtbaren an Mimirs grenzenlosem Wissen teilhaben dürfen – findest du nicht auch?«

»Äh«, stammelte Arawynn verwirrt, während sein Blick zwischen dem Haupt des Weisen und der Schwarzmagierin hin- und herwanderte.

Rhogarr von Khelm räusperte sich. »Ich will Euch nicht drängen«, sagte er. »Aber wir haben nicht ohne Grund die Mühen des nächtlichen Rittes auf uns genommen. Schließlich war es Euer Wunsch, dass wir den Jungen hierher bringen.«

»Aber, aber, Rhogarr«, erwiderte Sâga. »Wer wird denn so ungeduldig sein?« Dann wandte sie sich an Dhrago. »Nimm dem Jungen die Fesseln ab und folgt mir.«

Wenig später stand Arawynn in der angrenzenden Höhlenkammer, die etwas kleiner war als die Wohnhöhle. Die vergitterten Verschläge an der einen und die schrecklichen Marterwerkzeuge – scharfe Messer, spitze Zangen, gewaltige Beile und eisengespickte Knüppel – in dem Holzgestell an der anderen Wand ließen vermuten, dass sie Sâga als Verlies und Folterkammer zugleich diente.

Die Schwarzmagierin stellte sich neben ein großes Loch im Boden und winkte Arawynn zu sich heran. »Würdest du bitte herkommen und einen Blick hineinwerfen?«

Arawynn schwindelte, als er in den endlos tiefen Höllenschlund sah. Die heißen Dämpfe, die daraus emporstiegen, raubten ihm fast den Atem. Auf seinem Boden schien eine Suppe aus glühendem Gestein zu brodeln, aus der mächtige Flammenzungen aufloderten.

»Schau es dir gut an«, flüsterte Sâga ihm ins Ohr. »Noch niemand hat den Sturz ins glühende Gestein überlebt. Die Glut des Feuers hat noch jedes seiner Opfer verschlungen und augenblicklich verzehrt.«

»Da-da-das glaube ich gerne, Herrin«, antwortete Arawyn. »Allerdings verstehe ich nicht, was ich …?«

»Ach, natürlich«, unterbrach ihn Sâga lächelnd. »Wie dumm von mir, das nicht zu erwähnen.« Dann wurde sie wieder ernst und beugte sich vor, bis ihr Gesicht ganz dicht vor dem des Jungen war. »Hör gut zu, Arawynn«, sagte sie eindringlich. »Dein weiteres Schicksal liegt nun ganz alleine in deiner Hand. Die nächsten Minuten werden darüber entscheiden, ob du meine Höhle unversehrt verlässt …«

Arawynn kniff die Augen zusammen. »Oder?«

»… oder hier den Tod findest. Entweder in diesem feurigen Schlund hier – aber vielleicht auch durch meine ganz besonderen Lieblinge.« Damit wirbelte Sâga herum und deutete mit der rechten Krallenhand auf einen kastenförmigen Gegenstand, der, verhüllt von einem schwarzen Tuch, auf einem Tischchen an der gegenüberliegenden Höhlenwand ruhte. Auf ihr Fingerschnippen hin bewegte sich das Tuch und schwebte in die Höhe.

Darunter befand sich ein Metallkäfig mit einem guten Dutzend riesiger Nacktratten. Sobald sie Arawynn sahen, entblößten sie die messerscharfen Zähne und ließen ein gieriges Fauchen und Fiepen hören.

Arawynn zuckte unwillkürlich zurück.

Nach einer kaum wahrnehmbaren Bewegung stand die Schwarzmagierin neben dem Rattenkäfig und musterte die Tiere mit fast zärtlichem Blick. »Die Armen! Sie hungern schon seit Wochen und sind so gierig nach frischem Blut.« Damit packte Sâga eine Schöpfkelle, deren Griff aus dem Tongefäß neben dem Käfig ragte, und goss eine rote Flüssigkeit über die dicken Gitterstäbe – geronnenes Blut! Wie von Sinnen stürzten sich die Nacktratten auf die Gitter und hieben ihre scharfen Nagezähne in das Metall. »Ihre Gier ist unglaublich, nicht wahr?«, bemerkte Sâga, an Arawynn gewandt. »Ich fürchte, wenn ich dich ihnen überlasse, werden sie dich innerhalb kürzester Zeit bei lebendigem Leibe auffressen.«

Bereits im nächsten Augenblick stand sie wieder vor dem Jungen und musterte ihn mit scheinbar mitfühlendem Blick. »Eine höchst unangenehme Sache, könnte ich mir vorstellen. Aber …«, mit einem Ausdruck des Bedauerns hob sie die Hände, »… wer wollte den ausgehungerten Tierchen das verdenken?«

Zu seiner eigenen Verwunderung fühlte Arawynn sich mit einem Mal ganz ruhig. Es war, als ob er plötzlichen einen Punkt höchster Angst überschritten hatte. Er wusste längst, dass er sterben würde, und indem er bereit war, das zu akzeptieren, kam eine staunenswerte, unwirkliche Gelassenheit über ihn. Furchtlos blickte er die Schwarzmagierin an. »Was soll das Getue? Sagt endlich, was Ihr von mir wollt?«

Sâga verzog keine Miene. »Nichts Schlimmes, Arawynn, wirklich nicht«, entgegnete sie. »Du sollst mir nur eine kleine Frage beantworten. Überlege die Antwort jedoch gut! Wenn du mich nämlich belügst, wirst du auf der Stelle in den Tod gehen.« Vielsagend blickte sie zuerst in den Höllenschlund und dann auf die ausgehungerten Nacktratten, die sich noch immer voller Gier um die letzten Blutstropfen balgten. »Wenn du dagegen die Wahrheit sagst …«

»Werde ich ebenfalls sterben!«, fiel Arawynn ihr kühl ins Wort. »Meint Ihr, das wüsste ich nicht?«

Die Schwarzmagierin schien für einen Augenblick überrascht. Dann lächelte sie und strich ihm über die Wange. »Du vertraust mir wohl nicht, Arawynn? Schade, denn dazu habe ich dir nicht den geringsten Anlass gegeben. Ich versichere dir: Wenn du die Wahrheit sagst, wirst du meine Höhle bei bester Gesundheit verlassen. Und ich pflege meine Versprechen zu halten.«

Aus den Augenwinkeln beobachtete Arawynn, wie Rhogarr und Dhrago verwunderte Blicke wechselten. Offensichtlich hatte er doch richtig vermutet! Er lachte bitter. »Ihr erwartet hoffentlich nicht, dass ich Euch das abnehme?«

»Doch, natürlich erwarte ich das«, entgegnete Sâga mit großem Ernst. »Aber denke bloß nicht, dass du mich hinters Licht führen kannst. Das Haupt des Weisen wird mir unbestechlich verraten, ob du die Wahrheit gesprochen hast oder nicht. Hör jetzt gut zu: Kannst du mir sagen, wo Sinkkâlion zu finden ist, das Königsschwert?« Eindringlich sah ihn die Schwarzmagierin an. »Wäge deine Worte, mein Junge, und triff deine Wahl:

Entweder du lebst unversehrt weiter – oder gehst auf der Stelle in den Tod!«

Niko hatte sich mit Ayani und Kieran ein Stück vom Feuer entfernt, wo die Männer immer noch in angeregter Runde beisammensaßen, Erinnerungen an bessere Zeiten nachhingen und fröhliche Späße und Witze machten. Sollten sie doch! Das Leben im Dämonenwald war bestimmt recht hart, und so hatten sie sich ein bisschen Abwechslung und Entspannung redlich verdient – insbesondere nach den schrecklichen Ereignissen, die sie am frühen Morgen miterleben mussten. Ihre Ausgelassenheit war allerdings nicht der passende Rahmen für die ernsten Dinge, die Niko mit Kieran zu besprechen hatte, und so waren sie still und leise zur Seite geschlichen.

Niko hatte lange mit sich gerungen, ob er sich dem Anführer der Rebellen anvertrauen und ihm erzählen sollte, was in den letzten Tagen geschehen war. Nur in Mysteria natürlich, denn dass er aus einer anderen Welt stammte, hatte er ja selbst Ayani noch immer nicht offenbart.

Wie sollte sie das auch verstehen können?

Zunächst hatte Niko seine Begegnung mit der Lichtelfe verschweigen wollen. Doch plötzlich war ihm das wie ein Verrat vorgekommen. Kieran und seine Männer waren doch dabei gewesen, als die sterbende Maruna ihn noch einmal eindringlich an seinen Auftrag erinnert hatte. Keiner von ihnen hatte auch nur einen Augenblick daran gezweifelt, dass die Unsterblichen Niko zu ihrem Retter bestimmt hatten. Im Gegenteil: Die Rebellen hatten sich überglücklich gezeigt, den so sehnsüchtig erwarteten Befreier endlich leibhaftig vor sich zu sehen. Und sie hatten sofort signalisiert, dass sie ihn bei seiner Suche unterstützen wollten.

Diesen Männern musste er doch vertrauen!

Niko fasste sich also ein Herz und berichtete dem aufmerksam lauschenden Kieran so getreu wie möglich, was sich in der Nacht am See zugetragen hatte.

Kieran zeigte sich tief beeindruckt. »Das ist fürwahr keine leichte Aufgabe, die die Unsichtbaren dir zugedacht haben. Aber ich verspreche dir, dass wir dich nach besten Kräften unterstützen werden. Wir werden alles tun, um dir zum Erfolg zu verhelfen.«

»Danke, vielen Dank«, antwortete Niko. »Das ist mehr, als ich erhoffen durfte.«

»Ach was!« Kieran winkte unwirsch ab. »Durch dich bekommt unser Leben erst einen richtigen Sinn. Bislang haben wir doch nur sporadisch und ziellos gehandelt. Hin und wieder haben wir unseren Gegnern einige Nadelstiche versetzt und ihnen auch kleinere Dämpfer und Schlappen zugefügt. Doch ein richtiger Plan lag alldem nicht zugrunde. Jetzt wissen wir endlich, worauf wir hinarbeiten müssen, und können von nun an gezielt vorgehen. Ich kann es schon gar nicht mehr erwarten, euch zum Donnerfelsen zu begleiten und die Worte dieses Sehers zu hören.«

»Das kann ich gut verstehen, Kieran«, erwiderte Niko lächelnd. »Mir geht es nicht anders.«

»Eines jedoch …«, nachdenklich strubbelte sich Kieran durch seine blonden Haare, »… verstehe ich immer noch nicht so richtig.«

»Nein?« Niko zog die Brauen hoch und auch Ayani sah den Anführer der Rebellen aufmerksam an. »Was denn?«

»Ich verstehe nicht, wie diese Lichtelfe behaupten konnte, dass der Ring hier …«, er deutete auf Nikos Hand, »… von deinem Vater stammt. Ich kenne den Mann nämlich sehr gut, der ihn einst getragen hat.«

»Was?« Niko wechselte einen raschen Blick mit Ayani und sah dann Kieran wieder an. »Und wer war es?«

»Nun …« Kieran zog ein gequältes Gesicht, als fiele es ihm nicht leicht, sein Wissen zu offenbaren. »Dieser Ring hat niemand anderem als unserem König gehört – Nelywn von Helmenkroon.«

»Was?« Niko war einen Moment sprachlos. »Das ist nicht möglich, Kieran!«, fuhr er dann fort. »Es ist völlig ausgeschlossen, dass Nelwyn mein Vater ist. Weil ich nämlich aus der –« Im buchstäblich allerletzten Moment konnte Niko die Worte zurückhalten, die schon von seiner Zunge springen wollten. »Nein, Kieran«, sagte er stattdessen unter heftigem Kopfschütteln. »Du musst dich täuschen, ganz bestimmt sogar.«

Kieran blieb jedoch bei seiner Behauptung. Sein Vater Krispan, so erzählte er, hatte bereits König Norwid, dem Vater Nelwyns, gedient und sich vornehmlich um die Erziehung des jungen Prinzen gekümmert. Wie ein leiblicher Vater hatte er sich Nelwyns angenommen und ihm alles beigebracht, was von einem zukünftigen Herrscher erwartet wurde. Er hatte ihn nicht nur an den Waffen geschult und ihm das nötige Geisteswissen vermittelt, sondern ihn auch mit den Sitten und Gebräuchen bei Hofe bekannt gemacht und gleichzeitig dafür gesorgt, dass der junge Prinz ein feines Gespür für die Nöte und Sorgen seiner Untertanen, der einfachen Bauern, Handwerker und Bürger, entwickelte. Nelwyn hatte mit Krispan weit mehr Zeit verbracht als mit seinem eigenen Vater, sodass sich zwischen den beiden Männern, so unterschiedlich sie auch sein mochten, ein tiefes Vertrauensverhältnis entwickelte. Woran sich auch nicht das Geringste änderte, als Nelwyn schließlich selbst zum König gekrönt wurde.

»Auch danach hat Nelwyn uns regelmäßig besucht, insbesondere im letzten Sommer seines Lebens«, fuhr Kieran fort. »Deshalb weiß ich auch ganz sicher, dass unser König damals diesen Ring getragen hat – und zwar am gleichen Finger wie du!«

Aber das ist unmöglich, ging es Niko durch den Kopf, während er das Schmuckstück nachdenklich musterte. Plötzlich kam ihm ein Verdacht. »Eine Frage, Kieran: War Nelwyn im Jahr vor seinem Tod vielleicht öfter mal abwesend oder hat Helmenkroon für einen längeren Zeitraum verlassen?«

»Nein! Ganz im Gegenteil!«, widersprach der junge Mann vehement. »Nelwyn hat sich kaum mehr von der Burg entfernt. Worüber sich viele gewundert haben, denn vorher hatte Nelwyn das Nivland regelmäßig bereist und überall selbst nach dem Rechten gesehen. Doch urplötzlich, im vorletzten Sommer seines Lebens, war es damit vorbei.«

»Warum das? Weshalb der plötzliche Sinneswandel?«

Kieran lächelte zunächst still in sich hinein, bevor er auf die Frage einging. »Nun – ich war damals noch viel zu jung, um es zu verstehen. Aber mittlerweile habe ich begriffen, was in diesem Sommer vor sich ging.«

Kierans Familie bewohnte damals ein kleines Herrenhaus, das, kaum hundert Schritte von den Ostmauern der Burg entfernt, versteckt im Wald gelegen war. Eines Tages brachte sein Vater ein junges Mädchen mit nach Hause, das an ihren hellen blonden Haaren und den strahlend blauen Augen unschwer als Valckenländerin zu erkennen war. Er stellte sie ihnen als die Tochter eines alten Freundes vor, die für einige Zeit bei ihnen wohnen würde, um die Sitten und Gebräuche des Nivlandes kennenzulernen. »Seltsamerweise hat sie ihr kleines Gemach, es lag etwas abseits im Seitenflügel, so gut wie nie verlassen«, erklärte Kieran mit wissendem Lächeln.

Niko runzelte die Stirn. »Und warum nicht?«

»Darüber habe ich anfangs gar nicht nachgedacht. Ich war zehn und hatte anderes im Sinn, als mir über das seltsame Verhalten einer Valckenländerin den Kopf zu zerbrechen – bis ich eines Nachts eher zufällig eine interessante Beobachtung gemacht habe.« Kieran reckte den Kopf vor, und auch Niko und Ayani rückten näher heran, sodass sie einer kleinen Gruppe von Verschwörern glichen, die Geheimnisse austauschten. »Es muss so um die Dämonenstunde herum gewesen sein. Mir war warm und ich konnte schlecht schlafen, und so habe ich mich hinunter in die Küche geschlichen, um mich mit einem Schluck Wasser zu erfrischen. Plötzlich bemerkte ich eine dunkle Gestalt, die auf Zehenspitzen und die Stiefel in der Hand den Hausflur entlangkam. Ich wollte schon Alarm schlagen, als der Nachtmond hinter einer Wolke hervortrat und sein Schein auf das Gesicht des Mannes fiel. Ich erkannte ihn sofort: Es war König Nelwyn! Er hat mich zum Glück nicht bemerkt und ist gleich darauf im Kaminzimmer verschwunden.«

»Aber ...« Ayani sah ihn verständnislos an. »Was wollte der König mitten in der Nacht bei euch? Und warum diese Heimlichtuerei?«

»Das habe ich Vater am nächsten Tag auch gefragt. Aber der ist einfach über meine Frage hinweggegangen. Stattdessen hat er mich nur zornig angefahren und mir das Versprechen abgenommen, keinem Menschen auch nur ein Sterbenswörtchen davon zu erzählen.«

»Aber inzwischen hast du herausgefunden, warum König Nelwyn in dieser Nacht zu euch gekommen ist?«, fragte Niko.

Kieran nickte. »Nicht nur in dieser Nacht, sondern immer wieder. Die seltsame Reaktion meines Vaters hat mich natürlich neugierig gemacht. Ich habe mich deshalb auch in den folgenden Nächten auf die Lauer gelegt – und siehe da: König Nelwyn ist regelmäßig heimlich in unser Haus gekommen und hat es auf gleichem Wege auch wieder verlassen.«

»Und was wollte er von euch?«, fragte Ayani.

»Von uns wollte er gar nichts – sondern vielmehr von der hübschen Valckenländerin im Seitenflügel.« Kieran grinste und hob wie zur Entschuldigung die Arme. »Wie gesagt – ich war damals erst zehn und konnte mir auf das seltsame Verhalten des Königs keinen Reim machen. Mittlerweile habe ich begriffen, dass das hübsche Mädchen seine Geliebte gewesen sein muss. Da Nelwyn mit Königin Nimhuld verehelicht war, konnte er die hübsche Blonde natürlich nur in aller Heimlichkeit besuchen. Angeblich war die Burg durch einen Geheimgang mit unserem Haus verbunden. Ein verborgener Fluchtweg, den ein früherer Herrscher für den Fall einer Belagerung angelegt hatte und der König Nelwyn nun bestens zupasskam, wie ihr euch vorstellen könnt.«

»Ja, klar«, bestätigte Niko. »Aber warum sagst du ›angeblich‹?«

»Weil ich nicht mit Sicherheit weiß, ob es diesen Geheimgang tatsächlich gab.«

»Dann frag doch deinen Vater«, entgegnete Ayani verwundert. »Der weiß das doch bestimmt!«

Kierans Gesicht verdüsterte sich. »Ich wüsste nicht, was ich lieber täte«, antwortete er leise. »Aber meinem Vater ist ähnlich Schreckliches widerfahren wie deiner Mutter heute Morgen – und meiner gesamten Familie noch dazu.«

Sâga blickte Arawynn lauernd an. »Ich warte, mein Junge! Wie lautet deine Antwort? Und wie ich schon gesagt habe: Überlege gu–!«

»Da gibt es nichts zu überlegen!«, entgegnete Arawynn barsch. »Ich habe nicht die geringste Ahnung, wo Sinkkâlion zu finden ist.«

»Wirklich nicht?«

»Wirklich nicht«, bekräftigte Arawynn. »Aber selbst wenn ich es wüsste, würde ich es Euch nicht sagen. Lieber gehe ich in den Tod, als diesen Unterdrückern unser größtes Geheimnis zu verraten!« Damit spuckte er vor Rhogarr und dem Herzog aus.

»Dein Wunsch soll dir gewährt werden, du Bastard!«, zischte Dhrago wütend und griff nach seinem Schwert.

Noch im gleichen Augenblick hing Sâga an seiner Kehle. »Wage es bloß nicht, du Narr! Sonst wird das Feuer des Höllenschlundes dich schneller verzehren als der Wind die Flamme einer Kerze!«

Hinter ihrem Rücken schüttelte Rhogarr heftig den Kopf, sodass Dhrago nur kleinlaut schwieg und sich rasch einige Schritte zurückzog.

Sâga trat wieder vor Arawynn hin. »Wie ich schon gesagt habe: Ich werde überprüfen, ob du die Wahrheit gesprochen hast. Und falls nicht, kann unser hitziger Freund hier…«, sie warf dem Herzog einen bohrenden Blick zu, »… vielleicht doch noch zu seinem Recht kommen!«

Obwohl Arawynn das Haupt des Weisen bereits gesehen hatte, lief ihm auch bei seinem neuerlichen Anblick ein eisiger Schauer über den Rücken.

Was Sâga nur zu einem spöttischen Lächeln veranlasste. Dann trat sie vor den Altar in der Höhlennische, fasste unter ihr Gewand und holte ein Schmuckstück daraus hervor: eine Kette mit einem goldenen Anhänger.

Arawynn wäre fast ein Schrei über die Lippen gesprungen: War das nicht die Kette, die Niko im Flüsternden Forst verloren hatte? Und die der schwarze Krieger mit der zerschmetterten Nase auf seiner eiligen Flucht mitgenommen hatte? »Wo – woher habt Ihr die?«, fragte er zögerlich.

»Ich wüsste nicht, was dich das angeht, mein Junge«, säuselte Sâga, beugte sich vor und legte die Kette um den abgeschlagenen Kopf des Weisen Mimir. Dann huschte sie zu einem der

Regale und kam mit einem Lederbeutel wieder zurück, öffnete ihn und zeichnete mit dem darin befindlichen Pulver – Arawynn musste unwillkürlich an Asche oder Knochenmehl denken – drei unterschiedliche Symbole auf das Gesicht des Weisen: das Zeichen des unerschrockenen Mutes auf die linke Wange, das des grenzenlosen Vertrauens auf die rechte und auf die Stirn schließlich malte sie das Zeichen der Unsichtbaren.

»Ihr versündigt Euch!«, fuhr Arawynn sie an. »Nur den Unsichtbaren ist es gestattet, dieses Zeichen zu benutzen!«

»Du sagst es, mein Junge«, erwiderte Sâga lächelnd. »Genau deswegen tue ich das ja.« Damit legte sie den Beutel beiseite, trat vor das Haupt des Weisen hin, hob ihre Arme und murmelte eine unverständliche Beschwörungsformel.

Nur Augenblicke später loderte das Feuer unter dem Eisenkessel hell auf, und die Flammen schlugen meterweit in die Höhe, sodass nicht nur Arawynn, sondern auch Rhogarr und der Herzog erschrocken zurückzuckten. Was danach geschah, war so bestürzend, dass Arawynn darüber einen Moment lang alles vergaß: die Not seines Volkes, den schrecklichen Überfall auf sein Dorf, die Lebensgefahr, in der er selbst schwebte. Schreckensstarr starrte er das abgeschlagene Haupt an.

Der tote Mimir schlug die Augen auf und richtete sie auf die vor ihm stehende Frau. Als würde er sie erkennen, verfinsterte sich sein Gesicht, und ein Ausdruck des Abscheus trat in die auf unheimliche Weise lebendig wirkenden Augen. Als dann auch noch ein klagendes »Warum habt Ihr das nur zugelassen, Ihr Unsichtbaren?« über Mimirs fahle Lippen kam, fürchtete Arawynn, den Verstand zu verlieren.

Sâga starrte das Haupt des Weisen mit fiebrigen Augen an. »Ich wusste es!«, rief sie triumphierend. »Ich wusste, dass die Kette aus dem Alwenhort dich zum Sprechen bringen wird!« Dann legte sie ihre linke Hand auf das Medaillon und deutete mit der anderen auf Arawynn. »Sage mir, oh, Mimir, ist das der Held, der dem Ruf des Falken gefolgt ist, um Sinkkâlion zu finden?«

Mimir blickte Arawynn kurz an und senkte die Lider. »Nein, Sâga. Du hast den Falschen vor meine Augen gebracht.«

»Verflucht!« Zorn und Enttäuschung verzerrten das Gesicht der Schwarzmagierin, aber so schnell, wie der Anfall gekommen war, ging er auch wieder vorüber, und sie hatte sich wieder im Griff. »Man behauptet, deine Weisheit sei grenzenlos. Deshalb wirst du uns mit Sicherheit sagen können, wo das Königsschwert zu finden ist?«

»Aber natürlich, Sâga«, lautete die Antwort, die die Schwarzmagierin in hellstes Entzücken versetzte.

Rhogarr von Khelm und Herzog Dhrago strahlten ebenfalls, klopften sich auf die Schultern und beglückwünschten sich gegenseitig – »Endlich! Endlich haben wir es geschafft!« –, während Arawynn vor Entsetzen und Enttäuschung am liebsten im Erdboden versunken wäre.

Das war das Ende. Die letzte Hoffnung seines Volkes war dahin und die Alwen würden auf ewig in Knechtschaft leben müssen. Und da kam sie auch schon: Sâgas nächste, alles entscheidende Frage.

Sie hatte sich dicht über das Haupt gebeugt und neigte ihre Lippen verschwörerisch nah an sein Ohr. »Und wo finden wir Sinkkâlion?«

Wieder schlug das Haupt des Weisen die Augen auf. »Es steckt im Schicksalsstein, wo sonst?«, sagte Mimir vorwurfsvoll.

Als hätte sie ein Blitz getroffen, entgleisten die Gesichtszüge der beiden Männer. Alles Blut wich aus ihren Wangen.

Sâga aber tobte. »Als ob ich das nicht selbst wüsste, du Narr!«, schrie sie. »Du sollst uns sagen, auf welchem Weg wir dorthin gelangen!«

Mimir aber blickte sie mit unbewegter Miene an. »Das haben die Unsichtbaren selbst mir verschwiegen«, antwortete er ruhig. »Nur der Seher vom Donnerfelsen kennt den Weg!« Damit schloss er die Augen und schwieg.

Sâga starrte das Haupt des Weisen ungläubig an. »Der Seher vom Donnerfelsen?«, murmelte sie. Hastig zeichnete sie die Runen auf seinem Gesicht nach und murmelte noch einmal die geheimnisvolle Beschwörungsformel, um den toten Weisen ein weiteres Mal zum Sprechen zu bewegen.

Doch Mimir schwieg. Kein Wort kam mehr über seine toten Lippen.

Erst jetzt atmete Arawynn erleichtert aus. Frischer Mut beseelte ihn: Da hatte er alles schon verloren geglaubt – und nun gab es mit einem Mal doch wieder Hoffnung!

Der Schwarzmagierin und den beiden Männern jedoch stand die Enttäuschung überdeutlich ins Gesicht geschrieben. Während Rhogarr von Khelm nur immer wieder den Kopf schüttelte, trat der Herzog vor Sâga hin und bedachte Arawynn mit einem zornigen Blick. »Wenn ich die Worte des Weisen richtig deute, dann ist dieser Bastard doch völlig wertlos für uns?«

»Wenn du meinst«, antwortete die Schwarzmagierin mit hochgezogenen Brauen.

»Dann sollten wir uns die Mühe sparen, ihn nach Helmenkroon zurückzubringen …«, Dhragos Mundwinkel zitterten, »… und sein erbärmliches Leben gleich hier beenden!« Und schon zuckte seine Hand zum Schwert.

Erneut fuhr Sâga ihm in die Parade. Während sie die Rechte des Herzogs eisern umklammerte, sagte sie leise und mit unterdrücktem Zorn: »Du hast wohl nicht richtig zugehört? Ich habe dem Jungen versichert, dass er meine Höhle unversehrt verlässt. Und ich pflege meine Versprechen zu halten. Merk dir das, Dhrago!«

»Äh … Natürlich, wie Ihr meint …«

Noch immer musterte die Schwarzmagierin ihn mit stechendem Blick. »Ich kenne nämlich einen weit besseren Zeitpunkt für seinen Tod!« Mit triumphierender Miene baute Sâga sich vor Arawynn auf. »Das Fest des Dunklen Mondes – oder das Fest der Drei, wie ihr Alwen es nennt! Ist das nicht ein wunderbarer Tag zum Sterben?«

»Aber …« Arawynn starrte sie entsetzt an. »Ihr habt mir doch versichert –«

»Nein, das habe ich nicht«, unterbrach Sâga ihn scharf. »Ich habe dir nur versprochen, dass du meine Höhle lebend verlassen wirst, weiter nichts.« Mit einem Mal lächelte sie wieder. »Gräme dich nicht, mein Junge. Ein ewiges Leben ist nur wenigen vergönnt, nicht einmal den Unsichtbaren. Auch sie werden eines Tages vergessen werden. Aber dir bleibt wenigstens ein Trost.«

Arawynn runzelte die Stirn.

»Der Feuermond steigt erst auf auf seiner Bahn, und es wird noch eine Weile dauern, bis er sie am Fest des Dunklen Mondes vollendet. Nutze die verbleibende Zeit und bereite dich gut vor auf den großen Tag, an dem wir dich auf dem Marktplatz von Helmenkroon dem Feuer übergeben werden, damit sich eine große Schar Neugieriger an diesem wunderbaren Schauspiel ergötzen kann.«

Ohne einen weiteren Blick auf Arawynn wandte Sâga sich an die beiden Männer. »Bring ihn zurück in den Kerker«, befahl sie ihnen. »Und gleich morgen früh schickt ihr eure Reiter zum Donnerfelsen, damit sie sich dieses Sehers annehmen.«

KAPITEL 23

Der Seher vom Donnerfelsen

Noch bevor Kieran das Wort ergriff, konnte Ayani die große Trauer spüren, die ihn noch immer bedrückte. Sanft legte sie ihm die Hand auf den Arm und nickte ihm aufmunternd zu. »Sprich endlich, Kieran. Glaube mir: Es tut gut, wenn man seinen Schmerz mit anderen teilen kann.« Während sie Niko einen kurzen dankbaren Blick schenkte, musterte der junge Anführer der Rebellen sie aus schmalen Augen.

»Vielleicht hast du recht«, sagte Kieran schließlich und begann zu erzählen: Am Tag, an dem Rhogarr von Khelm in Helmenkroon einfiel, um König Nelwyn zu töten, befand sich Kieran einen guten Tagesritt von der Burg entfernt. Wie in jedem Sommer hatte sein Vater Krispan seine vier Söhne, Kieran und seine drei Brüder, auch diesmal wieder mit auf die Jagd genommen, während ihre drei Schwestern zu Hause bei der Mutter geblieben waren. So kam es, dass die Kunde von den schrecklichen Ereignissen in Helmenkroon die Jagdgesellschaft weitab der Königsburg ereilte. Sie machten natürlich sofort kehrt und preschten auf schnellstem Wege nach Hause zurück, um den Frauen zur Seite zu stehen und sie vor den Eindringlingen zu beschützen.

»Und?«, unterbrach Niko ihn. »Habt ihr es rechtzeitig geschafft?«

»Ja, das haben wir.« Kieran nickte mit düsterer Miene. »Allerdings …«

Niko und Ayani hielten den Atem an und schwiegen, bis er bereit war weiterzusprechen.

»Wir waren kaum am Haus angekommen«, fuhr Kieran schließlich fort, »als eine wilde Horde marschmärkischer Reiter auftauchte. Es waren mindestens zwei Dutzend, wenn nicht mehr. Ohne Warnung sind sie über uns hergefallen und haben meine gesamte Familie getötet, meine Eltern und alle meine Schwestern und Brüder. Ich konnte ihnen als Einziger entkommen und mich im Dickicht verstecken. Von dort aus musste ich dann hilflos mit ansehen, wie ihr Anführer einem nach dem anderen die Kehle durchgeschnitten hat. Sein Gesicht werde ich bis an mein Lebensende nicht mehr vergessen. Er sah aus wie ein hässlicher Adler und eine große Narbe zog sich quer über seine linke Wange. Über den Leichen meiner Familie habe ich geschworen, dass ich ihn eines Tages finden und töten werde!« Er straffte sich, als erwache er aus einem bösen Traum, und sah Niko und Ayani eindringlich an. »Und das werde ich, sofern die Unsichtbaren auf meiner Seite sind.«

Die beiden schwiegen betroffen, bis Niko noch eine Frage wagte: »Und diese blonde Frau aus dem Valckenland – haben sie die auch getötet?«

»Nein, Niko. Sie war schon verschwunden, als wir zu Hause ankamen. Ich habe nie wieder von ihr gehört – genauso, wie ich das Haus meines Vaters nie mehr betreten habe. Die Meuchlerbande hat es vor ihrem Abzug in Brand gesetzt, und obwohl ich alles versucht habe, konnte ich das Feuer nicht löschen. Die Flammen haben nur noch die Mauern übrig gelassen. Ich weiß gar nicht, ob die Ruine noch steht.« Damit erhob sich Kieran. »Lasst uns endlich schlafen gehen. Der Weg zum Donnerfelsen ist weit und wir sollten ausreichend Kräfte dafür sammeln.«

Die grauen Riesensteine lagen im warmen Licht der Abendsonne. Weit und breit war kein Nebel zu sehen, und nicht der kleinste Dunstschleier waberte um sie herum, sodass Jessie sie zum ersten Mal eingehend und in aller Ruhe betrachten konnte. Sie entsprachen genau der Beschreibung in dem alten Buch:

»Wie trutzige Wächter der Zeiten recken sich die drei mächtigen Findlinge zum Himmel empor. Schon seit Jahrhunderten stehen sie auf der Ellerheide, ganz in der Nähe des Brodermoors, ohne dass ihnen jemand Beachtung schenkt. Kaum einer weiß nämlich um ihr großes Geheimnis: Die drei Steine haben den Anbeginn der Zeiten erlebt und bilden seitdem die Pforte zur Welt hinter den Nebeln. Denen, die die Zeichen richtig zu deuten wussten, öffnen sie den Weg nach Mysteria. Denn wenn die zwei zu einem werden, kann alles geschehen – so haben die Unsichtbaren es bestimmt.«

Danach wurden die drei Zeichen geschildert, die die Steine angeblich trugen: die Dagaz-Rune, die Ehwaz-Rune und schließlich die Mannaz-Rune.

Am Morgen nach ihrem Besuch im Ellerhof hatte Jessie sich das alte Buch noch einmal vorgenommen und es quergelesen. Weil der Senshei, Herr Noski, einige rätselhafte Andeutungen gemacht hatte. Auf dem Rückweg, kurz bevor sie sich verabschiedeten, hatte Jessie ihm nämlich von dem Buch erzählt und ihn gefragt, ob er es sich vielleicht einmal ansehen möchte.

Doch Herr Noski schüttelte nur den Kopf. »Vielen Dank, Jessie, aber das würde mir bestimmt nichts nützen.«

»Und warum sind mein Bruder und sein Vater dann so scharf auf den alten Schinken?«

»Nun«, antwortete der Senshei mit nachdenklichem Lächeln. »Weil sie vermutlich zu den Menschen gehören, die sich nur für den äußeren Anschein der Dinge interessieren und ihrem oberflächlichen Glanz erliegen. Deshalb sind sie blind für ihre tiefere und eigentliche Bedeutung.«

»Ach so«, antwortete Jessie, auch wenn sie das nicht so ganz verstanden hatte. »Dann halten Sie es also für Zeitverschwendung, wenn ich mich weiter damit beschäftige?«

»Das habe ich nicht gesagt, Jessie!« Das Gesicht des Sensheis war ungewöhnlich ernst. »Sich mit einem Buch zu beschäftigen, ist niemals Zeitverschwendung. Zudem gibt es bestimmt einen Grund, warum Niko sich ausgerechnet dafür interessiert hat.«

Jessie war überrascht. »Und welchen?«

»Das kann ich dir genauso wenig sagen wie Nikos Aufenthaltsort! Es gibt Dinge, die muss man schon selbst herausfinden, wenn man sie richtig begreifen will.« Ohne ein weiteres Wort der Erklärung reichte er ihr die Hand. »Mach's gut, Jessie. Und vergiss bitte nicht, dich immer mit dieser Verbena-Lotion einzureiben!«

»Klar, wird gemacht«, antwortete das Mädchen. »Aber wo finde ich Sie denn, wenn ich Sie brauche?«

»In der Hütte am Nebelmoor. Und falls nicht, werde ich dich zu finden wissen.« Damit drehte Herr Noski sich um und ging.

Das alte Buch lag zum Glück noch an der gleichen Stelle, an der Jessie es zurückgelassen hatte – unter ihrem Kopfkissen. Auf dem Weg zum Haus war ihr ein schrecklicher Gedanke gekommen: Hoffentlich hatte ihr Bruder Maik sich das Buch nicht geschnappt! Der gierige Blick, mit dem er es in der Nacht angestarrt hatte, war schließlich nicht zu übersehen gewesen. Sie hatte sich deshalb schon Vorwürfe gemacht, es nicht in ihrem Geheimversteck verwahrt zu haben – aber zum Glück hatten sich ihre Befürchtungen als grundlos erwiesen.

Bei der Beschreibung der »Nebelpforte« war Jessie urplötzlich ein Verdacht gekommen: Hatten die Findlinge am Moor womöglich als reale Vorlage dafür gedient? Sie hatte spontan beschlossen, das an Ort und Stelle zu überprüfen. Und jetzt sah es tatsächlich so aus, als hätte sie richtig vermutet. Nur dass die Steine bestimmt nicht diese drei Zeichen trugen.

Oder vielleicht doch?

Als Jessie näher ging, um die Findlinge genauer zu betrachten, glaubte sie ihren Augen nicht zu trauen. Auf allen Steinen, die die Ecken eines imaginären gleichseitigen Dreiecks bildeten, war tatsächlich ein Zeichen zu sehen, nicht besonders groß zwar, aber deutlich erkennbar: Der linke trug die Dagaz-Rune, der rechte die Ehwaz-Rune und der Stein an der Spitze schließlich die Mannaz-Rune.

Ohne es zu merken, schüttelte Jessie den Kopf. Hatte Frau Seikel ihre Geschichte vielleicht doch nicht erfunden? Handelte es sich vielmehr um eine wahre Begebenheit, wie sie behauptet hatte, und war Niko durch diese Nebelpforte versehentlich nach Mysteria gelangt?

Mit einem Mal kam Jessie ein anderer Gedanke: Vielleicht war der alte Foliant ja selbst der Grund für Nikos Verschwinden? Weil es sich um eine Art magisches Buch handelte, das seine Leser in die darin beschriebene Geschichte hineinzog. So was hatte sie doch schon häufig gelesen. In der »Unendlichen Geschichte« zum Beispiel und in einigen anderen Romanen auch. Und erst kürzlich hatte sie einen ziemlich gruseligen Film gesehen, in dem junge Mädchen beim Betrachten eines Videos in die Welt des Films gerieten, wo sie ein grausiges Schicksal erwartete.

Besaß dieses alte Buch vielleicht ähnlich unheimliche Kräfte?

Aber warum war sie dann nicht in Mysteria gelandet? Dafür aber Niko, der im Gegensatz zu ihr den alten Schmöker doch gar nicht gelesen hatte?

Fragen über Fragen bestürmten Jessie, und je länger sie darüber nachdachte, umso größer wurde ihre Verwirrung. Ihr Kopf brummte wie wild und die Gedanken wirbelten darin herum wie Tennisbälle in einer Waschmaschine. Es war höchste Zeit, dass sie sich endlich Klarheit verschaffte!

Es ging schon auf den Abend zu, als Niko, Ayani und Kieran am Donnerfelsen eintrafen. Das Große Taglicht näherte sich bereits dem Horizont und sandte seine schrägen Strahlen über die ausgedehnte Tiefebene, an deren Ende sich eine gewaltige Felsenbarriere auftürmte. Schäumende Wasser ergossen sich hier mit wildem Tosen auf einer Breite von vielleicht vierzig Schritten in die Tiefe und sammelten sich in einem breiten Kessel, um dann zu einem eher gemächlichen Fluss zu werden, der über Meilen und Meilen hinweg schließlich an die weit entfernten Gestade des Nordmeers führen würde.

Die drei Reiter waren noch vor dem Morgengrauen aufgebrochen. Natürlich hatten die anderen Männer sich sofort angeboten, sie zum Donnerfelsen zu begleiten. Kieran aber hatte dankend abgelehnt. Zum einen führte ihr Weg durch kaum besiedelte Gebiete, die zudem so weit von Helmenkroon entfernt waren, dass mit dem Auftauchen feindlicher Reiter oder Spähtrupps kaum zu rechnen war. Zum anderen konnte eine kleine Gruppe sich weit unauffälliger bewegen als eine Schar von zwei Dutzend Männern. Und außerdem waren die Vorbereitungen für den Überfall auf den Weintransport noch nicht vollständig abgeschlossen. Diese Argumente überzeugten die Rebellen schließlich, und so blieben sie, wenn auch murrend, im Lager zurück. Allerdings mahnten sie ihren Anführer eindringlich, bloß rechtzeitig wieder zurückzukehren. Und gleichzeitig drangen sie darauf, dass Niko und Ayani sich bewaffneten, schnallten ihnen Schwertgurte um und steckten ihnen Dolche und Messer zu.

Nachdem Kieran und seine beiden Begleiter den Dämonenwald hinter sich gelassen hatten, folgten sie dem großen Reinenfluss, an dessen Oberlauf der Donnerfelsen gelegen war. Zunächst ritten sie durch fruchtbares, wenn auch recht feuchtes Grasland dahin, durch das gelegentlich einer der vielen Nebenläufe des Reinenflusses mäanderte, der sie dann mehrere Male zu Umwegen zwang.

Gegen Mittag wurde das Gelände sumpfiger. Bruchwälder und Marschen säumten das Ufer und machten die Reise beschwerlicher. Dennoch kam der kleine Trupp gut voran – viel besser offensichtlich, als Kieran es erwartet hatte. Um ihr Ziel schnellstmöglich zu erreichen, hatte er vorgeschlagen, nur dann eine Pause einzulegen, wenn es unbedingt nötig war. Da weder Niko noch Ayani danach verlangten, lobte er sie ein ums andere Mal für ihre große Ausdauer und Zähigkeit und zeigte sich zudem überaus angetan von ihren Reitkünsten. Und tatsächlich – nachdem sie ihr Ziel nun fast schon erreicht hatten, wunderte Niko sich selbst am meisten darüber, wie gut er während des gesamten Tages mit seinem Pferd zurechtgekommen war. Sein brauner Hengst hatte sich den Zügeln nicht einmal widersetzt – gerade so als wäre er mit Niko seit Langem vertraut. Dabei hatte der, von dem halben Nachmittag mit Jessie einmal abgesehen, doch schon seit einer Ewigkeit nicht mehr auf einem Pferd gesessen!

Wie aus heiterem Himmel kam Niko ein Ausspruch von Opa Melchior in den Sinn: »Was Hänschen gelernt hat, verlernt Hans nimmermehr!« Ein scharfer Stich des Schmerzes durchfuhr ihn. Wann würde er seine Welt wiedersehen können? Seinen Opa und seine Mutter, Jessie, den Ellerhof und selbst das langweilige Oberrödenbach – einfach alles, was seine Familie und sein Zuhause war. Wie viel hätte er dafür gegeben, um augenblicklich dorthin zurückkehren zu dürfen! Konnte er es je?

Ein bitterer Gedanke stieg in ihm auf: Warum ich? Warum musste ausgerechnet mich ein solches Schicksal treffen?

Niko schluckte und wischte sich mit dem Handrücken über die Augen, bevor jemand sehen konnte, dass sie feucht waren. Fast war er erleichtert, als Ayani ihn ansprach und ihn auf andere Gedanken brachte.

»Jetzt verstehe ich auch, wie der Donnerfelsen zu seinem Namen gekommen ist«, schrie sie ihm zu. Obwohl Ayani nicht weiter als eine Pferdelänge von ihm entfernt war, hatte sie größte Mühe, das gewaltige Rauschen und Tosen zu übertönen, mit denen sich die Wassermassen des Reinenflusses in die Tiefe stürzten.

Niko legte den Kopf in den Nacken, schirmte seine Augen mit einer Hand gegen die blendenden Strahlen des Großen Taglichts ab und spähte zur Spitze des gewaltigen Felsens, der auf der rechten Seite des Wasserfalls aufragte. Dort oben, am Rande eines dichten Waldes, der bis ans Flussufer heranreichte, stand eine kleine Hütte, beschirmt vom weit ausladenden Geäst einer Esche.

Niko wandte sich ihrem Anführer zu. »Ist das die Hütte des Sehers?«, fragte er.

»Ich weiß es nicht«, antwortete Kieran achselzuckend. »Lasst uns hochreiten, dann werden wir es schon erfahren.«

Wenig später waren Niko und seine Begleiter oben auf dem Felsplateau angekommen, wo sich ihnen eine atemberaubende Aussicht über die Weiten des Nivlandes bot. Das satte Grün der Wälder, der Wiesen, Marschen und Felder wurde von den Strahlen des schwindenden Taglichts mit einem rotgold glänzenden Schleier überzogen. Niko ließ den Blick am glitzernden Lauf des Reinenflusses entlangwandern, bis er in der Ferne das dichte Wipfeldach des Dämonenwaldes erkannte. Dahinter lag der Flüsternde Forst, und irgendwo, ganz weit weg am fernen Horizont, musste Helmenkroon liegen, auch wenn von der mächtigen Burg und der sie umgebenden Ansiedlung natürlich nicht das Geringste zu sehen war. Der Anblick der fast paradiesischen Landschaft war so überwältigend, dass Niko sich kaum sattsehen konnte.

Ayani und Kieran schien es nicht anders zu ergehen. Schließlich gaben sich die Gefährten doch einen Ruck, stiegen von den Pferden und gingen auf den Eingang der aus Reisig, Schilf und Reet gefertigten Hütte zu. Sie hatten die Behausung kaum näher ins Auge gefasst, da trat der Seher aus der Tür.

Er war eines der seltsamsten Wesen, denen Niko jemals begegnet war. Er hatte die Gestalt eines Zwerges und war in ein schlichtes weißes Gewand gekleidet, das bis zum Boden reichte. Der Kopf mit den schulterlangen blonden Haaren war ungewöhnlich groß und besaß weder Nase noch Augen. Dafür trug der Seher drei deutlich sichtbare Male im Gesicht: Auf seinen Wangen waren das Zeichen des unerschrockenen Mutes und des grenzenlosen Vertrauens zu erkennen, seine Stirn zierte das Zeichen der Unsichtbaren. Noch bevor Niko ihn ansprechen und seinen Wunsch vortragen konnte, ergriff er das Wort.

»Mein Name ist Brani, falls euch das niemand gesagt haben sollte«, sagte er mit einer hellen Knabenstimme. »Ich habe auf dich gewartet, Niko, und freue mich, dass du endlich den weiten Weg zu mir gefunden hast.«

»Was? Ihr habt auf mich gewartet?« Niko schüttelte ungläubig den Kopf. »Dann wusstet Ihr also, dass ich komme?«

»Aber natürlich, Niko«, antwortete der Seher. »Oder glaubst du vielleicht, dass ich mich ohne Grund in dieser verlassenen Gegend aufhalte?«

Niko verstand nicht im Geringsten, was Brani ihm damit sagen wollte. Seinen Begleitern erging es offensichtlich genauso: Sowohl Ayani als auch Kieran machten ratlose Gesichter und hoben nur bedauernd die Schultern.

»Warum zögerst du noch, Niko?« Der Seher klang wie ein quengeliger Junge. »Komm endlich zur Sache und trage dein Anliegen vor, damit ich endlich der Aufgabe gerecht werden kann, die die Unsichtbaren mir zugedacht haben.«

Diese Aussage verwirrte Niko nur noch mehr. Dennoch wagte er nicht nachzufragen, sondern ließ Brani nur wissen, warum Kieran, Ayani und er den langen Weg zum Donnerfelsen auf sich genommen hatten: »Könnt Ihr mir sagen, wie ich das Königsschwert finden kann?«

Der Seher seufzte erleichtert … »Endlich!« … und dann antwortete er: »Auf dem gleichen Weg, auf dem der Falke sein Glück fand, werden auch die zwei, die zu einem werden, das Schwert finden.«

»Wie?« Niko machte ein ungläubiges Gesicht. »Was habt Ihr gesagt?«

»Auf dem gleichen Weg, auf dem der Falke sein Glück fand, werden auch die zwei, die zu einem werden, das Schwert finden«, wiederholte Brani.

»Und was soll das bedeuten?«

»Das musst du schon selbst herausfinden!«, beschied ihn der Seher. »Sonst hätten die Unsichtbaren dir das Schwert doch gleich in die Hände drücken können!«

Niko schüttelte verwirrt den Kopf.

Seltsamerweise schien das dem augenlosen Seher nicht entgangen zu sein. »Du hast keinen Grund zu hadern«, sagte er vorwurfsvoll. »Du solltest vielmehr dankbar sein, dass sie dir wenigstens die Kette aus dem Alwenhort ohne weitere Gegenleistung überlassen haben. Ohne diese Kette kann Sinkkâlion nämlich nicht gefunden werden und so macht dieses großzügige Geschenk deine Aufgabe um vieles leichter.«

Niko fuhr ein heilloser Schrecken in die Glieder. Die Kette … Er blickte Ayani Hilfe suchend an. Doch die wirkte mindestens genauso erschrocken wie er selbst.

»Was habt ihr denn?«, erkundigte Brani sich misstrauisch und richtete das augenlose Antlitz erst auf das Mädchen und schließlich auf Niko. »Sag bloß … Nein! Du hast … die Kette verloren?«

»Äh…«, stotterte Niko. »Es… äh…«

»Schweig!« Die helle Knabenstimme des Sehers überschlug sich fast und Zorn rötete sein seltsames Gesicht. »Wie kann man nur so töricht sein, einen solchen Vorteil so leichtfertig zu verspielen! Damit gerät natürlich alles durcheinander und das Schicksal ändert seinen Lauf. Jetzt kann niemand mehr wissen, ob du das große Ziel auch erreichen wirst.«

»Es tut mir leid«, versuchte Niko einzuwenden. »Aber ich konnte doch nicht wissen, wie wichtig die Kette ist. Außerde –«

»Wie töricht du doch bist!«, fiel Brani ihm ins Wort. »Warum sonst haben die Unsichtbaren dich mit dieser Aufgabe betraut?« Der Seher atmete tief durch, um sich zu beruhigen, und fügte dann etwas besonnener hinzu: »Nun gut, es ist, wie es ist, und wir müssen uns damit abfinden, ob uns das passt oder nicht. Aber ich fürchte, auf die Hilfe der Unsichtbaren dürfen wir jetzt nicht mehr hoffen. Deshalb werde ich heute Nacht zu einem anderen Mittel greifen und mit Beginn der Dämonenstunde meine Runen befragen. Wenn das Schicksal es so will, offenbaren sie mir, wer sich im Besitz der Kette befindet. Gebt mir Zeit bis zum Sonnenaufgang, vielleicht kann ich euch dann eine Antwort geben.«

Thomas Andersen sah seine Tochter interessiert an. »Das ist eine ziemlich kniffelige Frage. Über die ich mir übrigens schon selbst ein ums andere Mal den Kopf zerbrochen habe.«

»Echt?« Jessie musterte ihren Vater gespannt. »Und zu welchem Ergebnis bist du gekommen?«

Thomas schob seine randlose Brille zurecht, wuschelte durch seinen dichten Blondschopf, rollte mit dem Schreibtischstuhl vom Computertisch zurück und erhob sich. Nach einem Schluck aus seiner Kaffeetasse begann er in seinem Arbeitszimmer auf und ab zuwandern, während Jessie ihn von der kleinen Couch aus beobachtete.

»Also«, fing Thomas an. »Ob ein Buch oder eine Geschichte Realität werden kann, ist in erster Linie eine Frage der Definition. Was ist eigentlich Realität? Und wer sagt uns, dass das, was wir als Realität bezeichnen, tatsächlich real ist? Wer entscheidet das eigentlich?« Vor dem großen Bücherregal blieb er stehen und warf der Tochter einen fragenden Blick zu. »Kannst du mir das vielleicht sagen, Jessie?«

»Äh … nein. Natürlich nicht.«

»Eben!« Thomas Andersen breitete die Arme aus, als würde das seine Aussage bestätigen. »Ich glaube, das kann niemand mit endgültiger Sicherheit entscheiden. Deshalb kann ich deine Frage auch nicht allgemein beantworten, sondern nur aus meiner ganz persönlichen Sicht.«

Er setzte sich wieder auf den Stuhl und schlug die Beine übereinander. Der bläuliche Schimmer des Monitors spiegelte sich auf seinem immer noch jungenhaften Gesicht. »Wenn ich mir eine Geschichte ausdenke und sie aufschreibe, wird sie auf eine gewisse Weise auch real, zumindest für mich. Je länger ich mich nämlich mit der von mir erfundenen Welt und ihren Charakteren beschäftige und je tiefer ich mich hineinversenke, umso konkretere Formen nehmen sie für mich an. Sie werden schließlich so plastisch und lebendig, dass sie sich von der sogenannten Wirklichkeit kaum mehr unterscheiden.«

Jessie runzelte die Stirn. »Aber das würde ja bedeuten, dass deine Geschichte für dich tatsächlich real wird?«

»Sag ich doch«, erwiderte Thomas lächelnd. »Und anderen Autoren geht es bestimmt genauso. Wenn du dich von morgens bis abends …«

»Oder auch mitten in der Nacht«, konnte Jessie sich nicht verkneifen hinzuzufügen.

»Oder auch mitten in der Nacht – genau!« Thomas nickte. »Wenn du dich also praktisch rund um die Uhr mit deinen Figuren beschäftigst und die dir auch noch im Traum begegnen, wachsen sie dir schließlich, ähnlich wie Kinder, ans Herz und werden zu einem festen Bestandteil deines Lebens – und damit real.« Er beugte sich vor und sah seine Tochter an. »Verstehst du das, Jessie?«

»Klar. Dann lautet deine Antwort also …«, sie kniff die Augen zusammen, »… ja?«

»Genau. Die Fantasie ist für mich ein fester Bestandteil unserer Realität und deshalb genauso real wie die sogenannte Wirklichkeit.« Damit stand Thomas auf und trat vor seine Tochter hin. »Ist deine Frage damit beantwortet?«

»Phhh.« Jessie atmete geräuschvoll aus. »Ich denke schon.«

»Gut.« Mit einem liebevollen Lächeln strich Thomas ihr übers Haar. »Dann lass mich bitte weiterarbeiten, okay?«

»Okay«, antwortete das Mädchen und ging zur Tür. Bevor Jessie öffnete, drehte sie sich noch einmal um. »Dein jetziges Buch macht dir Schwierigkeiten, nicht wahr?«

»Woher weißt du das?«, fragte der Vater überrascht, wartete ihre Antwort aber gar nicht ab. »Du hast recht«, gab er zu. »Und zwar ziemlich große. Dabei ist es am Anfang so gut gelaufen. Der Stoff hat mich so begeistert.«

»Und das ist jetzt nicht mehr der Fall?«

»Doch, schon«, antwortete Thomas. »Aber jetzt bin ich auf ein Problem gestoßen, mit dem ich niemals gerechnet hätte.«

In der Hütte auf dem Donnerfelsen war es nahezu stockduster. Die Scheite in der Feuerstelle waren bis auf einen kärglichen Rest heruntergebrannt. Nur noch ein paar Flämmchen zuckten daraus hervor, deren spärliches Licht vergeblich gegen die Dunkelheit ankämpfte. Selbst die Runenstäbe, die direkt vor dem Feuer auf dem Boden lagen, waren kaum mehr zu erkennen.

Brani störte das nicht im Geringsten. Um die wirklich wichtigen Dinge zu erkennen, brauchte er weder Augen noch Licht, und in all den Jahren, in denen er die Runen nun schon befragte, hatte er ihre Botschaft selbst in der schwärzesten Dunkelheit noch immer richtig erkannt. In dieser Nacht jedoch wollte es ihm einfach nicht gelingen. Die Runen verweigerten ihm den Gehorsam, als scheuten sie sich, sich gegen die Unsichtbaren aufzulehnen. Dabei hatten sie das doch immer getan! Sie hatten ihm bislang immer offenbart, wenn etwas gegen den Willen der Unsichtbaren lief – denn nur aus diesem Grunde fragte er sie doch um Rat!

Wie froh war er gewesen, als seine Meisterin ihm die Runenstäbe damals zum Geschenk gemacht hatte. Sie hatte einstmals selbst am Tisch der Unsichtbaren gesessen, war in ihren Kreisen verkehrt und wusste deshalb sehr genau, dass nicht alles ihrem Willen unterworfen war. Dass auch ihre Macht nicht unendlich war und sie deshalb nicht verhindern konnten, dass der Lauf der Welten sich zuweilen änderte und anderen Gesetzen gehorchte als den ihren. Nur deshalb hatte seine Meisterin ihn gelehrt, sich der Runenstäbe zu bedienen – weil die nicht den Unsichtbaren unterworfen waren. Es musste also einen anderen Grund geben, warum die Runen ihm ausgerechnet in dieser Nacht den Gehorsam verweigerten.

Wie aus dem Nichts fiel es ihm ein. Natürlich! Wie hatte er nur so blind sein können für das Offensichtliche?

Brani sammelte die Stäbe wieder ein, schüttelte sie in der Höhle seiner Hände und murmelte eine neue Beschwörungsformel. Dann ließ er sie zu Boden fallen und befahl ihnen, ihm ihr Geheimnis zu offenbaren. Und dieses Mal gehorchten sie aufs Wort. Ihre Botschaft war klar und deutlich zu erkennen.

»Ich habe also doch richtig vermutet!«, flüsterte der Seher atemlos, als mit einem Mal ein fernes Brausen erklang, das rasch näher kam und immer lauter wurde, bis es schließlich hinter seinem Rücken verstummte.

Brani musste sich nicht umdrehen, um die Frau zu erkennen. »Sâga«, flüsterte er entsetzt. »Was … was führt Euch zu mir?«

Ihre Stimme klang eiskalt. »Damit hast du wohl nicht gerechnet, Brani?«

Der Seher schwieg betreten.

Die Schwarzmagierin stellte sich vor ihn hin und blickte ihn finster an. »Dabei müsstest du doch wissen, dass meine Macht noch immer größer ist als deine.«

»Seid … seid Ihr Euch da ganz sicher?«, wagte Brani zu sagen.

»Aber natürlich, du Narr! Wie könnte ein Schüler je mächtiger sein als seine Meisterin? Ich habe dich doch erst zu dem gemacht, der du bist. Ich ganz alleine habe dir deine besonderen Kräfte verliehen. Wie kannst du es also wagen, mich so schmählich zu verraten?«

Noch ehe Sâgas Krallenhand an seine Kehle zuckte, wusste Brani, dass seine letzte Stunde gekommen war. Bevor er für immer ausgelöscht wurde, tanzte ihm ein letzter tröstlicher Gedanke durch den Kopf: dass Sâga ihm wenigstens in einem unterlegen war – sie konnte bei Dunkelheit viel schlechter sehen als er.

Es gibt ein Problem mit deinem Buch?« Jessie schaute ihren Vater verwundert an. »Welches denn?«

Thomas wirkte mit einem Mal regelrecht bedrückt. »Meine anfängliche Begeisterung war auch deswegen so groß, weil ich fest davon überzeugt war, dass sich vor mir noch niemand mit diesem Stoff beschäftigt hatte. Schließlich träumt jeder Schriftsteller davon, ein möglichst originelles Buch zu schreiben, das es so oder so ähnlich noch nie zuvor gegeben hat. Das ist gar nicht so einfach bei der Unmenge an Büchern, die im Laufe der Menschheitsgeschichte geschrieben wurden – und jedes Jahr kommen weitere dazu! Bei Fantasy-Büchern scheint mir das Problem besonders groß zu sein. Einerseits gibt es da gewisse Standards, die die Leser geradezu erwarten, und auf der anderen Seite soll jedes Buch besonders originell sein. Dabei ist auch das einschlägige Figurenarsenal inzwischen weltweit bekannt, sodass es immer schwieriger wird, wirklich neuartige Charaktere zu erfinden. Was gleichzeitig bedeutet, dass man in jedem neuen Buch fast immer wieder altbekannte Motive oder auch nur Spuren davon entdeckt – ganz egal, wie viel Mühe der Autor sich gegeben hat.«

Jessie wusste nicht so recht, worauf der Vater hinauswollte. Sie ging zur Couch zurück und setzte sich wieder hin. »Und was hat das mit deinem Problem zu tun?«

Thomas runzelte die Stirn und atmete kräftig durch. »Also – ich war mit dem Entwurf so gut wie fertig und hatte alles schon ziemlich genau geplant: die Grundzüge der Geschichte, die Welt, in der sie spielt, und auch die wichtigsten Figuren. Aber dann musste ich plötzlich feststellen, dass sich ein anderer Autor schon lange vor mir mit genau dem gleichen Thema beschäftigt hat.«

»Nä, nee?« Jessie blickte ihn ungläubig an. »Aber seine Geschichte ist doch bestimmt nicht die gleiche wie deine?«

»Das ist ja das Problem!«, antwortete Thomas Andersen gequält. »Ich kann das überhaupt nicht überprüfen, weil es das Buch nämlich gar nicht mehr gibt! Es ist schon mehr als zweihundert Jahre alt und nirgendwo mehr aufzutreiben.«

Jessie schüttelte verwirrt den Kopf. »Dann verstehe ich nicht, warum du dir Gedanken machst.«

»Ganz einfach.« Thomas stand wieder auf und wanderte unruhig auf und ab. Die Sache machte ihm offensichtlich schwerer zu schaffen, als Jessie vermutet hatte. »Nehmen wir einfach mal an, mein Buch ist fertig und steht in den Buchhandlungen – und plötzlich taucht doch noch ein Exemplar dieser alten Geschichte auf. Dann stellt sich heraus, dass die Bücher sich so verblüffend ähnlich sind…« Thomas schaute seine Tochter unglücklich an. »Das wäre mir schrecklich peinlich, Jessie, selbst wenn ich nichts dazukönnte. Schon der bloße Gedanke daran macht mich krank und raubt mir den Schlaf.« Damit drehte er sich um und stapfte zu seinem Schreibtischstuhl zurück.

»Jetzt übertreibst du aber, Papa! Es ist doch mehr als unwahrscheinlich, dass so was passiert.«

»Eben nicht!«, widersprach Thomas heftig. »Die grobe Inhaltsangabe, die ich von dem Buch habe, lässt mich einfach das Schlimmste fürchten. Nicht genug, dass die Geschichte offensichtliche Ähnlichkeiten mit meiner aufweist, heißt die Welt, in der sie spielt, auch noch genauso wie bei mir – und damit natürlich auch der Titel des Buches!«

»Echt?« Jessie war nun doch überrascht. »Wie lautet der denn?«

Thomas verzog das Gesicht und schnaufte gequält. »Mysteria«, antwortete er seufzend.

»Was?« Jessie starrte ihn fassungslos an. »Sag das noch mal!«

»Mysteria«, wiederholte Thomas. »Ist das nicht unglaublich?«

KAPITEL 24

In der Falle

Niko war lange vor Sonnenaufgang wach. Er konnte es gar nicht mehr erwarten, endlich zur Hütte auf dem Donnerfelsen zu reiten und der Antwort des Sehers zu lauschen. Hoffentlich hatten Branis Runen den Besitzer der Kette offenbart! Dann würde er sie auf schnellstem Wege zurückholen und mit der Suche nach Sinkkâlion beginnen. Niko konnte seine Ungeduld kaum mehr im Zaum halten und wäre Kieran am liebsten an die Kehle gesprungen, als der Rebellenführer in aller Ruhe einen Kräutertee aufbrühte und sich den mitgebrachten Proviant – Waldschweinschinken und Grobkornbrot – schmecken ließ.

Doch Kieran dachte gar nicht daran, sich hetzen zu lassen. Und auch Ayani ließ sich aufreizend viel Zeit beim Morgenmahl. Oder kam Niko das nur so vor? Wieder musste er an einen der verqueren Sprüche seines Opas denken: »Dem Glücklichen schlägt keine Stunde, dem Ungeduldigen dafür umso mehr!« Hatte Melchior damit vielleicht genauso recht wie mit den meisten anderen?

Es machte ganz den Eindruck, denn als die drei Gefährten schließlich aufgebrochen waren, ihre Pferde vor der Hütte anhielten und aus den Sätteln sprangen, hatte das Große Taglicht erst ein kleines Stück seiner täglichen Bahn zurückgelegt.

Auf dem Weg zum Eingang blieb Ayani stehen und blickte sich nach allen Seiten um.

»Was ist los?«, rief Niko ihr gegen das Rauschen des Wassers zu. »Was hast du plötzlich?«

»Ich weiß nicht so recht.« Ayani wiegte unschlüssig den Kopf. »Ich wundere mich nur, dass ich keinen einzigen Vogel hören kann.«

»Wie solltest du auch?« Niko sah sie tadelnd an. »Das Getöse des Wasserfalls übertönt doch jeden Laut – und ganz besonders das zarte Gezwitscher von Vögeln! Was denkst du, Kieran?«

»Wer weiß?« Nachdenklich blickte der junge Mann zum Himmel, an dem dicke Wolken aufzogen. »Vielleicht ist auch ein Gewitter im Anmarsch. Vögel spüren das meist weit früher als wir und verstecken sich rechtzeitig.« Dennoch warf auch er spähende Blicke in die Runde, bevor er Niko und Ayani zum Weitergehen aufforderte.

Die Tür zur Hütte stand offen. Brani meldete sich allerdings nicht, als Niko seinen Namen rief. Aber vielleicht hatte er ihn bei dem Tosen nur nicht gehört?

»Brani?«, wiederholte Niko deshalb lauter, bekam aber erneut keine Antwort.

»Kommt.« Kieran nickte ihm auffordernd zu, stieß die Tür auf und trat in die Hütte.

Sie war leer. Von dem Seher war weit und breit keine Spur zu entdecken.

»Seltsam«, wunderte sich Niko. »Brani hat doch ausdrücklich gesagt, dass er uns bei Sonnenaufgang erwartet.«

»Stimmt«, pflichtete Kieran ihm bei und deutete zur Tür. »Vielleicht ist er nur mal kurz in den Wald gegangen und kommt gleich wieder zurück?«

Während Niko unschlüssig mit den Schultern zuckte, ging Ayani auf die Feuerstelle zu, in der nur ein Haufen Asche zu sehen war, und starrte verwundert auf die Stäbe mit den seltsamen Zeichen, die davor auf dem Boden lagen.

»Was ist das denn?«, wollte Niko wissen.

»Das sind Runenstäbe«, erklärte Ayani. »Sie besitzen eine geheimnisvolle Macht, die nicht von den Unsichtbaren stammt, sondern von Geistern, die ihrem Willen nicht unterworfen sind.«

»Von Geistern?« Niko musterte sie skeptisch. »Glaubst du das wirklich?«

»Natürlich! Auch meine Mutter war fest davon überzeugt. Sie hat versucht, mich mit ihrer geheimen Macht vertraut zu machen und ihre Botschaft zu lesen.«

»Echt?« Niko rümpfte die Nase und deutete auf die Stäbe, die wirr auf dem Boden lagen. »Willst du vielleicht behaupten, dass du aus diesem Durcheinander irgendetwas herauslesen kannst?«

»Nun …« Ayani lächelte gequält. »Mein Unterricht hatte gerade erst begonnen, aber ich kann es ja mal versuchen.« Sie ging in die Knie und beugte sich über die Runen, als Kieran ihnen plötzlich zu schweigen gebot: »Still!«

Niko schaute ihn überrascht an. »Was ist?«

»Mir war, als hätte ich ein Geräusch gehört!«

»Welches Geräu–?«, hob Niko an, als der Laut ein zweites Mal ertönte. Er erkannte ihn sofort: Es war der Klang beschlagener Pferdehufe!

»Raus hier, schnell!«, schrien Niko und Kieran wie aus einem Mund und stürzten durch die Tür nach draußen, wo sie zu ihrem Entsetzen eine lange Reihe schwarzer Reiter erblickten, deren Schilde ein roter Greif zierte. Die Berittenen hatten sich in einiger Entfernung zur Hütte aufgebaut und ihnen den Rückweg vollständig abgeschnitten.

Wie angewurzelt blieben Niko und Kieran stehen, und auch Ayani, die eben aus der Hütte kam, erstarrte.

Es gab keinen Zweifel: Sie waren in die Falle gegangen!

Da kam ein weiterer Reiter aus dem Wald hervor, in dem sich die marschmärkischen Krieger offensichtlich verborgen gehalten hatten. Sein Umhang und seine überhebliche Miene deuteten darauf hin, dass er der Anführer der Horde war. Wie zur Bestätigung hob er den Arm und rief ein lautes Kommando, das das Tosen des Wasserfalls übertönte: »Alle Mann – vorrücken!«

Die Reiter setzten sich in Bewegung. Schritt für Schritt kamen sie auf ihren schnaubenden Rossen näher. Kieran zog sein Schwert, und auch Niko und Ayani taten es ihm gleich, auch wenn sie ihre Waffen eher unschlüssig in den Händen wogen.

»Oh, nein!«, rief Ayani plötzlich aus und deutete auf die Reiter. »Seht nur!«

Da erkannte es auch Niko: Ein gutes Dutzend Krieger, die mit Bogen und Pfeilen bewaffnet waren, brachte die Waffen soeben in Anschlag.

Wie sollten sie den weit reichenden Geschossen nur entkommen?

Niko blickte sich verzweifelt nach einem Fluchtweg um, als es ihm plötzlich einfiel: »Ins Wasser, schnell!«, schrie er seine Begleiter an. »Das ist unsere einzige Chance!« Damit packte er Ayani an der Hand und wollte loshetzen.

Kieran dagegen blieb wie angewurzelt stehen und starrte den Anführer der Reiter fassungslos an. »Der Mann mit der Narbe«, stammelte er. »Er ist es.« Er machte eine Bewegung, als wolle er sich augenblicklich auf ihn stürzen.

»Bist du von Sinnen?«, schrie Niko ihn an. »Das wäre Selbstmord! Komm jetzt!«

Da endlich kam Leben in Kieran. Er wirbelte herum und rannte auf das Flussufer zu. Niko folgte ihm mit Ayani an der Hand. Sie stürmten dahin, als wären die Dämonen der Hölle hinter ihnen her.

»Feuer!«, befahl Herzog Dhrago. Nur einen Wimpernschlag später verdunkelte ein Hagel aus Pfeilen den Himmel und die Geschosse zischten hinter den Gefährten her. Zum Glück traf nicht einer sein Ziel. Während die Reiter im wilden Galopp auf den Fluss zusprengten, spannten die Schützen ihre Bogen ein zweites Mal und feuerten ein weiteres Pfeilgeschwader auf die Flüchtenden ab.

Noch bevor die Geschosse heran waren, erreichten die Gefährten das Ufer und warfen sich mit weiten Kopfsprüngen ins reißende Wasser des Reinenflusses. Schon nach wenigen Schwimmzügen mussten sie jedoch zu ihrem Entsetzen erkennen, dass sie der einen Gefahr entronnen waren, nur um dafür in eine vielleicht noch größere zu geraten: In Sekundenschnelle erfasste sie die mächtige Strömung und trieb sie erbarmungslos auf den Donnerfall zu.

»Hilf mir, Niko! Hilfe!«, schrie Ayani.

Obwohl Niko mit allen Kräften dagegen ankämpfte, konnte er dem tödlichen Sog der Wassermassen ebenso wenig entrinnen wie Ayani und Kieran. Das Wasser riss ihn in die Tiefe und warf ihn wieder empor, es umschloss mit kalter Gewalt seinen Körper, seine Ohren und Augen und raubte ihm fast die Besinnung. Fast – denn mit gestochen scharfem Bewusstsein spürte Niko plötzlich einen schrecklichen Moment der Schwerelosigkeit, fast des Stillstands. Dann stürzten sie einer nach dem anderen wie hilflose Strohpuppen über die Felskante und wurden von den donnernden Wassern in die Tiefe gezogen.

Herzog Dhrago hatte ihren aussichtslosen Kampf vom Ufer aus beobachtet. Als Niko und seine Gefährten seinen Blicken entschwanden, huschte ein Lächeln über sein Narbengesicht. Dann hob er den Arm und schrie einen Befehl: »Los! Reitet sofort zum Fuße des Wasserfalls!«

Die schwarzen Krieger gehorchten aufs Wort. In dem weiten

Becken, in dem sich die brodelnden und schäumenden Wasser des Donnerfalls sammelten, bevor sie ihre Reise zum Nordmeer antraten, war jedoch nicht die geringste Spur von den drei Gefährten zu entdecken.

»Das hätte mich auch gewundert!«, bemerkte einer der Unterführer. »Noch keiner hat den gewaltigen Sturz über die Donnerklippe bislang überlebt. Ganz sicher haben die wirbelnden Wasser diese Alwenhunde genauso verschlungen wie die Leiche des Sehers.«

Herzog Dhrago gab sich damit allerdings nicht zufrieden. Unbarmherzig schickte er die Männer in die schäumenden Wogen und hieß sie das Becken und das Schilf absuchen, während er auf seinem Streitross am Ufer zurückblieb.

Die Krieger trieben ihre widerstrebenden Pferde ins Wasser, das ihnen schon bald bis zum Bauch und darüber hinausreichte. Das ungewohnte Element und das Tosen des Donnerfalls versetzten die Tiere zunehmend in Panik. Sie wieherten und schnaubten vor Angst und Wut zugleich und versuchten, sich den Zügeln zu widersetzen. Ihre Reiter jedoch kannten genauso wenig Erbarmen wie Dhrago und hielten die Tiere eisern in der schäumenden Flut. Trotz angestrengter Suche konnten sie die Gefährten jedoch nirgendwo entdecken und der Unterführer kam nach geraumer Zeit unverrichteter Dinge zu Herzog Dhrago zurück.

»Wir sollten den Einsatz abbrechen, Herr. Wie ich bereits gesagt habe: Entweder haben diese Bastarde den Sturz nicht überlebt – oder sie sind ertrunken und fortgespült worden.«

»Verdammt!«, fluchte Dhrago mit finsterer Miene. »Habt ihr auch gründlich genug gesucht?«

»Aber natürlich, Herr! Das habt Ihr doch selbst gesehen!«

»Ach!«, knurrte der Herzog ungehalten und ließ seinen Blick ein weiteres Mal über das schäumende Wasserbecken und die

Ufer schweifen. Mit einem Mal verengte sich sein Blick und er streckte den Arm aus. »Und dort?« Er deutete auf die kleine Schilfinsel, die mitten im Flusslauf schaukelte. »Habt ihr auch dort nachgeschaut?«

»Selbstverständlich, Herr!« Der Unterführer versuchte, seinen Ärger zu verbergen. »Da gibt es nichts als ein paar harmlose Enten, die allesamt aufgeflogen sind, als wir uns näherten.«

»Tatsächlich?«, knurrte Dhrago. »Und warum bewegen sich dann die Schilfrohre? Und zwar entgegen der Strömung des Flusses?«

Der Krieger drehte sich im Sattel um – und da erkannte er es selbst: Ein paar Halme in der Mitte des Insel schwankten deutlich sichtbar hin und her!

»Marsch!«, kommandierte der Herzog. »Sieh sofort nach, was da los ist!«

Der Unterführer wendete seinen Rappen auf der Hinterhand, trieb ihn gegen den heftigen Widerstand des Tieres ins Wasser zurück und auf die verdächtige Stelle zu. Er war bereits bis auf wenige Pferdelängen herangekommen, als urplötzlich eine Ente aus dem Schilf hervorschoss und unter lautem Geschnatter davonflatterte – empört über die neuerliche Störung.

Mit erleichtertem Lächeln drehte der Reiter sich zu seinem Anführer um. »Habt Ihr gesehen, Herr? Wie ich gesagt habe: Hier gibt es nichts als Enten!«

Da endlich hatte Herzog Dhrago ein Einsehen. Er befahl den Abbruch der Suche und machte sich mit seinen Männern auf den Rückweg nach Helmenkroon.

Der letzte Reiter war kaum um die nächste Flussbiegung verschwunden, als Leben in die kleine Schilfinsel kam. Einer nach dem anderen tauchten Niko, Ayani und Kieran daraus hervor. Die abgeschnittenen Schilfrohre in ihren Mündern hatten sie mit der lebensnotwendigen Atemluft versorgt, während sie sich inmitten des Rohrdickichts unter der Wasseroberfläche verborgen gehalten hatten.

Niko schickte der entschwundenen Truppe grimmige Blicke hinterher. »Es wurde auch höchste Zeit, dass sie endlich abzogen! Lange hätte ich das nicht mehr ausgehalten. Man bekommt ja kaum Luft durch diese schmalen Dinger hier!« Wie zum Beweis hob er seinen Schilfhalm in die Höhe, bevor er ihn ins Wasser zurückwarf.

»Du hättest dir einfach einen dickeren Halm aussuchen sollen«, sagte Ayani und lächelte. »Wie ich zum Beispiel.« Tatsächlich hatte sie ein Rohr von fast doppeltem Durchmesser erwischt.

»Wenn ich die Zeit geha –«, hob Niko an, wurde aber von Kieran unterbrochen.

»Hört auf zu streiten!«, wies er seine Begleiter zurecht. »Was soll ich denn da sagen? Ich musste schließlich noch diese vermaledeite Ente festhalten und ihr den Schnabel verschließen, bevor ich sie im richtigen Moment loslassen konnte.«

»Das hast du wirklich gut gemacht, Kieran«, sagte Niko ernst, um dann mit verschmitztem Grinsen hinzufügen: »Aber für einen Waldmenschen wie dich war das bestimmt kein Problem. Du lebst doch mit den Tieren auf Du und Du.«

Während Ayani loskicherte, sah es fast so aus, als wollte Kieran aus der Haut fahren. Doch dann entspannte er sich, und es war, als ob in seinem Lächeln seine ganze Anspannung von ihm abfiel.

Am Ufer ließ Niko sich erschöpft ins Gras sinken und blickte die Freunde, die es ihm gleichtaten, fragend an. »Und jetzt? Wie kommen wir jetzt wieder in den Dämonenwald zurück – ohne Pferde?« Herzog Dhragos Truppe hatte sich die Reittiere natürlich geschnappt, wie Niko noch vor der Flucht ins Wasser bemerkt hatte. »Bis zum Abend schaffen wir das doch nie – und damit kannst du deinen Überfall auf den Weintransport vergessen.«

»Aber wieso denn?« Kieran winkte ab. »Wo ist das Problem? Es gibt doch genügend Holz hier!«

»Ja, und? Was sollen wir denn mit Holz?«

»Ganz einfach!« Kieran grinste wie ein kleiner Junge, der einen gelungenen Scherz gemacht hatte. »Wir bauen ein Floß – und die Strömung des Reinenflusses wird uns darauf schneller zum Dämonenwald tragen als das schnellste Pferd.« Er verpasste Niko einen freundschaftlichen Rippenstoß. »Schade, dass du kein Waldmensch bist wie ich. Sonst wärst du von ganz alleine darauf gekommen.«

Niko verdrehte die Augen, ließ sich den Spott aber widerspruchslos gefallen. »Also gut«, sagte er dann und erhob sich. »Packen wir es an – auch wenn ich mir von unserem Ausflug zum Donnerfelsen eigentlich mehr versprochen hatte.«

»Du hast recht.« Auch Kieran sprang auf die Beine. »Wenn ich nur wüsste, wie Rhogarrs Männer davon Wind bekommen haben? Sie haben Brani mit Sicherheit umgebracht, und wir werden deshalb nie erfahren, wo sich die Kette aus dem Alwenhort befindet.«

»Und wieso nicht?«, meldete sich Ayani zu Wort.

Überrascht drehten die beiden sich um und blickten das Mädchen verwundert an. »Was willst du damit sagen?«, fragte Niko, als es ihm auch schon einfiel – natürlich! »Sag bloß, du hast die Botschaft der Runen entschlüsselt?«

»Ich glaube schon.« Ayani nickte zwar, schien aber dennoch nicht ganz überzeugt zu sein. »Obwohl – merkwürdigerweise bestand sie nur aus einem einzigen Wort. Das ist äußerst ungewöhnlich.«

»Und warum?«

»Orakelbotschaften sind meistens vieldeutig«, erklärte das Mädchen nachdenklich. »Denk nur an den Spruch des Sehers für dich: ›Auf dem gleichen Weg, auf dem der Falke sein Glück fand, werden auch die zwei, die zu einem werden, das Schwert finden‹. Ein einziges Wort dagegen lässt viel weniger Deutungen zu.«

»Wenn du meinst«, erwiderte Niko. Darüber hatte er sich noch überhaupt keine Gedanken gemacht. »Und welches Wort hast du aus den Runen gelesen?«

»Wenn ich mich nicht ganz täusche«, erklärte Ayani zögernd, »dann lautete es …«

»Ja, wie denn?«, drängte Niko ungeduldig. »Jetzt sag schon!«

»Äh … Sâga.«

Bevor Niko etwas erwidern konnte, trat Kieran vor Ayani hin und starrte sie an wie einen Geist.

»Sâga?«, hauchte er mit fassungslosem Blick. »Hast du wirklich ›Sâga‹ gesagt?«

»Ja«, antwortete Ayani verwundert. »Sag bloß, du weißt, was das bedeutet?«

»Und ob ich das weiß!« Kieran verzog das Gesicht. »Und glaubt mir, ich wünschte, ich wüsste es nicht!«

Obwohl Jessie alles absuchte, konnte sie das alte Buch nirgendwo finden. Nach dem Gespräch mit ihrem Vater war sie natürlich postwendend in ihr Zimmer gestürzt, um es zu holen und ihm zu zeigen. Aber dann musste sie zu ihrem Entsetzen feststellen, dass ihr Geheimversteck, ein kleiner Hohlraum hinter der Schublade ihres Schreibtisches, so leer war wie ihr Taschengeldkonto am Monatsende. Ihr Bruder Maik beteuerte natürlich vehement seine Unschuld und schwor hoch und heilig, das Buch nicht angerührt zu haben. »Welches Buch meinst du eigentlich?«, fragte er vielmehr mit doofem Ochsenfroschgrinsen.

Jessie glaubte ihm natürlich kein Wort. Sie kannte Maik viel zu gut und war deshalb felsenfest davon überzeugt, dass niemand anderer als er das Buch geklaut hatte. Sie wusste es einfach, denn außer Maik und seinem sauberen Vater interessierte sich doch kein Schwein für die alte Schwarte! Aber leider konnte sie das nicht beweisen, und so blieb ihr nichts anderes übrig, als Maik eine lange Nase zu drehen und sich mit Wut im Bauch zu verziehen.

Und trotzdem: Sie würde sich das Buch garantiert wieder zurückholen! Damit Thomas es lesen konnte und endlich wieder Ruhe fand. Zumindest hoffte Jessie das, auch wenn sie sich inzwischen gar nicht mehr so sicher war.

Nicht genug, dass sein Buch und die Welt, in der es spielte, ebenfalls »Mysteria« hießen, war das »Mysteria« ihres Vaters ebenfalls durch verschiedene Pforten mit unserer Menschenwelt verbunden, durch die die Eingeweihten von der einen Welt in die andere gelangen konnten. Jedenfalls hatte Thomas ihr das auf Nachfrage bestätigt. Die Parallelen zum Buch von Karin Seikel waren damit schon so verblüffend groß, dass Jessie ihm lieber gar nicht erzählte, was sie sonst noch alles wusste.

Weil sie ihren Vater nicht in Depressionen stürzen wollte!

Und weil sie gleichzeitig hoffte, dass sich sein Problem von ganz alleine erledigen würde.

Am Morgen hatte Jessie nämlich zu ihrer Verblüffung entdeckt, dass die Lücken im Text noch größer geworden waren. So fehlte zum Beispiel der Satz, mit dem König Nelwyn seine irdische Geliebte aus Mysteria verabschiedete. Auch andere Stellen waren verschwunden, als hätte jemand sie auf geheimnisvolle Weise über Nacht gelöscht. Wenn das so weiterging, würde die alte Geschichte wahrscheinlich vollständig verschwunden sein, bis Thomas mit seinem Buch fertig war. Dann war kein Vergleich mehr möglich und seine Geschichte würde die verschwundene Welt des alten Buches einfach ersetzen können.

Der Gedanke ließ Jessie endlich mal wieder lächeln. Zumal ihr gleich darauf noch etwas einfiel, womit sie ihren Vater beruhigen konnte.

Kieran sollte recht behalten. Die Strömung des Reinenflusses trieb das Floß so rasch dahin, dass sie das Rebellenlager im Dämonenwald bei Einbruch der Dunkelheit erreichten. Unterwegs hatte Kieran alles erzählt, was er über die Schwarzmagierin wusste – aus eigenem Erleben und vom Hörensagen. Er kannte sogar ihr Versteck: eine finstere Höhle in den Höllenbergen, wie der kleine Gebirgszug wegen seiner feuerspeienden Gipfel genannt wurde, die im Abstand von vielen Sommern immer mal wieder glühendes Gestein und riesige Wolken von Rauch und Asche ausspuckten. Das Gebiet war deshalb auch unbewohnt, obwohl es gar nicht weit von Helmenkroon entfernt war; im schnellen Trab konnte man es von dort aus in knapp zwei Stunden erreichen.

Niko war wie elektrisiert, als er das hörte. »Dann sollten wir uns in dieser Höhle mal umsehen, findest du nicht auch?«, fragte er Ayani. »Wenn du die Botschaft der Runen richtig verstanden hast, werden wir die Kette mit Sicherheit dort finden.«

»Das glaube ich auch«, bekräftigte das Mädchen. »Am besten wir nehmen uns die Höhle noch heute Nacht vor. Je schneller wir die Kette finden, umso eher können wir mit der Suche nach Sinkkâlion beginnen.«

»Vergesst es!«, warf Kieran mit gequälter Miene ein. »Das ist aussichtslos. Noch niemals hat jemand Sâgas Höhle lebend wieder verlassen, wenn er sie ohne ihre Erlaubnis betreten hat. Alle

Eindringlinge sind darin umgekommen – jedenfalls behauptet man das.«

»Tatsächlich? Behauptet man das?« Niko bemühte sich um eine feste Stimme, was ihm allerdings nicht so recht gelang.

Auch Ayani schien nachdenklich geworden zu sein. Dennoch blieb sie genau wie Niko bei ihrem Entschluss und ließ sich ihr Vorhaben weder von Kieran noch von seinen Männern ausreden.

Als Kieran sah, dass er die beiden nicht umstimmen konnte, machte er einen letzten Versuch. »Hört zu – wir haben so viel Arbeit in die Planung unseres Überfalls gesteckt, dass wir den unmöglich ausfallen lassen können. Deshalb bitte ich euch, mit dem Besuch in Sâgas Höhle noch bis morgen Nacht zu warten. Dann können wir euch begleiten und euch wenigstens beistehen, falls die Schwarzmagierin euch überraschen sollte.«

Niko dachte kurz nach und schüttelte dann den Kopf. »Vielen Dank für das Angebot, aber wir dürfen nicht länger zögern. Nicht nur Maruna hat mich eindringlich zur Eile gemahnt, sondern auch die Elfe am See – und dafür muss es einen Grund geben.« Er wandte sich Ayani zu. »Glaubst du nicht auch?«

»Ganz bestimmt sogar.« Sie sah Kieran fast beschwörend an. »Verstehst du das denn nicht, Kieran?«

»Ach!« Wütend warf der junge Mann den Zweig auf den Boden, auf dem er die ganze Zeit herumgekaut hatte. »Ich kann nur nicht verstehen, wie man so stur und unvernünftig sein kann, in den sicheren Tod zu gehen!«

»Weil wir keine andere Wahl haben«, erklärte Niko ganz ruhig. »Ohne die Kette können wir das Schwert nicht finden …«

»… und ohne das Schwert«, fuhr Ayani wie selbstverständlich fort, »können wir die marschmärkischen Eroberer niemals aus Helmenkroon vertreiben und müssen weiterhin in Knechtschaft leben.«

»Und ich werde niemals erfahren, wer mein Vater ist«, ergänzte Niko. »Sind das nicht Gründe genug, um ein solches Wagnis einzugehen? Du würdest doch das Gleiche tun, wenn es um deinen Vater oder um deine Familie ginge, habe ich nicht recht, Kieran?«

Nachdenklich starrte Rhogarr von Khelm auf die Sichel des Feuermondes, der am nächtlichen Himmel über der Burg stand. Wie viele Tage dauerte es eigentlich noch, bis er seine Bahn vollendete und die Nacht anbrach, in der sich sein Schicksal endgültig entscheiden würde, wie Sâga behauptet hatte?

Dreiundzwanzig?

Zweiundzwanzig?

Oder vielleicht noch weniger?

Der Herrscher kniff das rechte Auge zusammen – wie immer, wenn er angestrengt nachdachte –, aber da fiel es ihm schon wieder ein: Natürlich, er hatte doch erst am Nachmittag mit dem Henker gesprochen und dem befohlen, mit den Vorbereitungen für die geplante Hinrichtung am Fest des Dunklen Mondes zu beginnen. Und das wurde genau an dem Tag gefeiert, an dem der Feuermond seine Bahn vollendete – in etwas mehr als drei Wochen also!

Mit einem unwirschen Knurren drehte Rhogarr sich um und gesellte sich zu Herzog Dhrago, der mit seinen Männern erst vor einer halben Stunde vom Donnerfelsen zurückgekommen war. Er saß am Tisch und schlang sein verspätetes Nachtmahl so hastig in sich hinein, als habe er mehrere Tage nichts zu essen bekommen. Während Rhogarr seinen Pokal erneut füllte, blickte er den Herzog fragend an: »Du konntest also nicht herausfinden, warum Sâga diesen Seher umgebracht hat?«

»Wein, Werr!«, antwortete Dhrago mit vollem Mund und schluckte dann hastig die letzten Bissen hinunter. »Sie hat nur erwähnt, dass es sich um eine persönliche Sache zwischen Brani und ihr handelte, die uns absolut nichts angeht.«

»Aus diesem Weib soll einer schlau werden!« Rhogarr nahm einen kräftigen Schluck und setzte sich auf den Stuhl gegenüber dem Herzog. »Hat der Seher diesen drei Bastarden denn verraten, wie Sinkkâlion zu finden ist?«

»Auch das weiß ich nicht mit Sicherheit, Herr«, erwiderte Dhrago. »Ich vermute allerdings, dass er nicht dazu gekommen ist.«

»Und warum?«

»Weil die Alwen sonst bestimmt nicht bei Sonnenaufgang zu seiner Hütte geritten wären. Wenn Brani ihnen bereits mitgeteilt hatte, wo sie das Königsschwert finden, wären sie wohl kaum zu ihm zurückgekehrt, nicht wahr?«

»Das klingt durchaus einsichtig«, antwortete der Herrscher und nahm einen weiteren Schluck Wein. »Aber vielleicht wollten sie noch etwas anderes von ihm wissen?«

Ratlos zuckte der Herzog mit den Schultern, säbelte sich dann ein großes Stück Fleisch ab und stopfte es sich in den Mund.

Rhogarr erhob sich und wanderte mit dem Weinpokal in der Hand im Thronsaal auf und ab. »Ich verstehe nicht, dass Sâga das alles so kaltlässt. Es kann ihr doch nicht gleichgültig sein, ob diese Bastarde wissen, wo sich das Schwert befindet oder nicht!«

Der Herzog hob Messer und Gabel. »Wie wagt …« Er brach ab und kaute hastig. »Sie sagt«, setzte er dann von Neuem an, »dass das im Augenblick nicht so wichtig ist. Ganz egal was Brani ausgeplaudert hat – sie ist auf alles vorbereitet.«

Rhogarr runzelte die Stirn. »Und was soll das wieder heißen?«

Erneut zuckte das Besteck in Dhragos Händen nach oben. »Ich weiß es nicht, Herr!«

»Das Weib treibt mich noch in den Wahnsinn!« Mit einem einzigen Schluck leerte der Herrscher den Trinkbecher und griff zum Krug, um nachzuschenken. Doch nur noch ein paar spärliche Tropfen kamen daraus hervor.

Der Herzog sprang eilfertig auf. »Ich rufe den Mundschenk, damit er uns neuen bringt.«

»Lass gut sein!«, beschied ihn der Herrscher. »Das war der letzte Krug. Zum Glück ist die neue Lieferung bereits für morgen früh avisiert.« Damit ließ Rhogarr sich schwerfällig auf den Thronsessel fallen, stützte den Kopf auf die Hand und starrte vor sich hin. »Ich hoffe nur, dass Sâga ihr Versprechen hält und mich noch heute Nacht aufsucht, um mir das alles mal ein wenig näher zu erläutern.«

»Das wird sie bestimmt, Herr«, antworte Dhrago mit leichtem Spott in der Stimme. »Schließlich behauptet Ihr doch immer, dass sie stets zu ihrem Wort steht.«

Rhogarr ging gar nicht darauf ein. »Und trotzdem verstehe ich sie nicht«, fuhr er mit gequälter Miene fort. »Sâga müsste doch wissen, in was für einer großen Gefahr wir schweben. Wenn diese Alwenhunde das Königsschwert tatsächlich finden, ist doch alles verloren!«

Zu seiner Überraschung huschte ein schmales Lächeln über das narbige Gesicht des Herzogs. »Das glaube ich nicht, Herr«, entgegnete er.

»Was?« Rhogarr richtete sich mit einem Ruck auf und starrte den Herzog an. »Du musst den Verstand verloren haben! Wie kommst du auf diesen wahnwitzigen Gedanken?«

»Ganz einfach.« Dhragos Grinsen wurde breiter. »Weil ich inzwischen verstanden habe, weshalb Sâga diesen Alwenbastard am Leben gelassen hat.«

»Ja, klar: Damit wir ihn am Fest des Dunklen Mondes zur allgemeinen Volksbelustigung hinrichten können.«

»Schon – aber es gibt noch einen anderen Grund, Herr.«

»Und der wäre?«

»Weil wir dadurch über ein ganz ausgezeichnetes Druckmittel verfügen«, erklärte Dhrago genüsslich. »Im Grund genommen ja sogar über zwei!«

Im Kerker von Helmenkroon stank es ganz erbärmlich. Der beißende Geruch nach Exkrementen, Fäulnis und Verwesung raubte Arawynn fast den Atem, während die beiden Folterknechte ihn unbarmherzig vor sich hertrieben und mit ihm Stockwerk für Stockwerk tiefer in die Kellergewölbe von Helmenkroon hinunterstiegen. Zu den Zeiten von König Nelwyn hatten sie als Vorratsräume gedient, stets gut gefüllt für Notzeiten oder den Fall einer Belagerung. Erst Rhogarr von Khelm hatte die Räume in einen schrecklichen Kerker verwandelt und dann erneut dafür gesorgt, dass sie stets gut gefüllt waren.

Wieder traf Arawynn die Lederschnur der Peitsche auf den nackten Rücken. »Vorwärts, du Alwenhund«, schrien die Peiniger ihn an. »Nicht einschlafen!«

Die schmalen Gänge, die an den Verliesen vorbeiführten, waren nur von flackerndem Fackellicht erhellt. In seinem Schein waren die Gefangenen hinter den Gittern kaum zu erkennen. Doch das wenige hatte ausgereicht, um Übelkeit in Arawynn aufsteigen zu lassen: Die Mehrzahl der Eingeschlossenen trugen nur noch Fetzen und Lumpen an den ausgemergelten Leibern, ihre Haare waren lang und verfilzt, ihre hohlen Wangen von Bärten überwuchert, und in ihren tief in den Höhlen liegenden Augen war längst der letzte Funke Hoffnung erloschen. Sie schienen sich fast ausnahmslos in ihr Schicksal gefügt zu haben, das ihnen wie mit unsichtbaren Buchstaben auf die Stirne geschrieben stand: Tod, Tod und nochmals Tod!

Endlich schienen sie ihr Ziel erreicht zu haben. Die beiden

Rohlinge hielten vor einem Gitter an. Der eine nestelte einen mächtigen Schlüsselbund vom Gürtel und sperrte die Tür auf, während der andere ihn mit einem groben Tritt in das Verlies beförderte. »Ich will nicht einen Ton der Klage hören«, schrie er ihm hinterher. »Sonst bekommst du noch meine Peitsche zu spüren!«

Arawynn stolperte vorwärts und prallte mit dem Kopf gegen eine Wand aus nacktem Stein. Der Schmerz raubte ihm beinahe das Bewusstsein. Noch während er zu Boden sank, fühlte er das warme Blut, das ihm über das Gesicht strömte. Mühsam rappelte er sich wieder auf und tastete nach der Platzwunde an seiner Stirn, als er aus der dunklen Ecke des Kerkers ein Geräusch vernahm. Gleichzeitig gewahrte er aus den Augenwinkeln eine zerlumpte Gestalt, die sich von einem Haufen verfaulten Strohs erhob und auf ihn zuhumpelte.

»Diese verdammten Hunde«, fluchte eine Männerstimme. »Haben sie dir wehgetan, mein Junge?« Der Fremde kniete sich neben ihn nieder. »Lass mal sehen.«

Arawynn drehte dem Unbekannten sein Gesicht zu, als dieser die Augen weit aufriss und ihn anstarrte, als sei er ein Gespenst. »Arawynn«, hauchte Mayan fassungslos. »Bist du das, mein Junge?«

Vater und Sohn flogen sich in die Arme und ließen ihren Tränen freien Lauf. Als sie sich wieder voneinander lösten, musterte Arawynn seinen Vater mit mitleidigem Blick: Mayan war kaum wiederzuerkennen. Er war fast bis auf die Knochen abgemagert, Haare und Bart waren genauso verdreckt wie bei den anderen Gefangenen. Eines jedoch war anders: Mayans Augen zeugten immer noch von ungebrochenem Mut.

Arawynns Wunde war zum Glück nicht allzu schlimm, sodass Mayan die Blutung mithilfe eines Stofffetzens bald stillen konnte. »Keine Angst, mein Junge, das wird schon wieder«, versuchte er seinen Sohn aufzumuntern. »Die Kerkermagd, die morgen früh Dienst hat, besitzt ein gutes Herz. Ich werde sie bitten, uns eine Heilsalbe zu besorgen, damit die Wunde sich nicht entzündet. Damit ist nicht zu spaßen, schon gar nicht in diesem verdreckten und verrotteten Loch.«

»Wozu die Mühe, Vater?«, fragte Arawynn bekümmert. »Ist es nicht egal, woran wir sterben? Am Fieber im Blut – oder an den Schrecken des Kerkers?«

»Hör auf, so zu reden, mein Sohn!«, wies Mayan ihn streng zurecht. »Solange unser Herz noch schlägt und noch ein Tropfen Blut durch unsere Adern pulst, dürfen wir die Hoffnung nicht aufgeben! Wir werden nicht in diesem Kerker sterben, du nicht und ich auch nicht. Ich werde den Tag noch erleben, an dem über Helmenkroon wieder der stolze Falke der Alwenkönige weht und nicht der Greif des marschmärkischen Tyrannen – das verspreche ich dir, mein Junge!«

KAPITEL 25

Im Angesicht des Todes

Tiefe Finsternis hatte sich über den Höllenbergen zusammengebraut. Der rötliche Schein des zunehmenden Feuermondes konnte die dunklen Schleier kaum erhellen, die die ringsum aufragenden Bergspitzen verhüllten. Unterwegs hatte Niko sich noch bitter über die bleierne Dunkelheit beklagt. Doch inzwischen war ihm aufgegangen, dass sie ihnen nur zum Vorteil gereichte: Wenn man selbst schlecht sehen konnte, konnte man gleichzeitig auch schlecht gesehen werden. Was die Gefahr, dass die Schwarzmagierin sie entdeckte, ganz erheblich verringerte. Dennoch waren Ayani und er bereits ein geraumes Stück vor der Höhle von den Pferden gestiegen, hatten sie in einem dichten Wäldchen zurückgelassen und das letzte Stück des steinigen Bergpfades, der hinauf zum Höhleneingang führte, zu Fuß zurückgelegt. Ein großer Felsbrocken an seinem Rand bot sich als Deckung geradezu an und so legten Niko und Ayani sich dahinter auf Lauer. Aber das war nun schon eine halbe Ewigkeit her und die Dämonenstunde musste längst angebrochen sein.

Niko spürte seine Beine schon nicht mehr. Sie waren eingeschlafen und in seinen Armen kribbelte es bereits ebenfalls verdächtig.

Auch Ayani, die neben ihm kauerte, schien langsam die Geduld zu verlieren. Mit schmalen Augen starrte sie auf die kaum wahrnehmbare Öffnung in der schroffen Felswand rund zwanzig Schritte oberhalb ihres Verstecks – der Eingang zur Höhle der Schwarzmagierin. Dann wandte sie sich an Niko. »Wie lange wollen wir denn noch warten?«, flüsterte sie.

»Bis Sâga die Höhle verlässt«, antwortete er. »Solange diese Hexe sich darin aufhält, können wir uns nicht reinwagen. Das wäre viel zu gefährlich.«

Ayani verzog das Gesicht. »Was ist denn, wenn sie überhaupt nicht rauskommt?«

»Du hast doch gehört, was Huggin erzählt hat«, entgegnete Niko lauter als gewollt. »Sâga verlässt ihre Höhle meistens zur Dämonenstunde. Um ihre Geschäfte zu erledigen und sich mit ihren Verbündeten zu treffen.«

»Das weiß ich doch«, antwortete Ayani trotzig. »Aber wenn sie das heute Nacht ausnahmsweise mal nicht macht?«

»Mann!«, blaffte Niko sie ungehalten an. »Dann müssen wir uns eben etwas einfallen lassen, um sie herauszulocken. Das ist doch klar, oder?«

Ayani antwortete nicht. Sie zog eine Grimasse und wandte sich beleidigt ab.

»Hey! Jetzt sei doch nicht böse.« Niko stieß sie vorsichtig an und legte die Hand sanft auf ihren Arm. »Das war doch nicht so gemeint, Ayani. Aber manchmal kannst du ganz schön nerven!«

»Nerven?«, fragte das Mädchen verwundert. »Was soll das denn hei –«

»Pssst!«, unterbrach da Niko und deutete hektisch zum Höhleneingang. »Sie kommt!«

Ayani spähte angestrengt in die angezeigte Richtung und erblickte eine schemenhafte Gestalt, die sich kaum sichtbar von der Felswand abhob und gemessenen Schrittes auf dem Bergpfad näher kam. Sie war schlank und schmal und, ihren Konturen nach zu urteilen, eindeutig eine Frau. Die Haare standen ihr wirr vom Kopf, ihr Gesicht jedoch war in der Dunkelheit leider nicht zu erkennen. Es gab dennoch keine Zweifel: Das musste Sâga sein, die Schwarzmagierin – wer sonst?

Niko und Ayani duckten sich tiefer, pressten sich ganz dicht an den Felsbrocken und waren mucksmäuschenstill. Sie konnten die Frau jetzt nicht mehr sehen, doch ihre Schritte waren in der Stille der Nacht deutlich zu hören.

Sâga kam näher und näher und musste sich nun unmittelbar vor ihrem Versteck befinden. Als sie plötzlich stehen blieb, drohte Nikos Herzschlag auszusetzen. Ayani packte seinen Arm und klammerte sich daran fest.

Hatte die Schwarzmagierin sie vielleicht bemerkt?

Nikos Lider zuckten unruhig, während er mit angehaltenem Atem lauschte und jeden Moment damit rechnete, dass Sâga um die Ecke des Felsbrockens kam und ihnen an die Kehle ging – die von ihr bevorzugte Tötungsart, wie er von Kieran wusste.

In diesem Moment vernahm er wütende Worte. »Diese verfluchten Schnürsenkel!«, zischte die Frau. Wenig später hörte man wieder das Geräusch ihrer Schritte, bis sie leiser und leiser wurden und schließlich ganz verklangen.

Schnürsenkel? Niko schnaufte erleichtert, richtete sich auf und vertrat sich rasch die Beine, damit wieder Leben in sie kam.

Auch Ayani erhob sich und seufzte tief. »Ich dachte schon, unsere letzte Stunde hat geschlagen«, sagte sie und spähte den Pfad hinunter, als wolle sie sich vergewissern, dass Sâga auch tatsächlich verschwunden war. »Gut!« Sie nickte zufrieden. »Dann kann es ja losgehen. Sehen wir uns ihre Höhle einmal genauer an.«

Doch Niko schüttelte den Kopf. »Nein, Ayani. Ich sehe mir die Höhle an. Du bleibst hier und passt auf. Damit du mich warnen kannst, falls die Schwarzmagierin vorzeitig zurückkommt oder mir andere Gefahr droht.«

Ayani protestierte nur halbherzig. Sie sah wohl ein, dass Niko recht hatte und sie ihm eine größere Hilfe war, wenn sie ihm Rückendeckung gab.

Niko gürtete sich wieder mit dem Schwert, das er abgeschnallt hatte, bevor sie hinter dem Felsbrocken in Deckung gegangen waren, und schloss Ayani in seine Arme. Sie zu berühren, war ein schönes Gefühl, aber aus irgendeinem Grund war es anders als bei Jessie. Die Erinnerung an den Moment, in dem Jessie und er sich einander anvertraut hatten, tat weh, und Niko verdrängte sie rasch angesichts dessen, was vor ihm lag.

»Pass gut auf dich auf, Niko,« wisperte Ayani leise, und trotz der Dunkelheit konnte er erkennen, dass ihre Augen feucht glänzten. »Mögen die Unsichtbaren mit dir sein.«

»Ich danke dir«, flüsterte Niko. Dann drehte er sich um und huschte wie ein lautloser Schatten auf die Höhle zu. Er war kaum darin verschwunden, als der schaurige Ruf einer Eule durch die Nacht hallte.

Das Innere der Höhle sah aus, als würde sie einem Fantasy-Roman entstammen: Das lodernde Feuer unter dem eisernen Kessel; die flackernden Fackeln an den Wänden; die unheimlichen schwarzmagischen Utensilien und Requisiten in den Regalen und Stellagen; die beißenden Rauchschwaden, die durch die Felsenkammer zogen, bevor sie zu der dunklen Öffnung in der Decke aufstiegen – alles kam Niko auf rätselhafte Weise bekannt vor. Dennoch erzielte das gruselige Ambiente auch bei ihm die beabsichtigte Wirkung: Mit bangem Blick spähte er nach allen Seiten, während er sich mit klopfendem Herzen immer tiefer in die Höhle hineinwagte.

Bereits beim Betreten des Zugangsstollens hatte Niko das

Schwert gezogen und hielt es nun abwehrbereit in seiner Rechten. Ganz anders als vor der Hütte des Sehers, als er die Waffe noch als störenden Fremdkörper empfunden hatte, schmiegte sich der Griff nun wie selbstverständlich in seine Hand. Ein Schwert zu halten, das kam ihm mit einem Mal so vertraut vor, als hätte man ihm das Fechten und Kämpfen in die Wiege gelegt. Sein Körper straffte sich und ein entschlossener Ausdruck trat in sein Gesicht.

Als Niko das abgeschlagene Haupt des Weisen in der Höhlennische erblickte, zuckte er dennoch entsetzt zurück und schrie laut auf. Das Herz in seiner Brust machte einen Sprung und pochte wie wild gegen seine Rippen. Nur einen Moment später jedoch bemerkte er ein Glitzern in der Nische – und als Niko genauer hinblickte, erkannte er den Gegenstand, der sich um den Hals des Schreckenshauptes schlängelte: Es war eine Kette.

Seine Kette! Die Kette aus dem Alwenhort, die er im Flüsternden Forst verloren hatte.

Jähe Freude durchzuckte Niko. Er sprang auf die Nische zu, bemerkte aber plötzlich aus den Augenwinkeln, dass ein schwarzes Etwas aus dem Höhlendunkel auf ihn zuschoss und ihn mit einem schrillen Schrei attackierte. Im letzten Moment warf er sich zur Seite, sodass die riesige Vampirfledermaus dicht an seinem Kopf vorbeizischte und ihre spitzen Zähne sein Gesicht nur um wenige Zentimeter verfehlten.

Das wütende Tier wendete blitzschnell und griff bereits von Neuem an. Niko wich zurück und gleichzeitig zuckte sein Schwert auf das geflügelte Biest zu und schlitzte dessen rechte Schwinge auf. Ein spitzer Schrei gellte in seinen Ohren, und als habe die Verletzung die Wut des blutgierigen Ungeheuers nur noch mehr angestachelt, attackierte es ein weiteres Mal.

Wieder wich Niko zurück – und stolperte beim nächsten Schritt über den Schemel vor Sâgas Tisch. Noch während er nach hinten stürzte und der Länge nach auf den Rücken fiel, flog die schrill kreischende Fledermaus eine Kurve und näherte sich wie ein schwarzer Blitz und mit weit aufgerissenem Maul seinem Gesicht. In Gedankenschnelle riss Niko die Waffe nach oben und stach zu – und als sein Schwert das rasende Monster mitten im Flug durchbohrte, erstarb sein Schrei jäh und für immer.

Erleichtert atmete Niko auf. Voller Abscheu streifte er das tote Tier von der Klinge und wollte sich gerade aufrichten, als ein neuer Laut ihn erstarren ließ. Er erkannte ihn sofort: Es war das Zischen einer Schlange!

Nikos Augen weiteten sich, während er sich ganz langsam umdrehte und den Blick auf die Nische in der Höhlenwand richtete, die kaum vier Schritte von ihm entfernt war. Und da sah er, dass er sich nicht getäuscht hatte: Aus dem düsteren Zwielicht unterhalb des Tisches reckte sich der keilförmige Kopf einer Schlange empor. Die gespaltene Zunge zischelte aus dem geöffneten Maul, in dessen Oberkiefer zwei lange spitze Zähne aufragten – und obwohl Niko keine Ahnung hatte, um welche Schlange es sich handelte, wusste er plötzlich ganz sicher, dass sie ein tödliches Gift enthielten.

Sein Gesicht gefror fühlbar, als wäre es eine starre Maske. Die Augen wie hypnotisiert auf die Schlange gerichtet, rutschte er auf dem Hosenboden Stück für Stück zurück.

Die Schlange folgte ihm und glitt zischelnd weiter auf ihn zu. Aber was noch viel schlimmer war: Niko hatte mit einem Mal den Eindruck, dass die Giftnatter immer größer wurde – viel größer sogar!

Erneut rutschte er zurück und wieder folgte ihm die Schlange. Und diesmal erkannte er es ganz deutlich: Nicht nur der Kopf des Biestes wurde deutlich größer, sondern auch sein Leib nahm an Umfang und Länge zu und war mittlerweile bereits doppelt so groß wie vorher. War das Zauberei?

Nikos Rechte umklammerte noch immer das Schwert. Doch anders als beim Angriff der Fledermaus fühlte er sich beim Anblick des verzauberten Schlangenviehs wie gelähmt. Unfähig, die Hand auch nur einen Millimeter zu heben, konnte er nur weiter und weiter zurückrutschen, bis er schließlich mit dem Rücken gegen die Höhlenwand stieß, die jedes weitere Ausweichen unmöglich machte.

Auch die Schlange verharrte. Sie richtete sich nur noch höher auf, wurde größer und größer, bis sie schließlich wie ein Monsterpython vor dem reglos an der Wand kauernden Jungen aufragte. Ihr Kopf war inzwischen so groß wie der einer Riesendogge. Die rotgelben Reptilienaugen starr auf Niko gerichtet, begann sie, sich sachte hin und her zu wiegen – wie eine Kobra vor dem tödlichen Biss. Auch die spitzen Hauer in ihrem Maul waren größer geworden und glichen nun den Reißzähnen eines Tigers. Schon ein einziger Biss würde genügen, um ihn zu töten!

Obwohl die Giftnatter immer noch abwartete und, ähnlich wie eine Katze, die mit ihrem Opfer spielt, Niko nur sachte hin und her pendelnd belauerte, wusste er, dass sein Ende drohte. Todesangst befiel ihn und er konnte dem starren Blick der Schlange nicht länger standhalten. In der sicheren Erwartung ihres tödlichen Bisses senkte Niko den Kopf und schloss die Augen, als mit einem Mal ein stechender Schmerz durch sein Bewusstsein zuckte – und da erinnerte er sich plötzlich, dass es sich um die Schlange aus dem Albtraum handelte, der ihn in Marunas Hütte aus dem Schlaf geschreckt und schließlich an den verwunschenen See im Flüsternden Forst geführt hatte. Noch im gleichen Moment erschloss sich ihm die wahre Bedeutung der Worte, die die Lichtelfe ihm in jener Nacht mit auf den Weg gegeben hatte: »Du darfst nicht zulassen, dass deine Angst größer wird als du selbst! Du darfst nicht vor ihr zurückschrecken, sondern musst ihr fest in die Augen sehen – dann wirst du sie auch besiegen können!«

Plötzlich wusste Niko, was er zu tun hatte: Er straffte sich, schlug die Augen auf und blickte der Schlange furchtlos ins Antlitz – und die hielt mit einem Mal still, als könne sie sein Verhalten überhaupt nicht fassen.

Langsam streckte Niko den Kopf nach vorne und richtete sich auf – und im gleichen Maße wich die Schlange vor ihm zurück und wurde kleiner. Als Niko den ersten Schritt nach vorne machte, löste sich die Starre in seiner Hand. Er streckte den Arm aus und richtete die Spitze des Schwertes direkt auf den Kopf der giftigen Natter. Die Worte kamen wie von selbst über seine Lippen: »Dem großen Auftrag mit aller Kraft, ich dien ihm mit Herz und mit Willen. Die Not ich seh, den Weg ich geh, mein Schicksal will ich erfüllen.«

Noch während Niko den Spruch murmelte, wurde die Schlange kleiner und kleiner. Als sie ihre ursprüngliche Größe wieder angenommen hatte, gab sie ihre Angriffshaltung auf, fiel in sich zusammen und schlängelte sich rasch davon. Nur Augenblicke später war sie irgendwo im Höhlendunkel verschwunden.

Geräuschvoll ließ Niko die Luft durch die Lippen strömen. Auch wenn er noch nicht richtig begreifen konnte, wie ihm geschehen war, verspürte er neue Zuversicht. Beschwingt eilte er auf das Haupt des Weisen zu, um die Kette von seinem Hals zu lösen. Als er sie hochhob, leuchtete die Gravur auf dem Anhänger hell im Dunkel der Höhle auf – das Zeichen des unerschrockenen Mutes.

Niko spürte, wie ihn ein warmes und überraschendes Glücksgefühl durchströmte. Er konnte sich gar nicht mehr daran erinnern, wann er sich zuletzt so befreit gefühlt hatte. Rasch steckte er die Kette in die Tasche seines Gewandes und wollte die Höhle verlassen, aber da fiel sein Blick auf das Buch, das neben dem silbernen Kessel auf dem Tisch lag. Der Foliant kam ihm merkwürdig bekannt vor, auch wenn das völlig unmöglich war. Und dennoch …

Wie von einer unsichtbaren Macht geleitet, ging Niko darauf zu und erkannte sofort, dass er sich nicht getäuscht hatte. Der Einband bestand aus braunem Leinen, und die Vorderseite wies eine deutlich erkennbare Prägung auf: die Mannaz-Rune – oder das Zeichen der Unsichtbaren, wie es in Mysteria genannt wurde.

»Aber …« Ohne es zu merken, schüttelte Niko den Kopf. »Das ist doch nicht möglich.« Als er das Buch aufschlug, fing sein Herz wieder an zu klopfen: »Meine Aventurien in Mysteria« lautete der Titel und »Von Nebelsteinen, Feuertoren und erschröcklichen Kreaturen« der Untertitel. Auch alles Weitere war genauso wie in dem Buch, das er in Schreibers Antiquariat am Falkenturm entdeckt hatte: »Aufgezeichnet nach einer wahren Begebenheit«. Und der Name der Autorin war ebenfalls derselbe: Karin Seikel.

Niko war fassungslos. Er wollte gerade die nächste Seite aufschlagen, als er ein seltsames Brausen hörte, das wie aus weiter Ferne heranklang, dann immer lauter wurde und immer näher kann. Gleich darauf schlängelte sich ein schwarzes Etwas durch das Loch in der Höhlendecke, sank zu Boden und wurde zu einem Wirbel aus winzigen schwarzen Zeichen und Buchstaben, aus dem sich in Windeseile die Gestalt einer Frau formte. Sie hatte wirr abstehende Haare, trug ein eng anliegendes schwarzrotes Gewand und hatte die schmalen Reptilienaugen starr auf ihn gerichtet.

Niko begriff sofort: Das war Sâga, die Schwarzmagierin! Noch im gleichen Moment fuhr er herum und ergriff die Flucht.

So langsam machte Ayani sich doch Sorgen. Wo Niko nur blieb? Die Höhle zu durchsuchen, konnte doch unmöglich so lange dauern. Aber kaum wollte sie selbst aufbrechen, um ihn zu suchen, da gellten laute Schreie an ihr Ohr.

Niko stand im Höhleneingang, hielt das Schwert in der einen Hand und winkte ihr mit der anderen zu. »Komm schnell, Ayani! Sâga hat mir die Kette wieder entrissen! Du musst mir helfen. Alleine schaffe ich das nicht!«

Ohne lange zu überlegen, sprang Ayani auf, griff sich ihr Schwert und hetzte zum Höhleneingang. Als sie dort ankam, war Niko schon wieder verschwunden. Nur seine Schritte waren noch zu hören. Er schien es mehr als eilig zu haben, und so stürmte sie, so schnell sie konnte, hinter ihm her.

Beim Anblick von Sâgas unheimlicher Wirkungsstätte blieb Ayani unwillkürlich stehen und blickte sich staunend um. Aber Niko stand schon am anderen Ende der Höhle und fuchtelte aufgeregt in Richtung eines schmalen Durchlasses. »Wir müssen da rein, schnell!«, schrie er ihr zu. »Sie hat sich mit der Kette dorthin geflüchtet.« Sprungartig verschwand er im Dunkel des schmalen Ganges.

Ayani rannte ihm fast blindlings hinterher, stand nur Sekunden später in der angrenzenden Felsenkammer – und zweifelte augenblicklich an ihrem Verstand: Niko hockte nämlich an Händen und Füßen gefesselt an der gegenüberliegenden Wand und blickte sie voller Entsetzen an – und gleichzeitig stand er hinter ihr und richtete die Spitze seiner Waffe auf ihren Hals. »Lass dein Schwert fallen!«, befahl er mit kalter Stimme.

Entsetzt gehorchte das Mädchen. Noch während Ayanis Waffe zu Boden fiel, verwandelte sich die Gestalt neben ihr in einen schwarzen Wirbel und nur einen Herzschlag später in eine Frauengestalt: Sâga die Schwarzmagierin. Triumph stand in ihren Augen, als sie vor Ayani hintrat.

»Ihr Narren habt also tatsächlich geglaubt, es mit mir aufnehmen zu können. Aber für diese Anmaßung werdet ihr zahlen – und zwar mit euerem Leben.«

Thomas Andersen schaute seine Tochter erleichtert an. »Jetzt bin ich wenigstens ein bisschen beruhigt, Jessie. Meine Geschichte ist offensichtlich doch ganz anders als die meiner Kollegin Karin Seikel …«, er grinste, »… die schon längst im Dichterhimmel oder wo auch immer weilt. Erstens …«, Thomas nahm zum Aufzählen die Finger zu Hilfe – zunächst natürlich den Daumen, »… ist mein Protagonist keine Frau, sondern ein Junge. Zweitens …«, jetzt war der Zeigefinger an der Reihe, »… erlebt der keine langweilige Romanze, sondern ein aufregendes Abenteuer. Drittens …«, Thomas zeigte den Mittelfinger, »… ist der Held nicht auf der Suche nach der großen Liebe, sondern nach seinem Vater – und das ist auch der Grund, warum er nicht vorzeitig in unsere Welt zurückkehrt, sondern die Sache bis zum Ende durchzieht. Womit er viertens …«, der Ringfinger schnellte hoch, »… aktiv in das Geschehen in Mysteria eingreift und damit das Schicksal der Welt hinter den Nebeln entscheidend beeinflusst.«

»Na, also.« Jessie lächelte und lehnte sich auf der Couch zurück. »Dann hast du dir ja völlig unnötig Sorgen gemacht.«

»Sieht ganz so aus«, erwiderte Thomas. »Aber da wusste ich ja auch noch nicht, was ich jetzt weiß!« Er ging auf seine Tochter zu und drückte ihr einen Kuss auf die Wange. »Vielen Dank, Jessie. Du hast mir sehr geholfen. Ab jetzt wird mir das Schreiben viel leichter fallen.«

Das Mädchen zog die Brauen hoch. »Dann weißt du also, wie die Geschichte ausgeht?«

»Nein, das weiß ich noch nicht«, antwortete der Vater und ließ sich auf seinen Schreibtischstuhl fallen. »Im Moment kenne ich nur die wichtigsten Eckdaten und Wendepunkte der Story und habe, sagen wir mal, eine ungefähre Vorstellung, wie das Ende aussehen soll. Ob das Ende aber tatsächlich so bleibt und was meinem Helden auf dem Weg durch Mysteria weiter zustößt, weiß ich noch nicht. Es kann alles Mögliche passieren, von dem ich im Moment noch gar nichts ahne.«

»Das verstehe ich nicht, Papa.« Jessie zog die Beine an die Brust und schlang ihre Arme um die Knie. »Du bist doch der Autor!«

»Ja, und?«

»Deshalb entscheidest du doch auch, was passiert.«

Thomas schüttelte den Kopf. »Das stimmt nicht, Jessie, zumindest nicht ganz. Natürlich erschaffen Autoren die Welten ihrer Bücher selbst und bestimmen, wie eine Art unsichtbarer Götter, auch darüber, was darin passiert.«

»Eben! Sag ich doch.«

»Aber wie ich dir gestern schon erzählt habe, werden die Figuren mit der Zeit immer lebendiger und entwickeln ein immer stärkeres Eigenleben.«

Das Mädchen stützte das Kinn auf die Knie. »Und was bedeutet das?«

»Dass sie das Geschehen zunehmend bestimmen und ihr Schicksal selbst in die Hand nehmen. Und wenn der Autor klug ist, lässt er das auch zu. Wenn die Charaktere ihren eigenen Willen entwickeln und die Handlung selbst vorantreiben, ist das meistens ein gutes Zeichen dafür, dass die Geschichte stimmig ist. Aus dem gleichen Grund kann sie aber selbst noch kurz vorm Schluss eine unvorhergesehene Wendung nehmen und ganz anders ausgehen als geplant. Deshalb weiß ich auch lange nicht, welcher der Helden letztendlich überlebt. Aber damit bleibt es spannend bis zum Schluss – für mich selbst und hoffentlich auch für die Leser.«

»Keine Angst, Papa, das wird es bestimmt!« Jessie stand auf und gab ihrem Vater einen Kuss. »Gute Nacht, Papa. Arbeite nicht mehr so lange.«

»Erzähl das bitte meinen Figuren! Vielleicht hören sie ja auf dich und sind heute nicht so widerspenstig.« Thomas blinzelte ihr fröhlich zu. »Gute Nacht, Jessie, und schlaf gut.«

Jessie hatte schon die Klinke in der Hand, als ihr noch etwas einfiel: »Dieser Junge in deinem Buch – wie heißt der eigentlich?«

»Tja, mit den Namen ist das auch so ein Problem«, antwortete Thomas. »Sie sollen nicht nur zu der Figur passen, sondern auch noch möglichst originell sein – und am besten auch noch so einzigartig, dass man sie mit keiner Suchmaschine wiederfindet!«

»Ja klar, Papa.« Jessie grinste unverschämt. »Es hat dich ja niemand gezwungen, Autor zu werden.« Dann wurde sie wieder ernst. »Also, wie heißt der Junge?«

»Es hat lange gedauert, bis ich den passenden Namen gefunden habe. Aber mittlerweile habe ich mich entschieden. Mein Held heißt Niko. Niko Niklas!«

Niko wusste, dass es keine Rettung mehr gab. An Händen und Füßen gefesselt, hing er mit dem Kopf nach unten direkt über dem Loch in Sâgas Folterhöhle. In fast bodenloser Tiefe brodelte glühendes Gestein, aus dem immer wieder hohe Flammen aufloderten.

Wie ein menschlicher Sandsack baumelte Niko an einem dicken Tau leicht hin und her. Es war um seine Knöchel geschlungen, führte über den Stützbalken an der Höhlendecke und war an einem Eisenring an der Höhlenwand befestigt. Das zweite Seil, das um seine Taille geknüpft war, verband ihn mit Ayani, die, ebenfalls gefesselt, gleich neben dem eisernen Ring an der Wand hockte. Obwohl Niko fieberhaft darüber nachgedacht hatte, war ihm immer noch nicht aufgegangen, was Sâga damit bezweckte.

Die Schwarzmagierin stellte gerade einen großen kastenförmigen Gegenstand neben Ayani auf den Boden. Als sie die Abdeckung beiseitezog und die Meute der Nacktratten enthüllte, schrie das Mädchen gellend laut auf.

Sâga schien das köstlich zu amüsieren. »Wie? Gefallen dir meine Lieblinge etwa nicht?«, fragte sie. »Sie sind doch äußerst niedlich und so possierlich.« Dann aber warf sie der Meute einen tadelnden Blick zu und schüttelte den Kopf. »Wenn sie nur nicht so schrecklich verfressen wären!« Die Schwarzmagierin ging in die Knie, reckte den Kopf nach vorne, spitzte die Lippen und flötete wie eine fürsorgliche Rattenmutter: »Keine Sorge, meine Schätzchen! Gleich werdet ihr etwas zu knabbern bekommen.«

Dann richtete Sâga sich wieder auf und postierte sich so, dass sie sowohl Niko als auch Ayani im Blick hatte. »Aber erst seid ihr an der Reihe«, sagte sie mit grimmiger Miene. »Ich will nicht verhehlen, dass ihr weiter gekommen seid, als ich es euch zugetraut hätte. Aber nun ist euer Weg zu Ende und es heißt Abschied nehmen von dieser Welt.« Theatralisch hob sie die Hände. »Aber macht mir bloß keine Vorwürfe deswegen! Es war schließlich nicht meine Idee, dass ihr euch auf die Suche nach Sinkkâlion macht, und deshalb trage ich auch keinerlei Schuld an eurem Schicksal.«

Niko konnte die Heuchelei nicht länger ertragen. »Hör endlich auf, du elende Lügnerin. Wir wissen doch ganz genau, dass du uns umbringen willst.«

»Ich?« Die Schwarzmagierin tat völlig unschuldig. »Du irrst dich, mein Junge. Ich werde euch kein Härchen krümmen. Ich werde die Weichen nur so stellen, dass der Lauf des Schicksals in die von mir gewünschte Richtung geht. Und dennoch: Wenn die Unsichtbaren tatsächlich auf eurer Seite sind, wie ihr fest zu glauben scheint, können sie immer noch eingreifen und es jederzeit verhindern. Allerdings fürchte ich …«, ein Lächeln ging über das Gesicht der Schwarzmagierin, »… dass es dazu leider nicht kommt.«

»Freu dich nicht zu früh, du Hexe!«, schrie Niko sie an. »Wenn du uns tötest, wirst du niemals erfahren, wo Sinkkâlion zu finden ist.«

»Nicht doch, mein Junge.« Sâga seufzte theatralisch. »Ich fürchte, du irrst dich auch darin. Obwohl – noch gestern hätte ich dir sofort zugestimmt. Aber seitdem sind so viele Dinge geschehen und die Karten sind neu gemischt worden. Der Seher vom Donnerfelsen ist tot, und wenn die Unsichtbaren nicht Gefahr laufen wollen, dass das Königsschwert niemals entdeckt wird, werden sie sein Geheimnis jemand anderem anvertrauen müssen.«

»Was?«, fragte Niko verwirrt. »Was redest du da?«

»Aber natürlich, mein Junge. Es muss immer einen Hüter des Geheimnisses geben, denn sonst gerät es eines Tages völlig in Vergessenheit und versinkt im Dunkel der Zeiten. Aber dann wäre all die viele Mühe, die man sich damit gemacht hat, doch völlig vergebens gewesen.«

»Das mag ja sein«, gab Niko zurück. »Und trotzdem wirst du das Geheimnis niemals ergründen.«

»Du irrst dich erneut, mein Junge«, widersprach die Schwarzmagierin. »Seit heute besitze ich nämlich nicht nur eine Kette aus dem Alwenhort …«, sie zog Nikos Kette aus der Tasche und hielt sie ihnen mit unverhohlenem Triumph hin, »… sondern sogar deren zwei!« Damit präsentierte sie ihnen das Schmuckstück, das sie Ayani vom Hals genommen hatte. »Und wenn die zwei zu einem werden, kann alles geschehen. Deshalb ist es auch nur noch eine Frage der Zeit, bis mir das Haupt des Weisen das große Geheimnis der Unsichtbaren offenbart. Sie werden es Mimir bestimmt bald anvertrauen, und so kann es nicht mehr lange dauern, bis sich auch mir das große Rätsel um das Königsschwert erschließen wird.« Sâga atmete tief durch, legte die beiden Ketten auf das kleine Tischchen an der Wand und griff nach dem Tonkrug mit dem Blut. »Sosehr ich das auch bedauere, aber ich muss unsere kleine Plauderei jetzt leider beenden. Rhogarr von Khelm wartet schon ganz ungeduldig auf mich. Außerdem sollen meine kleinen Lieblinge auch endlich was zu knabbern bekommen.« Damit nahm sie die Schöpfkelle und beträufelte das Seil, an dem Niko hing, über und über mit Blut.

Schon alleine der Geruch machte die Meute der Nacktratten fast rasend. Sie drängten an die Gitter des Käfigs, entblößten die scharfen Gebisse und stießen gierige Fieplaute aus. Da endlich begriff Niko, welchen teuflischen Plan die Schwarzmagierin sich ausgedacht hatte: Die ausgehungerten Ratten würden bestimmt nicht lange brauchen, um das Seil durchzunagen. Dann würde er in die Tiefe des höllischen Schlundes stürzen und Ayani mit in den Tod reißen.

Sâga eilte zum Tisch zurück und ergriff die beiden Ketten, bevor sie Niko und Ayani einen letzten Blick zuwarf. »Ich überlasse euch jetzt eurem Schicksal. Und wie ich versprochen habe, werde ich keine Hand an euch legen. Das überlasse ich lieber anderen.« Damit bückte sie sich und öffnete die Tür des Rattenkäfigs. Während die gierige Meute daraus hervorströmte und quiekend auf das Seil zustürzte, verließ die Schwarzmagierin die Folterhöhle unter höhnischem Gelächter.

Niko schwindelte. Den sicheren Tod vor Augen, starrte er wie benommen in den bodenlosen Schlund, auf dessen Grund die Flammen nun hell aufloderten. Die schwefeligen Dämpfe und die aufsteigende Hitze drohten ihm langsam das Bewusstsein zu rauben. Alles um ihn herum begann sich zu drehen, bis er nur noch die lodernde Feuerwand im Blick hatte, die ihm zum Schicksal werden sollte.

Die lodernde Kraft der Flammen sog an Niko und ließ ihm keinen anderen Gedanken mehr. Die Luft vor seinen Augen flimmerte hell – aber plötzlich wurden die Flammen kleiner und kleiner, und als sie schließlich ganz erloschen, hatte Niko den Eindruck, als schwebte er an der Decke einer kleinen Felsenkammer, in deren Mitte, direkt unter ihm, ein mächtiger Stein aufragte. Noch während er blinzelte und die Verwandlung zu verstehen versuchte, hörte er eilige Schritte, die näher kamen. Nur einen Augenblick später stürzte ein Mann aus einem schmalen Gang und trat in die Kammer: Es war der Edelmann aus seinem Traum. Er trug den Umhang mit dem Falkenwappen und hielt ein mächtiges Schwert in seiner Hand – Sinkkâlion! Während er sich gehetzt umschaute, als fürchte er, verfolgt zu werden, eilte er auf den Felsbrocken zu und sprang mit einem einzigen Satz auf den Stein hinauf. Dann hob er das Schwert, um es hineinzurammen – aber da tauchte wie aus dem Nichts eine zweite Gestalt in der Kammer auf: ein Mann unbestimmten Alters, der in einen grauen Kapuzenumhang gehüllt war und einen übermannsgroßen Stock aus Eichenholz in der linken Hand hielt.

»Halte ein, König Nelwyn!«, gebot der Neuankömmling, »und überlege gut, was du da tust. Wenn du das Königsschwert in den Schicksalsstein zurückstößt, wird nur dein rechtmäßiger Nachfolger es wieder herausziehen können.«

»Ich weiß«, antwortete Nelwyn. Seine Brust hob und senkte sich schnell, so heftig atmete er. »Aber das ist allemal besser, als dass Sinkkâlion unseren Feinden in die Hände fällt – und sei es auch nur für kurze Zeit!«

»Und nur dein Nachfolger wird den Fluch bannen können«,

fuhr der Fremde mit dem Umhang fort, »mit dem Sâga dich belegt hat.«

»Es ist, wie es ist, und ich werde mich damit abfinden müssen.«

»Und ein Letztes noch, Nelwyn: Wenn du in der Fremde auch nur eine einzige Silbe über das Geheimnis Mysterias verlauten lässt oder auch nur eine einzige Andeutung machst, hast du dein Recht auf Rückkehr für immer verwirkt.«

»Auch das ist mir bekannt«, antwortete Nelwyn, »und deshalb werde ich schweigen wie ein Grab. Aber jetzt lasst mich endlich tun, was ich tun muss. Es gibt keinen anderen Weg!« Damit hob er das Schwert hoch über den Kopf und rammte seine Spitze mit voller Wucht in den Felsen.

Sinkkâlion fuhr mindestens eine Elle tief in den Schicksalsstein, bevor es zitternd stecken blieb.

Nelwyn aber legte den Kopf in den Nacken und schaute zur Decke, und Niko kam es so vor, als würde er ihm direkt in die Augen sehen. Als ihre Blicke sich trafen, fühlte Niko eine tiefe Verbundenheit mit ihm. Es war, als würden sie sich schon ein Leben lang kennen – und eine seltsame Wärme strömte wie Blut durch seinen Körper.

»Der Wille der Unsichtbaren möge geschehen!«, sagte der König feierlich, sprang zurück auf den Boden und wollte davoneilen. Der Fremde gebot ihm erneut zu warten: »Halt!«

Nelwyn blieb stehen. »Was wollt Ihr denn noch?«

Der Mann streckte ihm seine Rechte entgegen. »Gib mir deinen Ring, Nelwyn! Damit du nicht der Versuchung erliegst, vor der Zeit nach Mysteria zurückzukehren, und damit alles zunichtemachst.«

Der König zögerte einen Augenblick. Dann zog er den goldenen Ring von seinem Finger und legte ihn dem Fremden in die Hand.

»Glaub mir, Nelwyn, es ist zu deinem Besten. Ich werde ihn der Hüterin des Horts anvertrauen, und die wird wissen, was damit geschehen soll.« Mit den letzten Worten verschwand der Fremde genauso spurlos, wie er aufgetaucht war.

Nelwyn aber eilte zu dem dunklen Gang, der sich auf der anderen Seite der Felsenkammer öffnete.

Während Niko ihm noch nachsah und zu erkennen versuchte, wohin der Stollen führte, loderten riesige Flammen aus dem Boden und versperrten ihm die Sicht. Dann sah er nur noch Feuer, bis er endlich wiedererkannte, wo er sich befand: in Sâgas Folterhöhle, und es konnte nur noch wenige Minuten dauern, bis er den Tod fand – aber da begriff er endlich, wie alles zusammenhing!

Ayani schien sich ihrem Schicksal bereits ergeben zu haben. Mit geschlossenen Augen lehnte sie an der Wand und murmelte Worte vor sich hin, von denen nur der wiederholte Name ihres Bruders, Arawynn, zu verstehen war. Währenddessen nagten die gefräßigen Ratten weiterhin voller Gier am Seil, damit ihnen auch nicht ein Tropfen Blut entging.

»Ayani!«, schrie Niko sie an. »Die Folterinstrumente, Ayani!«

Wie benommen öffnete das Mädchen die Augen und blickte ihn an. »Die Folterinstrumente? Was ist damit?«

»Versuche, deine Fesseln damit zu lösen – schnell!«

Langsam drehte Ayani den Kopf und blickte zu dem Holzgestell, das höchstens zwei Meter von ihr entfernt war. Da endlich begriff sie, robbte sich rasch heran und stieß es mit den gebundenen Füßen um. Dann setzte sie ihre Handfesseln an die Klinge eines Messers und begann zu schaben, schneller und immer schneller, während Niko weiterhin die Nacktratten im Auge behielt.

In ihrer maßlosen Gier hatten sie das Seil bereits bis zur Hälfte durchgenagt, wenn nicht noch weiter. Es konnte nicht mehr lange dauern, bis der Rest der Fasern unter Nikos Gewicht riss und er in den Tod stürzte.

»Schneller, Ayani! Mach bitte schneller!«

»Ich mach ja schon!«, schrie Ayani verzweifelt und verdoppelte ihre Anstrengungen. Ihre Handgelenke bluteten bereits, weil die Klinge nicht nur die Seilstränge durchtrennte, sondern auch ihre Haut verletzte. Aber immer noch hielten die Fesseln ihr stand.

Die Ratten dagegen schienen immer unersättlicher zu werden. Während Ayani sich mit wachsender Verzweiflung abmühte, bissen sie wie wild an dem blutigen Tau herum, das sie mit Ausnahme eines kärglichen Restes schon fast vollständig durchgenagt hatten. Es würde Nikos Gewicht höchstens noch zwei bis drei Sekunden tragen können!

»Ja!«, jubelte Ayani plötzlich auf, sprengte mit letzter Kraft die Handfesseln und sprang auf Niko zu. Sie kam nicht eine Sekunde zu spät: Im letzten Augenblick, in dem Moment, in dem das Seil riss, konnte sie Niko gerade noch packen und zur Seite reißen.

Schon kurz darauf hatten die beiden sich ihrer Fesseln entledigt und lagen sich zitternd in den Armen. »Danke, Ayani, vielen Dank«, stammelte Niko ein ums andere Mal, drückte sie fest an sich und wollte sie gar nicht mehr loslassen.

Als sie sich endlich voneinander trennten, lächelte Ayani ihn an. »Du brauchst dich nicht zu bedanken«, sagte sie leise. »Ich habe dir nur vergolten, was ich dir seit unserer ersten Begegnung im Flüsternden Forst schuldig bin.« Dann verzog sie spöttisch den Mund. »Ich hoffe, dass mein Eingreifen dich nicht wieder ›genervt‹ hat!«

Sobald die beiden wieder Kraft hatten, stürmten sie in höchster Eile zurück in Sâgas Höhle. Zu ihrer Erleichterung verhielt es sich genauso, wie Niko gehofft hatte: Die Schwarzmagierin war von ihrem sicheren Tod so überzeugt gewesen, dass sie die beiden Ketten aus dem Alwenhort bereits um das Haupt des Weisen gelegt und unbekümmert in der Höhle zurückgelassen hatte.

Als Niko und Ayani sie wieder an sich nahmen, berührten sich die Schmuckstücke für einen winzigen Moment – und alles war fast wieder genauso wie in der Nacht am See: Niko und Ayani wurden von einem Gefühl der Wärme durchpulst, die ihre Körper vom Scheitel bis zur Fußsohle durchströmte, und die beiden Anhänger strahlten auf. Am hellsten aber leuchteten die Gravuren: das Zeichen des unerschrockenen Mutes und das des grenzenlosen Vertrauens. Und darüber formten sich plötzlich die gleichen Zeichen aus reinem Licht, schwebten vor den staunenden Augen von Niko und Ayani in die Höhe und vereinigten sich zum Zeichen der Unsichtbaren, das schließlich ganz langsam wieder erlosch.

»Hast du das gesehen?«, flüsterte Ayani. »Weißt du vielleicht, was das bedeutet?«

»Ich denke schon.« Niko nickte und hielt ihr die Hand entgegen. »Komm!«, sagte er.

»Aber wohin denn? Zurück ins Lager?«

»Nein.« Niko schüttelte den Kopf. »Wir reiten zum Tor des Feuers und holen uns das Königsschwert, das mein Vater vor vierzehn Sommern in den Schicksalsstein zurückgestoßen hat.«

»Was?« Ayani starrte ihn an, als sei er ein Geist. »König Nelwyn ist dein Vater?«

Niko nickte und konnte es selbst nicht fassen, dass er diese Frage bejahte. Ganz langsam dämmerte ihm, was das für ihn bedeutete.

»Bist du sicher?«

»Ganz sicher sogar! Jetzt weiß ich endlich, wer mein Vater ist. Auch wenn ich nicht die geringste Erklärung dafür habe.« Und indem er noch sprach, schwappte eine Welle reinen Glücks über ihn hinweg – so heftig, dass er schon fürchtete, den Boden unter den Füßen zu verlieren.

Ayani schloss ihn in die Arme. Während Niko die Tränen nicht mehr zurückhalten konnte, drückte sie ihn ganz fest an sich – um ihm Halt zu geben und die grenzenlose Freude mit ihm zu teilen.

KAPITEL 26

Das Tor des Feuers

Der Ritt von den Höllenbergen nach Helmenkroon dauerte nur knapp zwei Stunden. Unterwegs hatte Niko ausreichend Zeit, um Ayani alles zu erklären: »Dass mit dem Falken in Branis Orakelspruch nur König Nelwyn gemeint sein konnte, habe ich schon gleich vermutet.«

Ayani zeigte sich wenig beeindruckt. »Das war doch ziemlich naheliegend«, erwiderte sie. »Schließlich ist der Falke das Wappentier unserer Könige, und deshalb ist Nelwyns Geist auch in einen Falken geschlüpft, als er unsere Welt verlassen hat – in den gleichen Falken vermutlich, der dich zum See geführt hat.«

»Ganz sicher sogar«, bekräftigte Niko. »Als die Lichtelfe mir den Ring meines Vaters geschenkt hat …«, wie zum Beweis hob er die Hand mit Ring, »… konnte ich allerdings noch nicht wissen, dass Nelwyn mein Vater ist. Erst Kierans Behauptung, der König habe denselben Ring getragen, hat mich auf die richtige Spur gebracht. Und vorhin in Sâgas Höhle, im Angesicht des Todes, wurde mir endlich alles klar.«

Ayani runzelte die Stirn. »Willst du etwa behaupten, dass Sâgas teuflischer Mordplan zur Lösung des Orakels beigetragen hat?«

»Genauso ist es«, antwortete Niko mit zufriedenem Lächeln.

»Wenn sie uns in Ruhe gelassen hätte, wären wir vielleicht nie darauf gekommen, wo das Tor des Feuers zu finden ist – zumindest nicht so schnell.«

Ayani räusperte sich und zog die Mundwinkel herunter. »Wenn ich ehrlich bin«, sagte sie kleinlaut, »weiß ich das immer noch nicht.«

»Dabei ist das so einfach!«

»Na, wenn du meinst«, entgegnete sie ein wenig verärgert.

»Natürlich! Denk doch nur an den Orakelspruch: ›Auf dem Weg, auf dem der Falke sein Glück fand, werden die zwei, die zu einem werden, auch das Schwert finden‹.«

»Ja, und?«

»König Nelwyn ist der Falke, das ist klar, und ›die zwei, die zu einem werden‹, sind wir – oder vielmehr die beiden Ketten aus dem Alwenhort. Auch wenn ich immer noch nicht weiß, warum ausgerechnet wir beide sie tragen, du und ich.«

»Woher soll ich das wissen?«, entgegnete Ayani mit ratloser Miene. »Aber ist das denn wichtig?«

»Im Moment offensichtlich nicht«, sagte Niko, »aber mit der Zeit werden wir das bestimmt noch herausfinden. Bis dahin vertrauen wir einfach auf die wundersamen Kräfte unserer Ketten, die selbst Sâga beeindruckt haben.« Niko sah sie fragend an. »Kannst du mir so weit folgen?«

»Ja, natürlich«, erwiderte das Mädchen entrüstet, »oder hältst du mich für töricht?« Ohne seine Antwort abzuwarten, fuhr Ayani fort: »Erkläre mir lieber, was mit diesem Weg gemeint ist, auf dem der Falke sein Glück fand.«

»Auch das ist offensichtlich. Du warst doch selbst dabei, als Kieran es erzählt hat: König Nelwyn und Königin Nimhuld waren einander schon als Kinder versprochen und deshalb stand ihre Ehe unter keinem guten Stern. Und aus dem gleichen Grund hat Nelwyn–«

»Ja, natürlich!«, rief Ayani dazwischen. »Er hat erst bei der blonden Valckenländerin sein Glück gefunden. Habe ich recht?«

»Vollkommen«, antwortete Niko mit nachsichtigem Lächeln. »Und auf welchem Weg ist der König immer zu seiner Geliebten gelangt?«

»Durch den geheimen Gang, der die Burg mit dem Haus von Kierans Vater verbunden hat.«

Als Niko und Ayani die Ruine endlich entdeckten, graute bereits der Morgen. Dabei hatte Kieran ihre Lage richtig beschrieben: Sie lag fast genau hundert Schritte von der Ostmauer der Burg entfernt im Wald. Von dem einstmals stattlichen Herrenhaus war nicht viel übrig geblieben. Der Brand hatte die oberen Stockwerke total zerstört, nur noch die Mauern des Erdgeschosses ragten aus der Erde. Im Laufe der Zeit waren sie immer mehr verfallen und die Natur hatte sich einen großen Teil des Grundstücks bereits wieder zurückerobert. Efeu und Waldreben überwucherten das verfallene Gemäuer, der Boden in allen Räumen war fast vollständig mit Gräsern und Kräutern bedeckt. Im ehemaligen Rittersaal und in der früheren Küche sprossen Haselnusssträucher und Weidenbüsche. Auch das damalige Kaminzimmer hatte mehr Ähnlichkeit mit einer von Mauern umsäumten Schonung als mit einem Wohnraum. Im großen steinernen Kamin an der Stirnwand wucherten Brennnesseln und Feuerkraut, und die jungen Birken, die aus dem Fußboden sprossen, wiegten sich in der morgendlichen Brise, die ungehindert durch die leere Fensteröffnung hereinströmte.

Nachdenklich ließ Ayani den Blick in die Runde schweifen. »Bist du sicher, dass der geheime Gang hier im Kaminzimmer endete?«

»Natürlich«, antwortete Niko. »Wie Kieran erzählt hat, ist der König bei seinen nächtlichen Besuchen doch immer aus diesem Raum gekommen und auch wieder darin verschwunden. Was eindeutig beweist, dass der Zugang irgendwo hier drin sein muss.«

Langsam ging Niko an den beiden Innenwänden entlang – dass der Zugang sich in einer Außenwand befand, hielt er für ziemlich unwahrscheinlich – und nahm sie eingehend in Augenschein. Obwohl er jeden Quadratzentimeter genau betrachtete, konnte er nirgendwo einen Hinweis auf eine Geheimtür entdecken. Blieb eigentlich nur noch der Kamin selbst, dessen Feuerloch so groß war, dass man darin fast aufrecht stehen konnte.

Doch es war wie verhext: Auch im Kamin wurde Niko nicht fündig. Dabei tastete er sämtliche Steine und auch die noch immer verrußten Fugenritzen sorgfältig mit den Fingerspitzen ab. Trotzdem war er sich ganz sicher: Der Eingang zum geheimen Verbindungsweg zur Burg musste hier irgendwo verborgen sein, eine andere Möglichkeit gab es doch gar nicht. Resigniert stieg er aus dem Kamin und gesellte sich zu Ayani, die ihn gespannt musterte.

»Und was machen wir jetzt?«, fragte sie.

»Ich weiß nicht so recht.« Niko zuckte ratlos mit den Schultern. »Vielleicht sollten wir noch einmal mit Kieran hierherkommen. Vielleicht fällt ihm ja noch was ein.«

»Gute Idee!«, lobte Ayani. »Dann reiten wir also zurück?«

»Klar.« Niko war enttäuscht. »Ich wüsste nicht, was wir hier noch tun sollten.«

Auch Ayani drehte sich um und ging auf die Mauerlücke zu, die früher die Eingangstür beherbergt hatte, als ihr mit einem Mal ein leicht bitterer, aber dennoch verlockender Duft in die Nase stieg: Verbena, das Wunschkraut.

Erstaunt drehte Ayani sich um und sah, dass der Duft von einer kleinen Pflanze ausging, die einen guten Schritt vom Kamin entfernt vor der Zimmerwand wuchs. Sie war höchstens einen halben Meter hoch und trug nur eine Handvoll Blüten, die dennoch so intensiv dufteten wie ein ganzes Beet.

Verwundert ging Ayani darauf zu, kniete davor nieder und nahm das unscheinbare Kraut näher in Augenschein.

»Niko!«, rief sie sofort. »Komm mal her!«

Und dann knieten die beiden Freunde auf dem Boden und starrten auf den in einen Stein gemeißelten Buchstaben, der von den Blüten nur leicht verdeckt worden war. Niko beugte sich vor, um ihn genauer zu betrachten – und plötzlich wurde ihm alles klar.

Jessie wurde schon beim Morgengrauen wach. Sie konnte einfach nicht mehr schlafen und musste immer wieder an das Gespräch mit ihrem Vater denken. Dass sein Buch genauso hieß wie das von Frau Seikel und auch noch in der gleichnamigen Welt spielte, was schon ein Hammer. Der Oberhammer aber war, dass sein Held ausgerechnet Niko Niklas hieß.

Kurz vorm Einschlafen war Jessie ein schrecklicher Gedanke gekommen: Vielleicht war Niko nur deshalb in Mysteria gelandet – denn davon war sie mittlerweile fest überzeugt! –, weil ihr Vater seinen gleichnamigen Helden in die Welt hinter den Nebeln geschickt hatte. Wenn das tatsächlich zutraf, hatte Niko dort unzählige und noch dazu höchst riskante Abenteuer zu bestehen, denen er nie im Leben gewachsen war. Niko würde in Mysteria sterben – ohne jeden Zweifel! Diese Vorstellung ließ Jessie fast schon in Panik geraten – bis ihr mit einem Mal auffiel, dass sie einen großen Denkfehler begangen hatte:

Der Held in Thomas' Buch hielt sich doch nur deswegen in Mysteria auf und nahm alle damit verbundenen Gefahren in Kauf, weil er unbedingt seinen Vater finden wollte. Niko kannte seinen Vater zwar auch nicht. Aber der konnte unmöglich aus Mysteria stammen; wie sollte so was denn möglich sein? Was gleichzeitig bedeutete, dass er trotz des gleichen Namens nicht mit dem Niko Niklas im Buch ihres Vaters identisch war. Woraus folgerte, dass Niko, genau wie der Buchheld, zwar in die Welt hinter den Nebeln gelangt war, aber sie nur nicht wieder verlassen konnte, aus welchen Gründen auch immer. Es gab ja nichts, was ihn dort hielt, und so wäre er mit Sicherheit längst wieder zum Ellerhof zurückgekehrt, wenn ihm das möglich gewesen wäre!

Dieser Gedanke hatte Jessie zumindest so weit beruhigt, dass sie eingeschlafen war. Und jetzt, im Licht des erwachenden Tages, grübelte sie fieberhaft darüber nach, wie sie Niko helfen konnte, aus der gefährlichen Welt hinter den Nebeln zu entkommen. Doch sosehr sie sich auch den Kopf zermarterte, es wollte ihr einfach nichts einfallen.

Das morgendliche Gezwitscher der Vögel drang durch das offene Fenster. Die Gardinen bauschten sich in der leichten Brise, die von draußen hereinwehte. Der Wind war frisch und trug den Geruch nach Regen ins Zimmer.

Auch das noch!

Dann musste sie wieder im Cape zur Pferdekoppel latschen – und das hasste sie wie die Pe…

Genau in diesem Augenblick fiel Jessie etwas ein. Wie elektrisiert sprang sie aus dem Bett, schlüpfte in T-Shirt und ihre Latzhose und setzte beim Verlassen des Zimmers die rote Basecap auf den Kopf.

Mann! Wie hatte sie das nur vergessen können!

Ayani warf einen flüchtigen Blick auf das in einen Mauerstein eingemeißelte Zeichen und sah Niko verwundert an. »Ich verstehe nicht, was du meinst: Was hat denn ein ›S‹ mit dem Tor des Feuers zu tun?«

»Nichts«, antwortete Niko ungerührt. »Höchstens mit Sinkâlion.«

»Ach so«, hauchte das Mädchen.

»Wäre doch möglich, oder?« Niko hob die Hände. »Trotzdem gehen meine Überlegungen in eine ganz andere Richtung: Der erste Herrscher der Alwen hat seine Festung doch ganz in der Nähe der Stelle errichtet, an der er das Königsschwert gefunden hat.«

»Stimmt.« Ayani nickte und deutete hinüber zur hundert Schritte entfernten Burg, die im ersten Licht des erwachenden Tages lag. »Und daraus ist über die Jahrhunderte dann Helmenkroon entstanden.«

»Und eine Stumpfzahnnatter hat ihm den Weg zum Tor des Feuers gewiesen?«

»Natürlich! Warum fragst du?«

»Deshalb!«, antwortete Niko und deutete auf das Zeichen. »Schau dir dieses ›S‹ doch bitte mal genauer an.«

Ayani beugte sich weit nach vorne an die Wand und stieß dann einen kleinen spitzen Schrei aus. »He – das ist überhaupt kein ›S‹, sondern eine Schlange!«

»Genau!« Niko grinste breit. »Und zwar eine Stumpfzahnnatter, wie ich vermute, auch wenn der Stein so verwittert ist, dass man das nicht mehr genau erkennen kann.« Mit entschlossener Miene legte er die Hand auf den Stein und drückte kräftig.

Zunächst geschah überhaupt nichts. Dann plötzlich war ein unheimliches Rumoren aus der Tiefe zu hören, das immer lauter wurde.

Niko und Ayani sprangen erschrocken zurück und starrten auf

die Mauer, die mit einem Mal ganz sachte vibrierte. Staub und Sand rieselten aus den Ritzen und dann bewegte sich der ganze Kamin. Erst langsam und dann immer schneller rumpelte er zur Seite und gab den Blick auf einen schmalen Gang frei, in dem eine steile Steintreppe in dunkle Tiefen führte.

Rieke brühte gerade den Kaffee auf, als Jessie nach stürmischem Klingeln in die Küche stürzte. »Nanu? Bist du aus dem Bett gefallen?«, wunderte sie sich.

»So ähnlich«, antwortete das Mädchen und schaute sich hastig um. »Äh … schläft Melchior noch?«

»Ja.« Rieke sah sie mit hochgezogenen Brauen an. »Warum fragst du?«

»Weil …« Jessie suchte nach den richtigen Worten. »Ich müsste mal auf den Speicher, Frau Niklas.«

»Auf den Speicher?« Rieke macht ein misstrauisches Gesicht. »Was willst du denn dort?«

»Mir ist gestern der Griff vom Pferdestriegel abgebrochen. Und auf dem Speicher habt ihr einen Ersatzstriegel, hat Melchior gesagt.«

»Na, dann«, antwortete Rieke. »Soll ich mitkommen?«

»Nein, nein, nicht nötig!«, rief Jessie. »Ich finde mich schon alleine zurecht.« Aber da war sie schon aus der Küche gehuscht und hastete die Treppe hoch.

Anfangs kamen Niko und Ayani nur gebückt voran. Am Fuße der Treppe jedoch, die rund hundert Stufen in die Tiefe führte, wurde der Gang höher und auch breiter, sodass sie aufrecht gehen konnten. Zum Glück hatten sie vor dem Ritt zu den Höllenbergen Fackeln in die Satteltaschen gepackt, um für alle Fälle gewappnet zu sein. In Sâgas Höhle hatten sie sie nicht gebraucht, aber hier im Geheimgang leisteten sie ihnen wertvolle Dienste.

Der Gang verlief fast schnurgerade und machte nur gelegentlich eine kleine Biegung. Die Luft war erstaunlich frisch, als gäbe es irgendwo ein unsichtbares Lüftungssystem, das sie ständig erneuerte. Und über allem schwebte stets ein feiner Hauch von Verbena, dem Kraut, das vor den Geschöpfen des Bösen bewahrte und gleichzeitig den Kontakt mit den Unsichtbaren erleichterte. Schon aus diesem Grund war Niko sich sicher, dass der Gang sie zum Tor des Feuers führen würde: weil den Unsichtbaren mit Sicherheit nicht daran gelegen war, dass Sinkkâlion in die falschen Hände fiel! Deshalb schützten sie den Zugang zum Königsschwert nicht nur durch das Tor des Feuers, sondern auch mithilfe der wundersamen Pflanze.

»Nicht so schnell!«, rief Niko Ayani zu, die ihm bereits ein gutes Stück vorausgeeilt war. »Wir müssen aufpassen, damit wir die Abzweigung zum Tor des Feuers nicht übersehen.«

Ayani wartete, bis er aufgeholt hatte, und etwas langsamer gingen sie Seite an Seite weiter und leuchteten mit ihren Fackeln die Stollenwände ab. Niko war sich nämlich ziemlich sicher, dass der Gang, der zum Tor des Feuers führte, ebenfalls durch eine Stumpfzahnnatter gekennzeichnet war.

Bereits zwanzig Schritte später zeigte sich, dass er richtig vermutet hatte: Auf einem Stein in der rechten Stollenwand prangte das Schlangenzeichen, kaum größer als ein Natternkopf, aber dennoch deutlich sichtbar. Als Niko darauf drückte, war alles genau wie im Kaminzimmer: Aus der Tiefe war ein Rumoren zu hören, das immer lauter wurde. Diesmal jedoch warteten sie ganz ruhig ab, bis sich die Mauer zu bewegen begann, sich weit sanfter und leiser als zuvor zur Seite bewegte und den Zugang zu einer zweiten Treppe freilegte, die allerdings nur aus rund zwanzig Stufen bestand.

Sie führte zu einem Gang, der immer größer wurde, bis er schließlich bestimmt drei Meter hoch und ebenso breit war. Nach einer kleinen Biegung führte er zu einem portalähnlichen Durchlass, der nur aus lodernden Flammen bestand.

Sie standen vor dem Tor des Feuers!

Es war pure Magie. Ähnlich wie das Nebeltor strahlte auch das Tor des Feuers eine Urgewalt aus, die jeder Logik widersprach und dennoch einfach da war. Eine brüllende Hitze schlug Niko und Ayani entgegen, sodass sie stehen bleiben und die Gesichter mit den Händen schützen mussten. Dennoch spürte Niko die unwiderstehliche Sogwirkung, die von dem flammenden Tor ausging. Die lodernde Kraft zerrte an seinen Haaren, an seiner Haut und an seinen Kleidern, zog ihn näher und näher an die zuckenden Flammen heran.

Auch Ayani spürte offensichtlich die Macht des Feuers. Die zuckenden Flammen spiegelten sich auf ihrem schweißglänzenden Gesicht und sie streckte ihnen die Hände entgegen. »Und jetzt?«, fragte sie. »Wann öffnet es sich denn endlich?«

Niko wollte schon ratlos mit den Schultern zucken, als es ihm einfiel: ›Wenn die zwei zu einem werden‹! Noch im gleichen Moment griff er nach Ayanis Hand und nahm sie in seine – und wieder leuchteten die Anhänger an ihren Halsketten strahlend hell auf.

Das Tor des Feuers aber blieb verschlossen. Die brüllende Hitze der Flammen schlug ihnen immer noch erbarmungslos entgegen.

Niko war fassungslos. Er verstand die Welt nicht mehr – was hatte er nur falsch gemacht?

»Und was jetzt?« Ayani wirkte genauso verstört wie er selbst.

»Wir können das Feuer niemals durchschreiten. Das ist völlig unmöglich!«

Niko schluckte. Die Hitze wurde immer stärker, sodass er schon einen Schritt zurückweichen wollte, als ihm erneut die Lichtelfe in den Sinn kam. »Du wirst nur erfolgreich sein, wenn du nicht länger zweifelst und endlich an dich selbst glaubst. Dann kann dir alles gelingen!«, hatte sie ihn eindringlich gemahnt – und endlich begriff er. Er packte Ayanis Hand fester. »Komm«, sagte er zu allem entschlossen, »es wird uns nichts geschehen. Die Unsichtbaren sind auf unserer Seite.« Damit ging er auf das lodernde Feuer zu und Ayani begleitete ihn.

Mit jedem ihrer Schritte wurden die Flammen kleiner und kleiner, bis sie schließlich ganz erstarben und den Durchgang zu der Felsenkammer freigaben, in deren Mitte der Schicksalsstein aufragte.

Es war genauso, wie Niko es in seiner Vision in höchster Todesnot erblickt hatte: Aus dem Stein ragte ein mächtiges Schwert, das viel heller glänzte und funkelte als das Licht ihrer Fackeln. Es war ungewöhnlich breit und lang und seine Spitze steckte bestimmt eine Elle tief im Felsen. Sein Griff und die Parierstange formten einen stilisierten Falken, der seine Flügel weit spreizte. Auf seiner Klinge war die Mannaz-Rune zu erkennen, das Zeichen der Unsichtbaren.

Sinkkâlion, das Königsschwert!

Niko machte erst gar nicht den Versuch, es alleine aus dem Schicksalsstein zu ziehen. Gemeinsam mit Ayani hatte er das Tor durchschritten und gemeinsam kletterten sie auf den gewaltigen Felsbrocken. Dort stellten sie sich so auf, dass das Schwert sich genau zwischen ihnen befand, legten ihre Hände gemeinsam um den Falkengriff und sahen sich an. Während sie von einem inneren Wärmestrom durchpulst wurden, formten sich zwei Zeichen aus reinem Licht vor ihren leuchtenden Anhängern – das Zeichen des unerschrockenen Mutes und das des grenzenlosen Vertrauens. Ganz langsam schwebten die leuchtenden Symbole aufeinander zu und vereinigten sich direkt über dem Griff von Sinkkâlion zum Zeichen der Unsichtbaren.

Die Mannaz-Rune auf der Klinge begann zu leuchten und Niko und Ayani zogen gemeinsam an dem riesigen Schwert.

Sinkkâlion leistete ihnen nicht den geringsten Widerstand. Sanft und geschmeidig, als stecke es in Butter, glitt das Königsschwert aus dem Schicksalsstein. Obwohl die Waffe gewaltige Ausmaße hatte, fühlte sie sich federleicht in ihren Händen an.

Tief bewegt und überglücklich zugleich drückte Ayani Niko das Schwert in die Hand. »Komm schon«, sagte sie entschlossen. »Lass uns schnellstens zu Kieran und seinen Männern zurückreiten und gemeinsam mit ihnen den Kampf gegen die marschmärkischen Unterdrücker aufnehmen!« Damit sprang sie als Erste vom Schicksalsstein und eilte aus der Felsenkammer.

Niko folgte ihr mit dem mächtigen Schwert in der Hand. Er hatte das Portal kaum durchschritten, als die Flammen erneut aus dem Boden schossen und das Tor wieder genauso undurchdringlich verschlossen wie zuvor.

Als Niko und Ayani mit Sinkkâlion hinaus ins Freie traten, leuchtete das Große Taglicht so strahlend hell am Morgenhimmel, als würde es ihre grenzenlose Freude teilen.

»Bei allen Dämonen!«, schrie Sâga laut auf und starrte wie von Sinnen auf das schreckliche Bild, das Odhurs Kessel ihr offenbarte: Mit dem hell glänzenden Königsschwert in den Händen kamen dieser verfluchte Junge und das verdammte Alwenmädchen aus einer Ruine nahe bei Helmenkroon und liefen auf ihre Pferde zu, die im Hintergrund grasten.

»Das werde ich nicht zulassen! Niemals!«, tobte und wütete die Schwarzmagierin, bevor sie hastig die alte Beschwörungsformel murmelte – »Oh, mächtiger Odhur, der du die Gesetze bestimmst, nach denen wir alle leben, verleihe deiner Dienerin die Kraft, sich über Raum und Lüfte zu erheben.« In rasender Schnelle verwandelte sie sich in den schwarzen Zeichenwirbel und stürmte durch das Loch in der Höhlendecke davon.

Jessie fand den Umhang aus grauem Tuch ohne Probleme. Er hing genau an der Stelle, die Niko erwähnt hatte: an der rechten Seitenwand des alten Kleiderschrankes.

Knapp über dem Rand der großen Kapuze war die Mannaz-Rune aufgestickt, das gleiche Zeichen wie auf dem Deckel des Buches. Außerdem schmückte es einen der drei Steine, die das Nebeltor bildeten – und natürlich auch das Königsschwert Sinkkâlion, das in Frau Seikels Buch häufig erwähnt wurde. Aus dem Buch wusste Jessie inzwischen auch, was der geheimnisvolle Spruch bedeutete, der ihr anfangs so große Rätsel aufgegeben hatte: ›Wenn die zwei zu einem werden, kann alles geschehen.‹ Wenn man die Dagaz-Rune über die Ehwaz-Rune legte, formten sie gemeinsam die Mannaz-Rune, die – angeblich! – über grenzenlose Kräfte verfügte und damit alles möglich machte, selbst die Reise nach Mysteria und wieder zurück.

Frau Seikel hatte den Umhang deshalb auch »Odhurs Mantel« genannt – weil er seinem Träger die Reise in die fremde Welt ermöglichte.

Jessie nahm das Kleidungsstück vom Bügel und musterte es eindringlich. Klar, es war groß genug und bestimmt hatten zwei Leute darunter Platz! Niko und sie allemal! Damit konnte sie ihn bestimmt aus Mysteria zurückholen, vorausgesetzt natürlich, dass auch der andere Spruch stimmte, den sie in dem Buch entdeckt hatte: ›Die zwei, die zu einem werden, drängt es immer zu ihresgleichen‹ – was wohl bedeuten sollte, dass die Träger der Zeichen einander stets suchten und fanden. Und da Niko auf seinem Anhänger die Dagaz-Rune trug, musste der Mantel sie direkt zu ihm führen – zumindest theoretisch. Aber Jessie hatte längst beschlossen, das auch in der Praxis auszuprobieren, und so legte sie den Umhang kurzerhand um ihre Schultern.

Augenblicklich durchströmte sie ein Gefühl prickelnder Wärme und noch im selben Moment stieg eine Wolke aus weißem Nebel um Jessie auf, wurde größer und größer und hüllte sie schließlich zur Gänze ein.

Niko und Ayani wollten eben auf ihre Pferde steigen, als sie ein Rauschen wie von gewaltigen Schwingen hörten. Erstaunt drehten sie sich um, sahen zum Himmel und erblickten dort einen riesigen Greif.

Das Untier war feuerrot, besaß den Leib eines Löwen und die Schwingen und den Kopf eines Adlers. Die mächtigen Krallen weit nach vorne gestreckt, kam es wie ein roter Blitz heran und hielt direkt auf sie zu.

Niko straffte sich. Zu allem entschlossen, hob er das Königsschwert und stellte sich vor Ayani hin. »Keine Angst«, sagte er kühl. »Gegen Sinkkâlion wird das Ungeheuer nicht das Geringste ausrichten können.«

»Ich habe keine Angst.« Mit unerschrockener Miene zog Ayani die Schleuder unter ihrem Gewand hervor und lud sie mit einem Stein. »Das Biest sollte vielmehr vor mir Angst haben!«

Während der Greif immer näher kam, fühlte Niko ein Vibrieren des Schwertes in seiner Hand, gerade so als könne es gar nicht mehr abwarten, sich endlich wieder in den Dienst seines Herrn zu stellen.

Zuerst wurde die Bestie von Ayanis Geschoss getroffen, dann zuckte Sinkkâlion von ganz alleine und ohne Nikos Zutun im genau richtigen Moment nach vorne – und traf den eben heranrauschenden Greif an der Schwingen.

Ein schriller Schmerzenslaut kam aus dem Adlerschnabel, gefolgt vom wütenden Kreischen einer Frau: »Das werdet ihr mir büßen! Das werdet ihr mir büßen!« – und da wussten Niko und Ayani, wer in den roten Greifenfedern steckte.

Die wütende Schwarzmagierin flog noch drei weitere Attacken, die das Königsschwert und Ayanis Schleuder jedoch allesamt und ohne jede Mühe abwehrten. Dann erst schien Sâga einzusehen, dass sie gegen Sinkkâlion nichts ausrichten konnte. Sie drehte gerade ab, um die Flucht zu ergreifen, als erneut etwas völlig Unerwartetes geschah: Wie aus dem Nichts formte sich eine Nebelwolke auf der kleinen Lichtung vor der Ruine, aus der im nächsten Augenblick ein Mädchen hervortrat, das in einen grauen Umhang gehüllt war und sich orientierungslos umblickte. Auf seinen blonden Haaren saß eine rote Basecap.

Niko wollte seinen Augen nicht trauen. »Jessie?!«, schrie er, und er konnte nicht verhindern, dass sein erstes Gefühl Freude war. »Was machst du denn hier?«

Bevor Jessie antworten konnte, raste der riesige Greif mit ausgestreckten Krallen auf sie zu. Sie schien verloren. Ihr unvermutetes Auftauchen hatte Ayani so überrascht, dass sie vergessen hatte, ihre Schleuder nachzuladen – und Sinkkâlion konnte auf die Entfernung nicht eingreifen!

Doch im allerletzten Moment, bevor das Untier Jessie das Gesicht zerfetzten konnte, stürzte sich ein zweiter Vogel pfeilschnell aus dem Himmel und rammte den Greif mit solcher Wucht, dass das Untier den Kopf des Mädchens um Haaresbreite verfehlte und dafür den Umhang zu fassen bekam.

Während die beiden Vögel in einem Wirbel aus Federn zu

Boden stürzten, rannte Jessie auf Niko zu und stürzte sich in seine Arme.

»Niko!«, rief sie. »Wo bin ich? Was geht hier vor?«

»Einen Moment!«, antwortete Niko, schob sie aus seinen Armen und sah die Enttäuschung in ihren Augen entstehen. »Ich werde dir alles erklären, warte nur.« Damit drehte er sich um und wollte dem Falken mit seinem Schwert zu Hilfe eilen – bis er sah, dass das gar nicht mehr nötig war. Der rote Greif hatte sich inzwischen wieder in die Lüfte erhoben und ergriff mit Odhurs Mantel in den Krallen die Flucht.

Der graubraune Falke verfolgte ihn ein kleines Stück, machte dann aber kehrt und flog zur Lichtung zurück, wo er einen großen Kreis in den Himmel zeichnete, direkt über dem Jungen und den beiden Mädchen. Seine gelb umringten Augen waren direkt auf Niko gerichtet.

»Schon gut, Vater«, flüsterte der. »Ich habe dich verstanden.« Dann nickte er Ayani zu und gemeinsam reckten sie das Königsschwert zum Himmel. Die Worte kamen wie von selbst über ihre Lippen: »Dem großen Auftrag mit aller Kraft, ich dien ihm mit Herz und mit Willen. Die Not ich seh, den Weg ich geh, mein Schicksal will ich erfüllen.«

Der Falke verabschiedete sich mit einem letzten Schrei. Dann schraubte er sich rasch in die Höhe und war verschwunden.

Niko und Ayani sahen ihm so lange nach, bis er mit dem Blau des Äthers verschmolz.

Jessie aber stand daneben und musterte die beiden mit einem Blick, der alles bedeuten konnte: Verwirrung, Schmerz, aber vielleicht auch ein wenig Hoffnung.

Peter Freund ist seit 1980 in der Film- und Fernsehbranche tätig, zunächst als Leiter und Manager verschiedener Kinos, dann im Filmverleih und seit 1993 als Producer und Autor. Schon seit Ende der 80er-Jahre hat Peter Freund neben Drehbüchern immer wieder auch Romane und Geschichten veröffentlicht. Sein bisher größter Erfolg ist die »Laura Leander«-Reihe, die Kinder wie Erwachsene begeistert, die Bestsellerlisten stürmte und in siebzehn Sprachen übersetzt wurde. MYSTERIA ist seine neue große Fantasy-Welt, in der Niko Niklas und seine Freunde noch viele aufregende Abenteuer erleben werden.

Außerdem von Peter Freund bei cbj:
Die Drachen-Bande – Im Bann des schwarzen Ritters (21828)
Die Drachen-Bande – Das Monster aus der Tiefe (21829)